WENDELL BERRY

THE UNSETTLING OF AMERICA : CULTURE & AGRICULTURE

소농,
문명의 뿌리

미국의 뿌리는 어떻게 뽑혔는가

웬델 베리 지음 | 이승렬 옮김

한티재

모리스 텔린에게

For Maurice Telleen

서문

내 나름의 표현이긴 하지만 '현대농업' 또는 '정통농업'에 대해 비평하기 위해서 이 책을 썼다. 지금 생각해 보니, 이 책은 비평이라기보다는 논평이라고 하는 것이 좋겠다. 비평을 하려면 '완성된'finished 주제가 있어야 한다. 농업이 '다 끝났다'finished면 자칭 비평가가 무슨 소용이란 말인가? 그래서 부득이 내 지위를 스스로 낮추는 것을 특전으로 받아들일 수밖에 없다.

그렇지만 농업 정책과 같이 본질상 시사적인 주제에 관한 책을 쓰는 데에는 어려움이 있다. 시간이 그 어려움이다. 책을 쓰게 만든 직접적인 원인이었던 사건들이 책보다 먼저 '마무리'될 수도 있다. 이 책의 독자들은 이 책에서 상세하게 다루어지고 있는 것이 전 농무성 장관이었던 얼 버츠의 생각과 정책들이라는 것을 금방 알아차릴 것이다. (물론 버츠 씨와 그가 몸담았던 정권은 이제 임기를 다하고 물러났다.)

다만 내가 말할 수 있는 것은, 그렇다고 해서 이 책의 시효가 다했다고는 말할 수 없다는 점이다. 농무성을 책임지던 버츠 장관의 임기와 그 영향력은 일시적이지만, 그가 대변하던 세력의 힘과 가치는 계속되고 있다. 게다가, 내가 다루려는 문화적 쟁점들은 우리의 역사와 함께 계속 있어 왔던 문제들이다. 기적이나 대격변이 있지 않는 한, 이 문제들은 앞으로도 오랫동안 우리의 문제로 남아 있을 것이다.

이 책을 처음 구상한 것은 사실 버츠 씨의 장관 재임 시기보다 앞선다. 1967년 여름, 대통령(존슨) 직속 '식품과 식물섬유에 관한 연방정부 정책 특별위원회'의 보고서에 대한 새로운 이야기를 접하고 적은 메모가 이 책을 쓰기 위한 첫 번째 단서가 되었다. 『루이스빌 쿠리에 저널』에 실린 한 기사에 따르면, 특별위원회는 우리나라 농업의 가장 큰 문제가 농민이 너무 많다는 것이라고 말했다. "… 농업기술 발전은 인력에 대한 필요를 감소시켰다. 그 결과 현재 농가 소득에 의존해 사는 사람들의 숫자는 너무 많다. 전국적으로 농가 소득은 이들의 생계를 뒷받침하기에는 전적으로 부적절하다." 특별위원회에서는 "농민들이 이용할 수 있는 더 나은 기회들", "좀더 포괄적인 전국 규모의 고용 정책", "재교육 프로그램", "전반적인 교육시설의 향상" 등을 해결책으로 제시했다. 특별위원회와 기사의 필자는 당시 아직도 농업에 종사하는 소농들과 1940년 이후 농장을 떠난 2,500만 명, 이 모든 사람들의 삶과 공동체가 "농업기술 발전"보다 가치 없다는 것을 당연시한 것이 분명했다. 정부가 제공해 주는 "기회들"이 적절한 해결책이 될 것이라는 점에 공식적으로는 추호의 의심도 없어 보였다. 그 기사를 읽고 나니, 내 마음속 가치관이 단지 낡아 보일 뿐 아니라 강력하게 공격받고 있다는 것을 깨달았다. 내가 위협받는 소수자의 일원이라는 점을 알아차렸던 것이다. 책을 쓰게 된 계기다.

웬델 베리

2판 서문

1974년부터 1977년, 이 책을 쓰고 있던 기간 중 이 책의 주제이기도 한 장기長期 농업 쇠퇴는 일시적으로 '호황'의 모습을 하고 있었다. 대농들의 농사 규모는 토지 가격 상승과 대출금의 힘으로 더욱 커졌고, 미국 농산물에 대한 해외 수요가 증가한 덕분에 정부의 관점에서 볼 때 상황은 좋아 보였다. 규모가 큰 것은 으레 더욱 커지는 것으로 여겨졌다. 외국인들은 으레 미국 농산품을 필요로 하는 것으로 여겨졌다. 정부의 관점은 보통 통계와 미신적인 이론과 소망 어린 예측으로 그럴듯하게 전망을 그려내지만, 그것은 전적으로 자기만족적인 것이다. 이런 상황 속에서 제시된 얼 버츠 농무성 장관의 조언은 가장 낙관적인 것이었고 농민들이 그대로 받아들인 것이었지만, 그것은 최악의 조언이었다. 가령, 농민들은 "울타리 시작부터 끝까지 한 뼘의 땅도 남김없이" 경작해야 한다는 것과 같은 조언이 그런 것이었다.

농장이나 농민들 또는 농촌 공동체나 자연, 또는 일반 대중들에게 상황이 좋지 않다는 것은, '농기업'의 편견에서 벗어나 명백히 드러난 상황 악화의 징조들을 직시하는 경험 많은 관찰자들에게는 이미 명약관화한 일이었다. 그로부터 거의 10년이 흐른 지금, 적어도 농민과 농촌공동체가 파국적인 상황을 맞고 있다는 것은 모든 사람들에게 분명하다. 농민들은 농장을 잃고 있다. 그 중 어떤 이들은 자살을 하고 있으며, 어떤 이들은 절망감에 사로잡혀 살인을 저지르기도 한다. 농촌 경제와 농촌 생활은 중병을 앓고 있는 중이다. 농경제학자들은 '자산 청산', '조직 개편', '경기 하락' 현황을 도표로 그려내면서 '진보적'이고 '효율적'인 대농들마저 어려움을 겪고 있다는 사실에 놀라움을 감추지 못하고 있다.

그러나 이것은 단순히 농민들이 겪는 재정 위기만을 나타내는 것이 아니다. 우리 사회 전체에 본질적으로 중요한 질문이 제기되고 있다. 우리는 땅과 나라를 제대로 돌보고 있는가, 그렇지 않은가? 사용가능한 재산의 민주적 분배를 믿는가, 그렇지 않은가? 현재로서는 이 질문들에 대한 대답은 부정적이다. 현재 우리의 토양침식률은 1930년대 '모래 폭풍의 시기'*보다 더 심각하다. 서부의 건조지대

---

* Dust Bowl. 지속적인 모래 폭풍으로 미 중서부의 대평원 지역을 비롯해서 오클라호마, 텍사스, 캔자스 주 등 남부 지역까지 광범위하게 황폐화되었던 1930년대를 가리키는 말. 대공황을 겪고 있던 당시 미국인들을 더욱 괴롭혔던 심각한 가뭄으로 인해서 모래 폭풍이 발생했다. 그러나 자연

에서 우리는 지나친 물 공급으로 수자원을 낭비하고 있다. 농약으로 인한 독성 물질 오염은 점차 큰 문제가 되고 있다. 소농의 농장뿐 아니라 사용가능한 온갖 종류의 재산에 대한 사적 소유권의 최종적 소멸 국면에 매일매일 다가서고 있다. 이 책에서 다룬 모든 문제들은 책을 쓰는 작업에 착수한 이후 계속 악화되어 왔다.

한 가지 좋아진 점은, 문제에 대한 인식이 대중적으로 이루어지고 있다는 점이다. 농민들 사이에서 '농기업' 쪽의 이야기에 대한 불신이 커지고 있으며, 농업의 건강과 건전성에 대한 관심도 늘고 있다. 도시민들 사이에서는 건전하고 건강한 농업이 있기 위해서는 올바른 정보에 근거해 투표하는 도시 유권자들이 필요하다는 인식이 퍼지고 있다. 이런 상황의 진전과, 아직 남아 있는 훌륭한 소농장과 농민들에게서 희망이 발견된다.

저명한 농경제학자들 중에 아직도 오늘의 사태가 경제적인 문제일 뿐이라며 허언을 일삼는 이들이 있다. 그러나 이들이 대중을 속일 수 있는 가능성은 줄어들고 있다. 최근에 한 모임에 참석했는데, 그 자리에서 한 농경제학자가 자영농과 소작농 사이에 아무런 본질적 차이가 없다고 주장했다. 그러자 청중석에 있었던 한 농민이 일어서 이렇게 응대했다. "교수님, 우리 조상들이 농장을 임차하러 미국까지 온 것은 아니라고 생각합니다."

재해 이외에도 경운(耕耘)을 너무 깊게 한 당시의 잘못된 농법으로 풀뿌리가 약해진 데다 가뭄이 겹치면서 모래 폭풍 재해는 걷잡을 수 없는 지경에 이르렀다—옮긴이.

더 이상 무슨 말이 필요할까?

1986년 3월

웬델 베리

차례

획득 자체에 그토록 마음 쓰는 자는

이미 획득한 것에 대해서는 더 이상 관심을 두지 않는다.

— 몽테뉴, 『수상록』 3권 6장

1장

미국의 뿌리는 어떻게 뽑혔는가

THE UNSETTLING OF AMERICA

너무나 많은 아름다운 도시들이 약탈되고 파괴되었다. 너무나 많은 나라들이 파괴되고 황폐해졌다. 남녀노소 지위와 관계없이 수백만의 무고한 사람들이 학살되고 약탈되었으며 칼로 베어졌다. 세계에서 가장 풍요롭고 아름다운 최고의 지역이 진주와 후추 교역 때문에 엉망진창으로 망가져 흉측한 모습이 되고 말았다. 오, 생각 없는 승리여, 천박한 정복이여.
— 몽테뉴

미국이라는 나라에서 백인들의 존재가 특이한 것은, 백인들이 그곳에 있게 된 것이 의도하지 않은 일이라는 점이다. 우리가 어디에서 왔든지, 우리는 미국 국민으로서 이곳에서 살려고 의도한 바가 전혀 없었다. 아메리카 대륙은 인도로 가는 여정에 있었던 한 이탈리아인에 의해 발견되었다고 말해진다. 최초의 탐험가들은 금을 찾고 있었다. 멕시코에서 금을 발견하는 행운이 있은 후, 금 찾는 일은 대륙의 더 먼 곳으로 나아가며 계속되었다. 정복과 건국은 19세기 중반까지 대륙 전체의 광풍으로 이어진 금광 탐사에 부수적으로 발생한 일이었다. 그때까지 알려지지 않았던 지역이 지도상에 표시되면서 산업용품 시장이 곧 프런티어가 되었다. 대체로 우리는 그런 상업적 동기로 초조하고 서두르는 마음을 더하며 스스로 우리 자신의 터전으로부터 내몰려 나왔다. 우리는 거주지를 옮기는 동물 무리처럼 일정한 방향을 향해 움직이는 것도 아니고, 무너진 개미 둑을 빠져나오는 개미들처럼 방향성을 완전히 상실한 상태다. 우리 시대만 보더라도 우리는 환상과 탐욕에 물들어 정복자들처럼 고결한 애국심을 앞세운 채 외국을 침략했으며 달을 침범했다.

이렇게 말하면 미국의 역사를 너무 단순하게 기술한 것이다. 그러나 이런 식의 역사 기술은 미국 역사의 지배적인 경향에 대해서라면 사실상 맞는 말이다. 일단 미국사를 이렇게 기술하고 나면, 우리는 완전히 담론의 차원으로 올라서서 우리의 모든 조상들과 권력자들을 질타하고 싶은 유혹을 받기 마련이다. 그러나 공정성을 잃지 않으려면 다른 경향도 존재해 왔다는 점을 기억하는 것이 필요하다. 제자리에 그대로 머물고자 하는 경향, "더 멀리 가지 말자. 이곳이 바로 우리가 머물 곳이다"라고 말하는 사람들의 음성이 존재해 왔다. 지금까지 이런 음성은 주류의 경향이 아니었다. 이런 경향은 화려하게 주목을 끌지도 못했고, 분명한 것은 성공적이지도 못했다는 사실이다. 그리고 이런 경향은 또한 더 오래된 것으로서 인디언들 사이에서는 지배적인 경향이었다.

인디언들도 물론 인구의 이동을 경험했다. 그러나 일반적으로 인디언들이 장소에 대해 맺고 있는 관계는 오래된 풍습, 유대감, 전해 내려오는 기억, 전통, 존경심에 기초하고 있다. 땅은 그들에게 고향 땅을 의미했다. 아메리카 대륙에서의 최초의 혁명이자 지금까지 한 번도 그 자리를 내준 적이 없는 가장 거대한 혁명은, 땅을 고향 땅으로 생각하지 않는 사람들이 아메리카 대륙에 몰려왔다는 것이다. 그러나 새로 이주해 온 사람들 중에는 그곳이 자신들에게 좋은 터전이라는 것을 알고 그곳에서 자리 잡는 것이 좋겠다고 생각하는 사람들이 항상 있었다. 예를 들면, 아주 초창기에는 금광 탐사나 인디언들과의 착취적인 교역보다는 농경을 위해 정착을 원하는 사람들이 있었다. 시간이 흐른 지금, 현재 있는 곳에 남아 그곳에서 번성하기를 원하는 가족들과 지역사회는 계속되는 프런티어 확장의 뒤안길에서 버림받았다는 사실을 알고 있다.

그러나 우리는 이렇게 남겨진 자들의 소망이 무위로 돌아가게 된 데에는 거의 체계적인 무엇인가가 작동했다는 것도 알고 있다. 세대를 거듭하면서, 자신들이 있는 곳에 남아 번성하고자 했던 사람들은 엘도라도를 찾아 나선 사람들에 의해 재산을 빼앗기고 집 밖으로 쫓겨나거나 자신들이 있는 곳에서 착취되어 몰락하였다. 시간이 흐르면서 금을 찾는 사람들은 정복자가 되어, 이들은 가는 곳마다 한 나라의 문화적 시원始原이라고 할 수 있는 전통 사회를 분열시켜 파괴하였다. 이들은 자신들이 파괴한 것은 시대에 뒤처진 촌스러운 것으로서 경멸할 만한 것들이라는 말을 입에 달고 다녔다. 그런데 피해자들은 놀라울 정도로 자주 이들의 말을 믿었다. 특히 그 피해자들이 다른 백인들일 경우에 그런 일은 더욱 흔한 일이었다.

만약 미국 역사에서 일관되게 작동해 온 어떤 법칙이 있다면, 그것은 정착민들이나 이들의 지역사회는 오래지 않아 '레드스킨'(북미 원주민들을 낮추어 부를 때 쓰는 표현—옮긴이)이나 다름없는 존재가 된다는 것이다. 정착민들은, 공식적인 인가 아래 정부 보조금 지원을 받아 이루어지는 매우 무자비한 착취의 희생자들로 지정되는 것이 미국 역사의 법칙이었다. 인디언들을 쫓아낸 식민주의자들은 자신들의 제국 정부에 의해 이루 말할 수 없을 정도로 착취를 당했다. 그리고 외부의 제국주의를 몰아내자, 이번에는 형태만 바뀐 내부 식민주의가 그 자리를 차지했을 뿐이다. 독립전쟁을 수행한 독립적인 소농 계급은 산업사회에 의해 착취되었고, 산업사회의 일원으로 편입되어서 이제는 거의 소멸 단계에 이르렀다. 렉싱턴과 콩코드(1775년 미국독립전쟁 최초의 전투가 벌어진 매사추세츠 주 소재 지역명 — 옮긴이) 농민들의 뒤를 잇는 계승자들은 바로 '지키기'라는 이름을 가진 전국의 작은 단체들이다. '우리땅지키기 시민운동본부', '계곡지키기', '우리산지키기', '우리강지키기', '우리농토지키기' 같은 단체들이 바로 그들이다. 이전에도 흔히 그랬듯이, 오늘날에도 공식적으로 지정된 희생자들이 존재한다. 소농의 계승자들은 자신들의 터전과 가치와 삶을 지금까지 알아 왔던 방식대로 보존하기 위해 투쟁하고 있다. 그들 역시 세금을 내지만, 자신들의 이해관계에 어긋나게 세금을 사용하는 정부기관에 맞서 자기 자신의 삶을 살고 싶어한다. 그러나 그들은 공적으로 인정을 받지도 못하고, 공적인 지지자들이 없는 경우도 많다.

이런 희생자의 운명에서 벗어날 수 있는 유일한 길은 '성공'하여 착취자 계급에 진입하는 것이다. 그리하여 전문적인 영역을 차지하고 '유동적'인 존재가 되어, 자신의 삶의 방식이 남들에게 어떤 영향을 미치는지에 대해 무심한 사람이 되는 것이다. 이런 식의 도피는 물론 환상이다. 왜냐하면 누군가에게 생산을 담당하는 사람은 또 다른 누군가에게는 소비자 역할을 하기 때문이다. 가장 부유하고 유동성이 강한 사람들일지라도 자신들의 공적인 비즈니스가 배출하는 오폐수와 오염가스를 피해 가는 것이 어렵다는 것을 알아차릴 것이다.

나는 여기서 단지 현 시대 또는 '근대'의 악에 대해서 말하고 있는 것이 아니라, 아메리카 대륙에서의 백인들의 존재만큼 오래된 악에 대해서 말하고 있다는 점을 강조하고자 한다. 거의 처음부터 그 악행은 이곳에서 의도적으로 '조직'된 어떤 것이다. 미국의 역사가이자 언론인이기도 한 버나드 드 보토Bernard DeVoto는 『제국의 행로』*The Course of Empire*에서 다음과 같이 쓰고 있다. "신세계는 끊임없이 확장하는 시장이었다. (…) 금으로 환산되는 그 가치는 거대한 것이었지만, 신세계가 유럽의 산업체제를 확장시키고 통합시켰다는 점에서 그보다 훨씬 큰 가치를 지니는 것이었다."

드 보토는 다음과 같이 이어 나간다. "한 유럽인이 처음으로 어느 인디언에게 건넨 휴대용 칼은 히로시마에서 피어오른 버섯구름만큼이나 거대한 전조前兆였다. (…) 그 칼을 받는 순간, 기원전 6000년 시대의 인디언은 자신의 터전 너머에서 7천 5백 년 동안 변화를 거듭해 온 삶의 양식에 단단히 결박되고 말았다. 그것은 더 편리한 삶의 시작이었겠지만, 동시에 죽음이 시작되는 순간이기도 했다."

유럽인들의 주요 교역물품은 여러 가지 도구들, 직물, 무기류, 장식품, 그밖의 진기한 물건들과 주류酒類였다. 갑자기 이런 물건들을 구할 수 있게 되자, "인디언들의 삶의 모든 면에 영향을 끼친" 혁명이 일어났다.

> 생존 투쟁은 (…) 쉬워졌다. 태곳적부터 쓰이던 수공예품들은 점차 쓸모없는 것이 되어 가다 마침내 버려지고 말았다. 사냥 방법도 변했고, 전쟁 방식과 목적도 바뀌었다. 전쟁의 목적과 장비가 점차 치명적으로 변해

감에 따라 잉여의 여성들이 늘어나게 되었고, 결국 결혼 관습까지 변해서 일부다처제가 일반화되었다. 모피를 마련하는 작업에서 여성의 역할이 늘어나게 된 것도 인디언들의 전통적인 생활상의 변모를 가져왔다. (…) 부, 위신, 명예의 기준도 바뀌었다. 인디언들은 상업적 가치에 대한 인식을 갖게 되었고, 상업을 숭배하는 마음을 키워 갔다. 생활의 유동성과 함께.

요약하자면, 변화의 정도는 가히 파괴적이었다. 문화의 변화 속도는 적응할 수 있는 시간을 허용하지 않았다. 문화의 타락으로 인해 삶의 의욕은 땅에 떨어졌고, 사회의 공동체적 모습은 오간 데 없어졌으며, 인격은 파탄이 날 지경에 이르렀다. 이런 문화적 영향력은 백인이 인디언들을 정복하면서 끼친 다른 어떤 영향보다도 강한 것이었다.

내가 지금 드 보토의 말을 인용한 것은, 그가 인디언 정복과 함께 결코 멈추지 않고 지금도 계속되고 있는 혁명을 묘사하고 있기 때문이다. 물론 당시의 혁명적 변화와 차이가 없는 것은 아니지만, 지금까지 계속 이어지고 있는 혁명적 상황은 소농과 농촌 사회, 온갖 종류의 지역 소상인, 독립적인 장인들의 작업장, 그리고 시민들의 가정에 사실상 똑같은 재앙을 가져왔다. 이것은 현재 진행 중인 혁명이다. 현재 우리의 경제는 아직도 모피 교역을 하던 당시의 경제와 사실상 다를 바가 없는 것으로서, 일반적인 상업물품의 교역에 의존하고 있는 실정이다. 예컨대, 테크놀로지, 무기, 장식품, 진기한 물품, 의약품의 교역이 우리 경제의 주류를 이루고 있다. 한 가지 큰 차이는, 혁명으로 인해서 오늘날의 소비자는 이제 의류, 주거, 식품, 심지어는 물과 같은 생활필수품에 대해 독자적으로 접근할 수 있는 방법을 잃어버렸다는 것이다. 평균적인 사용자들이 아직 독자적으로 구할 수 있는 유일한 '생활필수품'으로 남아 있는 것은 공기 정도일 것이다. 그러나 혁명은 오염이라는 방식으로 공기의 사용에 무거운 세금을 부과했다. 상업적 정복은 군사적 정복보다 훨씬 더 철저하고 결정적인 성격을 띠고 있다. 인디언이 '레드스킨'이 된 것은 전투에서 패배해서가 아니라, 산업 제품을 생활필수품으로 삼게 만드는 교역업자들에 대한 의존 상태를 받아들임으로 인해서 그렇게 된 것이다. 이 혁명은 단순히 역사가 아니라, 우화이다.

드 보토가 분명히 밝힌 것은, 제국주의 열강들이 인디언들에게 강요한 이런 착취적인 산업경제로 인해서 제국주의 세력들의 명분 자체가 더럽혀졌다는 사실이다. "북아메리카의 프랑스 식민지 지역이었던 뉴프랑스의 부富의 5분의 4 이상은 모피에서 창출되었고, 나머지는 어업에서 나왔다. 농업을 통해 창출되는 부는 없었다. 프랑스 왕실의 식민정책은 뉴프랑스가 농업을 발전시키길 원했지만, 왕실의 경제는 식민지의 모피를 필요로 했다. 그것은 전체의 유익을 거스르는 경제였다." 루이지애나를 (농업 등 여러 면에서) 발전시키려는 프랑스 탐험가 라살La Salle의 꿈은 좌절되었는데, 그 이유는 "루이지애나를 식민화시키는 과정에서 프랑스 왕실의 이해가 멕시코 북부의 은광을 공격하기 위한 교두보를 확보하느냐의 여부에 달려 있었기 때문이다".

우리는 이처럼 외국을 침략하는 식민주의와 정책적으로 논밭, 산림, 목초지를 노천광산으로 바꾸는 내부 식민주의 사이의 유사성을 보지 않을 수 없다. 국외의 식민지를 개척하던 시절과 마찬가지로, 지금도 산업경제의 추상적 가치가 땅과 민중의 토착적 생산성을 약탈하고 있는 것이다. 어떤 유형의 사고방식이 승리하면 그 자체가 곧 재앙이 될 수 있는 바, 모피 교역은 이 땅에 바로 그런 유형의 사고방식이 처음으로 뿌리를 내린 예에 지나지 않았다.

내가 역사를 이렇게 개관해 보는 목적은, (1) 착취를 당연시하는 심리가 우리의 과거에 얼마나 뿌리 깊이 자리 잡고 있는가를 보여주고, (2) 그런 사고방식이 얼마나 근원적으로 혁명적인가를 보여주는 것이며, 끝으로 (3) 사람과 땅의 관계는 어떤 것인가 하는 질문이 우리의 역사에—따라서 우리의 정신에—얼마나 결정적인 물음인지를 보여주고자 하는 것이다. 기업을 주체로 한 혁명으로 농토가 이토록 결정적으로 침범된 오늘, 땅과 인간의 관계에 관한 질문은 우리의 가장 오래된 위기를 되돌아보게 한다.

우리는 우리 자신을 정복자와 희생자로 나누어 생각해 봄으로써, 코르테스가 1521년 아즈텍 제국의 수도, 테노치티틀란을 파괴한 사건에서부터 그로부터 450년 후 불도저를 앞세워 탄전 지대를 공격한 사건에 이르기까지 우리 역사의 상당 부분을 이해할 수도 있다. 그러나 우리 시대를 올바로 이해하고 이 시대의 곤경과 우리가 해야 할 일을 제대로 깨닫기 위해서는, 역사를 바라보는 관점을 바꿔서 '착취'와 '양육'nurture이라는 프레임으로 우리 자신을 돌아볼 필요가 있다. 앞서 언급한 정복자-희생자 조합은 역사를 올바로 이해하려는 목적을 충족시키기에는 너무 단순하다. 왜냐하면 정복자-희생자 틀로 보면 어떤 역사적 상황에서도 사람들은 두 개의 상호 배타적인 그룹으로 나누어질 수밖에 없기 때문이다. 그러나 역사적 상황들이 서로 연속하여 이어져 있다는 점을 인식하고 나면 비로소 정복자-희생자 조합은 복잡성을 띠기 시작한다. 예컨대, 인디언들을 박해했던 식민주의자들이 그 다음 국면에서는 식민본국의 왕이 가하는 박해에 저항을 하는 역사적 상황들을 생각해 보라. 반면에 착취-양육 조합은 사람들 사이에 대한 구분일 뿐 아니라, 사람들 내면 세계에 대한 구분을 나타내 준다. 우리 모두는 어느 정도까지는 착취사회의 산물이다. 그렇기 때문에 우리가 그런 사회의 영향을 받지 않는 존재인 것처럼 가장한다면, 어리석고 패배를 자초하는 일일 것이다.

이렇게 정반대의 성격을 지닌 마음의 구성 요소들의 특징에 대해 가능한 한 간략히 기술해 보자. 나는 전형적인 착취자로 노천광산업자를 떠올린다. 양육자의 모델로는 전통적인 또는 이상적인 농부의 모습을 그려 본다. 착취자는 전문가, 즉 스페셜리스트인 데 비해 양육자는 그렇지 않다. 착취자의 기준은 효율성이고, 양육자의 기준은 돌봄이다. 착취자의 목표는 돈, 즉 이윤인데, 양육자의 목표는 건강이다. 즉, 땅의 건강, 자신의 건강, 가족과 지역사회, 나라의 건강이 양육자의 목표다. 착취자가 한 뙈기의 땅에 요구하는 것은 얼마나 많은 소출을 얼마나 빨리 얻어낼 수 있느냐 하는 것인 데 반해, 양육자는 훨씬 더 복잡하고 어려운 질문을 던진다. 한 뙈기의 땅이 감당할 수 있는 용량은 어느 정도일까 하는 것이 양육자의 질문이다. (즉, 땅을 훼손시키지 않는 가운데 땅에서 얼마만큼을 얻을 수 있을까? 신뢰할 수 있을 범위 내에서 영속적으로 땅은 무엇을 생산해낼 수 있을까?) 착취자는 가능한 한 일을 적게 해서 가능한 한 많은 돈을 벌고 싶어한다. 거기에 비해 양육자는 일을 통해 품위를 유지할 수 있는 생계를 벌고 싶어하는 것은 분명하지만, 동시에 가능한 한 좋은 노동을 하고 싶어한다. 이것이 양육자의 소망의 특징이다. 착취자는 조직화를 이루는 데에서 능력을 발휘하고, 양육자의 능력은 순조로운 질서를 유지하는 데에서 잘 나타난다. 양육자는 다른 질서와 조화를 이뤄 신비로움에 다다를 수 있도록 인간의 질서를 관리한다. 착취자는 일반적으로 제도적 기관이나 조직의 이익에 복무한다. 그에 비해, 양육자는 땅, 가정, 지역사회, 장소를 돌보는 일에 기여하고자 한다. 착취자는 숫자, 계량, '외형적 사실'의 관점에서 생각하고, 양육자는 성품, 조건, 특질, 본질의 관점에서 생각한다.

근자에 일어난 사회 '운동들'은 모두 착취에 맞서는 양육자들의 다양한 주장들을 대변해 온 것으로 보인다. 예를 들자면, 여성운동의 에너지를 올바르게 사용할 때 그 운동은 양육의 정신을 드러낸다. 그러나 그렇지 않을 때의 여성운동이 주장하는 바는 바로 남성들에게는 착취자의 권리가 없지만 여성들에게는 착취자가 될 권리가 있다는 것이다. 착취자는 명백히 '남성적'인 남자의 표본이지만, 수완 좋은 책략가이기도 하다. 착취자들이 교묘하게 제시하는 '실용적인' 목표들은 몸, 느낌, 원칙의 훼손을 요구한다. 반면에 양육자는 이른바 성 역할의 경계를 손쉽게 넘나들어 왔다. 씨앗을 보존하고 뿌리는 사람은, 굳이 이유를 설명할 필요도 없이 필연적으로 산파와 간호인 역할을 한다. 새들이 알을 낳으면breeder 알을 품듯brooder, 양육자breeder는 언제나 생각을 품은 자brooder로 변모하여, 다시 그 생각을 키우는 양육자로 변신한다. 봄이 올 때마다 반복적으로, 이상주의적이며 몽상적인 탐구 정신은 파종을 거쳐 실제 세상을 키우는 역할을 수행해야 한다. 가끔 husbandman*이라고 불리는 농부는 당연히 반은 엄마의 성격을 지니고 있다. 그 농부가 얼마나 훌륭한 엄마인가의 문제가 남아 있을 뿐이다. 땅 자체는 단지 엄마도 아니고 아버지도 아니다. 땅은 양자 모두이다. 작물의 종류와 계절에 따라, 땅은 어느 시기에는 씨앗을 받아들여 새 생명을 잉태하고 자라게 해 주며, 또 다른 시기에는 꽃대를 키워 씨앗을 맺게 한 후 바깥 세상으로 날려 보낸다. 농부는 이런 변화에 맞춰 남성 배우자와 여성 배우자의 역할을 넘나들며 처음에는 씨앗을 뿌리는 자, 나중에는 씨앗을 거두어들이는 자의 역할을 수행한다. 농부와 땅은 이처럼 남성과 여성이 짝을 이뤄 추는 춤을 함께 춘다. 춤을 이끄는 리더의 역할은 수시로 바뀐다. 농부는 씨앗을 뿌려 성장을 도모하고, 땅은 씨앗을 잉태하여 수확을 발생시킨다.

---

* husbandman이라는 말은 '농부'라는 의미로 쓰이지만, 어원상 '가정을 돌보는 사람'과 '땅을 경작하는 사람'이라는 의미를 함께 지니고 있다. husbandman은 이처럼 근대 이후 성 역할의 분리가 발생하기 전의 통합적 의미를 지니고 있는 어휘다—옮긴이.

착취는 항상 양육을 왜곡시키고 궁극적으로 양육을 불가능하게 만든다. 얼마 전까지 농무성 장관을 맡고 있던 이가 "식량은 무기"라고 진술한 걸 보면, 착취적 혁명이 얼마나 이 관리의 성품 깊숙한 곳까지 파고들었는지를 알 수 있다. 또한 국방성 장관이 핵무기를 어느 정도까지 사용할 것인지에 대해 논의하는 자리에서 "입맛에 맞는" 수준의 파괴에 대해 진술한 예는 전 농무성 장관의 진술과 무시무시한 대칭을 이룬다. 고래古來로 음식이라고 하면 떠오르는 연상들에 대해 생각해 보라. 호혜, 넉넉함, 이웃함, 축제, 공동체적 즐거움, 종교의례와 같은 연상들이 떠오르지 않는가. 그렇다면 이 두 장관은 문화적 대재앙을 상징하고 있다는 점을 알 수 있을 것이다. 농사일의 관심사와 전쟁 수행의 관심사는 정반대의 성격을 띤다고 생각되었지만, 이제는 양자가 같은 것이 되어버렸다. 이 두 분은 아마도 천성이 사악하거나 환경 때문에 어쩔 수 없이 그렇게 된 사람들이 아니라, 자신들의 **가치관**으로 인해 사악해진 사람의 예일 것이다.

식량은 무기가 **아니다**. 식량을 무기로 사용하는 것—식량을 얼마든지 그런 식으로 사용할 수 있다고 생각하는 정신 상태를 배양하는 것은 인간의 성품과 인간 사회에서 식량의 원천을 파괴할 준비를 하는 것이다. 착취적 혁명의 첫 번째 희생자는 인간의 성품과 인간 사회인 것이다. 인간의 성품과 사회의 근원적인 본래의 모습이 평가절하되고 망가질 때, 식량이 무기로 간주되는 것은 아마도 피할 수 없는 일일 것이다. 그것은 마치 흙이 연료로 간주되고 사람이 숫자나 기계로 여겨지는 것이 피할 수 없는 일이 되는 것과 같은 원리에 의해서다. 그러나 자연 못지않게 성품과 지역사회, 다시 말해 가장 넓고도 풍부한 의미의 문화는 식량의 원천을 구성한다. 인간 생존의 지속은 자연만으로도 충분하지 않고 사람의 힘만으로도 충분하지 않다. 인간 생존이 지속될 수 있는 것은 자연과 사람이 문화적으로 결합될 때뿐이다. 이 점을 말한 스코틀랜드 시인 에드윈 뮤어 Edwin Muir의 시구는 잊을 수 없다.

인간 생명 안에 다른 생명 들어 있네.
고기도, 술도, 생기도, 곡식도,
인간 생명 안에 들어 있네.
때로 이들은 인간의 질환,
때로 이들은 갱생의 원천,
우리의 길을 휘감아 도는
이들의 자연스런 생명 주기週期.
미로에 갇혀 불안에 사로잡힌 마음,
토착예술과 단순한 주문呪文을 부른다.
두렵지 않고
장미는 다시 꽃피고
우리의 야생은 살아난다.*

---

* 인용된 시는 에드윈 뮤어의 「섬」(The Island)이라는 작품이다. 웬델 베리는 다른 곳에서 이 시에 대해 이렇게 말했다. "'시대를 읽지 말고 영원을 읽어라'라고 소로우는 말했다. 에즈라 파운드는 '문학은 **계속** 뉴스로 남는 뉴스다'라고 썼다. 에드윈 뮤어는 「섬」이라는 멋진 시에서 인간의 숙명적

식량을 무기로 생각하든가 또는 무기를 식량으로 생각하면 소수의 사람들에게 안보와 부의 환상을 심어 줄지는 모르겠지만, 그런 사고방식은 모든 사람들의 생명을 직접적으로 위태롭게 만든다.

식량=무기라는 개념이 정치·경제적 해외투기의 도구로 사용되고 있는 농무성의 독트린이라는 사실은 놀라운 일이 아니다. 이 같은 식량의 무기화는 이 나라의 농토와 농촌 사회에 지금까지 가해진 위협 중에서도 가장 큰 위협이다. 현재의 태도가 계속된다면, 농토를 혹사시켜 결국 농토 파괴에 기여할 정부 정책들이 예견되기 때문이다. 물론 이런 일들은 이미 시작되었다. 더 많은 생산——명백히 다른 국가들을 끌어들이거나 매수하기 위한 목적이다——에 대한 정부의 요청에 부응하기 위해 농부들은 수로를 새로 내고 영구 초지를 개간하고 있다. 목초지로 남아 있어야 할 땅에 줄뿌림 작물들이 심어져 있다. 등고선식 경작, 윤작이나 다른 보존 방책들은 관리들의 방침에 따라 사라져 버린 것으로 보인다. 이렇게 생산량 증가를 유일한 목표로 삼게 되면, 기계농법과 화학농법이 가속화될 것이고 땅값은 올라갈 것이고 간접비용과 운영비용 역시 늘어날 것이다. 이렇게 되면 결국 농사를 짓는 인구가 감소할 것이다. 얼 버츠Earl Butz*

인 문화적 경계에 대해서 말했다. 문화적 경계 안에 삶의 원천이 존재하며, 거기서 사람들은 갱생될 수 있음을 시인은 말했다."—옮긴이.

* 얼 버츠는 1971년 닉슨 행정부 때부터 1976년 포드 행정부까지 농무성 장관을 지냈던 인물로, 영농의 대형화를 통해서 농업의 기업화 정책을 추진하였다. 규모의 농업경제를 지향하여, 전임 농무성 장관들과 마찬가지로 "규모를 키우든 퇴출되든"이라는 구호를 재임 내내 농민들에게 강조했다. 지독한 인종차별주의자로서 숱한 구설에 올랐던 인물이기도 하다—옮긴이.

전 농무성 장관처럼 농사와 전쟁을 혼동하는 경향──그러한 혼동이 의도된 것은 아닐지도 모른다──은 미국의 농업을 기업의 손아귀에 쥐어 주는 것으로 귀결될 것이다.

이러한 기업 전체주의는 에너지, 토지, 사회적 붕괴의 측면에서 거대한 비용을 요구할 것이다. 지력地力은 소진될 것이고, 농업문화는 사라질 것이다. 땅과 가정을 돌보는 농업husbandry은 착취적인 산업이 될 것이다. 보존은 생산에 비해 우선순위에서 완전히 아래에 놓이기 때문에 토양의 비옥도는 석탄이나 석유와 마찬가지로 제한적이고 재생가능하지 않은 자원이 될 것이다.

이런 일은 일어나서는 안 되고, 일어나야 할 **필연성**이 있는 것도 아니다. 그러나 이런 일이 일어날 수 있다는 점을 인식하는 것은 필요하다. 이런 일이 일어날 수 있다는 것은, 비단 버츠 전 장관의 말뿐 아니라 산업화에 따라 대규모로 일어나고 있는 농토 파괴 현상을 보면 명백해진다. 농토 파괴와 같은 일이 정말로 일어나고 있는 것이라면, 그런 일이 자유, 정의, 민주주의, 동맹국가의 이름으로 자행된다는 것을 알고 있을뿐더러, 또한 굶주리는 수백만 명의 세계인을 구제한다든지 또는 세계를 공산주의로부터 해방시켜 준다는 명분이 제시된다는 것쯤은 알고 있을 만큼 우리는 미국의 외교 전략의 성격에 익숙해져 있다. 우리는 진실을 알아야 하며 진실의 편에 서야 한다. 진실은, 땅은 어떠한 이유에서라도, 설혹 그것이 그럴듯해 보이는 이유라 하더라도 파괴되어서는 안 된다는 것이다. 해마다 충분한 식량은 한정된 사람들에게나 가능하다는 점을 인정해야 된다. 충분한 식량의 가능성은, 한결같고 지혜로운 돌봄을 수행하는 사람들에 의해서만 보존될 수 있다는 점을 아울러 인정해야 한다. 농무부가 최근 구상한 것으로 보이는 '긴급 계획'은 장기적으로 보면 기아를 해결하기보다는 더 많은 굶주림을 야기하게 될 것이다.

지금 이 시간에도 텍사스와 오클라호마 주에서는 먼지구름이 피어오르고 있다. 흙먼지가 섞여 있는 눈이 캔자스 주에 내리고 있다. 아이오와 주와 다코타 주에서는 바람에 날리는 흙먼지 때문에 검은 눈이 내린다. 논밭의 부드럽고 비옥한 흙은 사라져 가고, 수분 함유량이 줄어듦에 따라 살충제, 제초제, 화학비료에 대한 의존성은 더욱 커졌다. 단단하게 다져진 흙으로 농사를 짓는 일이 어려워질수록 더욱 커다란 트랙터가 필요해진다. 그리고 트랙터의 무게 때문에 흙은 더욱 다져지는 악순환이 계속되고 있다. 농장의 인력 부족 때문에 더 큰 기계가 더 많이 필요해지고 공학적으로 일을 해결하려는 임시변통적 방식들이 대두되고 있다. (농장의 인력 부족은 도시의 과밀 인구와 실업 문제로 이어지고 있다.) 1부셸(약 36리터)의 옥수수를 재배하는 과정에서 토양침식으로 사라지는 표토층은 2부셸이나 되는 것으로 추산된다. 여러 평가에 따르면, 1칼로리의 옥수수 추출 에너지를 생산하는 데 5~12칼로리의 화석연료 에너지가 들어간다. 전미농민연합NFU(가족농의 권익을 보호하기 위해 결성된 미국의 농민조직—옮긴이)의 한 간부는 "일 년에 1만 달러에서 1만 2천 달러의 수입을 올리는 농민이라도 땅값이 약 32만 달러에 달하면 농토를 포기할 수밖에 없다"는 말을 전하면서, 이는 예외적인 경우가 아니라고 덧붙인다. 누군가 농토를 구입하기 위해 32만 달러의 자금을 치르거나 땅을 상속받은 농민이 그 정도 땅값에 해당되는 상속세를 지불할 경우, 그 땅에 들어간 비용을 뽑을 수 없으므로 소유주는 땅을 유지할 수 없는 것이다. 월간지 『진보 농민』*Progressive Farmer*은 지금과 같은 경향이 계속된다면 향후 20년간 매해 20만 명에서 40만 명의 농민들이 사라질 것이라고 예측한다.

착취자들의 첫 번째 원칙은 분리해서 정복하는 것이다. 미국인들은 명백히 서로 분리되어 있을뿐더러 내면적으로도 분열되어 있다. 이러한 분리와 분열은 어떤 민족들의 경우보다 불길하고 고통스러운 것이다. 착취 혁명이 진행됨에 따라 정치가의 경륜과 장인 정신은 점차 상업적 비즈니스로 변질되었다.* 정치 시장에서 발휘되는 상술은 독재와 탐욕을 자유와 민주주의로 가장해서 정치 상품을 팔아치우는 것이다. 상업적으로 볼 때, 착취 혁명은 허위와 좌절을 사치와 만족으로 가장해서 파는 것이다. 신세계의 모피업자들이 처음 열어 놓은 '끊임없이 확장하는 시장'은 지금도 확장되고 있다. 그러나 이제 시장 확대는 더 이상 영토 확장이나 인구 증가를 통해서 가능한 것이 아니다. 의도적으로 상품 유행을 변화시키고 상품의 질을 떨어뜨림으로써 소비자 불만을 부추기는 행위를 통해서 시장은 확

---

* 상업 비즈니스에서의 상술은 사람들이 필요로 하지도 않고 원치도 않는 것을 과도한 값을 치르고 사도록 설득하는 기술을 가리킨다.

대되는 것이다. (이런 점에서 신상품에 대한 소비자의 히스테리적 욕망은 착취 경제에 내장되어 있는 것이기도 하다.)

추악함과 낭비와 기만을 낳는 탐욕스런 기업은 몸과 영혼 사이에 재앙적인 균열을 만들어 그 틈에서 번성한다. 공동체의 구성원으로서 우리는 내면적 삶과 외적 삶의 심오한 교감을—둘 사이의 일치는 말할 것도 없고—상실했다. 공자는 "자신을 다스릴 수 없다면 세상을 다스리는 것도 어렵다"고 말했다. 우리의 영혼과 세상이 병들어 있다는 증거에 둘러싸여 있는 지금, 공자의 저 말은 치유의 가능성과 아울러 강한 진실성을 느끼게 해 준다. 우리가 걸치고 있는 옷에서부터 농촌 지역에 이르기까지 우리를 둘러싸고 있는 환경은 자연과 노동의 산물이면서, 아마도 정신이나 비전 같은 내면적 삶의 산물이기도 할 것이다. 이 말이 진실이라면, 우리는 이율배반적인 삶을 살고 있다. 사소해 보일지 모르지만 사실은 중요한 예를 하나 생각해 보자. 사치와 게으름 속에서 살기를 원하면서 동시에 마른 체형과 멋진 외모를 지니기를 원하는 것보다 말이 안 되는 것이 어디에 있겠는가? 우리 중 수백만에 이르는 사람들의 생계 방식과 위락慰樂 방법이 파멸적인데도 이들은 건강한 환경에서 살기를 소망한다. 이들은 깨끗하고 신선한 공기를 숨쉬며 삶의 활력을 충전하고 싶어한다. 그러나 이들이 현재 획득하고 있는 '이득'은 모두 재앙과 연결되어 있다. 여기서, 권력이 도덕적이거나 해롭지 않은 방식으로 행사되기 위해서는 완전히 통합된 인격체와 공동체가 존재해야 된다는 점을 생각해 보아야 한다.

분열과 분리를 낳는 원인은 무엇인가? 원인은 여러 가지지만 개별적으로 원인들을 하나하나 살펴보아도 간단치 않으며, 다양한 원인들이 상호작용을 일으킨다는 점에서도 원인은 복합적이다. 그러나 내 견해로는, 일을 대하는 우리의 태도에서 공통적인 원인을 찾아볼 수 있을 것이다. 북미 대륙에서 착취 혁명이 진행되면서, 일을 한다는 것은 인간의 품위를 손상시키는 것이라는 인식, 특히 손으로 하는 작업은 그러하다는 인식이 퍼져 나갔다. 일에서 벗어난다는 것이 우리에게 가장 중요한 욕망이 되었다. 그리하여 일의 품격은 계속 낮아졌고, 마침내 일이란 그저 벗어나기만 하면 좋은 그런 것이 되었다. 우리는 일을 통해 만들어내는 제품의 품격을 낮췄고, 우리는 다시 그 제품들에 의해 천박해졌다. 일을 이런 식으로 경멸하는 태도에서 노예 개념이 생겨났다. 노예는 애초에 일의 부담을 덜기 위해 사용되는 특정한 사람을 가리키는 말이었지만, 나중에 이 말은 특정한 사물까지 지칭하는 말이 되었다. 우리는 사람을 노예로 삼는 데서부터 출발하였지만, 세계를 노예로 삼는 지경에까지 이르고 말았다. 우리는 이 세계의 대체불가능한 에너지와 물질들로 외양만 그럴듯한 '노동절약형 물건'들을 만들어냈다. 쓰레기를 직접 처리하기에 우리는 스스로 너무 훌륭한 존재라고 생각하기 때문에 바다와 바람을 부려서 쓰레기를 실어 나르도록 하고 있다. 우리를 묶어 주는 공동 유산인 세계에 대해 이런 짓을 하면서 우리는 다시 사람들을 노예로 삼는 일을 되풀이하고 있다. 우리는 서로에게 노예가 되었다.

그러나 우리에게 일을 기피할 수 있는 권리가 있는가? 일을 회피하면서도 아무런 대가를 치르지 않을 수 있을까? 역사상 미국은 아마도 국민 전체가 다 그런 식으로 생각하는 첫 번째 나라일 것이다. 우리에게 전해 내려오는 고대의 지혜는 그렇게 가르치지 않는다. 전통적 지혜에 따르면, 일은 죽음 못지않게 필연적인 것이다. 좋은 일은 구원이자 기쁨이다. 부정직하고 이기적인 가짜 일은 저주이자 재앙이다. 창세기에 예언된 땀과 슬픔을 피하려 했지만 우리가 알게 된 것은 그렇게 하려면 사랑과 탁월함, 건강과 기쁨을 포기해야 한다는 것뿐이다.

물리적으로 위험스럽고 도덕에 위배되는 추악한 조건이 우리의 역사로부터 커 가고 있다. 장사꾼들의 유혹적인 감언이설과는 달리, 이 세계는 특별히 안락하거나 행복하지 않다. 이 세계의 풍요는 의미있는 것이 아니다. 왜냐하면 현재의 풍요는 그것을 이루는 방법으로 인해서 빠른 속도로 고갈되어 가는 자원에 의존하고 있기 때문이다. 이런 사태를 보면서 다음과 같은 질문을 던지지 않을 수 없다. "그렇다면 **현재** 바람직한 상황은 무엇인가?"

우리는 그저 풍요, 안락, 신분 상승, 레저와 같은 이상을 무한정 추구할 수 있을 것이라고 믿도록 만드는 정부와 산업계의 몽상가들을 추종할 수도 있을 것이다. 흥미롭기 이를 데 없는 이런 신념은 머지않아 국내의 새로운 유전은 물론이고 셰일오일, 석탄가스화 연료전지, 핵발전, 태양에너지 등 무제한의 에너지원을 개발할 것이라는 생각에 근거한다. 이런 생각들이 허황한 것은, 기본적인 에너지 위기의 원인이 에너지가 부족한 데 있지 않기 때문이다. 그 원인은 도덕적 무지와 나약한 품성에 있다. 우리는 에너지를 사용하는 **방식**과 **목적**에 대해 생각하지 않는다. 더구나 우리는 절제를 모른다. 우리 시대의 특징은 화석연료 에너지의 남용과 낭비와 아울러 인간 에너지의 남용과 낭비에 있다. 만일 핵발전 옹호자들의 말을 믿는다면, 인간의 힘을 터무니없이 낮게 평가하고 오용해 온 사람들의 바로 그 사고방식에 근거하여 핵에너지를 사용하게 될 것이다. 만일 태양에너지와 풍력에너지를 무제한적으로 공급받게 된다면, 이 역시 같은 이유로 파괴적인 방식으로 사용될 것이다.

아마도 사용가능한 에너지원은 모두 개발될 것이다. 조만간 인간의 생존을 위협하지 않는 가운데 모든 에너지원이 개발될지도 모른다. 그러나 모든 에너지원을 다 합친다고 해도 그것이 우리의 생존을 보장해 주는 것은 아니다. 그렇게 하는 것이 바람직한 것도 아니다. 어떻게 하면 살아남을 수 있을 것인가, 또는 무엇이 바람직한 삶인가에 대한 해답은 워싱턴 DC나 석유회사의 실험실에서 찾을 수 있는 것이 아니다. 해답을 찾기 위해선 우리 자신을 좀더 면밀히 살펴보아야 한다.

나는 우리의 역사에서 그 해답을 찾아볼 수 있을 것이라고 믿는다. 한곳에서 오랫동안 안정되게 정착해 사는 삶은 지금까지 우리의 역사에서 비주류적인 것이었다. 그러나 수천 명의 이민자들이 바로 이런 삶을 꿈꿨다. 토머스 제퍼슨의 서신에 이들의 꿈이 웅변적으로 잘 그려져 있다. 해방된 노예들이 꾼 꿈이 바로 그런 것이었다. 이들의 꿈은 1862년 자영농지법Homestead Act에 명시되었다. 선대先代의 가정 중 자영농지법의 비전에 마음이 움직여 그 비전을 현실에 실현시켜 보려 하지 않은 가정은 거의 없을 것이다. 그 비전은 가능한 한 많은 사람들이 땅의 소유권을 나누어 갖는 것이다. 그리하여 땅과 사람들이 경제적 이해관계, 사랑과 일, 가족에 대한 헌신, 그리고 기억과 전통에 의해 서로 밀접한 관계를 맺게 되는 것이다. 어느 정도의 땅이 필요한지는 확실히 말하기 어렵다. 지리적 여건에 따라 다를 것이다. 자영농지법에 따르면 160에이커의 땅을 불하하는 것으로 되어 있었다. 1860년대의 해방노예들은 40에이커를 희망했다. 다른 나라의 농가들은 그보다 훨씬 작은 규모의 땅에서 품위 있는 삶을 유지해 왔다는 것을 알고 있다.

이 오래된 생각에서 기대할 수 있는 것이 아직도 많다. 이런 생각은 치유와 건강을 도모할 수 있는 힘을 지니고 있다. 이렇게 생각을 바꾸면, 정부의 거창한 약속이나 계획에 현혹되지 않고 자기 자신을 돌아보며 현재의 상황과 위치를 정직하게 직면할 수 있는 힘을 가질 수 있게 된다. 또한 그러기 위해서는 어떤 방법이 최선일까에 대한 질문을 던질 수 있는 힘을 지니게 될 것이다. 이런 오래된 생각의 토대 위에 서야 비로소 근심, 공상, 사치, 유한계급의 소망 따위에 기초한 경제가 아니라, 필요의 경제에 대한 전망이 생긴다. 제퍼슨이 민주적 자유의 가장 확실한 안정망이라고 생각했던 '독립적이고 자유로운 시민의 존재'는 바로 그 토대 위에서 가능한 것이다. 그러나 아마도 무엇보다 가장 중요한 것은 이것이다. 바로 집약적 노동, 지역 단위의 에너지 자급, 돌봄, 오래된 공동체에 기초한 농업의 전망이 생긴다는 점이다. 이것을 소비자 관점에서 다시 말한다면, 신뢰할 수 있고 장기적인 식량 공급의 전망이 바로 여기에서부터 생기는 것이다.

이런 전망이 현실화될 가능성은 눈에 띄게 위태로워졌다. 농업에 대해 상류사회는 반감을 가지고 있고, 대중문화는 농업에 불리하게 작용하고 있다. 현재의 농업 공동체와 전통은 약화되어가고 있으며, 우리 청년들에 대한 교육은 결함투성이라 이들은 미숙함을 벗어나지 못하고 있다. 그러나 그 오래된 전망만이 주의 깊고 헌신하는 태도를 지속시킬 수 있을 뿐이다. 이런 태도를 회복하지 않는 한 지구상에서 인간의 삶은 가능하지 않다.

또 다른 위기의 시대였던 60년 전, 토머스 하디Thomas Hardy는 다음과 같은 시를 썼다.

머리를 주억이며 비틀거리는
늙은 소와 함께
느린 걸음으로
졸린 듯 논밭을 일구는 사람뿐.

개밀 더미에서 불꽃도 없이
피어오르는 희미한 연기뿐.
그러나 이것은 계속되리 언제나처럼

왕국들은 사라져도.*

오늘날 대부분의 사람들은 늙은 말로든 트랙터로든 논밭 일구기를 소망하지 않도록 조건 지어져 있다. 그러나 하디가 보여준 비전은 그 어느 때보다 현실적으로 시급해졌다. 지난 60년간의 세월이 만들어낸 차이가 있다면, 이 일은 계속 되어야 하는데도 우리는 그렇게 될 것이라고 확신하지 못하고 있다는 점이다. 그러나 땅을 돌보는 일은 우리의 가장 오래되고 가장 가치 있으며, 궁극적으로 가장 즐거운 책임이다. 남아 있는 땅을 소중히 보존하고 땅의 회복을 촉진시키는 일은 유일하게 정당한 우리 희망이다.

---

* 토머스 하디의 시 「국가가 붕괴되는 이때」(In Time of the Breaking of Nations)는 1916년에 발표되었다. 시인은 제1차 세계대전 참전에 대한 반전 여론이 한참 뜨거워지는 시점에서 나라를 보존하는 진정한 주체에 대해 사유해 보고 있다—옮긴이.

2장

생태 위기는 덕성의 위기다

THE ECOLOGICAL CRISIS AS A CRISIS OF CHARACTER

수신제가치국평천하(修身齊家治國平天下)

— 공자, 『대학』

1975년 7월 윌리엄 루드는 『LA 타임즈』에 다음과 같이 폭로하였다. 가장 크고 가장 존경받는 환경단체들이, 환경파괴를 일삼으며 환경단체의 우려를 무시해 오던 기업체의 주식을 소유하고 있었던 것이다. 예를 들면, 시에라클럽은 엑슨, 제너럴 모터스, 테네코, "최악의 공해 사건을 일으킨 바 있는" 철강업체들, 콜로라도 자원공사, "180만 에이커에 달하는 지역에서 53건의 임대차 계약을 맺고 있는 노천광산업체들과, 환경주의자들로부터 허술한 폐수 관리로 비난을 받는 제지업체들"의 주식과 채권을 소유하고 있었다.

환경단체가 기업체에 투자했다는 것이 알려지자 파문이 크게 확산되었지만, 시에라클럽 지도부는 투자 정책을 적절히 바꾸는 것으로 재빨리 대응했다. 이 문제가 단순히 정책상의 문제라면, 이 투자 파문은 쉽게 잊혀지고 환경단체의 운영에서 불가피하게 벌어지기 마련인 그런 종류의 일탈로 간단히 처리될 수 있을 것이다. 그러나 이런 식의 투자가 터무니없는 것이지만, 문제는 이런 부조리함이 결코 일탈적인 것이라고 **할 수 없다**는 점이다. 환경단체가 기업체에 투자한다는 것은 현대의 품성을 전형적으로 보여 주는 사건이다. 이런 환경보호단체들의 일상적인 행동양식을 보면 일관성이 있다. 이 단체들의 행동양식은 바로 그 구성원들의 개인으로서의 행동양식과 일치한다. 환경단체들은 도덕적으로는 물론이고 현실적으로도 용납할 수 없는 기업체들을 편의적으로 이용했다.

그렇다면 우리가 여기서 문제 삼고 있는 부조리함은 별난 일탈 행위에서 나타나는 그런 것이 아니라, 인간 품성의 깊은 곳에 자리한 근본적인 어떤 것이다. 우리의 생각과 행동 사이의 불일치는 심각하다. 우리 사회가 노천광산업체에 투자하는 환경보호론자들을 만들어내는 것은 단순히 가능할 뿐 아니라 당연하다고까지 생각해 볼 수 있는 일이다. 마찬가지로, 이런 사회에서는 천식에 걸린 사장의 회사가 공기를 오염시키고 살충제 제조 회사의 부사장 아이들이 암으로 죽어가는 일이 필연적으로 일어날 수밖에 없다. 이런 사람들은 '실제 세계'는 언제나 그런 식으로 돌아가는 것이라고 말할 것이다. 이런 사람들은 '생활 수준'을 높이기 위해 치른 자신들의 희생에 대해 자부심을 갖고 있을 것이다. 이런 사람들은 스스로 '실용적인 사람'이라거나 '빈틈없는 현실주의자'라고 생각할 것이다. 이들은 자신들의 이런 생각을 정당화시켜 주는 무수한 근거를 지식인, 대학교수, 성직자, 정치가로부터 끌어올 수 있다. 질병을 '비용의 일부'로 보는 자족적인 정신 상태의 사악함은 아이들의 희생에서 명백히 드러난다. 현대를 살아가는 어른들의 '현실주의'라는 것이 바로 그런 것이다.

우리의 생각이나 말과 행동 사이에 존재하는 모순이 우리 사회의 보편적 현상이라는 사실을 숨길 수 없다. 특별한 지성을 지녔거나, 특별한 관심을 기울이거나, 특별한 덕성을 지녀 이런 현실에서 예외로 존재하는 집단은 존재하지 않는다. 내가 과문한지는 모르지만, 내가 알고 있는 한, 미국인들 중 어떤 식으로든 파괴에 기여하고 있지 않은 사람은 존재하지 않는다. 이유는 간단하다. 엄청나게 파괴적인 경제체제 속에서 파괴적이지 않은 방식으로 살기 위해서는 그 어느 때보다도 훨씬 많은 일을 감당해야 하기 때문이다. 우리의 행성을 파괴하고 있는 테크놀로지와 동력 장치들을 완전히 버리면서도 책임 있는 삶을 사는 것이 가능한가? 현재로서는 생각해 볼 수 없는 일이다. 앞으로도 한동안은 생각해 보기 어려운 일일 것이다. (물론 이 나라 도처에는 그런 삶을 사는 것에 대해 애써 생각해 보기 시작하는 집단이나 가족, 사람들이 존재하기는 한다.)

친환경이라는 관점에서 사람들이 반드시 성인과 죄인으로 나뉘는 것도 아니고, 그렇게 나뉠 수 있는 것도 아니다. 그러나 정당하게 구분을 해야 할 필요가 있는 것도 사실이다. 정도와 의식 면에서 사람들은 구분된다. 어떤 사람들은 다른 사람들보다 덜 파괴적이다. 그리고 어떤 이들은 다른 이들보다 자신들의 파괴성에 대해 더 많이 의식한다. 어떤 이들은 공해, 토양 열화劣化, 노천 채굴, 삼림 채벌, 산업 폐기물에 연루되는 것이 그저 '실용적인' 타협이고 어쩔 수 없는 '현실'이며 현대적인 안락과 편리를 누리려면 어쩔 수 없이 따라오는 대가라고 생각한다. 그러나 이처럼 파괴적인 일에 관련된다는 것 자체가 어떻게 하면 치유책을 마련할 것인지에 대한 생각거리이자 일거리라고 여기는 사람들도 있다.

이처럼 파괴에 저항하는 삶을 살고자 하는 사람들은 사회에서 발견되는 부조리성을 자신들에게서도 직면하게 되었다. 우선, 현대의 조직들은 공개적으로 천명된 명분을 스스로 저버렸다. 정부는 시민들에게 봉사하고 시민들을 보호하겠다고 공개적으로 천명하지만, 실제로는 시민들을 착취하고 억압한다. 의료 조치는 병을 유발하며, 학교는 무지를 그대로 두고, 이반 일리치의 말대로 "교통수단은 거리를 단축시키기보다 오히려 거리를 만들어냈다". 이러한 공적인 부조리는 사적인 부조리가 모여서 이루어질 수 있을 뿐이다. 사회의 타락은 그 뿌리가 덕성의 타락에 있다. 개인의 타락이 사회의 타락으로 이어지는 현상은 우리 시대의 전형적인 도덕적 위기가 되었다. 사회적으로 잘못된 점에 개인들이 연계되어 있다는 것이 분명해진 이상, 우리는 선택해야 한다. 전과 마찬가지로 계속 살든지, 다시 말해서, 우리 스스로 정직하지 않다는 점을 알면서도 될 수 있는 대로 그대로 살아가든지, 아니면 우리의 사고방식과 삶의 방식을 고치는 노력을 시작하든지, 둘 중의 하나를 선택해야 한다.

현대의 덕성을 병들게 만드는 것은 전문화다. 사회**체제**라는 관점에서 볼 때 전문화의 목표는 충분히 바람직해 보일 수도 있다. 전문화의 목표는 정부·법·의료·공학·농업·교육 등을 담당하는 책임을 가장 숙련되고 가장 잘 준비된 사람들의 손에 쥐어 주는 것이다. 그러나 이와는 반대되는 관점, 즉 사람들 하나하나의 개별적 주체의 관점에 서서 보면 문제점들이 보인다. 전인全人적인 개인이라는 개념과 유리된 사회적 총체성은 생각해 볼 수도 없으며, 그런 것이 있다면 그것은 기괴한 것이라는 문제가 떠오르는 것이다.

전문가가 주도하는 시스템의 가장 잘 알려진 첫 번째 위험은, 많은 비용과 수고를 들여 **한 가지 일**만을 하도록 훈련되는 사람들, 즉 전문가들이 만들어진다는 점이다. 여기서 우리는 곧바로 말이 안 되는 상황에 맞닥뜨린다. 예를 들자면, 가르칠 게 없는 교육자들, 말할 내용이 없는 커뮤니케이터들, 예방에는 아무 기술도 관심도 없는, 질병에 대해 값비싼 치료책에만 능숙한 의사들이 생겨난다. 이들보다 숫적으로도 더 많고 더 많은 피해를 야기시키는 이들이 있다. 각종 기기들을 만들어 팔면서도 이런 기기들이 낳을 수 있는 부작용에 대해서는 아무런 관심도 기울이지 않는 발명가, 제조업자, 판매자들이 그들이다. 이렇게 보면 전문화는, 장인 정신, 돌봄, 양심, 책임감 같은 덕성의 여러 기능들을 해체·분산시키는 일을 많은 비용을 들여 제도화하고 정당화하는 한 방식으로 볼 수 있다.

더욱 나쁜 것은, 전문화 시스템은 전문가들에게 한때는 개인적이면서도 보편적인 덕목이었던 여러 가지 능력과 책임감을 폐기처분해 버릴 것을 요구한다는 점이다. 오늘날 평균적인—'바람직한'이라고 표현하는 게 맞을지도 모르지만—미국 시민은, 예를 들면 식량 생산의 문제는 농업전문가들과 '농기업'에게, 건강문제는 의사와 위생전문가에게, 교육문제는 학교 교사와 교육전문가에게, 환경보호문제는 환경보호운동가에게 맡겨 놓았다. 그래서 이렇게 '운 좋은' 시민에게 남겨진 두 가지 관심사는 그저 돈 벌고 즐기는 일뿐이다. 이런 시민은 보통 직장에서 전문가로 하루에 여덟 시간 근무하여 돈을 벌지만, 이 시민이 수행한 일의 질과 영향에 대해서는 다른 누군가가 책임을 지게 될 것이며, 더 일반적으로는 아마도 그 누구도 그것에 책임지는 일이 없을 것이다. 그리고 놀라운 일도 아니지만, 이런 시민들이 독자적으로 할 수 있는 일은 거의 없기 때문에 심지어는 스스로 즐겁게 놀 줄도 모른다. 왜냐하면 터무니없이 값비싼 대가를 받고 남을 즐겁게 해 주는 전문가들로 이루어진 거대 연예산업이 존재하기 때문이다.

이런 전문가 체제의 수혜자는 지금까지 인류 중 가장 행복한 사람들이어야 한다. (또는 그렇게 믿을 만하기도 하다.) 전문가 체제의 혜택을 보는 사람의 핵심 관심 사항들은 **모두** 공인된 전문가들의 손에 달려 있다. 수혜자 자신이 공인된 전문가이기도 하다. 그의 연수입 자체만 봐도 선대의 조상 모두의 수입을 합쳐 놓은 것보다 크다. 직장 근무 시간 외에 그가 할 수 있는 일이란 운전형 잔디깎기 기계 위에 앉아 잔디를 깎거나 텔리비전에서 다른 공인 전문가들을 구경하는 것 이외에 다른 것은 없다. 저녁식사로 그는 간편조리식품으로 한 끼를 때울지도 모른다. 이런 식사는 그와 (역시 공인 전문가로 활동하는) 그의 부인이 그저 식품구입비 지불, 자동차 운전, 그리고 버튼 누르기의 수고만 들이면 바로 가능하다. 자녀들은 저녁식사 후 취침시간 전 몇 분간 잠시 볼 수 있을 뿐이다. 왜냐하면 자녀들 역시 아침식사 이후 하루 종일 교육전문가, 농구 코치, 악기 교사, 또는 어쩌면 법률전문가의 손에 맡겨져 있기 때문이다.

이런 상황은 아마도 세계 역사상 가장 불행한 평균치 시민의 모습이라는 게 사실이다. 그는 돈 이외의 어떤 것도 스스로 조달할 수 있는 능력을 지니고 있지 못하다. 그런데 그의 돈은 역사적 상황이나 다른 사람들의 힘에 의해 풍선처럼 부풀려지기도 하고 바람이 빠져 나가기도 한다. 아침부터 저녁까지 그는 자기가 만들었으니 자부심을 가져볼 만한 어떤 것도 만져 보지 못한다. 그는 자신이 누리는 레저와 레크리에이션에도 불구하고, 기분은 좋지 않고 모습도 안 좋으며 과체중에 건강도 좋지 않다. 그가 마시는 공기, 물, 음식은 모두 오염된 것으로 알려져 있다. 숨을 제대로 쉴 수 없어 죽을 가능성도 충분히 있다. 그는 자신의 애정 생활이 다른 사람들만큼 만족스럽지 못하다는 의심을 갖고 있다. 그는 지금보다 먼저 태어났거나 나중에 태어났기를 소망한다. 그는 자녀들의 생활방식을 이해하지 못한다. 자녀들의 말을 알아듣지도 못한다. 현대의 평균적 시민들은 주의 깊지 못한 인간들이면서도 그 이유를 알지도 못한다. 그는 자기 부인이 무엇을 원하는지, 자기 자신은 무엇을 원하는지 알지 못한다. 잡지 속의 광고 화보를 보면서 자신은 원래 매력적이지 않은 인물이라고 의심하게 된다. 그는 자신이 지니고 있는 모든 것들을 강탈당할지 모른다는 느낌을 갖고 산다. 직장을 잃는다면, 경제가 제대로 작동하지 않는다면, 전기나 가스 공급회사가 망한다면, 경찰이 파업에 들어간다면, 트럭운송업자들이 파업을 한다면, 부인이 떠나가 버린다면, 자녀들이 가출한다면, 불치병에 걸린 것으로 판명된다면 그는 어떻게 해야 할지를 모른다. 물론 그는 이런 걱정들에 대해 공인된 전문가들의 자문을 구하고, 그 전문가들은 자신들의 불안에 대해 다른 공인 전문가들의 의견을 구한다.

여기서 좀처럼 고려되지 않는 점이 한 가지 있다. 그의 불안의 원인은 그가 불안하지 않으면 안 되는 상황에 처해 있기 때문이라는 것이다. 그의 불안은 전문가를 존경해 마지않는 나머지 아직껏 포기하지 않은 어떤 '진보적인' 상식을 가지고 있기 때문이다. 그는 불안할 수밖에 없는데, 그 이유는 그가 무력하기 때문이다. 그가 전문가들로부터 그토록 많은 도움을 받는 수혜자라는 사실, 즉 그토록 많은 전문가들에게 의지하고 있다는 사실은, 단지 그가 전문가 체제의 포로로서 잠재적으로 희생자가 될 수 있다는 것을 의미할 뿐이다. 만일 그가 그토록 많은 다른 이들의 능력에 의존해서 산다면, 그것은 타인의 종잡을 수 없는 방종에 자신의 삶을 맡겨 놓는 일이기도 하다. 스스로 살고자 하는 의지와 이유가 다른 모든 이들의 관용에 종속될 뿐인 것이다. 그가 자신의 고유한 (또는 그렇게 인식되는) 삶을 살 수 있는 기회는 딱 하나뿐이다. 숱한 전문영역들로 정교하게 짜여 있으면서 도처에 긴장감이 흐르는 전문가 체제 내에서, 자기만의 작은 전문영역 내에서 그는 자신의 삶을 살고 있다고 인식할 뿐이다.

공적인 관점에서 볼 때, 전문가 체제는 실패한 체제다. 왜냐하면 모든 일들이 전문가에 의해 수행되지만 제대로 이루어지는 일은 별로 없기 때문이다. 오늘날 전형적인 산업 제품들은 기발하지만 동시에 조악한 것들이다. 개인적인 관점에서 봐도 전문가 체제는 실패한 체제다. 왜냐하면 단지 한 가지 일만을 잘 할 수 있는 사람은 혼자 힘으로 잘 할 수 있는 일이 거의 없기 때문이다. 자기 자신의 의지와 기술로 살 수 있었던 시대의 가장 우둔한 농민이나 부족민이 전문가 사회의 가장 총명한 근로자나 기술자 또는 지식인보다 더 유능하다.

전문화가 지배하는 사회는 점점 복잡해지지만 그 구조는 점점 취약해진다. 사회의 조직화는 그 강도를 더해 가지만, 무질서의 정도 역시 심해지고 있다. 지역사회는 해체되고 있다. 물질과 가공processes 사이의 관계는 어떠해야 하는지, 원칙과 행동 사이의 관계를 비롯해 이상과 현실, 과거와 현재, 현재와 미래, 남자와 여자, 육체와 정신, 도시와 시골, 문명과 자연, 성장과 소멸, 생명과 죽음 사이의 관계는 어떤 모습이어야 하는지, 어떻게 관계를 설정해야 하는지 우리 사회는 제대로 이해하지 못하고 있다. 개인들도 마찬가지로 올바른 관계 설정을 위해 무엇을 해야 할지 몰라 정신을 차리지 못하고 있다. 인간은 더 이상 대체로 자연자원의 기초 위에 주의 깊게 세워진 피라미드와 같이 땅 위에 입지를 세우지 않는다. 무질서한 도시가 도로를 타고 교외로 확장되어 논밭을 파괴하는 것처럼 지금 인간은 무분별하게 광범위한 지역으로 퍼져 나가고 있다.

나라·고향·주거지 같은 개념은 '환경', 즉 우리를 둘러싸고 있는 것으로 단순화되어 버렸다. 우리가 살고 있는 장소는 우리에게 맡겨진 세계의 한 지역인데, 그것을 단순히 우리를 둘러싼 어떤 것으로 보게 되면, 우리의 장소와 우리 자신 사이에는 이미 깊은 분리가 생겨난 것이다. 우리와 우리 나라는 서로를 창조해 내는 것이며, 서로에게 의존하고 있으며, 문자 그대로 서로의 일부다. 우리의 대지와 신체는 서로를 넘나들고, 우리와 대지가 서로의 일부이듯 이웃으로 사는 모든 인간, 식물, 동물들은 서로의 일부이며, 그래서 그 어떤 것도 홀로 번성할 수 없다. 그러므로 문화는 장소에 대한 응답이어야 하고, 문화와 장소는 서로에 대한 이미지이며 서로로부터 뗄 수 없는 존재들이다. 그래서 문화와 장소 중 어느 것이 더 나은 것이라고도 할 수 없다.

전문화 과정들에는 당연히 상호성이나 전체성 같은 개념이 결여되어 있다 보니, 전문화는 개별적인 전문화 영역 간의 갈등을 동력으로 삼아 진행된다. 전문화 과정의 규칙은 협동이 아니라 가능한 한 그 자체에 이익이 되는 방향을 따르는 것이다. 여기서 외형적인 견제와 균형은 적대성에 의해 이루어진다. 그것은 결코 자기 절제에 의해 이루어지는 견제와 균형이 아니다. 노동·경영·군대·정부 등의 행태를 보면, 적대성이 지나쳐서 어쩔 수 없이 외형적으로 견제와 균형을 강요받게 되는 순간까지 자발적으로 절제하는 법이 없다. 신에 의해 창조된 이 세계 전체, 즉 세계와 모든 피조물들에게 이루어지는 공동선은 결코 고려의 대상이 아니다. 왜냐하면 그에 대해서는 생각해 본 적이 없기 때문이다. 현재 우리의 문화에는 공동선에 대해 생각해 볼 수 있는 수단이 완전히 결여되어 있다.

바로 이런 이유 때문에 우리들의 기본적인 문제들 중 어떤 것도 해결되지 않고 있는 것이다. 더 분명히 말하면, 바로 이런 이유 때문에 상황이 악화되고 있는 것이다. 전문가들은 병리적인 증후들을 이용해서 너무 많은 이윤을 챙기고 있기 때문에, 이들이 치유책에 관심이 없다는 것은 분명하다. 이것은 마치 획기적인 과학이나 테크놀로지를 이용하면 긴급 치유가 가능하다는 신화가 돈벌이를 낳고 현 상황을 정당화함으로 인해서 예방에 대한 관심의 싹을 애당초 잘라버리는 것과 마찬가지다. 이처럼 문제 자체가 전문가들에게는 장사품목이 된다. 이른바 전문직이라는 것은 해결할 의지나 능력도 없는 문제들을 '처리'하고 그에 대해 떠드는 일을 통해서 명맥을 유지해 나간다. 질병에 관심이 있을 뿐 건강에는 흥미를 보이지 않는 의사는, 환경보호에 대한 명목에도 불구하고 환경파괴에 투자하는 환경보호론자들과 다를 바가 없다. 이런 이들은 '안정된 일자리'를 통해 안락함을 유지하겠지만, 그 대가로 자신들이 어디에도 소용이 없는 무익한 존재라는 점을 인정해야 한다.

전문가들 사고방식의 가장 곤란한 특징 중 하나는 돈을 대체품으로 여긴다는 점이다. 다시 말해, 이들은 기꺼이 생명의 힘과 기능을 돈으로 환원시켜 버리는 것이다. "시간은 돈이다"라는 말은 전문가적 사고방식의 원리이자 수많은 악의 원천이다. (시간과 돈의 낭비 역시 전문가적 원리이자 악의 원천에 속하는 문제다.) 시간이 돈이라는 생각은 돈이 우리를 충분히 대표한다는 생각과 유사하다. 물론 돈이 인간을 대표한다는 생각이 자주 언급되지는 않지만, 많은 사람들의 공통된 생각이다. 상황이 이렇다 보니, 돈을 기부하는 것이 우리를 특징 짓는 덕목이 되었다.

주는 것이 곧 행하는 것은 아니다. 돈은 행동, 생각, 돌봄, 시간 **대신에** 기부될 뿐이다. 전문화의 결과로 덕성과 의식이 파편화되어 버렸는데, 돈이 이에 대한 치유책이 될 수 없다. 여러 정부기관들과, 제품을 미끼로 우리를 포획한 기업들이 파괴적인 용도로 우리의 돈을 사용하고 있다. 현실적으로 단순하게 생각해 봐도, 이렇게 일방적인 돈의 힘으로 생긴 피해에 대해 우리가 얼마를 기부하면 치유는 물론이고 보상을 할 수 있을 것인가? 그러나 이보다 생각해 보아야 할 더 중요한 점은, 우리가 정부나 기업체가 오용하는 돈보다 더 많은 액수를 기부**할 수** 있다 하더라도, 우리는 여전히 문제를 해결하지 못할 것이라는 점이다. 돈이 우리를 대신할 수 있다는 생각을 하는 한, 우리는 개인의 덕성과 사회체제 사이의 균열을 전제로 하는 근대체제에 굴복할 수밖에 없다. 치료가 질병을 보호하고 있는 형국이다.

이렇게 말해 놓고 보니, 나는 적어도 어느 정도는 제도적인 해결책을 반대하는 주장을 하고 있는 셈이다. 그와 같은 해결책은 문제 해결에 반드시 실패한다. 왜냐하면 이런 해결책으로는 당연히 진짜 문제의 원인이 무엇인지 생각해 볼 수가 없기 때문이다. 현대 정신의 질병인 파편화를 치유할 수 있는, 현실적으로 희망을 줄 수 있는 유일한 진짜 해결책은 작고 소박한 방식이다. 이런 것들은 **개인**으로서는 생각해 볼 수 있지만 정부나 기관에서는 결코 생각하지 않는 방식들이다. 자기 자신의 삶 속에서 시작된 개인적인 해결책들이어야 그런 해결책들이 **비로소** 공적인 해결책이 될 수 있을 뿐이다.

예를 들어, 현대의 소비자로서 정당한 대우를 받지 못했다고 생각되면 소비자 단체와 함께 소비자 보호 법안을 제정하도록 압력을 넣을 수 있다. 그러나 소비자 단체의 일원이 될 때 우리는 우리 자신을 **일개** 소비자로 정의 내리는 것이며, 소비자는 당연히 제조업자와 판매원에 대해서 을乙의 입장에 서게 되는 것이다. 만일 소비자 단체가 원하는 법안을 얻는다면, 소비자는 이번에는 제조업자와 판매원에게뿐 아니라 법을 시행하는 기관에 의지하는 수밖에 없다. 제정된 법이 훌륭한 것이고, 법을 집행하는 자들도 모두 정직하고 능력 있는 사람들일 수 있다. 그러나 그렇다 하더라도, 소비자들은 자신들의 노력이 결국 경계해 마지않아야 하는 사람들의 숫자를 증가시키는 것으로 귀착되고 만다는 것을 알게 될 것이다.

소비자가 소비자 보호단체를 찾고 입법화 과정을 밟는 것은 자기의 '권리'를 생각하기 때문이다. 그리고 최근에 이루어지는 소비자 보호에 대한 이야기들은 대부분 소비자의 권리와 관련을 갖고 있는 것이었다. 소비자의 책임에 대해서 언급되는 일은 거의 없었다. 어떤 조직이 누군가의 권리를 옹호해 주고, 누군가의 권리를 위해서 서비스를 해 줄 수는 있을지 모르겠지만, 누군가의 책임을 대신해 줄 수는 없는 노릇 아닌가? 책임을 누군가에게 전가하는 순간, 우리는 이미 책임 이행의 기회를 빼앗긴 것이고, 그로 인해 무책임한 존재가 되는 것 아닌가? 책임이라는 것이 애초 개인적인 문제일지 모른다. 즉, 책임은 완수할 수도 있고 책임 이행에 실패할 수도 있지만, 결국 책임 자체를 없애 버릴 수는 없는 문제 아니겠는가?

만일 소비자가 자기 책임을 고려하면서 생각하고 행동하기 시작한다면, 그것은 소비자가 한 인간으로서 자신의 능력을 엄청나게 키우는 일이 될 것이다. 그리고 소비자는 다른 방식으로 힘을 발휘하기 시작할 수 있을 것이다. 그의 힘은 미약하고 그다지 극적이지는 않을지 모른다. 그러나 그것은 건강한 것이며, 시간이 지나면서 다른 이들이 모방하여 따라하게 할 수 있는 힘을 지닐 것이다.

책임 있는 소비자라면 비판적인 소비자로서 좋지 않은 상품은 구입을 거부할 것이다. 그리고 그는 절제할 줄 아는 소비자일 것이다. 그는 무엇이 필요한지를 알고, 필요치 않은 것은 구입하지 않을 것이다. 그는 필요의 우선순위를 정해서 소비 욕구를 줄이는 법을 연구할 것이다. 물론 이런 식의 말들은 자주 해 왔다. 그러나 우리 시대에 이런 말들을 크게 외치거나 주의 깊게 이런 말을 하는 사람은 별로 없다. 우리 시대 소비자들의 규칙은 무분별한 지출이다. 자신이 지닌 힘, 능력, 책임감을 습관적으로 포기해 버리고, 어디에도 쓸모없는 존재가 될까 봐 전전긍긍하는 사람들이야말로 지갑을 아무 때나 여는 뛰어난 소비자가 된다. 소비자들의 마음속에 권태로움, 무력감, 성적 무능함, 죽음, 편집증에 대한 공포를 심어 줌으로써 '매혹적으로 포장된' 것이면 무엇이든 구입하거나 좋아하도록 소비자들을 부추긴다. 광고산업은 바로 이런 원칙 위에 세워져 있는 것이다.

잘 주목되지 않았던 사실은—아주 최근까지만 해도 주목해야 할 필요가 없었기 때문이지만—책임 있는 소비자라면 또한 어떤 면에서 생산자가 되어야 한다는 점이다. 그는 스스로 갖고 있는 자원과 기술을 이용해서 자기 자신의 욕구를 상당 부분 감당해 내야 한다. 영양 가치를 잘 따져 부엌에서 식사를 마련하고 단지 선별한 몇 가지의 음식 재료만을 식료품 가게에서 구입하는 가정은, 식료품업자부터 종자업자에 이르기까지 걸쳐 있는 식품산업계에 영향력을 행사한다. 그렇게 자체적으로 기쁨을 만들어내는 가정은 무기력하게 연예산업에 의존하지 않을 것이며, 무력해지지 않음으로써 연예산업에 영향을 미칠 것이고, 권태로움 때문에 아무 생각 없이 연예산업을 지원하는 일은 없을 것이다.

책임 있는 소비자는 이처럼 자기 자신의 불만의 제약으로부터 자유로울 수 있게 된다. 그는 스스로 선택권을 부여했기 때문에 선택할 수 있고, 선택을 통해 영향력을 행사할 수 있다. 그는 제품에 대해 부정적으로 불평하는 것과는 다른 차원으로 나아갈 수 있는 것이다. 그는 자신의 자유를 통해서 시장에 영향을 미칠 수 있다. 이것은 전문화된 행동이 아니라, 실제적이고 복합적인 차원에서, 즉 현실적이면서도 도덕적인 차원에서 이루어지는 행동이다. 인간은 스스로 책임 있고 자유로운 존재가 됨으로써 자신의 삶과 주변을 변화시킨다.

이제 책임 있는 소비자들과 단순히 조직화된 소비자들 사이의 결정적인 차이를 인식할 수 있을 것이다. 책임 있는 소비자는 소비자라는 범주를 완전히 벗어나 있다. 그가 책임 있는 소비자라는 것은 부차적인 문제다. 그가 책임 있는 소비자일 수 있는 것은 책임 있는 삶을 살고 있기 때문이다.

조직화된 환경보호론자와 책임 있는 환경보호론자가 어떻게 다른지 구분하는 것도 마찬가지로 가능하다. (물론 책임 있는 소비자가 바로 책임 있는 환경보호론자다.) 단순히 조직화된 환경보호론자들은 기본 관계를 시야에서 놓치고 있는 전문가들로서 기능하고 있다. 환경보호론자들이 자연자원을 황폐화시키는 산업체의 주식을 보유하고 있는 것은, 자신들의 말과 행동 사이의 관계, 욕망과 삶 사이의 관계를 명료하게 인식하지 못하고, 그렇기 때문에 그에 대한 책임감이 없기 때문이다.

예컨대, 시에라클럽 홍보물에 인쇄되어 있는 슬로건은 시에라클럽의 자기 규정이라고 할 수 있다. 그 슬로건에 따르면 시에라클럽의 목표는 "… 미국의 풍경 자원을 탐사하고 즐기며 보호하는 것……"이다. 시에라클럽의 요즘 관심사와 태도를 보면, 시에라클럽이 어느 정도 이러한 슬로건을 어기고 있는 것으로 보인다. 그러나 슬로건의 내용 자체가 환경보호단체의 한계를 보여주는 면도 있는 것으로 보인다. (환경단체 스스로 한계를 만들어낸 면도 있고, 한계가 조직의 속성에 내재되어 있는 면도 있다.)

슬로건에서 핵심 어휘는 '풍경'이라는 말이다. 슬로건의 맥락에서 보면, '풍경'이라는 어휘는 화석화된 말이다. 이 말은 안락함과 사치스러움이 그저 창의적이고 진취적인 사람들에게 진보의 대가로 받아들여지던 시대로부터 넘어온 유산이다. 그 시대는 도시화와 산업화라는 말에서 어떤 위협도 느껴지지 않았고, 그러므로 환경보호는 휴가에 가까운 행동이었던 그런 시대였다. 일 년 중 여러 주 동안 또는 매 주말마다 "도시를 빠져 나가는 것이 좋았"으므로 가 볼 만한 좋은 장소가 그대로 남아 있어야 한다는 것에 대해 관심이 있다는 것은 이해할 만한 일이다. 좀더 모험을 즐기는 휴가자들은 특별한 아름다움을 지닌 장소들을 잘 알고 있었다. 그런데 이런 장소들은 따로 보호하지 않으면 제 모습을 잃게 될 것이었다. 그런 점에서 이런 장소들을 즐겨 찾는 이들은 가능한 한 나름대로 이런 장소들을 지켜내는 데에 힘을 발휘하였다. 이들로 말미암아 황야보호시대를 열게 된 것도 사실이다. 덕분에 이런 오지를 보호해야 한다는 의식을 심어 줬다면 그에 대해 고마워 해야 한다는 것은 분명하다. 그러나 자연의 전반적인 손상이 궁극적으로 산업혁명으로 인해 발생했다는 관점에서 비판이 이루어지도록 하는 데에 자연보호운동이 기여한 것은 별로 없다.

이제 우리는 황야보호운동이 환경보호라는 전문영역에서 벌어지고 있다는 것을 알 수 있다. 시에라클럽의 슬로건 속에 나오는 '풍경'이라는 단어는 환경보호의 전문화를 상징하고 있다. 경치 좋은 곳이라는 말은 '관찰자가 바라보는' 장소라는 의미를 지닌다. 그것은 '경치'다. 감상자가 어떤 장소를 경치 좋은 곳으로 인식할 때 그

감상자는 그저 그 장소에 대한 관찰자일 뿐이다. 여기서 감상자와 장소는 서로 별개이며 멀리 떨어져 분리되어 있다는 함축이 들어 있음을 알 수 있다. 경치를 감상하는 자는 이처럼 자신이 관심을 갖고 있는 장소의 성격과 장소에 대한 자신의 관계에 분명한 제한을 둔다.

그러나 설혹 슬로건이 "미국의 자원을 탐사하고 즐기며 보호하는 것"이라고 되어 있다고 하더라도 가장 결정적인 사항이 여전히 빠져 있다. 왜냐하면 환경보호론자들이 미국의 자원을 탐사하고 즐기며 보호한다는 것은 결국 그것을 **사용**하는 것이기 때문이다. 환경보호론자들은 미국의 자원으로부터, 그것의 경치가 좋든 아니든 간에 자신들의 삶을 이끌어 내고 있다. 탐사하고 즐기며 보호하려는 결의가 자원의 책임 있는 사용을 규정하고 실행하는 도덕적 에너지를 만들어내야 한다. 만일 그렇지 못할 경우, 조직화된 환경보호는 결국 무익한 것으로 판명날 것이다. 그렇게 되면 그것이 바로 도덕적 덕성이 발현되지 않은 경우가 될 것이다.

환경보호단체들이 책임 있는 사용에 대해 규정을 내리고 옹호하며, 어느 정도는 요구할 수도 있는 것이겠지만, 환경단체는 이를 법제화하여 시행할 수 있도록 하는 수단을 갖고 있지 않다. 환경단체는 자원의 책임 있는 활용을 효과적으로 강제할 수 없다. 세계를 사용한다는 것은 결국 사적인 문제일 뿐이다. 세계는 수많은 사람들이 절제하고 돌볼 때에만 건강하게 보존될 수 있을 뿐이다. 다시 말해, 개인적인 '성공'의 가능성을 말할 때 바로 그 사람의 됨됨이와 연관시켜 말하는 것과 마찬가지로, 세계의 건강 가능성은 개인의 덕성과 연관시켜 규정하는 것이 시급한 과제다. 환경단체는 이런 식으로 절제와 돌봄을 장려할 수는 있겠지만, 제공할 수는 없다.

3장

생태 위기는 농업 위기다

THE ECOLOGICAL CRISIS AS A CRISIS OF AGRICULTURE

인간과 세계의 적절한 관계는 단체나 조직을 통해서 만들어질 수 없다. 그 이유는 조직이 인간과 세계의 관계를 규정하는 방식은 막연할 수밖에 없기 때문이다. 개인이 세계를 대하는 태도가 아무리 일반적이라 하더라도, 개인이 세계에 미치는 영향은 어느 시점에서 반드시 구체적이고 명백해질 수밖에 없다. 우리의 동의나 이해 여부와 관계없이 노천탄광업자는 자신의 이익을 위해 불도저를 동원해서 산허리를 허물어 버릴 것이다. 수목들은 말끔히 베어져 나갈 것이며, 옥수수밭 한가운데까지 도랑이 파헤쳐져 들어올 것이다.

환경보호운동을 통해서 일반성과 구체성 사이의 딜레마가 해소된 적이 없다. 이 문제를 정면으로 바라본 적이 없다. 아주 최근까지만 하더라도—공해와 노천탄광 채굴이 뜨거운 이슈가 될 때까지—환경보호론자들은 이 나라의 땅을 둘로 나누어 생각했다. 하나는 환경보호론자들이 보호하면서 향유하고 싶어하는 땅, 즉 황야 지역이며, 다른 곳은 **다른** 이들이 사용하도록 내버려둔 땅이다. 오염과 광산 채굴이 늘어남에 따라 환경보호운동의 관심사는 두 갈래로 나뉜다. 하나는 원시적인 땅에 대한 관심이다. 환경보호운동의 또 하나의 관심은 치명적으로 혹사된 땅이다. 그러나 현재로서는 **토지**

사용에 대한 논의는 여전히 시작 단계에 머물러 있는 형편이다.

상황이 이렇다 보니 환경보호를 하는 태도는 분열되어 있다. 그리고 이런 식의 분열 속에는 재앙이 잠재되어 있다. 이렇게 양분된 환경보호의식 때문에 한편에서는 의도적으로 '환경'의 어떤 부분과 어떤 장소는 보호되지만, 미필적 고의에 의해 다른 장소들에 대해서는 파괴가 자행되고 있는 것이다. 이런 식의 환경보호의식은 휴가를 즐기려는 태도와 환경위기에 대응하는 태도로 분열되어 있다. 그러나 여기서 일상 생활 자체가 일상 생활의 토대에 어떤 영향을 미치는지에 대해서는 둔감한 경우가 많다. 오늘날의 전형적인 환경보호론자는 자기가 향유하는 것들을 보호하기 위해서 투쟁할 것이다. 그는 자기 건강에 위협이 되는 것이면 무엇이든 그에 맞서 싸울 것이다. 그는 주의를 끌 정도로 규모가 크고 강력한 생태파괴에 대해서는 반대할 것이다. 그러나 자신의 생활, 습관, 여흥, 취향이 끼치는 영향에 대해서는 별 신경을 쓰지 않는다. 그는 자신이 세계와 어떤 관계를 맺고 있는지에 대해 정교하고 엄밀한 개념 정의를 내린 바가 없다.

버몬트 주의 월코트에 사는 데이비드 버드빌에게서 받은 편지를 보면 이 문제에 대한 개념 정의가 잘 내려져 있다.

> 전투적인 환경운동계 사람들에게서 어떤 증후가 발견됩니다. 그 사람들은 테라리움(유리 화분—옮긴이) 세계에 빠져 있다고나 할까요. 환경운동계 사람들은 자연을 유리창 너머 저 멀리 떨어져 있는 어떤 것으로 보

는 것 같습니다.

사람들은 시골까지 내려와 30에이커의 초지를 사들입니다. 그리고 그 초지로 무엇을 하려고 하냐고 누군가 물으면, 전범戰犯이라도 본 듯 이렇게 말합니다. "왜요? 아무것도 안 할 겁니다! 지금 **이대로** 내버려 두고 싶습니다!" 이들은 자신들이 환경을 보호하고 있다고 생각하지만, 이들이 잊거나 모르는 것은 자연은 진공 상태를 몹시 싫어한다는 사실입니다. (…) 2~3년 안에 이들이 사 놓은 초지는 조팝나무와 각종 딸기들, 회색빛을 띤 어린 자작나무와 빨간 단풍나무로 무성해질 것입니다. 머지않아 초지를 구입한 사람들은 울창해진 관목숲을 걸어서 지나다니는 것조차 어려워질 것입니다. 이들은 땅을 여타의 소유물로 취급합니다. 소유한 땅을 방치한 채 수동적으로 바라보기만 할 뿐, 땅과 살아 있는 관계를 맺는 것을 혐오하기 때문에 거기서 무엇인가를 하기를 원하지 않습니다. (…)

이런 사람들이 잘 하는 일이 또 한 가지 있습니다. 땅을 사면 곧 사유지 공고문을 게시하는 것이지요. (아마도 동물들을 보호한다거나 투자 재산을 보호할 목적으로 이런 일을 하는 것이겠죠.) 그리고 이들은 집으로 돌아가 버립니다. (…) 그렇게 되면 여기서 계속 사슴 사냥을 하던 사람들은 미쳐 버립니다. 보호를 미명으로 사유지 공고문을 게시하는 것은, 사실은 재산 소유에 대한 자본주의적 관념과 관련을 갖지만 이를 살짝 가리고자 할 뿐입니다. 나는 토지를 포함한 재산 소유에 반대하지 않습니다. 그러나 이렇게 공고문 게시를 통해서 이 사람들은 자유로운 토지 사용이라는 지역의 뿌리 깊은 전통을 위반하고 있는 것이죠. 물론 토지 무단 침범에는 불이익이 따르기도 하고, 과도한 토지 사용으로 문제가 생기기도 했습니다. 그러나 높이 사야 할 점은, 자유 토지 사용의 전통 속에는 토지는 사용하는 것이며 공유하는 것이라는 점에 대한 이해가 있었다는 점입니다. 상류 계급에 속하는 환경운동계의 사람들은 바로 이런 이해가 부족합니다. (…)

우리는 항상 이웃들과 어울려 시골 지주의 땅에서 나무에서 떨어진 사과들을 줍지요. 그렇게 할 수 있는 권리가 있다는 느낌이 있어요. 남의 땅에 들어가는 게 죄가 아니라, 사과를 버려둔 채 내버려 두는 게 죄라는 그런 느낌이 있는 거죠.

내가 말하고자 하는 바는 환경운동계에는 좀 추잡한 엘리트주의적인, 일종의 계급투쟁 같은 것이 작동하고 있다는 점입니다. 내가 살고 있는 지역에서 좋은 예를 하나 들자면, 트레일러를 둘러싼 논쟁을 말할 수 있을 겁니다. 환경보존단체인 오듀본(조류학자인 존 제임스 오듀본의 이름을 딴 환경보호단체—옮긴이) 스타일의 환경보존론자들이 트레일러를 환경보존지역에 놓아두지 못하게 하기 위해 열심히 싸우고 있는 중입니다. 이들은 트레일러는 트레일러 주차구역에 주차하거나 아예 트레일러를 없애버리자는 주장을 하고 있습니다. 트레일러는 이 지역의 한 노동자가 살 수 있는 유일한 주거 공간이기도 합니다. 설혹 이 노동자가 부모로부터 3에이커의 땅을 물려받아 그곳에 트레일러를 놓아두고 싶어하더라도 이 사람들은 안 된다고 말했을 것입니다. 그런데 이것이야말로 '신사적인 방식으로' 가난한 사람을 슬럼가로 몰아내는 행태인 것이다. 많은 환경론자들의 태도에는 계급투쟁적 요소들이 많이 내재되어 있습니다. 두려운 일입니다. (…) 자연세계에 대한 환경론자들의 관점은 너무나 섬세하고 값비싼 것입니다. 그것은 테라리움 같은 것으로 유리창 속에서 비치는 그림 같은 것입니다. 그러나 내가 알고 있는 것은, 섬세하고 값비싼 것은 (자연에 대한 관점이 아니라) 자연이라는 점입니다. 나는 또한 자연이 강인하고 회복력이 있어서, 애정을 갖고 사용하면 그에 대해 반응하며 그와 함께 번성할 수 있는 놀라운 힘을 지니고 있다는 것을 알고 있습니다.

(…) 만일 자연 경관으로부터 내가 배제된다면, 나는 그것에 아무런 관심을 갖지 않겠습니다. 왜 그래야 하는가요? 오듀본 회지를 보면, 거의 언제나 아름다운 모습을 담은 사진 속에 사람이 등장하지 않습니다. 사람이 나오는 사진은 추한 모습인 경우가 많습니다. 이 무슨 자기혐오란 말인가요! 이들에게 편지를 써 다음과 같이 말하고 싶은 생각이 계속 듭니다. "내 이름은 데이비드 버드빌이다. 나는 생명의 사슬에 속해 있는 존재로서 구경꾼이 아니라 참여자다. (자연은 텔레비전이 아니다!) 문제는 자연의 사용 여부가 아니라, **어떻게** 사용할 것인가 하는 점이다."

환경보호론자들은 한편으로는 자연세계에 대한 인간의 영향이 얼마나 가혹한 것인지를 인식하고 있다는 점에서 자부심을 갖고 있다. 그러나 다른 한편으로는 인간을 스스로 부정하는 것, 즉 자연을 현재 상태 그대로 내버려 두자는 것 이외의 다른 점에 대해서는 생각할 능력이 없다.

이것은 중요한 문제다. 나는 이 문제를 지나치게 단순화시키지 않으려고 주의를 기울이고자 한다. 먼저 인정해야 될 점은 황야 보호는 중요하다는 점, 그리고 황야가 인간의 기억과 문화에 있어 일정한 역할이 있듯이 어떠한 보존 프로그램에도 황야 보존은 일정한 자기 몫을 지니고 있다는 점이다. 황야에 대한 관심은 보존 노력의 최정점에 있어야 할 것으로 보인다. 실제로 제대로 된 문화라면, 의식의 최전방에 틀림없이 황야에 대한 관심이 자리 잡고 있을 것이다. 여기에는 몇 가지 이유가 있다.

첫째, 우리의 문화적 뿌리는 물론이고 생물학적 근본이 자연에 있다. 우리는 원초적인 세계에서 시작하였다. 인간사에 의해 이 시원始原의 세계는 위축되지 않았다. 역사의 여러 순간에, 훼손되지 않은 황야는 우리의 의식 세계에 들어와 매력적이지만 선뜻 수락하기 어려운 **초대**의 손짓을 해 왔다. 이런 역사 속 기억을 보존하는 것이 중요하다. 마을마다 아이들이 선사시대와 역사의 시초를 상상할 수 있는 장소가 필요하다. 그곳에서 아이들은 자취를 남기지 않은 미지의 최초 정착자들을 그려볼 수 있을 것이다.

둘째, 세계를 겸손한 마음으로 사용하려면 전혀 사용하지 않는 장소가 필요하다. 우리에게는 어떤 것은 그대로 내버려 두는 경험이 필요하다. 어떤 장소들은 인간의 존재로 인해 변형되거나 영향을 받으면 안 된다. 인간의 이성에 의해 뒷받침된다 하더라도 함부로 사용해서는 안 되는 장소가 필요하다. 우리에게 감화를 주는 장소가 필요한 것이다. 그런 곳에 인간이 함부로 영향을 미치려 해서는 안 된다. 그곳에 갈 때는 무위無爲의 느낌, 무위의 즐거움이 있다. 그곳에 갈 때 우리는 아무런 문명의 이기나 도구도 지니지 않은 채 문화적으로 벌거벗은 상태가 된다. 우리는 그곳을 차지하러 가지 않는다. 우리는 그곳에 우리 자신을 의탁할 뿐이다. 옛날부터 존재했던 신성한 마을 숲이 우리에게 필요하다. 숲의 거룩함을 인식하려면, 신성이 깃든 듯 조심스레 대할 마을 숲이 필요하다.

셋째, 우리에게 대자연이 필요한 것은 그것이 문명의 기준이자 문화적 모델이기 때문이다. 자연의 생명 과정이 교란되지 않는 지역을 보존해야만 우리는 비로소 문명의 자연적 토대에 문명이 어떤 영향을 미치는지에 대해 분명한 감각을 유지할 수 있다. 땅의 **과거 상태**를 알아야 비로소 땅의 **현재 상태**를 알 수 있다. 기록, 수치, 통계로는 충분하지 않다. 진정한 의미에서 안다는 것은 보는 것이다. 토양부식률, 토양구조 또는 비옥도의 차이를 직접 보아야 한다. 그래야 그 차이를 최소화할 수 있을 것이다. 대자연은 문화적 모델로서 꼭 필요한 존재다. 앨버트 하워드Albert Howard(유기농업의 선구자로 불리는 영국의 식물학자—옮긴이)도 숲 속에서 흙의 생성과 소멸은 균형을 이루기 때문에 농부들은 숲의 토양과 유사한 방식으로 밭을 관리해야 한다고 말한 바 있지만, 여기서 시사되는 바 역시 숲이 문화적 모델로서 필수불가결하다는 점이다.

그러나 황야에서 작은 구획 이상의 땅을 보존할 수 있겠다는 희망을 갖기 어렵다. 현실적 형편으로 보나 그릇된 문화적 풍토로 보나, 황야의 보존을 상상하는 것조차 힘들다. 우리는 황야를 사용해야 한다. 환경보호론자들은 독선적인 분노감을 표출하기도 하다가 어느새 자조적인 태도를 보이기도 한다. 이렇게 이들의 태도가 종잡을 수 없는 것은 대자연의 사용에 대한 관점이 빠져 있기 때문이다. 환경보호운동의 자기모순을 해소하고, 필요한 만큼 환경보호의 열망이 도처에서 다양하게 실현되려면, 자연에 대한 '부드러운 사용'의 가능성을 이해하고 상상하고 실천함으로써만 가능할 뿐이다. 그래야만 인간 삶의 토대인 토지로부터 사람들을 분리시키는 경계선이 사라질 것이다. 그래야만 토지를 돌보는 일로부터 사람들이 분리되는 일도 사라질 것이다. 토지를 사용하는 방식은 여러 가지다. 그러나 생각해 봐야 할 가장 일반적인 토지사용 방식은 농사를 통한 토지사용이다.

현재 부드러운 토지사용의 가능성은 많은 문제들에 봉착해 있다. 우선, 조직과 제도의 관점에서는 궁극적으로 이 문제를 해결할 수 없다. 제도적 해결방식은 실행의 관점에서 문제에 접근하기 때문에 문제를 협소하고 단순화시켜 보는 경향이 있다. 많은 사람들이 다 함께 무언가를 실행하려면 다양한 이해관계를 수렴시킬 수 있는 지점을 규정하고 찾아낼 수밖에 없다. 조직체는 단 하나의 목표를 향해 나아가는 경향이 있다. 조직은 그 목표를 위해 규칙을 만들고 투표를 하고 법률을 제정한다. 이런 상황에서 조직은 강한 슬로건 아래 하나로 뭉치는 것이 상대적으로 간단하다는 점을 알게 된다.

그러나 부드럽게 토지를 사용한다는 것은 실제로는 복잡하고 다양한 방식의 광범위한 개념이다. 토지는 그 종류와 기후, 조건, 경사도, 경관, 역사에 따라서 너무나 다양한 성질을 띠기 때문에 일반화된 토지 개념을 적용시키는 것은 불가능한 일이다. 또한, 그렇듯 일반화된 관리방식으로 토지가 비옥해진다는 것 역시 불가능한 일이다. 토지를 일반화된 방식으로 관리하면서 동시에 부드럽게 사용한다는 것은 있을 수 없는 일이다. 예법도 상황의 차이를 고려하지 않고 일반적으로 적용하면 무심하고 나쁜 예절로 둔갑하는 것과 마찬가지 이치다. 모든 밭(또는 밭의 전 구역)을 똑같은 방식으로 관리하는 것은 농사를 짓는 것이 아니라 산업적 관리를 하는 것이다. 부드러운 토지사용은 친밀한 지식과 가장 예민한 반응과 책임성에 달려 있다. 지식(또는 사용법)이 일반화될수록, 근본적인 가치는 파괴된다. 가정을 책임지는 사람이 소비자가 되어 갈수록 농장은 공장으로 탈바꿈한다. 그런 변화의 결과는 가정과 농장 모두에게 재앙이 될 가능성이 크다.

농사를 지으면서 어떻게 하면 토지를 부드럽게 사용할 것인가에 대한 이해는 농장과 가정 모두와 관련을 갖는다. 왜냐하면 농장과 가정은 서로에게 지대한 영향을 미치기 때문이다. 과거에는 농장이라는 개념 속에 가정이 포함되어 있었다. 농장경제의 본령은 본질적으로 가정경제였다. 농장을 소유하고 경영했던 가정은 그 농장이 생계 수단이었다. 그러나 농장은 또한 도시의 다른 가정들에게 식량 공급원이기도 했다. 도시의 가정들은 농장에 의존하기는 했지만 그렇다고 전적으로 수동적인 위치에 있기만 한 것은 아니었다. 도시 가정들의 수동성이 제한적이었다는 것은 두 가지 의미에서 그렇다. 첫째, 도시의 가정들 역시 식량 생산자 역할을 하기도 했다. 도심의 부지가 일상적으로 텃밭으로 사용되는 일이 많았고, 때로는 젖소와 돼지, 닭을 키우는 축사로 사용되는 일 역시 많았다. 둘째, 도시의 가정은 식품을 주의 깊게 선택하고 장만하였다. 이웃해 있는 가게들은 부엌에서 쓰이는 원재료들을 지역의 가정에 공급해 주는 역할을 하였다. 그렇기 때문에 이웃한 가게들은 지역의 가정이 무엇을 필요로 하며 어떤 취향을 지녔는지에 대해 개별적인 지식을 갖추고 있었다. 가게 주인들은 고객들의 필요에 직접적으로 영향을 받았다. 왜냐하면 가게 주인들이 번성하기를 원한다면 정직하게 고객들이 필요로 하는 물품을 공급해야만 했기 때문이다. 그러므로 가정은 단순히 식품생산 경제의 한 단위만이 아니었다. 가정의 구성원들은 필수 생산 기술을 발휘하였다. 식품 소비자들이 곧 식품 생산자이거나 가공자였다. 또는 둘 다이기도 했다.

가정과 농장의 이와 같은 협업은 미국에서는 충분히 검소한 삶을 낳지 못했으며, 땅의 비옥도에 주의를 기울일 만큼 충분한 것도 아니었다. 역사나 문화가 결정적으로 달랐다면 검약와 돌봄의 삶이 가능했을 것이라고 추정해 보고 싶다. 그러나 실제로는 가정과 농장의 협업, 그리고 땅에 대한 돌봄은 오히려 퇴행해 왔다. 협업자들은 자신의 역할을 단순화시켰다. 가정은 단순히 소비적인 기능만 하는 집이 되었다. 농장은 삶을 살아가는 장소와 삶의 양식으로서의 의미를 잃고 생산의 한 단위가 되었다. 그래서 가정과 농장의 한때 협력적인 관계는 경쟁적인 관계가 되어 버렸다. 원재료의 공급자에 지나지 않았던 상인이 가정과 농장 사이를 틈입해 들어와 가정과 농장이 이전에 수행했던 기능을 빼앗아서 점차적으로 가공자와 생산자 역할을 하게 되었다. 그러다 보니, 한때 삶의 질적 기준을 충족시키려 노력하던 사업체들은 점점 단순히 경제적이고 수량적인 기준의 영향 아래 놓이게 되었다. 이제 기업들은 더 이상 개별적인 취향이나 선호, 검소한 삶의 기준에 민감하게 반응하지 않는다. 소비자는 식품 가격이 가능한 한 저렴하기를 원하고, 생산자는 가능한 한 비싸기를 원한다. 소비자와 생산자 모두 가능한 한 노동을 하지 않기를 원한다는 점에서는 마찬가지다. 그래서 값싸고 편리해야 한다는 기준은 별 수 없이 단순화를 낳고, 필연적으로 착취를 불러올 수밖에 없다. 나아가 복합적 사유를 필요로 하는, 사람과 땅의 건강함이라는 기준은 경제적 기준에 의해 대체되었다.

사회적 풍조, 허위의식, 그리고 프로파간다 덕분에 대중들은 현대식 농업이 의심의 여지 없이 현대의 총아라고 믿게 되었다. 미국 시민들은 미국의 농부들이 현재 자신과 56명의 다른 사람들을 먹여 살리고 있는 것은 전적으로 좋은 일이며 위대한 업적이라고 아무런 의심 없이 믿는다. 미국 시민들은 "노동력의 96퍼센트는 식량 생산으로부터 해방되었다"는 말을 기꺼운 마음으로 경청한다. 그러나 미국 시민들은 노동력이 '해방'된 것은 무엇을 위한 것인지, 또는 그 결과 얼마나 많은 이들이 어떤 형태로든 고용으로부터 해방되었는지에 대해서는 묻지 않는다. 그러한 '여론 풍토' 때문에 최근 한 농림성 차관이 토양 고갈과 부식 같은, 있을 수 있는 비용은 전혀 인정하지 않은 채 윤작 원칙을 비난할 수 있었던 것이고, 1974년 버츠 전

농림성 장관이 그에 동의하여 "미국의 전 농장의 4퍼센트만으로도 전체 농산품의 50퍼센트를 생산했다"고 말할 수 있었던 것이다. 그러나 이와 같은 진술은 그에 따르는 인간적·농업적 비용을 인정하지 않는 것이다.

현대농업에 대한 상찬이 이런 인사들로부터 오랫동안 이어지다 보니, 이제는 이런 현대농업 예찬은 아무 생각 없이 이루어지고 있다. 이들이 예찬하고 있는 것은 사람과 토지 사이의 관계를 일반화시키는 현상인데, 이것은 결국 농업과 문화의 재앙이다. 한 명의 농부가 자기 자신 이외에 56명의 사람들을 먹여 살릴 수 있다는 것은 전문가의 제한된 견해로만 보면 기술의 승리일 수 있다. 그러나 어떤 이유를 대더라도 그것은 농업이나 문화의 승리로 간주될 수 없다. 그것이 가능했던 것은 지식을 에너지로, 돌봄을 방법론으로, 도덕성을 테크놀로지로 대체했기 때문이다. 이 '업적'이라는 것은 기본적으로 농부들이 이루어낸 일이 아니라(오히려 농부들은 대개 그 희생자들이었다), 기업과 대학의 전문가들 그리고 정부기관이 협력하여 이룬 일이다. 그러므로 현재의 농업 발전은 농업적 목표나 규범으로 이루어진 것이 아니라 상인, 기업가, 관료, 대학의 전문직업인 들의 야망에 의해 이루어진 것이다. 이런 상황 속에서 농토와 농민에게 끼친 영향이 파멸적이라고 해서 놀랄 일은 아니다. 이런 식의 농업 발전은 농토를 두 부류로 나누어 놓았다. 농토는 거대장비를 사용할 수 있는 땅과 그렇지 않은 땅으로 나뉘어졌다. 농민들도 역시 두 가지 부류로 나뉘었다. 큰 기계를 구입할 수 있는 자본을 마련하기 위해서는 대규모 농토가 필요한데, 대규모 사업에 대한 감각과 관리능력을 지닌 농민과 그렇지 못한 농민, 두 부류로 나뉜 것이다.

너무 경사졌거나 돌이 많든가 넓이가 작아서 큰 기계로 농사를 지을 수 없는 땅은 점차 농사를 아예 짓지 않고 잡초나 관목이 무성해진 채 묵혀져 있는 경우가 많다. 이전의 잘못된 사용으로 망가져 있는 이런 묵답의 수로 역시 수리되지 않은 채 방치되어 있다. 이런 농토도 부드럽게 사용하면 생산성이 높은 토지가 될 수 있다는 사실에 대해서는 아예 관심이 없다. 현재 우리에게는 작은 기술, 작은 경제, 그리고 이를 활용할 수 있는 인력도 없다. 이런 '경제성이 없는' 땅이 얼마나 중요한지, 이런 땅에 적합한 농업기술과 경제가 얼마나 중요한지는 분명히 농업전문가들이 제대로 생각해 본 적이 없는 당혹스런 물음이다. 그만큼 농업전문가들은 '크다'는 것의 매력에 매혹되어 있는 것이다.

규모를 더 키울get bigger 수도 없고 그러므로 퇴출될get out 수밖에 없는 농가들은 지극히 일상적인 비용으로 처리해 버릴 수 있는 회계장부상의 항목에 지나지 않는다. 이러한 지출 항목은 얼마든지 감내할 수 있는 합리적 비용이 되는 것이다. 버츠 전 농림성 장관은 신개념 일류 농부의 사업 수완을 예찬했지만("이 시대의 농부는 은행가 못지않게 금융과 사업적 책무에 대해 많이 알고 있는 게 틀림없다"), 그는 분명히 그와 같은 경제지식의 **농업적** 의미나 효과에 대해서는 별다른 생각을 해 본 바가 없다. 비즈니스적인 의미에서 은행가보다 수완이 뛰어나지는 않지만 뛰어난 농부가 있을 수 있다는 점에 대해서도 그는 생각해 본 바가 없는 것 같다. 이것이 바로 전문가들에 대한 무조건적인 의존의 맹점이다. 버츠는 농업전문가이다. 농업전문가는 당연히 농부가 아니다. 버츠는 농부의 편이 아니다. 지금 내 손에는 버츠 전 장관과 차관들이 행했던 열다섯 편의 연설문이 있는데, 한결같이 미국 농민의 생산성, 즉 사업적 성공만을 예찬하고 있지, 그 어디에도 농토 유지와 소농 문제를 언급하고 있는 대목은 없다.

차관이었던 리차드 벨의 연설 한 대목을 인용해 보면 농업에 대한 관리들의 공식적인 태도가 어떤 것이지 정확하게 보여준다.

> … 진정한 농업의 힘은 (…) 농산물 수출을 통해 농업 달러를 창출해내는 것이다.
>
> 진정한 농업의 힘은 미국 전체의 5퍼센트도 안 되는 인구가 자신들을 포함해서 나머지 95퍼센트를 먹여 살릴 수 있는 능력, 그러고도 남는 식량으로 다른 나라의 시장 수요를 충족시키고, 나아가 전 세계의 가난한 나라 국민들에게 식량 원조를 할 수 있는 능력을 가리킨다.
>
> 농업의 힘은 정치적 도구여서는 안 된다. 사람들을 먹여 살린다는 것은 너무나 중요한 문제이기 때문에 정치적 조작의 수단이 될 수 없다.
>
> 다시 한 번 말하지만, 미국의 농업생산성은 (…) 증가 추세에 있다. (…) 우리는 여러 해 동안 곡물과 목화 생산에 장애가 되었던 경작 면적의 제

한을 더 이상 가지고 있지 않다.

… 농업의 힘을 측정할 수 있는 진정한 기준은 생산성이며, 아울러 가공과 시장의 효율성이다.

수년 전만 하더라도 농장의 모습은 대단히 다양화되어 있었다. 그러나 오늘날 농부들은 작물의 종류는 줄이고 양은 늘리는 데 힘쓰고, 축산업에 집중한다. 이전에 3~5개의 농장 사업장이, 많은 경우 1~2개로 통합되어 운영되고 있다.
고성능의 기계가 도입되면서 농장의 숫자는 줄어들고 규모는 커졌다. 농장 크기가 1940년대 평균 195에이커에서 1970년대에는 390에이커로 늘어났다.
고객 서비스와 투입물 구입이 용이해지면서 전문화와 시장 규모가 증대되었다.

해외수출을 통해 소득이 추가로 생기면서, 미국 농민은 더 많은 가전제품과 농장설비, 건설장비, 그리고 기타 자본재과 소비재를 구입할 수 있게 되었다.

농업자본은 석유구입비를 상쇄하고도 남았다.

국가 간 이동하는 모든 곡물의 5퍼센트 미만은 식량원조용이다.

미국 농업의 힘이 세계 물품과 서비스 교역의 중심 세력이라는 것은 분명하다. 농업의 힘은 의문의 여지 없이 미래의 인간 생존에서 석유권력보다 훨씬 강력한 역할을 할 것이다. 인간은 석유 없이 생존해 왔고 생존할 수도 있지만, 식량 없이는 살 수 없다.

지금까지 살펴본 것이 버츠 전 장관 시대의 농업에 대한 공식적인 견해다. 우리가 일별해 본 것은 지극히 전형적인 내용들이다. 자기만족적이고, 목적을 혼동하고, 전문용어가 난무하며, 의미를 잃은 말들뿐이다. 또한 결과에 대한 무지와 진보주의자들의 상투적 말 속에 으레 들어 있는 사회적·경제적 편견들이 가득한 내용이다. 이런 공식적인 견해 속에는 복합적인 사유가 없다. 비용, 불공정함, 갈등 그리고 다른 문제들에 대한 인식이 결여되어 있는 것이다.

이런 진술들을 좀더 자세히 검토해 보자. 왜냐하면 이것은 단순히 전 관리들이 정치적으로 선택한 정책들만이 아니기 때문이다. 이런 진술들은 관료, 학자들, 그리고 기업가들의 일반적인 생각을 매우 잘 보여준다.

주목해 보아야 할 점은 '농업의 힘'이 토양의 비옥함이나 건강함, 또는 농사짓는 마을의 건강·지혜·검약·책무 같은 가치로 측정되지 않는다는 것이다. '농업의 힘'의 기준은 '농업자본을 창출'할 수 능력에 달려 있다. 따라서 중요한 것은 '가공과 시장 효율성과 아울러 생산성'이다. 우리가 반복해서 듣게 되는 말은, 이렇게 늘어난 생산으로부터 창출되는 수입은 토양 관리나 개량, 물 보존, 토양 부식에 대한 관리를 위해서 쓰이는 것이 아니라, '가전제품, 농장설비, 건설장비, 기타 자본재와 소비재'와 같은 투입물 구입을 위해서 쓰인다는 것이다. 농부들이 이런 물품들을 구입하게 된 것을 시기하자는 말이 아니다. 리차드 벨 전 차관 같은 이들에게 농부들의 번영은 좀더 나은 농부가 되기 위해서가 아니라 단지 좀더 큰 돈을 쓰는 소비자가 되기 위함이라는 점을 지적할 따름이다. 리차드 벨이 농사에 적용하는 판단 기준은 농업적인 것이 아니라 경제적인 것이다. 여기서 농사가 규정되는 방식은 순전히 기업가의 목적에 맞추어져 있는 것이다.

벨 전 차관은 이러한 '농업의 힘'으로 세계의 가난한 사람들을 포함하여 사람들을 먹여 살리는 사업은 너무나 중요한 일이어서 정치적 수단으로 쓰여서는 안 된다고 주장한다. 자비로운 주장이다. 그러나 연설 말미에 인민 구제라는 주제를 다시 언급할 때, '미국 농업의 힘'은 세계 교역의 중심 세력으로서 다른 나라들의 '석유권력'을 상쇄할 의도로 활용될 것이라고 한다. 그리고 "국가 간 이동하는 모든 곡물의 5퍼센트 미만"은 결국 가난한 이들에게 "식량원조용"으로 쓰인다고 확언한다. (물론, 이 모든 진술들은 "식량은 무기"라는 버츠 전 장관의 고백에 견주어 판단해야 한다.)*

다음으로, 우리는 생산통제를 철폐하자 생산성이 증가했다는 농무성의 일상적인 자화자찬을 듣는다. (생산통제야말로 이 연설문들에서

---

* 식량을 '농업의 힘'이라고 부른 다음, 식량이 '정치적 도구'로 쓰일 수 있음에 대해 경고하는 "뻔뻔스러움이 믿기지 않는다"고 내 친구가 말한 바 있다.

인정하는 유일한 농업의 문제였다.) 우리 농업 정책은 현재 '최대생산'의 원칙에 기초하고 있다. 마치 교회들이 자신들이 보유하고 있는 십자가야말로 예수가 실제로 십자형을 당했다는 성십자가라고 자랑을 늘어놓는 것처럼, 버츠 전 장관과 그의 동료들이 청중들에게 선전하고 있는 최대생산의 원칙은 모호하기 이를 데 없는 생각일 뿐이다. 아마도 이들은 사업가이자 정치인들로서 토양 관리와 보존을 위해 절제된 규율을 통해 얼마나 공력을 들여야 제대로 된 농산품을 생산할 수 있는지 알지 못할 것이다. 아마도 이들은 현재의 관행농을 통한 '최대생산'이 무엇을 의미하는지 모를 것이다. 이들이 모르는 것은 현재의 테크놀로지, 방법, 경제적 필요 때문에 절제와 규율을 잃어버렸다는 사실일 것이다. 이 말이 실제로 의미하는 바는, 농장마다 구획을 정해 주는 울타리 역할을 하던 방풍림과 수로는 모두 파헤쳐지고 경사지도 개간되었으며, 토양 관리는 대체로 소홀해졌다는 것이다. 이 말의 의미는 생산이 단순히 노동·돈·연료를 대가로 할 뿐 아니라 **토지를 희생**시켜 이루어지고 있다는 것이다.

그러나 리차드 벨 전 차관의 연설 중 가장 두드러지고 중요한 부분은 미국 농업의 '업적'을 예찬하는 대목이다. 왜냐하면 그 '업적'은 가장 퇴행적이고 위험하며 비싼 대가를 치르게 할 것이고, 사회를 분열시키는 업적이기 때문이다. 그 업적으로 꼽을 수 있는 것이 '규모의 경제'와 전문화이다. '규모의 경제'가 의미하는 바는 농토를 점점 더 작은 수의 사람들의 손에 쥐어 주는 것을 의미한다. 여기서 농토를 소유하게 되는 사람들은 반드시 농부가 아니며 농기업 엘리트

일 가능성이 크며, 그에 따라 수백만의 소농과 그 가족들은 농토를 잃게 되는 결과를 낳는다. '전문화'는 농업의 안정성을 가져다주는 농업적 다양성이라는, 이미 입증된 오랜 원칙을 버리는 것을 의미한다. 전문화로 인해, 이와 같은 원칙과 더불어 작물과 가축을 섞어서 키운다는 혼작과 윤작의 원칙을 폐기하게 되었다. 모든 달걀을 한 바구니에 담는 것이 처음으로 신중하고 현명한 일로 여겨지게 된 것이다.

"투입물 구입이 용이해지면서 전문화와 시장 규모가 증대되었다"는, 호기심을 자극하고 일견 기분 좋은 소리로 들리는 진술을 들여다보면 중요한 점이 드러난다. 먼저, 이 진술은 "농장의 목표는 경제적 독립성이어야 한다"는 오래된 정신이 얼마나 심각하게 훼손되었는지를 드러내 준다. 농장은 소비적인 곳이 아니라 생산적인 곳이어야 하고, 재화의 소비자 역할을 하기보다는 생산의 근원이 되는 곳이어야 한다. 농장에 농부가 존재해야 하는 것은 바로 이런 오래된 정신 때문이다. 그렇기 때문에 이런 정신을 지켜 내는 것이 첫 번째 목표가 되어야 한다. 이 오래된 정신에 따라 모색되어 왔던 것은, 식량의 원천은 농업자원 이외의 어떤 것으로부터도 독립되어야 한다는 점이다. 이것은 지극히 보통의 지성을 지닌 사람이라면 받아들여지는 목표였다. **적정**기술을 활용하고 토양에 유기 배출물을 되돌려 보내며 비착취적 경제를 운영하고 충분한 인력을 확보한다면 농장은 얼마든지 경제적 독립성을 유지할 수 있다는 점을 고려하면, 농업의 독립성에 관련한 저 오래된 생각이 얼마나 바람직한 것인지 자명해진다.

농무성의 인재들에게는 이런 생각들이 조금도 자명하지 않았다. 이런 태도로 말미암아 이들이 크나큰 걱정거리에 눈감고 있었다는 것은 의문의 여지가 없다. '구입하기가 용이'해진 만큼 우리의 농업이 현재 절대적으로 의존하고 있는 '투입물' 중의 하나가 석유다. 이런 점에서 우리는 비농업적 자원에 의존하고 있을 뿐만 아니라, 다른 나라에 의존해 있기도 하다. 이런 점을 생각하면 머리 좋은 농무성 관리들의 태도에 문제가 있다는 것은 분명해진다. 우리의 농업이 토양 못지않게 석유에 의존하고 있다는 사실, 우리가 식량만큼 석유를 필요로 하고 있다는 사실, 나아가 우리가 먹을 수 있으려면 **그 전부터** 석유를 갖고 있어야 한다는 사실은 부조리해 보일 것이다. **명백히** 부조리하다. 그럼에도 불구하고 이것은 엄연한 현실이다. 이런 점을 생각해 보면, "농업의 힘은 의문의 여지 없이 미래의 인간 생존에서 석유의 힘보다 훨씬 강력한 역할을 할 것이다. 인간은 석유 없이 생존해 왔고 생존할 수도 있지만, 식량 없이는 살 수 없다"는 벨 씨의 주장은 공허하다는 것을 알 수 있을 것이다. 오늘날 농업권력과 석유권력은 분명히 같다. 두 개의 권력이 상호연관되어 있을 뿐 아니라 서로 경쟁하고 있다는 사실은 "식량은 무기"라는 버츠 씨 말보다 더 강력한 무엇인가를 시사한다.

토지의 '부드러운 사용'만으로도 항구적인 농업과 식량 공급을 보장할 수 있지만, 이런 데에는 관심이 전혀 없다 보니 농무성은 겉으로 드러나는 농업 관행의 황폐화된 모습을 통계적 수치로 입증하는 데이터만 양산한 채 농기업과 관련된 구름 같은 서류더미에서 길을 잃어버렸다. 아마도 평균적인 미국인들은 이러한 '전문가'들의 보고서와 청사진에 고개를 끄덕일 것이다. 미국인들이 그 말에 동의해서 끄덕이든 잠결에 조느라고 고개를 끄덕이든 그것은 중요하지 않다. 동의하든 졸든, 거기엔 차이가 없다.

이처럼 소비자와 생산자가 서로 분리되었다. 소비자와 생산자는 식량 생산 과정에서 서로 협동하는 관계였지만, 이제는 식량시장에서 경쟁하는 관계로 바뀌었다. 이런 상황 변화에는 생산과 소비 행위의 지나친 단순화 과정이 관련되어 있다. 소비자는 식량 생산 과정에서 소외되어 있기 때문에 식량 생산의 어떤 점이 문제인지 모르는 상태에서 그냥 경멸을 표시할 뿐이다. 생산자는 더 이상 자신을 사람과 땅을 이어주는 매개자—그런 의미에서 지상 위의 사람들을 대표하는 사람들—로 보지 않고 오로지 생산에만 관심을 기울인다. 소비자는 더 나쁜 식사를 하게 되고, 생산자는 더 나쁜 농사를 짓게 된다. 생산자와 소비자가 서로에게 소외되면서 낭비는 제도화된다. 현재의 우리 농업은 절약하고 보존해야 한다는 규범에 관심을 점차 잃어가면서, 세상의 이치가 그러하다는 전제하에 아무런 반성도 없이 낭비를 일삼고 있다. 이렇게 낭비되는 목록 중 가장 두드러지는 것 몇 가지만 열거해 보더라도 표토층, 물, 화석연료, 인간 에너지가 현대농업에 의해 낭비되고 있다. '순진성' 때문이든 '무지함' 때문이든 소비자들은 농사로 인한 이 모든 낭비에 동참하고 있으며, 거기에 더해 자연 속에 도시 쓰레기를 투하하고 있다. 이렇게 버려지는 물질과 에너지는 불필요한 처리와 집하集荷 과정을 거쳐야 하며, 엄청난 양의 유기물은 도시의 하수구로 씻겨 내려가거나 쓰레기통에 내던져지고 있다. (그러나 이런 유기물들은 퇴비로서 가치가 높고 결국 필요한 자원이다.)

지금까지 논의한 바를 환경보호론자들에게 적용해 보자면, 조직의 개입을 통해서 땅을 보존하기보다는 이들 역시 소비자로서 일반인들 대신 땅을 사용하고 있으며 심지어는 혹사시키기까지 하고 있다. 현재 땅을 사용하는 (즉, 땅을 삶의 원천으로 삼고 있는) 사람들은 더 많아졌지만, 그 어느 때보다 땅에 대해 사려 깊게 생각해 보는 사람들은 줄어들었다. 우리는 지금까지의 그 어떤 사회에서보다도 무분별한 식생활을 하고 있다. 우리가 먹는다는 건 땅으로부터 생명을 끌어오는 것인데도, 분별없는 식생활을 하고 있는 것이다. 이것이 함축하는 바를 주의 깊게 들여다보면, 농업 위기는 단순히 정부 정책의 변화나 어떤 기술적 '약진'을 통해서 치유할 수 있는 수요-공급의 문제가 아니라는 것을 알게 될 것이다. 농업 위기는 문화의 위기다.

4장

농업 위기는 문화의 위기다

THE AGRICULTURE CRISIS AS A CRISIS OF CULTURE

켄터키 주의 헨리 카운티는 여전히 시골 지역이긴 하지만, 내 소년 시절 이 지역은 그냥 시골이 아니라 **농사를 짓는** 시골이었다. 농장 규모는 보통 다 작았다. 이런 농장들에서 농사를 짓는 사람들에게 농장은 단순히 생계 수단일 뿐 아니라 주거의 장소이자 삶의 원천이었다. 여기서 가족들은 텃밭을 일구기도 하고 자기들이 먹을 고기, 우유, 달걀을 생산했다. 농장도 각양각색이었다. 주로 재배하는 환금성 작물은 담배였다. 농부들은 또한 옥수수, 밀, 보리, 귀리, 여물용 풀, 사탕수수를 길렀고 건초를 만들어냈다. 어느 농장에서나 소, 돼지, 양을 함께 길렀다. 작은 착유搾乳장이 있었고, 대개 우유는 손으로 짰다. 낙농제품이라고 하면 대개 그렇게 해서 생산된 것을 말했다. 그러나 그것 말고도 소량 생산되는 제품들도 있었다. 그 시절 경제의 가장 중요한 특징은 소량으로 생산되는 제품들을 위한 시장이 존재했다는 사실이다. 그 당시에는 농가가 남는 크림, 달걀, 노계, 튀김용 닭을 어렵지 않게 시장에 내다 팔 수 있었다. 밭일에 필요한 동력은 여전히 주로 말과 노새를 이용하여 얻었다. 장인들은 일반적으로 자긍심을 갖고 있었다. 절약은 여전히 강력한 사회 규범이었다. 대부분의 사람들은 자신의 가정에 자부심을 갖고 있었고, 그들의 가정은 그럴 만했다.

그렇다고 해서 당시 사회가 결코 완전하다는 말은 아니다. 당시에도 땅과 이웃을 대하는 태도가 파괴적이고 소모적인 사람들이 제법 있었다. 오늘날의 사회적 질병의 뿌리는 이미 그 당시까지 거슬러 올라간다. 그러나 내가 한 세대 전의 농경제에 대해 언급하는 것은 당시의 농경제 고유의 장점이 있고 그 장점은 더 갈고 닦여 발전의 기초가 될 수도 있다는 점을 말하기 위해서였다.

그러나 그러지 못함으로써 아무 희망도 주지 못하는 낡고 비과학적인 삶의 방식으로 매도되었다는 것은 민중의 비극적 실수다. 상황이 이렇게 된 것은, 전 세계적으로 그와 같은 농촌 공동체 해체를 처방하고 그렇게 되도록 상황을 조장하고 그렇게 된 것에 박수 갈채를 보낸 전문가와 정치인들의 무지와 무책임 탓이 크다.

제2차 세계대전 이후 수십 년간 헨리 카운티의 농장들은 점차 기계화되어 왔다. 농장들의 모습은 비교적 다양하지만, 과거보다 획일화된 모습이 늘었다. 농장의 규모는 커졌고, 소유주들의 숫자는 줄어들었다. 토지는 점점 더 도시 투기꾼들과 전문가들의 수중에 떨어졌다. 왜냐하면 이들은 과학 덕에 가능했던 농업혁명에도 불구하고 여전히 농민들보다 훨씬 많은 돈을 갖고 있기 때문이다. 거대 테크놀로지와 거대 경제 때문에 그 어느 때보다도 헨리 카운티에는 버려진 땅이 많다. 많은 양질의 땅이 제대로 관리할 인력과 시간과 돈 부족으로 눈에 띄게 악화되고 있는 실정이다. 시간제 농민과 퇴업 농민 숫자가 매년 증가하고 있다. 곡식 수확은 점점 노인들과 어린 아이들의 노동에 의존하게 된다. 농민들은 자신이 생산한 곡물을 먹게 되는 일은 줄어들고, 구입한 것들로 살아가게 되는 일은 늘고 있다. 형편이 제일 나은 농민들조차도 그 어느 때보다 돈 걱정을 하며 과로에 시달린다.

사람들의 관심사는 대체로 가정에서 자동차로 옮겨 갔다. 장인정신과 절약 정신은 사라지고, 대신 레저·안락·오락이 그 자리를 차지했다. 헨리 카운티는, 모리스 텔린의 표현을 빌자면, "역사상 처음으로 세계적으로 퍼져 있는 쾌락주의" 분위기에 편승해 왔다. 젊은 이들은 고등학교를 졸업하면 바로 이곳을 떠날 것을 생각하고 있다. 그렇기 때문에 이들은 이곳에 대해 영속적인 관심을 갖지 않는다. 일반적으로 젊은 사람들은 잘 포장된 도로로 자동차를 달려 닿을 수 있는 곳 아니면 흥미를 갖지 않는다. 농민의 자식들 중 농장에 남을 수 있는 여력을 지니고 있는 사람은 별로 없을 것이다. 아마도 그걸 바라는 사람은 더욱 없을 것이다. 농장에서 산다는 것은 비용이 너무 많이 들고, 해야 할 노동과 걱정해야 할 일 역시 많으므로, 농부로 산다는 것은 선망의 대상이 결코 될 수 없다.

지금은 한 양동이 분량의 크림이라든가, 닭 한 마리, 달걀 한 꾸러미처럼 소량 생산한 물품을 팔 수 있는 시장이 없다. 소 몇 마리 길러서 거기서 나온 우유를 팔 수 없다. 판매를 위해 법이 요구하는 설비를 장만하는 데 들어가는 비용이 너무 큰 것이다. 그런 시장들은 위생이라는 명목 아래 다 폐쇄되어 버렸다. 그리고 그런 법적 조치가 대량 생산자들을 이롭게 한 것은 당연한 귀결이었다. 우리 사회는 소규모 경영자들을 없애 버릴 '좋은 명분'을 찾아야 했는데, 위생이 바로 좋은 명분 거리였고, 작고 값싼 테크놀로지가 그런 명분을 만족시킬 여지는 별로 없었다. 미래의 역사가들은 틀림없이 위생과 더러운 이익 사이에 필연적인 연결고리가 있다는 점을 확인해 줄 것이다. 과학과 위생학이 일으킨 기적 중의 하나는 식품 속에 있었던 세균을 독성물질로 대체해 버렸다는 사실이다.

이 모든 일의 실상을 증언하는 일은 중요하겠지만, 막상 이해 당사자들 중 농업기술이 '현대화'되는 것과 농업 문화가 해체되고 농촌 공동체가 해체되는 일, 결과적으로 도시의 생활 구조마저 해체되는 일 사이에 어떤 연결고리가 존재하는지를 알아보는 사람들은 별로 없다. 이른바 '농업 발전'이라는 것이 사실은 수백만 명에 달하는 사람들의 강제 퇴거와 연루되어 있는 일이었다.

1950년대 공산주의 국가에서 마을 사람들을 주거지에서 강제 퇴거시킨 일에 대해 우리의 정치지도자들이 분노를 표했던 것을 기억한다. 같은 시기에 워싱턴 정가에서 외쳐진 농업에 대한 구호가 "규모를 키우든지, 퇴출당하든지"였다는 사실을 또한 기억한다. 이 정책은 엄청난 대가를 치르게 했지만 여전히 효력을 지니고 있다. 공산주의 국가와 차이가 있다면 방법상의 차이가 있을 뿐이다. 공산주의자들이 사용한 힘은 군사적인 것이었던 반면에 우리는 경제적인 힘, 즉 최고의 부자가 가장 자유로운 '자유시장'의 힘을 사용했다. 그러나 힘을 행사하는 태도는 둘 다 마찬가지로 잔인하였다. 결과는 인간 정신이 기울여야 하는 관심사를 흐트러뜨리고 인간 정신의 가치를 훼손시켰을 뿐만 아니라, 나아가 인간 생존 자체의 가능성을 훼손시키는 것으로 드러났다.

규모를 키울 수 없었던 사람은 이 마을에서만 퇴출된 것이 아니라 전국의 어떤 농촌 마을에서도 발붙일 수가 없었다. 그러나 문제는 사회적 또는 경제적 목표로서 규모를 키운다는 것은 전체주의적이라는 점이다. 이런 목표는 모든 이들 중에서 규모가 가장 큰 단 한 명이 되고자 하는 경향을 만들어낸다. 살아남기 위해 규모를 키운 이들 중 상당수가 규모를 더 키운 사람들에 의해 내몰리고 있는 형국이다. 규모를 키우겠다는 목표 속에는 사회적으로, 문화적으로 파괴적인 절대 목표가 함축되어 있다.

규모에 대한 편집증을 보이는 농촌파괴적 농업은 물론 농민의 나약함에서 싹트는 것이지만, 기본적으로 농민들이 만들어낸 것이 아니다. 그것은 대학의 전문가들, 관료들, '농기업가들' 같은 농업 분야의 제도권 인사들이 빚어낸 것이다. 이들은 농촌(과 진정한 효율성)을 희생시켜 이른바 효율성을 촉진시키고 질을 희생시켜 수량을 늘려온 자들로서, 현재의 농업은 이들이 만들어낸 것이다.

1973년 켄터키에서 1,000개의 축산농가들이 폐업했다. 이들은 외국에서 낙농제품을 수입하여 우리의 낙농제품과 경쟁시킨 정책과 외국에 너무나 많은 곡물을 수출하느라 사료값 폭등을 야기시킨 정책의 희생자들이었다. 이런 정책들을 만든 대표적인 인사로 켄터키대학의 농업전문가인 존 니콜라이 박사를 꼽을 수 있다. 그는 1,000명의 낙농민들의 실패에 대해 낙관적인 견해를 펼친 인물이지만, 낙농민들의 실패에 기여한 대가로 바로 그 실패한 농민들의 세금으로 월급을 받고 있다. 그런데도 니콜라이 박사는 낙농민들의 실패가 낙농민들의 비효율성 때문이니 이런 농민들은 퇴출될 필요가 있다고 말한다.

니콜라이 교수는 자신의 기준이나 논리에 어떤 한계가 있을 수 있는지에 대해서는 말한 바 없다. 그는 그 점에 대해서 생각조차 해본 적이 없어 보인다. 해가 갈수록 점점 더 큰 규모의 농기업이 그렇지 못한 기업을 통합하여 마침내 하나의 기업만 남고, 끝까지 살아남은 단 하나의 거대기업만이 곧 '가장 효율적인' 농기업이라는 것이 니콜라이 교수의 찬사의 핵심 아닐까? 그러나 퇴출된 낙농민들에게 '효율성'이라는 범주로 다 담지 못하는 어떤 다른 가치가 있는 건 아닐까? 이들의 실패로 이득을 얻는 자들은 누구일까? 우리는 보통 그 이득이 '효율'적인 (대)생산자들에 국한되지 않고 우유에 대한 소비자 비용 경감 효과로 이어진다고 생각하는데, 그렇다면 우리는 소비자가 지출하는 달러 중 어느 정도가 낙농민들의 생계를 위한 것인지 알고 있는가? 또는 '효율성'을 **조금이라도** 확보하기 위해선 **어떤** 대가라도 치러도 되는 것일까? 니콜라이 교수가 전문가이지만, 이런 질문들에 대해 답을 알고 있다고 생각되지 않는다. 그가 학자로서, 전문직업인으로서, 도덕적으로 이런 질문들을 던져 보지 않으면 안 되는 압박감을 받고 있다고도 생각되지 않는다. '효율성'에 대한 배타적 관심은 많은 의문들을 무시하지만, 미국 농업의 엄청난 생산성을 내세우면 모든 것이 정당화되기 마련이다. 그러나 양적인 풍요로움이 대단한 것이라 하더라도 실제로 곡물을 생산하는 생산자들을 보호해 주는 것이 아니라면 그런 풍요로움은 환영에 지나지 않는다. 풍요로움은 그 풍요로움을 생산해내는 생산자들을 파괴한다는 것이 오늘 사실상 받아들여지는 규칙이다.

사회의 다른 부문과 마찬가지로, 기존의 관행농은 강조점과 관심을 질에서 양으로 이동시켰다. 여기서 우리가 놓치고 있는 점은 질과 양은 결국 불가분의 관계에 있다는 사실이다. 오로지 수량만을 추구하다 보면 수량을 보장해 주는 유일한 방책이기도 한 규율을 끊임없이 생산자에게 요구하는 것도 어려워진다. 질이 떨어지는 생산품을 생산할 것을 설득하면 그 설득이 양적 생산에는 어떤 영향을 끼칠 것인가? 달리 말하자면, 자긍심이나 장인 정신과 풍요로움 사이의 관계는 무엇일까? 이것은 '농기업인들'과 학계의 협조자들이 묻지 않는 또 다른 질문이다. 이들이 이런 질문을 던지지 않는 것은 그 물음에 대한 답을 두려워하기 때문이다. 풍요로움을 보장하는 것은 탁월함이라는 사실을 그들은 두려워하고 있는 것이다.

내 말의 핵심은 식량은 문화적 산물이라는 점이다. 식량 생산 문제를 전적으로 기술 혁신의 관점에서 생각하는 농학자들은 생산에 연루되어 있는 실제적인 문제들을 지나치게 단순화시키고 있다. 농학자들은 또한 실제적인 생산 동기를 규정하고 북돋워 주는 데에 필요한 의미와 가치들의 네트워크를 지나치게 단순화시키고 있다. 농학이라는 분과학문이 다른 분과학문들과 분리되어 있었던 직접적인 원인은 대학의 칸막이식 구조 때문이었다. 서로를 풍성하게 해주던 상호보완적 학문 체계는 이렇게 분할된 구조 속에서 전문직종 맞춤형 외눈박이 전공 분야로 조각조각 분리되었다. 대학 조직과 이런 조직을 통해 배양되는 의식 구조로 인해서, 농업은 농과대학만이 책임져야 되고, 법은 법대 교수들만 맡아야 되고, 도덕은 철학과 교수들, 읽기는 영문과가 담당해야 하는 식이 되고 말았다. 물론 정부도 마찬가지여서 정부는 정부 나름대로 대학에서와 똑같은 파편화 과정을 제도화했다.

그러나 문화는 한 몸이나 마찬가지이다. 우리가 문화를 그런 식으로 본다면, 어떤 문화적 훈련discipline이든 모두 모든 이들의 임무라는 점을 알게 될 것이다. 또한 그런 점에서, 제대로 된 대학이라면 여기저기 가지치기를 통해 전문가의 고립적 사고방식을 만들어내서는 안 된다. 대학이 생산해야 할 것은 모든 문화적 관심사에 유능한 정신의 소유자여야 한다. 그런 정신의 소유자라면, 작물 생산과 직접 관계되지 않지만 여전히 농적인 규율이 있다는 점을 분명히 인식할 것이다. 그것은 마치 농부가 아닌 사람들에게도 농적 의무가 있는 것과 마찬가지 이치다.

문화는 유물이나 장식품을 모아 놓은 것이 아니다. 문화는 실제로 필요한 어떤 것이다. 그래서 문화의 타락은 재앙을 낳는다. 건강한 문화는 기억, 통찰력, 가치, 일, 공락共樂, 공경, 열망이 살아 있는 공동체적 질서다. 건강한 문화는 인간의 필연적 숙명과 한계를 드러내 준다. 건강한 문화가 명확히 보여주는 것은 인간이 불가피하게 땅과 서로에게 묶여 있다는 점이다. 문화의 건강성을 보장하기 위해서는 절제가 필요하며, 절제를 통해 형성된 건강한 문화가 있어야 인간은 필요한 일을 수행할 수 있다. 건강한 **농장** 문화는 친밀함 속에서만 만들어질 수 있으며, 땅에 뿌리내린 사람들 사이에서만 커나갈 수 있다. 기술이 아무리 발전해도 만족스럽게 대체할 수 없는, 땅에 대한 인간의 지성을 키우고 보장해 주는 것은 바로 그런 문화다. 그와 같은 문화가 이 나라의 농촌 공동체에서 분명히 가능했던 시절이 있었다. 현재 우리는 잔존해 있는 농촌 공동체들의 슬픈 모습을 보고 있다. 농촌 공동체와 함께 사라져 가고 있는 건강한 문화의 가능성을 담대히 키워나가는 데 필요한 일을 하지 않고 또 한 세대를 흘려보낸다면 그런 가능성은 완전히 사라질 것이다. 그렇게 된다면 결국 재앙을 맞게 되겠지만, 우리가 재앙을 맞는 것은 마땅한 일이기도 하다.

몇 년 전 친구와 토론하면서 품질이 떨어지는 양을 시장에 내놓으면 수지맞을 수도 있을 것이라고 주장한 일이 있다. 내 친구는 잠시 생각하더니, "나는 **양질**의 양을 생산하는 사업을 하고 있지. 다른 종류의 양은 팔지 않을 거야"라고 말했다. 그는 또한 밭에서 김을 매는 것은 세수를 하는 것과 같은 이유에서라는 말도 했다. 인간이 생존할 수 있었던 것은 **바로** 그런 태도 때문이다. 그런데도 그런 태도를 견지하는 농부들을 제대로 인정도 해 주지 않고 보상도 많이 해 주지 않는 것이 우리 현실이다.

그와 같은 자세는 기술이나 테크놀로지에서 나오는 것이 아니다. 교육에서 나오는 것 역시 아니다. 나 자신, 20여 년 대학에 있어 봤지만 그런 것을 본 일이 없다. 그런 자세는 원리 원칙에서 나오는 것도 아니다. 그것은 문화적으로 마련되는 열정에서 비롯된다. 젊은이들이 존경하고 사랑하는 어른들이 젊은이들에게 물려주는, 탁월함과 질서에 대한 열정이 그런 자세를 배양시키는 것이다. 그런 계승의 가능성을 파괴해 버린다면, 자멸의 길을 따라 그만큼 우리가 멀리 와 버린 것이다.

시골에서 도시로의 인구 이주는, 전체 인구의 불과 5퍼센트밖에 안 되는 사람들의 손에 우리의 농토를 맡기는 결과를 낳았다. 경제학이나 테크놀로지의 관점이 아니라 문화라는 잣대를 기준으로 해야 이런 대규모 이주의 성격과 비용을 헤아려 볼 수 있다. 문화적 관점에서 볼 때, 농장에서 도시로의 이주는 인간의 정신과 덕성을 극단적으로 단순화시킬 위험을 지닌다.

유능한 농부는 자기 자신에 대한 주인이다. 그는 업무 진행에 필요한 경제적 의무 사항, 장소에 대한 충성심, 자기 일에 대한 자긍심과 같은 규율들을 익혀 왔다. 농부는 일하는 시간 동안 오랜 경험과 숙련된 판단력을 활용해야 한다. 만일 그러지 못하면 어려움에 처하게 될 것이라는 점을 그는 잘 알고 있다. 그의 근무일은 규정에 의해 시작하고 끝나는 것이 아니라, 필요와 흥미, 그리고 의무에 따라 결정된다. 근무 시간과 근무일은 시계에 의해 측정되는 것이 아니라, 수행해야 할 임무와 끈기에 의해 결정된다. 근무 시간은 필요와 농부의 작업 능력에 따라 결정된다. 농장 생활에는 일정한 주기가 있는데—물론 이 주기는 인간적인 주기와 자연적인 주기가 서로 중첩되기도 하고, 그 주기를 통제할 수 있는 경우도 있고 없는 경우도 있기는 하지만—농부들은 이런 주기 안에서 정교하게 짜여진 삶의 모습에 익숙해 있다.

농부는 이런 사람이었다. 농부가 도시로 이주해 와 산업계에서 일자리를 얻으면 전문화된 영역에 갇혀 다른 사람들의 권위와 판단에 의존할 수밖에 없는 사람이 된다. 그가 지켜야 하는 규율은 더 이상 자기 자신의 경험, 생각, 가치로부터 우러나오지 않고 외부로부터 그에게 강제로 부여된다. 농부에게 남은 것은 복합적인 책임 대신에 단순한 의무감뿐이다. 엄격한 규율을 통해 얻어진 독립적인 능력, 농사의 외형 전반에 대한 숙지, 농장 생활을 위해 필요한 태도와 노하우—이 모든 것들은 유사 이전부터 농부라는 인종을 통해 형성되어 왔던 것들이다. 그러나 이 모든 복합적인 태도와 지식은 어느 정도의 기간 동안 기계적인 암기를 통해 얻을 수 있는 분업화된 업무 지식에 의해 완전히 대체되어 버렸다.

이와 같은 정신의 단순화는 쉬운 일이다. 자본주의 경제와 그 이면의 사회적 분위기, 그리고 거기에 수반되는 가치의 붕괴를 감안해 보면, 정신의 단순화는 중력에 이끌리듯 시대적 추세를 따르는 일일 것이다. 시대를 거스르는 운동이 필요하고, 이 일을 이미 시작한 사람들도 있다. 그러나 이런 역행 운동은 오르막길을 오르듯 어려운 일이다. 이런 일은 한 세대 안에 완수할 수 있는 일이 아니다. 강력한 공동체의 기억과 돌봄의 전통을 지닌 복합적인 지역문화를 건설하는 일이니, 아마도 수세대에 걸친 일이 될 것이다.

우리의 정신과 문화를 소박하게 만들려면, 억압적이고 기계적인 사회의 복잡성을 제거해야 한다. 그런데 사회를 단순화시키려면, 다시 말해 우리 자신을 자유롭게 만들려면 반드시 위대한 정신과 문화의 복합성을 회복시키는 임무를 떠맡아야 한다. 이것은 세상사의 법칙으로 보인다. 농사짓는다는 것, **최선을 다해** 농사를 짓는다는 것은 곧 농부의 덕성과 문화에서 이런 종류의 복합성을 유지시키는 일이다. 농부의 덕성이나 문화 중 어느 것 하나라도 단순화시킨다면 그건 그것을 죽이는 것이다.

최선의 농사를 지으려면 농부가 필요하다. 검약 정신이 살아 있고 양육자로서의 자세를 갖고 있는 농부가 필요하다. 기술자나 기업가가 필요한 것이 아니다. 농부의 덕성과 문화가 필요한 것이다. 기술자나 기업인들은 그들에게 요청되는 능력이나 야망을 고려하면 그렇게 길지 않은 시간 동안 훈련을 통해 육성될 수 있다. 반면에 좋은 농부는 문화적 산물이다. 농부도 주어진 시간 동안 일종의 훈련을 거쳐 부여된 일을 수행하면서 만들어지는 법이다. 그러나 그는 수세대의 경험을 통해 만들어지는 사람이기도 하다. 이렇게 근본적인 경험은 한 곳에 뿌리내린 가정, 우정, 공동체를 통해서 축적되고 시험되며 보존되어 전해 내려오는 법이다. 가정, 우정, 공동체가 한 장소에 뿌리내리는 과정은 의식적이고 주의 깊은 토착화의 과정이며, 그 과정 속에서 과거는 현재를 준비하고 현재는 미래를 보장한다.

농장의 규모화로 점점 소수의 큰손들에게 농장이 집중되면서 관리 비용, 빚, 기계 의존 현상은 증가되는데, 위에서 봤듯 여러 가지 의미에서 이것은 중요한 의미를 지닌다. 이런 현상의 농업적 의미는 문화적 의미와 따로 떼어서 생각할 수 없다. 농장 집중화로 농부의 의식은 심대한 혁명을 **강요**받게 된다. 토지와 기계에 대한 투자가 어느 규모 이상으로 이루어지면, 절약 정신을 버리고 금융과 테크놀로지의 가치를 받아들일 수밖에 없다. 그 순간부터 농부의 생각은 농업적 책임이 아니라 금융 조달 능력이나 기계 성능 따위에 좌지우지될 수밖에 없다. 돈 버는 일을 가능하게 해 주는 원천보다 돈의 흐름 자체가 더 중요해졌다. 농부는 땅을 떠나 에너지와 이익의 흐름 속에 휘말려 들어갔다. 생산의 문제가 유지의 문제를 압도해 버렸다. 화폐경제가 자연, 에너지, 그리고 인간 정신의 경제 속에 침투해서 이를 파괴했다. 인간 자신은 소비 기계가 되어 버렸다.

한동안 생태학자들은 "한 가지 일로 그치는 법은 없다"는 원리를 보여주는 자료를 남겨 왔다. 다시 말해, 자연계에서는 어느 한 가지 일에 영향을 미치면 반드시 모든 일에 영향을 미친다는 것이다. 창조주의 우주 속의 모든 것은 다른 모든 것과 연관을 가지며 다른 모든 것에 의존하고 있다. 창조주의 우주는 하나다. 그것은 전체로서의 우주uni-verse이기 때문에 우주의 "모든 부분들은 하나로 바뀌"기 마련이다.*

훌륭한 농업체계, 즉 지속가능한 농업체계는 우주의 구성 원리처럼 통합적이다. 영국의 위대한 농학자 앨버트 하워드 경은 1940

* '우주'를 뜻하는 'universe'는 어원적으로 '하나'를 의미하는 라틴어 'unus'와 '바뀐다'를 의미하는 'versus'의 조합어 꼴을 하고 있다—옮긴이.

년대 『농업성전』*An Agricultural Testament*과 『흙과 건강』*The Soil and Health*이라는 책을 출판했다. 그에 따르면, "진리 탐구자에게는 영혼을 뒤흔드는 근본적 자유의 원리가 필요하지만", 그의 책 속에 등장하는 "실험실의 은둔자"는 그 대신 "공식 조직의 따분한 원리"를 선택한다. 그리고 앨버트 하워드 경은 이렇게 실험실에 박혀 있는 은둔자가 농업에 끼치는 나쁜 영향을 논박한다. 그는 나아가 공식 조직의 파괴성에 대해서도 말한다. "자연스런 우주는 하나이지만 그 우주는 둘로, 넷으로, 산산이 조각나 버렸다. (…) 진정한 조직이라면 진정한 책임감을 갖고 있어야 한다. 그런데 공식 연구조직은 권력은 가지려 하면서 전문가 그룹 뒤에 숨어서 책임은 회피하려 한다." 하워드 자신도 실험실의 은둔자로 출발했다. "나는 다른 사람들에게 조언하기 앞서 나부터도 내 자신의 조언을 받아들일 수 없었다." 그러나 그는 "실험실에서의 과학과 실제 밭일 사이에 얼마나 큰 차이가 있는지"를 알아봤고, 또한 그 차이의 의미를 알아차렸다. 그는 둘 사이의 균열을 메우는 데 일생을 바쳤다.

하워드 경의 인생 이야기는 외눈박이 지성의 소유자가 지성과 세계의 전체성을 찾아가는 이야기다. 하워드 경의 저서의 목표는 "흙, 동식물, 그리고 인간 모두의 건강이라는 총체적인 문제를 하나의 큰 주제로 다룰" 수 있는 방안을 마련하는 것이었다. 그는 그 목표를 달성했다. 말하자면, 그는 비전문가의 눈으로 각각의 분야를 살펴봤다. 그는 농업의 관심사들 사이의 필연적인 통일성을 발견했다. 아울러, 그는 그러한 관심사들이 생물학·역사·의학 등의 다른 관심사들과도 하나로 수렴된다는 점을 파악했다. 하워드 경은 불교 용어를 사용하여, "죽음이 삶을 대신하고 삶은 다시 죽어서 소멸한 것들로부터 소생"하는 윤회의 주기야말로 자연 속에서 건강함, 비옥함, 소생을 유지시켜 주는 바로 그 순환적 주기라고 말했다. 그리고 그는 바로 그 통합적 주기 속에 농업을 자리매김하고자 했다.

이전에도 말해진 바 있는 이야기지만, 이제 이 말만 하면 된다. 인간이 이룩한 최고의 문화가 바로 이 같은 통일성을 지니고 있었다는 점 말이다. 이런 문화권의 관심사들과 거기서 벌어졌던 사업들은 단편적이거나 흩어져 있지 않고, 서로 갈등하거나 반목하는 관계에 있지 않다. 민중과 그들의 일과 국가는 서로에게 소속되어 문화 구성체를 형성한다. 어떤 문화가 상당 기간 지속되길 희망한다면 그 안에서 관계를 맺고 있는 존재들은 서로에게 의존하고 있다는 점을 인식하여 경쟁하기보다는 훨씬 협동하는 자세를 가져야 한다. 민족 구성원 간의 희생을 대가로 민족 전체가 오래 지속하는 법은 없다. 민족 누군가의 문화적 생득권을 희생시킨다면 그 역시 민족의 수명은 오래갈 수 없다. 그것은 마치 토양과 노동력에 손상을 입히면 농업이 계속될 수 없는 것과 마찬가지 이치다. 자연계에서와 마찬가지로 모든 종이 생존하려 한다면, 종種 간 경쟁은 제약되어야 한다.

어느 한 종이나 그룹이 용익권usufruct* 원칙을 침해하여 독점한다

* 영어의 usufruct는 문자 그대로 '과실의 사용'(the use of the fruit)이라는 뜻에서 파생되었다. 용익권(用益權)은 토지에서 나오는 수확물에 대한 사용권을 의미한다—옮긴이.

면, 문화·농업·자연 체계는 흔들리고, 결국 독점 세력 자신도 위험에 처하게 된다. 경제적 은유를 사용해 보자면, 그 집단은 이자가 아니라 원금을 까먹으며 살고 있는 형국이다. 그들은 양육과 돌봄의 체제 밖으로 뛰쳐나와 착취자들이 된 것이다. 그들은 자신들이 생명을 부여받고 살기 위해서 스스로 의존해 온 토대를 무너뜨리고 있다. 용익권을 인정하는 체제의 근본적인 원칙은 종자, 야생 식품자원, 토양, 번식용 가축, 노인과 현자, 기억 보유자, 기록과 같은 문화의 원천을 보호해야 한다는 것이다.

이런 체제에서 경쟁은 엄격하게 제약되어야 하듯이, 체제와 체제 사이의 경쟁 역시 엄격하게 제약되어야 한다. 농업을 떠받쳐 주고 본받을 수 있는 거울이 되어 주는 것이 자연인데, 자연계를 망치면서 농업이 오래 생존할 수는 없다. 마찬가지로 문화의 원천은 농업과 자연인데, 둘 중 어느 것 하나라도 희생시켜 놓고 오랫동안 버텨나갈 수 없다. 생명의 원천을 희생시키며 산다는 것은 자살 행위나 다름없다. 우리는 다른 생명을 희생시키며 삶을 이어갈 수밖에 없지만, 거기에는 제약과 위험이 따른다는 사실을 인지할 필요가 있다. 통합된 체제에서 일정 지점을 지나면 '다른 생명'은 곧 우리 자신의 생명이다.

우주의 자명한 질서는 경쟁이 아니라 상호의존적 성격을 띠고 있다. 그리고 인간적 관점에서 말하자면, 우주를 구성하는 관계들은 서로 유비類比적 성격을 갖고 있다. 우리는 어떤 질서 내에 또 다른 질서를 만들 수 있을 뿐이다. 자연의 질서 안에서 농업 체계를 세울 수 있을 뿐이고, 농업적 체계 내에서 문화를 일굴 수밖에 없다. 어떤 임계점에 이르러 이런 체계들은 서로에게 합치되든가, 아니면 서로를 파괴하게 될 것이다.

통일성의 규율 아래에서 지식과 도덕성은 함께 간다. 대학의 전문가들이 그토록 소중히 여기는 그 하찮은 '객관적' 지식을 우리가 소유한다고 해서 더 이상 그게 전부는 아닌 것이다. 무엇인가를 앎으로써 우리는 도덕적 곤경에 처하게 된다. 전문화된 지식이 발생시키는 효과는 마찬가지로 전문화된 방식으로 통제하고 제한시킬 수 없다는 것을 깨닫게 되면, 우리가 알고 있는 사실뿐만 아니라 우리가 내리는 판단에 대해서 책임감을 느끼게 된다. 농학자로서 "하나의 큰 주제"를 갖게 되었다는 것을 깨닫게 되자, 앨버트 하워드 경은 "지식으로 무엇을 할 수 있는가"라는 질문과 "지식에 대한 책임을 어떻게 질 것인가"라는 질문은 서로 뗄 수 없는 질문들이라는 점을 알게 되었다.

통일성의 관점에 서야 분열된 정신이 얼마나 끔찍하고 파괴적인 것인지가 보이게 된다. 예를 들자면, 분열된 정신의 소유자는 '효율성'을 높이기 위해 생산기계를 도입하면서도 그것이 일하는 사람들, 생산품, 소비자에게 어떤 영향을 끼칠지에 대해서는 불편한 마음을 갖지 않는다. 그런 정신의 소유자는 또한 소농의 '쇠퇴'를 수긍하고 심지어는 박수 갈채를 보내지만, 그에 따르는 정치적·문화적 효과에 대해서는 아무런 우려도 표시하지 않는다. 그런 사람들은 동물의 배설물이나 부식토 없이 화학비료의 대량 투입을 통해 거대 규모의 단작 농사를 계속할 것을 추천하면서도 토양 악화나 유실에 대해서는 아랑곳하지 않는다. 책임 있는 협동을 수행하는 문화는 도덕적 무지로 대체되었지만, 이런 퇴행은 농업 '진보'의 불문율이다.

5장

미래에서 살기: '현대' 농업의 이념

LIVING IN THE FUTURE: THE "MODERN" AGRICULTURAL IDEAL

먼 미래에 대한 꿈에 사로잡힌 인간들은 깊이 잠들지 못하고 불안에 떠는
무덤에서 인간을 신으로 보는 오랜 꿈을 끄집어내고 있었다.
해부실과 병리학 실험실 경험 때문에 진보의 첫 번째 필수 요건은
가슴속 깊이 자리 잡은 두려움과 혐오감을 억누르는 일이라는 확신이 커져 갔다.
— C. S. 루이스, 『그 가공할 힘』*That Hideous Strength*

가정, 부재의 장소

"우리가 무엇을 하고 있는가"와 "어디에서 살고 있는가" 또는 "어디에서 살고 있다고 생각하는가"는 따로 떼어서 생각할 수 없는 질문이다. 정신이 멀쩡한 피조물로서 자기 둥지를 더럽히는 생물은 없다는 것은 일반적으로 진실로 받아들여진다. 그러므로 "우리는 어떤 곳을 보금자리라고 인식하는가", "그 보금자리는 어디에 있다고 생각하는가"라는 질문은 우리가 제기할 수 있는 가장 중요한 질문이다. 예를 들어 질문을 바꿔 보자면, 둥지는 우리의 일을 수행하는 곳인가, 아니면 단지 주거하면서 우편물이나 받는 곳인가? 둥지는 단지 소비하는 장소일 뿐인가, 아니면 생산도 아울러 하는 곳인가? 우리의 둥지는 필요한 재화, 에너지, 그리고 '서비스'의 원천인가, 아니면 단지 재화, 에너지, 서비스가 도달하는 수취 행선지에 지나지 않은가?

식량 생산과 음식 장만에 관한 한 현대 가정의 고도로 단순화된 역할에 대해 앞서 말한 바 있다. 현대 가정은 점차 식량 생산과 음식 장만과는 관계없고 점점 다른 곳에서 생산되고 마련된 식량 소비를 위한 장소가 되고 있다. 이렇게 둥지나 거처가 생명의 원천으로부터 멀어지는 현상은 객관적으로 드러나는 현상 이상의 보편적이고 심각한 의미를 지니고 있다. 현대 가정은 정부와 대학보다 현대적 삶의 분리와 분열을 제도화시키는 데 훨씬 더 큰 역할을 했다.

각양각색의 기계장치들의 동력 에너지는 땅·공기·물을 파괴하며, 가솔린 엔진을 통해 이 장치들은 일터·시장·학교·휴양지와 연결되어 있다. 이런 상황 속에서 현대 가정은 진정 파괴적인 쓰레기 공장이다. 현대 가정은 현금경제의 대들보이다. 그러나 에너지경제와 자연경제의 관점에서 보면 현대 가정은 재앙이다. 현대 가정은 세계의 재화를 빨아들여 그것을 쓸모없는 쓰레기, 하수, 유독 가스로 바꾸어 버린다.

현대 가정이 세계에 대해 직접적으로 보여주는 파괴성은 도덕적 분열상과 깊이 연관되어 있다. 어느 것이 원인이고 어느 것이 결과인지는 알 수 없지만, 현대 가정의 파괴성은 도덕적 근본에서 일어나는 분열 현상의 상징이다. 현대 가정은 육체적 삶의 원천으로부터의 분리를 조장한다. 우리는 미국인으로 살면서 우리의 기원인 땅에 대해서 더 이상 알지 못하며, 땅에 대한 존중심도 없고, 땅에 대한 책임감도 없다. 젊은 세대를 잘 아는 사람들은 현대 가정이 가르침의 장소로 실패했으며 이 근원적인 실패로 인한 중압감 때문에 학교 교육 역시 실패하고 있다는 점을 누구도 부인하지 못한다.

현대 가정이 일로부터 멀어져 있다는 사실은 현대 가정의 파괴적 영향력이 가장 크게 드러나는 부분이다. 사람들은 자기가 일하는 곳에서 살지 않으면 자신들의 일이 어떤 영향을 끼치는지 느끼지 못한다. 전쟁을 벌이는 사람들이 전장에서 직접 전투를 벌이지 않는 형국이다. 노천탄광사업이나 숲 벌목사업 또는 다른 파괴적 작업에 책임 있는 사람들은 그 일의 결과로 불쾌해지거나 자기 집이나 생계 터전 또는 생활 공간이 직접적으로 위협받는, 그런 곳에서 살지 않는다. '농기업'의 여러 파괴 행위에 책임 있는 사람들은 농장에서 살지 않는다. 이들은 모든 것이 잘 돌아가고 있다고 말해 주는 편의 설비로 가득 찬 집에서 살고 있다. 그러나 부와 권력이 적은 다른 많은 사람들과 마찬가지로 이들도 나름의 게토에서 살고 있는 셈이다. 자동화된 부엌, 나쁜 냄새가 나지 않는 반짝이는 화장실, 일 년 내내 돌아가는 에어컨, 컬러 TV, 안락의자, 이 모든 것들이 세상을 구원해 준다. 신이 만든 것을 사람들이 **이런 것들**로 바꾸어 놓을 수 있다면, 잘못된 것은 무엇인가?

내 생각에, 현대 가정이 그토록 파괴적인 이유는 가정이 일반화된 무엇이기 때문이다. 가정이 공장과 패션의 산물이어서, 어딜 가나 그 가정이 그 가정이거나, 아니면 어디에도 가정은 없다. 오늘날의 가옥들은 공항처럼 서로를 본뜬 것이다. 현대 가옥들은 곳곳마다 다르지 않다. 누군가 현대식 방에 서 있다고 가정해 보자. 눈을 감고 다른 어떤 방에 서 있다고 얼마든지 상상해도 무방할 것이다. 현대식 가옥은 주변 장소에 대한 반응이 아니다. 그보다는 집 소유주의 물질적 부와 사회적 지위에 따라 그 모습이 결정된다. 현대식 가옥은 현대인의 사고방식을 세계에 강요하는 첫 번째 수단이다. 산업 정복자는 직장에서 수 마일 떨어진 곳에서 저녁 시간 TV 수상기 앞에 앉아 자기가 어디에 있는지, 무엇을 했는지를 쉽게 잊는다. 그는 도처에 있거나 어디에도 존재하지 않는다. 그 주변의 모든 것들, TV에 나오는 모든 것들은 그의 성공을 말한다. 그의 안락함이 세계의 구원이다. 그의 집은 신분의 상징이다. 그러나 집이 그의 관심사나 의식의 중심은 아니다. 우리 시대의 역사는 상당 정도로 의식의 중심이 집으로부터 멀어지는 운동의 역사였다.

한때 어떤 농부들은, 특히 유럽의 경우, 외양간에서 살기도 했다. 그렇기 때문에 이들이 살았던 곳은 일터이면서 집이기도 했다. 일과 휴식, 일과 오락은 서로 연결되어 전혀 구분이 이루어지지 않는 일이 많았다. 한때 가게 주인들은 상점 내에 또는 상점 이층이나 뒷방에 살림방을 차려 살던 때도 있었다. 한때 '가내공업'—가내 생산—으로 살아가던 시절도 있었다. 한때 가정은 식량을 생산하고 가공하던 곳이었으며, 관리와 장식, 수리, 그리고 교육과 오락의 장소였다. 사람들은 이런 집에서 태어나 그곳에서 살며 일하다 생을 마감했다. 그런 집들은 일반화된 집이라 할 수 없었다. 재료와 디자인은 서로 비슷했는지 모르지만, 그럼에도 불구하고 그런 집들은 서로 달라 보였고, 서로 다른 느낌, 다른 향을 풍겼다. 왜냐하면 그런 집들은 위치한 장소와 환경에 대한 특정한 반응의 표현이었기 때문이다.

유랑하는 군주

현대식 가옥에서 살고 있는 현대의 전문가와 기업가(또는 전문가나 기업가)는 아마도 자신이 어디에 있는지에 대해 명료하게 의식을 갖기 어려울 것이다. 그의 위치에 대한 감각은 추상적이다. 가령, 직업에 따라 그는 어떤 '직업군'에 소속될 것이며, 소득에 따라 그는 어떤 '계층'에 속할 것이고, 어떤 집에서 살고 어떤 취미를 갖느냐에 따라 어떤 '동호인 그룹'에 소속되어 있을 것이다. '그가 어디에 있는가'는 다른 사람들의 영향을 얼마나 많이 감내해야 하는지에 비례해서 중요해질 뿐이다. 그의 위치성은 집, 일터, 통근길, 쇼핑센터의 인테리어, 레스토랑, 유흥 장소에 의해 규정된다. 다시 말해, 그에게 지형이란 인위적인 것이다. 그는 어느 곳에서든 존재할 수 있으며, 실제로 그는 그렇기도 하다.

세상에서의 위치에 대한 이렇게 추상화된 감각은 또 다른 종류의 혼란스러움의 반영이다. 현대의 전문가와 기업가(또는 전문가나 기업가)는 자신들의 도덕적 위치 또한 알지 못한다. 그는 인류의 구성원으로서 자신이 우주의 지배자라고 생각한다. 그렇게 생각하도록 배웠다. 그는 할 수 있지만 해서는 안 되는 일이 있다고 생각하지 않는다. 그는 사용할 수 있지만 사용해서는 안 되는 것이 있다고 생각하지 않는다. 그의 '성공'은 현재로서는 논란의 여지가 없지만, 그는 제약을 암시하거나 제한을 부과하는 어떤 질서로부터도 벗어나는 데 성공한 것이다. 그는 가족 간의 유대와 가정이 부과하는 제약을 뒤에 남겨둔 채 판타지 속의 영웅처럼 집을 떠나왔다. 그리고 그는 세계로 나와 번영을 추구했다.

이런 식의 사고방식이 형성되기 시작한 것은 오래전부터다. 이런 사고방식이 두드러지기 시작한 것은 신세계를 착취하기 시작한 시기와 분명히 일치한다. 미국의 지리학자 칼 사우어는 이렇게 썼다.

> 근대는 국왕의 사면권을 해외로 확장한 것에서부터 시작되었다. 왕은 개인들에게 사람이 거주하든 안 하든 해외의 섬과 육지를 발견·소유·지배할 수 있는 특권을 주었다. 왕은 땅과 거주민들에 대한 권리를 선언하고, 처음으로 공식적 법령을 통해 권리 주장을 했다. 이런 맥락에서 콜럼버스가 신대륙에 상륙하여 깃발을 꽂았고, 원주민들은 망연자실하여 그를 바라봤던 것이다. 이탈리아의 탐험가 존 캐보트는 원주민 한 명 발견하지 못하였지만 역시 왕의 권리 선언을 대행했다. 후안 드 라 코사의 지도에 세 개의 국기(카스티야 왕국, 포르투갈, 영국—옮긴이)가 표시되는 것도 같은 맥락에서였다. **식민 제국의 행로는 원주민과 그들의 권리를 무시하는 데서부터 시작되었다.**(강조는 인용자) 포르투갈인들은 아르갱 만(서아프리카에 있는 모리타니의 대서양 연안—옮긴이)에 당도하자 검둥이 노예들을 선적하였다. 그들은 첫 번째 화물이었던 것이다. 포르투갈인들은 뉴펀들랜드에서 인디언들에게도 똑같은 짓을 벌였다.* 콜럼버스는 서인

* 포르투갈인들은 1501년부터 뉴펀들랜드 지역에 살고 있던 베오투크족들을 잡아서 유럽에서 노예상품으로 거래하였다—옮긴이.

도 제도에 발을 디디면서 노예무역의 전망이 밝다는 것을 직감했다. 식민 지배의 발상이 15세기에 구체적인 모습을 갖추어 가면서, 다른 유럽 국가들보다 식민지를 선점하겠다는 것 이외에 식민 지배에 대한 다른 성찰은 전혀 이루어지지 않았다.

오늘날의 경제적 착취와 경쟁은 이처럼 미국 역사 초기에 확립되었다. 어쩌면 경제적 착취와 경쟁은 미국 역사의 시작으로 비롯되었다고 말하는 것이 더 맞을지 모르겠다. 왜냐하면 경제적 착취와 경쟁은 이론이나 비전 또는 욕망이나 법령 때문에 발생했다기보다는 새롭게 열린 공간과 거리에서부터 비롯되었기 때문이다. 대양을 항해하여 새로운 곳에 당도한 유럽인들은, 얼마 전까지만 해도 상상하기도 어려운 거리에서 새로운 땅을 발견하게 되자, 자신들의 오래된 도덕질서를 내던져 버린 것으로 보인다. 대륙의 첫 발견자들은 군주의 특허권을 소지하고 있었지만, 그들이 특허권을 지니고 있었던 곳은 그들에게는 완전히 새로운 장소였으며, 그곳은 상상의 범위를 넘어선 곳이었고 문화적 질서가 전혀 다른 장소였다. 대륙의 발견자들이 들고 있던 깃발·법령·충성맹세를 상징하는 예복이 어떤 것이든, 대서양의 파고를 넘어 신대륙의 해변까지 건너온 주권은 인간 정신에 대한 새로운 통치권이었다. 그들의 눈에 비친 것은 그 자체로 존중되어야 할 창조질서가 아니었다. 그들의 눈에 띈 것은 그저 무궁무진한 '자연 자원'이었다. 그것은 존재 외적인 목적을 위해 사용할 수 있는 자원이었다. 그 자원들 중에 인간도 들어 있다는 사실은 전혀 중요하지 않았다.

이런 식으로 미국의 '발견자'들은 미국의 발견과 동시에 실향의 현대적 조건을 만들어냈다. 신대륙의 해변가에서, 가정 생활, 존경과 경의, 겸양으로 특징지어지는 구질서는 이들에게서 사라져 버렸다. 그들은 미국 땅에 도착하면서 그 이전에 존재했던 모든 것들을 경멸했다. 그들은 토착민들과 토착적 가치 또는 질서를 모멸하며, 자신들의 성공을 갈구했다. 미국의 발견자들은 절대적인 인간 주권의 시대를 열었다. 다시 말해, 그들은 근본적인 인간 조건 망각의 시대를 출발시켰다. 우리는 그들에 의해 발명되었다. 서인도 제도의 해변가에 상륙한 콜럼버스의 손에 들려 있던 페르디난드 왕과 이사벨라 여왕의 깃발은 달에 착륙한 닐 암스트롱의 손에 들려 있는 미국 국기가 되었다. 무한히 탐욕스러운 군주가 우주에 발을 디디며 권리 주장을 하고 있다.

제작된 낙원

그러나 인간 주권에 대한 우리의 경험은 다음과 같은 점을 시사한다. 인간보다 상위 존재를 무시한 채 오로지 인간보다 하위 존재의 관점에서 인간 주권이 규정될 때 인간 주권은 위험한 것이 된다는 것이다. 인간 주권은 주권이 행사되는 공간을 대칭적으로 규정할 수 있을 때에야 비로소 안전한 개념이 된다. 인간의 위치는 동물보다 상위이고 천사보다 아래, 자연과 신 사이라고 생각되었다. 그렇다면 사물의 질서 속에서 인간의 위치를 이해하고 받아들임으로써, 인간의 특권들은 어떤 책임성에 의해 제약되고 보호된다는 것을 알 수 있게 된다. 게다가, 이런 제약을 위반하면 악은 그 결과로서 발생할 뿐이라는 것을 알게 될 것이다. 인간은 죄를 짓지 않고는 인간의 조건으로부터 벗어날 수 없다. 지나친 자부심을 지니거나 반대로 자학하는 것은 죄악이다.

이른바 근대질서의 성장은 보편질서에 대한 오래된 감각이 파괴된 원인이자 결과이다. 인간은 사물의 질서 내에서 신과 짐승 사이에 위치하면서 장소에 대한 주권을 지닌 존재였지만, 인간의 의지대로 인간 자신과 우주를 관장할 수 있는 절대적인 주권을 주장할 수 있는 존재로 재정의되면서 현대인이 보여주는 전형적인 (또는 전형적으로 잘못된) 태도를 보이게 되었다.

인간은 존재의 사슬* 전체를 강탈하여 자신을 피조물이자 창조주로 인식한다. 인간의 이런 존재 인식을 감안하면 충분히 예측해 볼 수 있는 목표를 인간은 스스로 설정하였다. 지상 낙원을 건설하려는 것이 그것이다. 이 기획된 낙원은 탐험가나 항해자가 다시 찾아낼지도 모르는 잃어버린 정원 같은, 그런 의미의 전설적 낙원이 더 이상 아니었다. 이 새로운 낙원은 인간 지성과 산업체제에 의해 발

---

* '존재의 사슬'(Chain of Being)은 아리스토텔레스 이후 영지주의 전통을 거치면서 서양 정신문화의 근간을 이루는, 세계 존재에 대한 형이상학 체계를 말한다. 이에 따르면, 세계는 신을 정점으로 하여 천사, 인간, 동물, 식물, 광물의 순서로 위계를 이루는 피라미드 체계를 이룬다—옮긴이.

명되고 건설될 수 있었다. 그리고 기계가 낙원 건설의 또 하나의 주체였다. 창조질서 내에서 인간이 차지하고 있는 위치를 벗어나서 낙원을 만들고자 하는 야심을 지닐 수 있게 해 주는 동인動因은 기계이기 때문이다. 여기서 기계는 단순히 도구일 뿐 아니라 은유로서 훨씬 강력한 의미를 지닌다. 과거 인간을 지배하던 은유는 전원적인 것이거나 농農적인 것이었다. 과거의 은유를 통해 분명히 드러난 것은 탄생·성장·죽음·부식이라는 자연의 순환 주기로서, 인간의 돌봄 행위를 통해 잘 보존되었다. 그러나 현대인을 지배하는 것은 기계의 은유다. 인간은 만물을 관장하는 위치에 자기 자신을 갖다 놓게 되자 세계 창조 자체와 창조 개념을 기계화시키기 시작했다. 인간은 우주 만물이 기계를 통해 제조되는 낙원의 원자재라고 보기 시작했다.

이런 식으로 기계는 한편으로는 신비로움을, 다른 한편으로는 다양성을 제거해 버렸다. 근대 세계가 우주 만물을 존중하는 순간은 인간이 그것들을 **사용**할 수 있을 때뿐이다. 그때부터 우리는 그 어떤 것도 있는 그대로 내버려 둘 수 없게 되었다는 것은 원리상 당연하다. 사용가능한 것은 다 사용했고, 쓸모없는 것들은 다른 무엇인가를 사용하기 위해 희생시켰다. 기계 은유를 통해서 우리는 두려움, 경외, 존중, 겸양, 기쁨을 제거해 버렸다. 이런 정서가 사라진 것이 중요한 것은 이런 정서들이 우리가 세계를 사용하는 데에 자제의 요인이기 때문이다. 우리는 마치 우리의 주권이 무제한이며 우리의 지성은 우주를 감당할 수 있을 것처럼 행동해도 좋다고 학습받아왔다. 우리의 '성공'은 우리가 실패했다는 것을 재앙을 통해 보여 주고 있다. 산업적 낙원은 특권과 권력 있는 자들의 마음속 판타지다. 실제는 유혈이 낭자한 난장판이다.

미래를 식민화하다

둘도 없이 중요한 관계를 일반화하고 무제한적인 인간 주권을 전제하는 태도에 대해 깊이 생각해 보면, 왜 인간이 자기 자리에서 이탈하였는지를 이해할 수 있다. 그러나 **어떻게** 그런 일이 일어났는지에 대해서는 설명이 되지 않는다. 탐욕이 계기가 되었을 것이라고 말할 수도 있다. 그러나 그렇다 하더라도 만족스러운 답은 아니다. 왜냐하면 탐욕은 언제나 존재했기 때문이다. 탐욕이 새롭게 강화된 정도를 설명할 필요가 있다. 탐욕 자체를 죄악으로 보아 탐욕에 대한 억제가 필요하다는 관점이 사라지다 보니 탐욕의 지위가 격상되었을뿐더러, 세계의 모습이 이렇게 되어 가는 것은 분명히 운명적이며 세상의 이치가 그런 것이라는 믿음이 더해졌다. 세계의 이런 변화 이면에는 단순히 기본적 생각의 변화나 어떤 계기뿐 아니라, 어떤 종류의 비전이나 꿈 또는 심리적 유혹이 작용해 온 것이 틀림없다.

나는 그것이 미래에 대한 비전, 꿈, 유혹이라고 생각한다. 근대 세계를 존재하게 한 것은 미래에 대한 이상하고도 불가사의한 동경이다. 중세인이 천국을 갈망했듯이, 현대인은 미래를 동경한다. 현대적 삶의 위대한 목표는 미래를 개선하는 것이었다. 또는 현대인들은 미래는 필연적으로 '더 나을' 수밖에 없다고 생각하기 때문에 빨리 미래에 도달하는 것이 목표가 된다. 우리가 긍정적으로 쓰는 말 중 가장 이상한 용어가 '초현대적'이라는 말이다. '전위적'이라는 표현은 거기서 직접적으로 유래된 형용어다. 이런 용어들은 우리가 미래를 향하는 올바른 여정에 있으며 언젠가는 마침내 당도할 것이라는 점을 알려주는 이정표 역할을 한다. 그리고 이런 미래에 대한 집착은 지배계층의 전유물이 아니다. 그것은 흔히 발견되는 생각이다. 정치인들은 더 낫고 더 번성하며 더 안전한 미래를 건설하겠다는 약속의 힘을 매우 잘 이해하고 있다. 부모들은 으레 자녀들에게 더 낫고 더 안전한 미래를 준비해 주기 위해 노력하고 희생한다. 노동자들은 은퇴 후 즐길 수 있는 안전한 미래를 위해 일한다. 안전에 대한 우리의 집착은 미래가 우리에게 행사하는 지배력의 증거다.*

과학자, 만화작가, 소설가, 철학자, 정치가, 기업가, 교수 등 모든 종류의 예언자들이 나서서 미래를 상상했고, 꿈꿨으며, 기획하고, 그렸다. 그리고 이 미래에 대한 기획에는 우리 모두가 동참했다. 광

---

* 다음은 최근 한 석유회사의 광고 인용문이다.
"우리는 언제나 과거 사건보다는 미래의 가능성에 더 관심을 기울인 국민이다."
"우리 아르코 석유회사(Atlantic Richfield Company)에게 미래는 설레는 시간이다. 미래는 가장 좋은 시간이다."

적인 미래 숭배는 우리 모두를 예언자로 만들었다. 미래는 그런 시간이다. 과학이 우리의 모든 문제를 해결해 주고, 우리의 모든 욕망을 충족시켜 주며, 공기 조절 장치가 작동하는 완전히 자동화된 자궁 속에서 우리는 모두 완벽한 안락함 속에서 생활할 것이고, 우리의 모든 일을 대신해 주는 기계는 너무나 정교한 것이어서 의식주 생활을 대신해 줄뿐더러 우리는 생각마저 기계에 맡기고 게임을 하며 그림을 그리고 시를 쓰기만 하면 될 것이다. 미래는 그런 시간이다. 미래는 모든 것이 훌륭한 지상낙원이자 피안彼岸의 세계다. 그리고 우리가 미래를 위해서 살고 있다면 역사는 우리 편일 것이라고 생각할 자유가 있다. 왜냐하면 그것을 입증할 증거가 우리에게 없기 때문이다. 미래에 대해 경외심을 지닌 광신도들이 한동안 증가하기도 했지만, 그 사실은 미래가 낙원이라는 비전 자체에 내재된 어리석음과 경박함을 입증하는 것일 뿐 아니라 그 힘을 증명하는 것이기도 하다. 미래에 대한 경배는 흔들리기 시작할 수도 있겠지만 여전히 지배적인 태도이며, 개발에 집착하는 사람들에게 흔히 발견되는 태도이며, 이런 사람들이 이용하기 좋은 태도이다.

어떻게 봐도 현재 보통의 미국인들은 미래를 낙원으로 보는 산업적 꿈에 젖어 있다. 현대인들은 자동차, 트랙터, 주방용품 등과 같은 우리가 사용하는 도구들을 모두 미래로 나아가는 일종의 진보 또는 순례 여정으로 인식해 왔다. 미래의 자동차, 미래의 부엌, 미래의 교실은 현재의 것들보다 우리의 상상력, 기획, 욕망을 더 많이 자극해 왔다. 우리는 오래전에 적정하거나 뛰어난 것들을 갖고 싶다는 소망을 포기했다. 그 대신 최신 제품들을 갖고 싶어해 왔다. 그러나 최신식이 된다는 것은 공포가 내장된 야심이다. 시간을 멈추거나 시간을 앞서가지 않는 한, 최신의 소유물을 갖는다는 것은 순간의 일일 뿐이다. 만족할 수 있는 유일한 가능성은 **미래**의 자동차를 **지금** 운전하는 것 이외에는 다른 길이 없다.

미래에 대해 생각하지 않으면서 사는 것은 의심할 바 없이 불가능하다. 희망과 비전은 미래가 아니고서는 어디에도 존재할 수 있는 곳이 없다. 그러나 미래를 보장해 줄 수 있는 유일한 길은 현재에서의 책임 있는 행동이다. 현재 우리가 그렇게 하고 있듯, 미래의 필요를 미리 설정하고 그것을 현재의 잘못된 행동을 정당화하는 데 사용하면 현재를 왜곡시키고 미래를 훼손하게 된다. 그러나 착취 행위를 정당화할 수 있는 가장 확실한 근거가 바로 미래다. 착취자는 항상 미래를 담당하는 임무를 자임한다. 미래는 산업적 진보와 경제성장을 제외하고는 인식론적으로 도달할 수 없는 시간이다. 미래는 물질적 축복으로 가득하지만, 지구를 더 빨리 더 '자유'롭게 막 개발하지 않으면 식량과 에너지 절대 부족에 시달리고 안전하지 않은 시간일 것이다.

여기에는 분명한 역설이 존재한다. 좀더 미래를 풍요롭게 만들기 위해서 우리는 미래의 필수품들을 고갈시키고 있는 것, 철저히 계산된 일 년간의 소득 전략이 최종적으로 손실이 된다는 것, 이런 역설들은 지금까지 제대로 이해된 적이 없다. 미래를 행동의 구실로 삼을 때 편리한 점은 미래에 대해서 뭐든 아는 사람이 없다는 것이다.

이성적인 사람이라면 그 누구도 가능한 한 빨리 표토층과 화석연료를 고갈시키는 일이 어떻게 미래에 더 많은 안전을 제공하는지 **납득**할 수 없을 것이다. 그러나 충분히 부와 권력을 가진 사람들이 그럴 수 있다고 용감한 **발언**을 하면, 그에 대한 판타지가 발생하고, 이는 다시 그것이 마치 사실인 양 착각하게 하는 효과가 발생한다. 과거의 모습도 알 수 없는 법인데, 이제 미래의 모습을 추정할 수 있게 되었다. 미래는 기업에 의해 식민화되고 있는 신대륙이다. 기업은 우리의 후손들을 이방인들의 가치에 예속시키고, 후손들의 땅에서 약탈할 수 있는 것은 무엇이든 실어 날라 팔아넘겨서 우리의 후손들을 '레드스킨'으로 만들었다.

농업 분야에서만큼 미래 숭배가 심한 곳은 없다. 이렇게 된 이유는 농사가 제조업 분야보다 산업화하기 어려웠기 때문이다. 산업화가 도래하고 보니 산업화로 인해 노동 시간이 짧아지거나 일이 더 편해지거나 또는 근심거리가 줄어든 것도 아니었다. 산업화로 인한 부담 중 상당 부분을 짊어진 것이 농민들이었다. 여기서 조금만 더 산업화가 더 진행되면 더 나은 농업경제가 이루어질 것이라는 주장을 통해 미래 시간에 대한 충성을 확보하는 것은 상당히 쉬운 일이었다. 현재 우리가 목격하고 있는 농사의 산업화는 농민들이 한꺼번에 수용한 현상이 아니다. 농민들은 그러기에는 너무나 전통적이고 보수적인 집단이다. 사실은, 기업들은 농민들에게 산업화된 기계들을 단계적으로, 한 차례에 한 개씩 판매하였다. 새로운 기계 도입으로 가용 인력이 축소되고, 그에 따라 더 낫거나 다른 종류의 기계의 필요성이 계속 창출되었다. 현대적인 농장 상황을 돌아보면, 농민들의 미래에 대한 염원은 바로 피로와 걱정으로부터 풀려나려는 갈망과 직결되어 있다는 것을 느끼게 된다.

인구증가율에 대한 추정치를 이용한 위협은 미래가 농업을 지배하는 또 다른 구실이다. 인구증가율에 대한 추정치는 현 농업제도 옹호자들을 정당화시켜 주는 구실로 사용되고 있는 것이다. 관행농 옹호자들의 주장은 이렇다. 수백만 명이 기아로 위협을 받고 있는 상황에서 소수의 대농들이 더 크고 비싼 농기계와 화학제품들을 사용해서 단작을 계속해 나가야 한다는 것이다. 미래의 수백만 인구의 배고픔이 현재 농무성 정책의 기초가 되고 있다. 농무성의 자비로운 수사(사람들을 먹여 살린다는 것은 너무나 중요한 문제이기 때문에 정치적 조작의 수단이 될 수 없다.)와 농무성의 현실 정치("식량은 무기다")와 자기 합리화("진정한 농업의 힘은 농산물 수출을 통해 농업 달러를 창출해낸다")는 배고픔에 의해 정당화되고 있다. 현재의 농업 관행은 주의 깊지 못하고 파괴적인 양상인데, 그런 농업이 어떻게 미래에 기여할 수 있을 것인가? 이런 질문은 정부의 낙관주의에 근거한 뻔뻔스런 말의 성찬에 그대로 압도되어 버린다. 전문가들의 논리에 의하면, 식량 위기가 있다면 그 어느 때보다 더 부주의하게 더 많은 식량을 생산해야 한다. 같은 논리에 따라, 연료 낭비를 정당화하는 데 에너지 위기 현상도 활용된다.

테크놀로지, 미래를 먹어치우다

『내셔널 지오그래픽』 1970년 2월호에 실려 있는 「미국 농업혁명」이라는 기사만큼 일반적 농업 트렌드와 당국의 태도, 그리고 이에 속아 넘어가는 대중들의 태도를 잘 보여주는 것도 없다.

1970년 미국 사회에서 혁명은 논쟁적인 주제였다는 사실을 기억해야 한다. 우리는 공산혁명이라는 현실에 대한 공포, 또는 그 가능성이 주장되고 있는 현실에 대한 공포 속에서 지난 반세기를 살아왔다. (공포의 등급에도 여러 단계가 있었다.) 그리고 직전 십 년 동안 상당히 많은 우리나라 사람들은—그 중 대부분은 젊은이들이다—자기 자신을 혁명가라고 생각하기 시작했다. 그들 중 어떤 이들은 실제로 혁명가처럼 행동하기 시작했다. 『내셔널 지오그래픽』이 그와 같은 시기에 농업혁명에 대해 말할 수 있었다는 사실은, 정치혁명과는 반대로 이런 종류의 혁명은 대부분의 미국인들에게 전적으로 받아들여질 수 있다는 것을 시사할 뿐이다. 농업혁명은 결국 미국인들의 삶의 양식이 되어 버린 산업혁명의 일부분일 뿐이었다. 산업혁명과 그 연장선에서 이루어진 농업혁명은 지금까지 경험한 것 중 가장 강력한 혁명으로서 실제 정치적 영향을 포함해서 큰 파장을 남겼다. 산업혁명과 농업혁명의 결과가 반드시 다 좋았던 것도 아니지만, 어쨌든 이 모든 사실들은 별로 중요하지 않다. 중요한 것은 『내셔널 지오그래픽』과 그 독자들에 관한 한, 농업혁명은 '훌륭한' 혁명이었다는 점이다.

이 기사의 필자인 쥘 빌라르는 『내셔널 지오그래픽』의 선임 편집인이다. 그러나 그는 지리학자나 편집인에게 기대할 수 있는 판단의 독립성을 전혀 보여주지 못했다. 대부분의 기사 내용이 초보자의 경외심에 젖어 있다. 그런데 이런 태도야말로 농업혁명에는 볼베어링처럼 필요한 요소였다. 여러 가지로 농업이 진보해 가는 모습에 맞닥뜨리자 빌라르 씨는 두 차례에 걸쳐 '경탄'했으며, 그때 그가 사용한 표현은 '넋이 나갔다', '매혹되었다', '경악했다', '정신이 번쩍 들었다' 같은 것들이다. 그는 두 차례에 걸쳐 "정신이 번쩍 드는 깨달음"을 얻었다. 그 중 두 번째 깨달음은 더 강렬했다. 한 차례 그의 "마음은 심하게 어지러워졌다".

다음은 빌라르 씨의 혁명적 경이로움을 표현한 어록집이다.

> 1월에 딸기를 먹을 수 있고, 일 년 내내 신선한 오렌지와 상추를 즐길 수 있다.

> 보통 수퍼마켓에 있는 6천에서 8천 개의 품목 중 40퍼센트는 십 년 전만 하더라도 있지 않았던 것들이다.

> … 우리 생애 동안 미국 농업은 앞선 천 년간 인간이 땅에서 노동한 것보다 더 많은 발전을 이뤘다.

> … 셀러리 작업 라인을 따라 바퀴 달린 이동식 기계장치가 이동하며

40인분의 일을 해내는 것을 관찰했다.

기계가 수확할 수 있도록 재배된 토마토를 다뤄 봤다.

아스파라거스를 12월에 재배할 수 있도록 열선을 지하에 깔아 땅을 덥힌다는 설명을 들었다…… .

마흔세 명 중 한 명만이 식량 생산에 필요하기 때문에 다른 사람들은 의사, 교사, 제화공, 청소부가 될 수 있다……. [이것은 전 농무성 장관, 클리포드 하딘의 말을 인용한 것이다.]

오늘날 [캘리포니아] 토마토의 90퍼센트는 기계 작업으로 수확된 것이다.

… 기계 행렬이 믿을 수 없을 정도로 장관을 이루며 오늘날 미국의 농장들에서 작업 중이다. 이런 기계들은 넓은 면적의 땅을 거뜬히 해치우는 에어커이터들acre-eaters이다. (…) 이런 기계는 80인분의 일손을 덜어줄 수 있는 자체 추진 동력 콤바인이다. 단 한 명의 운전자가 에어컨이 나오는 운전석에 올라 타서 옥수수 수확을 한다. 계단식 밭을 평지로 만들거나 논의 모양을 갖추게 할 때 사용하는 괴물같이 거대한 도로건설용 기계들과 오이밭에 농약을 살포하는 헬리콥터들이 현재 미국의 농장을 누비고 있다. 이런 엄청난 장비들을 사용하면서 오늘날 미국 농민들

은 30년 전에 비해 여덟 배의 자본을 투입하고 있다.

자동화된 사료 공급기, 급수 장치, 환풍기와 기타 노동절약형 장치 덕분에 한 사람이 10만 마리의 치킨용 영계를 키울 수 있게 되었다…….

한 블록 길이의 막사마다 9만 마리의 흰 레그혼 닭들이 수용되어 있고, 16×18인치 넓이의 우리에 다섯 마리씩 가두어져 있다…….

… 고기가 들어 있지 않은 요리가 치킨, 쇠고기, 햄의 맛을 낸다.

이런 농업적 성취물들은 조금만 생각해 봐도 사려 깊지 못하거나 문제성 많은 생산물들이라는 점을 쉽게 알 수 있다. 1월에 생산되는 딸기나 12월에 나오는 아스파라거스, 그리고 치킨향이 나는 밀이나 콩 같은 것들의 사려 깊지 못함은 전혀 인정되지 않는다. 수퍼마켓의 '품목'이 엄청나게 증가했다는 사실이 무엇을 함축하는지, 그 문제점들 또한 인정되지 않는다. 증가하는 것이 **무엇이든**, 증가는 무조건 경이로운 것이라는 것은 선정적인 저널리즘의 가치일 뿐이다.

'괴물' 같은("땅을 먹어치우는") 테크놀로지가 땅과 생산물, 농촌 공동체, 농민들의 삶과 덕성에 미치는 영향에 대해서도 인정하는 바가 없다.

농업 테크놀로지의 확장에 부수되는 부채와 간접비가 엄청나게 증가했다는 사실을 무시하기는 더 어렵다. 빌라르 씨는 아이오와 주의 한 은행가 말을 인용하여 다음과 같이 말한다.

> 1920년에 (…) 5천 달러는 선뜻 대출하기를 머뭇거리게 하는 큰 빚이었다. 현재 4만 달러의 대출은 흔한 일이다. 연속적인 주택 담보 대출은 받아들여지는 일이다. 나는 이따끔씩 평균적인 농부가 빚에서 헤어나오는 일이 가능할까, 의구심을 갖게 된다.

이 기사는 최신식의 농업 관행에 따라 거대한 토지 면적에 거대 비용을 들여 농사를 짓는 농업 실태를 소개하고 있다. 그러나 여기에 소개된 수치들은 그냥 나열되고 있을 뿐이다. 빌라르 씨의 마음속에서 그런 수치들은 현대농업의 거대한 규모 이외에는 다른 어떤 것도 나타내지 않는다. 그는 농업의 규모에 감탄하여 그 점을 인정하고 있는 것으로 보일 뿐이다. 아이오와 주 은행가의 진술이 전후 문맥과 관계없이 인용된 것으로 보일지 모르지만, 이 진술은 신용대출을 예찬하며 이루어진 것이다. 신용대출에 기초해서 대규모의 사업을 벌이는 것이 얼마나 바람직한지, 또는 일상적인 부채 상태가 사람의 품성에 어떤 영향을 미칠지에 대한 의문은 제기되지 않는다. 지금 능력 범위 내에서 절약하며 살아간다는 농촌의 오래된 덕목에는 주목해야 할 부분이 없는지 성찰해 보지도 않는다.

사람들은 경제적으로 보나 도덕적으로 보나 빚지며 살아도 되는지 의심스럽다 하더라도 생활 수준이 향상되면 그만이라고 생각하고 만다. "요즘 농촌의 부인은 도시에 사는 자매와 마찬가지로 미니스커트를 입고, 식기세척기나 자동세척식 오븐 또는 컬러 TV를 소유하고 있기 십상이다. 그리고 그 남편은 자동변속기가 장착된 트랙터를 몰며, 등골이 휘는 노동을 면하기 위해 각종 동력 기구들을 사용하고, 도시에 사는 사촌과 마찬가지로 대학에 다닐 것이다." 여기서 묘사되는 생활 수준이라는 것이 전적으로 물질적이고 도시적인 것이라는 사실이 바로 빌라르 씨의 글에 깔려 있는 편견을 잘 보여준다.

축산업도 지나치게 단순화되어 있는데, 그 정도가 심각하다. 사육장에 가두어 키우는 동물들을 기계처럼 사용한다는 것은 윤리적인 문제를 야기하는 것 이외에도 거대한 오염 문제를 일으킨다. 빌라르 씨는 이런 문제가 존재한다는 것을 인정한다. 그는 의심스런 해결책을 인용하기까지 한다. 소 2만 마리의 축분을 사육장·유수지·사료분쇄장까지 따로 마련되어 있는 320에이커의 농장 목초지에 뿌리자는 것이다. 그러나 그는 또한 1968년 미국 농부들이 뿌린 화학비료가 "거의 4천만 톤, 즉 경작지 1에이커당 260파운드"였다는 사실에 주목한다. 축분 문제를 거론한 뒤 14쪽이나 지나서 화학비료 소비 수치가 나온다. 농민들이 화학비료에 의존하고 있는 것은 문제로 파악되지 않고 있다. 그러다 보니 양자 간의 연결고리는 사라져 버렸다. 예전에는 한 농장에서 식물과 동물을 함께 길렀다는 사실을 빌라르 씨는 잊었거나 몰랐다. 그리하여 주체할 수 없이 많은 축분이 나와 폐기물로 버려지면서 하천을 오염시키는 일도 없었고, 그렇게 많이 상업 비료에 의존하는 일도 없었다는 사실도 아울러 몰랐거나 잊었다. 미국 농업전문가들의 천재성은 여기서도 번뜩이는데, 그들은 하나의 해결책을 둘로 갈라서 깔끔하게 두 개의 문제로 만들어 놓는다.

농업혁명으로 인해서 많은 사람들이 자기 자리에서 내몰려 일자리를 잃어버렸다는 사실도 빌라르 씨는 인정한다. 그러나 전체적인 사회 분위기가 그러하듯, 그는 아무렇지도 않게 이런 희생을 진보에 따른 필연적인 비용의 일부로 받아들인다. 그는 누구도 피해자들의 희생에 관심을 기울이지 못하게 할 요량으로 아무 문제 없는 것으로 보이게 만드는 공식을 글 초반에 배치한다.

> "기계는 노동을 대체한다"고 G. E. 반덴베르그는 메릴랜드 주의 벨스빌에 있는 미농무성의 농업연구센터에 있는 그의 사무실에서 (…) 내게 말했다. "그러나 정말로 기계를 받아들이도록 부추기는 것은 노동력 부족 때문이다."

그럼에도 불구하고, 24쪽을 더 뒤로 넘겨 보면 빌라르 씨는 이렇게 말하고 있다.

> 농민들은 농사에 들어가는 고비용과 수익 사이에서 압력을 받아 더 효율적인 방식을 찾아내거나, 아니면 농사를 포기해야 하는 형편이다.

이렇듯 문제는 분명히 있는 것이다. 그러나 도덕적 불편함을 덜기 위해서 그는 바로 '농기업'의 공식을 불러들인다. 관행농 체제가 인간의 문제에 전적으로 무심하다는 사실이 어떻게 해도 감추어지지 않을 때, 언제나 효율성이라는 관점에 호소한다. 여러 해 동안 그토록 많은 소농들이 실패했다는 사실이 정말로 사필귀정으로 보이도록 하는 것이다. 즉, 소농들은 더 효율적이었어야 한다는 것이다. 소농의 효율성을 높이기 위해서 규모를 키워야 했다면, 그들은 그렇게 했어야 한다는 것이다.

그러나 누군가 내몰려 나가지 않으면 규모를 키울 수 있는 여지가 없다는 점을 생각해 보자. 그 경우 사람들은 보상의 법칙에 의지해야 한다. 이것은 착취자들이 좋아하는 법칙이다. 보상의 법칙이란 모든 손해에는 반대급부적인 이득, 적어도 손해에 필적하는 이득이 있기 마련이라는 법칙을 말한다. 이 법칙은 그 자체로 행운이다. 왜냐하면 이 법칙에 따르면 뭘 해도 잘못되는 법은 없기 때문이다. 빌라르 씨는 보상의 법칙을 열렬히 신봉한다.

얼마나 많은 사람들이 농사를 포기했는지 다음과 같은 수치를 보면 알 수 있다. 1910년 미국 전체 인구의 3분의 1이 농업 인구였다. 1969년이 되면 농업 인구는 단지 20분의 1밖에 되지 않았다. 일 년에 평균 65만 명씩 농촌을 떠났다. 많은 사람들이 도시로 흘러들어와 빈민 지역에 사는 이주자 출신들과 섞여 살았다. 빈민촌에서의 이들의 존재는 폭동 분자의 증가를 의미했다. 이런 현상은 농업혁명의 사회적 결과들 중 하나라고 이름 붙여 볼 수 있다.

그리고 계속해서 그는 이렇게 말한다. "사람들이 농장을 떠나면 농촌 공동체도 마찬가지로 쇠락한다."

여기에는 분명히 슬퍼할 만한 이유가 존재한다. 역사상 그 어느 때보다 강제 이주자가 많고, 도시에서는 폭동의 조짐이 보이며, 시골에서는 인간 사회의 기능 부전 현상이 두드러졌다. 그러나 그렇지 않다. 오히려 그 반대다.

모든 작은 읍내가 다 죽어가는 것은 아니다. 대도시의 스모그, 교통 혼잡, 사회적 소요 등으로 작은 공동체에서 사는 것의 이점을 다시금 돌아보게 만든다. 제트 항공편과 고속도로로 인해서 기업체들은 근거리에 있는 시장에 의존할 필요가 없어지자 공장을 도시에서 멀리 떨어진 곳으로 이전한다. 회사 직원들은 퇴근 후 10분 거리에서 골프를 즐기거나 총을 소지한 채 개를 데리고 숲을 산책하거나 또는 수 에이커에 달하는 본인 소유의 땅에서 자녀와 작물이 자라는 것을 바라볼 수 있다는 매력에 이끌렸다.

빌라르 씨에 따르면, 이처럼 시골 사람들이 도시로 이주할 수밖에 없다면 그 손실분은 도시 사람들과 도시 자체가 시골로 이동해 오는 것으로 메워진다. 그러나 이런 식의 보상은 단지 균형을 맞춰 놓은 등식처럼 **보일** 뿐이다. 도시로 들어가는 사람들과 시골로 나오는 사람들은 같은 사람들이라고 할 수 없다. '비능률적'이고 그 때문에 사회적으로 무시되는 사람들로 이루어져 있던 농촌 공동체는 해체되어 도시에서 유입되는 사람들로 대체되지만, 이 사람들이 아무리 '능률적'이라 하더라도 땅과 경제적·문화적 인연을 맺고 있는 사람들은 아니다. 그러므로 이 사람들은 공동체를 이룰 수 없다. 이와 같은 교환을 통해서 우리는 농촌민들과 농촌 공동체, 그리고 땅을 잃은 것이다. 우리는 또한 도시든 농촌이든 '능력'을 발휘할 수 없는 사람들에게 '도심'을 방치함으로써 '도심'마저 잃어버렸다.

그러나 도시와 농촌 사이의 이런 교환에 대한 빌라르 씨의 설명에서 가장 재미있는 부분은 "수 에이커에 달하는 본인 소유의 땅에서 자녀와 작물이 자라는 것을 바라보"는 일이 중요하게 다뤄지고 있다는 점이다. 여기서 우리가 궁금하게 여기는 점은, 어떻게 도시에서 온 이주민이 수 에이커의 땅을 소유할 때의 저 느낌은 소중하게 여겨지는데 농민이 그 땅을 소유할 때의 느낌은 그렇지 않은가 하는 점이다. 합리적으로 생각해 보자. 작은 규모의 농장이 농가의 생계 수단으로 쓰일 때 그것은 경멸의 대상이지만, 기업체의 임직원이 그 땅을 '전원 생활의 터전'이나 취미 생활의 수단으로 사용할 때에는 감상의 소재가 된다. 어떻게 이런 일이 가능한가? 기업체의 임직원은 도시민이고 전문직 종사자로서 농민보다 우월한 존재이기 때문에 소농장을 소유할 자격이 있다고 생각하지 않는 한, 이런 차별적 태도는 있을 수 없는 일이다.

이런 냉담하고 의기양양한 태도는 두 개의 사진에 대한 설명에서 완전히 드러난다. 사진 한 장은 흑인 가족 몇 명이 집에 있는 모습을 담고 있고, 다른 한 장의 사진 속에서는 현대적인 기계가 목화를 따는 작업을 하고 있다. 사진 설명의 표제는 극적이다. "기계가 사람을 몰아내다." 사진 설명은 이렇다.

> 여러 해 동안 루스 앤더슨의 남편은 미시시피 주의 이솔라 근방의 목화밭에서 무더위와 싸우며 일했다. 늦은 봄, 에드 앤더슨은 목화 줄기를 베어 (…) 여름이면 100파운드에 2.5달러 하는 목화 열매를 땄다. 앤더슨 부인은 아홉 명의 자녀를 갖는 동안—그 중 위로 넷은 단칸방 판잣집에서 키웠다—남편을 도와 일했다. 열매 수확기가 되면 앤더슨 가의 하루 수입은 10달러 정도였다. 앤더슨 가의 식구들은 이렇게 그럭저럭 생존해 왔다.
>
> 그런데 농장의 밭에 기계가 굴러다니기 시작했다. (…) 기계는 하루에 80인분의 일을 해냈다. 열매 따는 일은 사라졌다. 시장에 제초제가 나타나 잡초를 제거해 줬다. 줄기를 베어내는 일 역시 사라졌다.
>
> 앤더슨 가의 식구들은 안정된 일자리에 필요한 기술을 갖고 있지 못했기 때문에, 기계 농업으로 뿌리 뽑혀 일자리를 구하러 정처 없이 도시를 배회하는 수백만 명의 불운한 난민 대열에 합류했다.
>
> 이 행렬을 멈추는 데에 도움을 주기 위해 여러 민권단체들과 재단들, 그리고 전미기독교교회협의회(National Council of Churches of Christ in the USA, 보통 NCC로 알려져 있다—옮긴이)가 프리덤 시티라고 불리는

자활 공동체를 지원했다.

앤더슨 가의 가족 이야기는 여기까지만 하자. 앤더슨 가의 어려운 처지와 이들과 같은 형편에 있는 수백만 명의 곤궁함은 "이 행렬을 멈추는 데에 도움을" 주려는 프리덤 시티에 의해 그대로 상쇄된다고 독자들은 생각할 것이 분명하다. (그러나 '무능력한' 최후의 농부일 인까지 모두 빈민가에 입주하여 복지 원조를 받을 때까지 난민들의 행렬을 막아낼 수 있을지는 잘 모르겠다.) 이제 등을 돌려 거대 기계 쪽을 경탄의 시선으로 바라볼 것을 요청받는다. 그 기계 한 대는 무더위에 시달리는 작업 환경 속에서 시대에 뒤처져 경멸받을 지경까지 이른, 자급경제에서 벗어나지 못한 농부 80명의 몫을 거뜬히 해내지 않는가?

3세대로 구성된 또 하나의 농민 가족이 130에이커 면적의 롱아일랜드 농장에서 저녁 식탁에 앉아 있는 모습이 소개된다. 이 중 일부는 1737년부터 소유해 온 땅이기도 하다. 이 가족들 역시 "기계화와 규모 확장을 받아들일 것인가, 아니면 치솟는 비용과 높은 세금 그리고 대농장과의 경쟁으로 인해서 몰려날 것인가의 갈림길에 서 있다". 그러나 여기서도 "갈림길"을 만들어낸 경제적 조건에 대한 회의의 말이나 암시는 한 마디도 없다. 치러야 될 비용에 대해서도 조금의 호기심조차 보이지 않는다. 거의 두 세기 반에 걸쳐 같은 농장에서 이어온 가족사는 세금을 낼 수 없다면 그냥 아무것도 아닌 것이 되어 버린다. 이 가족의 운명은 단지 흥미로운 기삿거리에 지나지 않는, 그런 것으로 제시될 뿐이다.

이렇게 인간이 버려져도, 이렇게 전통과 사람 간의 유대를 지켜나가지 못하게 되어도, 이렇게 도덕적으로 무심해져도, 이 모든 것이 허용되는 구실은 무엇인가? 그것은 미래의 위협과 유혹이다. 미래는 곧 도취된 지지자들의 현실이다. 어떤 지지자들에게 그것은 지옥이기도 하고, 또 어떤 이들에게는 천국이기도 할 것이다.

빌라르 씨는 글 서두에 심각하게 받아들여야 할 어떤 가능성에 대해 언급한다. 확실히 그것은 무거운 주제다. 그러나 그럼에도 불구하고 그의 발언은 '농기업' 선전자들이 말을 시작할 때면 늘 던지는 상투적인 언사에 지나지 않는다. 왜냐하면 그런 말들은 꼭 필요한 엄격한 자기 평가가 아니라, 부끄러워할 줄도 모르며 지치지도 않고 내놓는 자기 정당화의 말이기 때문이다. '농기업' 전도사들은 자기 자신에 대한 광적인 신도들이다. 모든 광신도들과 마찬가지로 그들에게는 묵시록이 필요하다. 그들은 의심의 눈초리를 보이는 사람들의 얼굴에 들이밀 궁극의 공포물을 필요로 하는 것이다. 여기서 우리에게 제시되는 것은 모든 이들이 걱정하는 사항이다. 그러나 농업전문가들과 농기업가들은 그 문제를 자신들에게 맡겨놓기를 원한다. 빌라르 씨의 글의 서두는 이렇게 시작한다. "현재 지구의 인구는 36억이다. 35년 안에 두 배가 될 것이다. 이렇게 되면 (…) 지구 역사상 가장 괴멸적인 기근이라는 유령이 출몰할 것이다."

물론 그럴 것이다. 그렇기 때문에 우리 자신에 관한 모든 가정들을 자세히 검토해 보는 작업을 해야 할 것이다. 그리고 우리가 한 일들, 할 수 있는 일들, 삶과 삶의 복합적인 원천에 대한 우리의 태도, 기술과 테크놀로지의 자원들에 대해서도 다시 생각해 보아야 한다. 우리가 묵시록적 상황을 향해 가고 있다면 확실히 대비하기 위해 어려운 작업을 해야 한다. 철저하지 못한 태도, 게으름, 낭비를 청산해야 한다. 우리는 우리 자신을 단련하고 제약하며 필요를 줄이고 다른 사람의 필요에 더 많이 관심을 기울여야 한다. 지구의 건강을 위해서 필요한 일이 무엇인지 이해해야 하고, 그것을 다른 필요에 비해 우선시해야 한다. 만일 재앙적 기근이 올 수 있다면, 지혜를 발휘하는 수고를 들여 사치와 안락을 필요한 만큼 희생시켜야 한다.

그러나 빌라르 씨에 따르면, 이것은 보통 사람들이 걱정할 일이 아니다. 농업전문가, 기업가, 그리고 과학자들이 그 일을 다룰 것이다. "현대적인 농업이 보급되면, 현재 경제 선진국에 사는 세계 인구의 3분의 1처럼 나머지 3분의 2에 해당하는 사람들이 배고픔으로부터 해방될 것이다."

글 말미에 빌라르 씨는 황홀경 속에서 미래를 찬미했다. 빌라르 씨의 찬미가의 수신자는 '농무성의 어빙 박사'로, 그는 미래에 대해 이렇게 말했다.

> 농업은 고도로 전문화될 것이다. (…) 지역별로 토양이나 기후의 특성을 살려, 경쟁력 있는 작물을 특화시키게 될 것이다. 그래서 어느 지역은 오렌지, 다른 지역은 토마토, 또 다른 지역은 감자를 집중 재배하게 될 것

이다.

> 밭은 더 커질 것이고, 나무와 울타리와 길 변은 줄어들 것이다. 기계는 더 커지고 강력해질 것이다. (…) 기계는 자동화되고 무선으로 조종하는 것까지도 가능해져서, 운전자는 폐쇄회로를 통해서 현관에 있는 화면으로 진행되고 있는 일을 관찰할 수 있게 될 것이다. (…)
> 날씨를 통제하여 우박 피해를 동반하는 폭풍과 토네이도 같은 자연재해를 완화시킬 것이다. (…) 원자력 에너지를 이용해 산을 평지로 만들거나 바닷물을 관개용수로 사용할 수도 있을 것이다.

바로 이 대목에 이르러서 빌라르 씨는 "과거로부터의 진보 덕분에 그와 같은 발전도 이뤄진 것이라는 암시성"에 큰 자극을 받았다. 여기서 기아에 대한 두려움은 오간 데 없어진다. 자기 자리에서 내몰린 소농과 농장 노동자들에 대한 생각과, 도시에서의 폭동 위험에 대한 생각이 모두 사라진다. 빌라르 씨는 묵시록의 질곡을 뛰어넘어 바로 천국으로 직행했다. 그는 브라질의 한 관리의 말을 의기양양하게 인용하면서 글을 끝맺는다. "우리는 브라질 농업의 미래에 대해 우려한다. (…) 당신 나라는 미래에 **와 있군요**."

그리고 아홉 명의 자녀와 함께 단칸방 판잣집에서 실업자 신세로 살고 있는 앤더슨 일가 역시 미래에 와 있기는 마찬가지다. 앤더슨 일가는 세계의 3분의 2에 달하는 미개발 지역의 민중들에게 희망이 되어야 하지만, 아직 현실의 덫에 걸려 있다.

농업의 미래에 대한 '예술가적인 비전'을 담고 있는 빌라르 씨 글의 마지막 두 쪽은 농기업 야망의 진수를 보여준다. 사진 설명은 다음과 같다.

미래의 농업:

곡물을 재배하는 밭은 골프장 페어웨이처럼 뻗어 있다. **미농무성 전문가의 도움을 받아**(강조는 인용자) 데이비드 멜처가 묘사한 대로, 21세기 초의 소 우리는 농장에 높이 솟아 있는 아파트 건물을 닮았다.

모더니즘 스타일의 농가 건물의 꼭대기에는 거품 모양의 통제실이 자리하고 있다. 통제실에서는 날씨와 농산물 가격 정보를 알려주는 컴퓨터 작동 음향이 은은히 퍼져 나온다. 원격으로 조정되는 콤바인은 흙을 굳지 않게 하기 위해 설치된 궤도를 따라 10마일 정도 펼쳐진 밀밭을 미끄러지듯 앞으로 나아간다. 탈곡된 곡식은 밭 옆에 설치된 기송관氣送管을 통해 멀리 떨어져 있는 도시 근처에 세워져 있는 저장소로 보내진다. 탈곡과 수확을 담당하는 기계로 또 다른 작물 재배를 위한 땅을 마련하는 작업도 겸해서 한다. 비슷한 기계장치는 옆 고랑에 줄지어 있는 콩에 물을 주고, 제트 엔진이 탑재된 헬리콥터는 살충제를 뿌린다.

지선도로 건너편에 있는 원뿔형 공장에서 육우를 먹일 사료가 혼합된다. 그리고 육우들은 사육 공간을 절약하기 위해 여러 층으로 건축된 사육 건물에서 비육된다. 사료 공장과 사육 건물 사이의 연결관을 통해 사료는 기계적으로 배급된다. 중앙 엘리베이터가 소들을 위·아래층으로 운반하며, 건물 측면에 설치된 폐수 처리 시설은 비료로 사용할 수 있도록 분비물을 분쇄하여 내려 보낸다. 더 멀리 떨어져 있는 우리 옆 가공

공장에서 쇠고기를 대형 실린더로 포장하여 헬리콥터와 모노레일로 시장으로 운반한다. 조명 장치가 되어 있는 플라스틱 돔 시설을 이용해서 환경을 통제함으로써 딸기, 토마토, 셀러리 같은 고부가가치 작물을 재배한다. 멀리 호수와 휴양지가 보인다. 근처의 펌프 장치는 광범위한 지역에 물을 공급한다.

무질서의 조직화

이렇게 완전히 산업화된 미래의 농업을 그려내는 작업에 농무성 전문가와 협동 작업을 벌일 수 있다는 사실만 봐도, 어떤 미래 비전보다도 공식적인 비전인 것으로 보인다. 이런 종류의 일이 호들갑 떠는 언론의 예외적인 현상이 아니라, 농업전문가들이 습관적으로 확인해 주고 심지어는 이론적으로 뒷받침까지 해 주는 일이라는 점을 『미국 농민』이라는 잡지 1974년 10월호의 한 기사를 보면 알 수 있다. (이 잡지는 미국 최대 농민조직인 미국농민연맹의 목소리를 대변한다.) 이 기사는 2076년 '꿈의 농장'에 관한 글로, 사우스다코타 주립대학교 농과대 학생들이 구축한 농장 모델을 그리고 있다. 미래의 농장은 다음과 같이 묘사된다.

9평방마일의 농장 중 실제로 사용하는 면적은 약 1,800에이커에 지나지 않는다. 이는 전체의 4분의 1도 안 되는 면적만을 생산하는 데 사용하고 있음을 말해 준다.* 나머지는 휴양과 대자연을 즐길 수 있는 편안한 완충 지역이 될 것이다. 이곳은 전체 농장운영 계획 아래 설계된 '인간적 가치'가 혼합된 생활 지구다.

가축들은 150×200피트 면적의 15층 건물에 수용되고 거기서 생산품들이 가공된다. 그 건물에는 발전 시설, 행정 본부, 가축병원 시설, 정비소, 냉장과 포장 시설, 저장소, 연구실험실, 급수와 폐기물 처리 시설이 있다. 높이 솟아오른 이 건물에는 최대 2,500마리의 비육우, 암송아지 사육장 600개, 젖소 500마리, 양 2,500마리, 비육 수퇘지 6,750마리, 암퇘지와 새끼돼지들 150마리, 칠면조 1,000마리, 닭 15,000마리가 수용될 것이다.

플라스틱 돔 덮개 속에서 정확하게 기후가 통제되는, 직경 1마일당 3개의 원형 밭에서 일 년 내내 작물이 재배될 것이다. 날씨와 관계없이 어느 시점에서든 한 개의 밭이나 작물은 파종 단계이고, 또 다른 것은 성장 단계며, 세 번째 것은 수확 단계이다. 여기서 농업 생산에 필요한 총면적은 5,760에이커의 불과 4분의 1 정도이지만, 생산성은 예외적으로 높다.

각 작물에 필요한 물은 불과 0.5인치밖에 안 될 것이다. 왜냐하면 그 안에서 자라는 식물로부터 증발되어 나오는 수분은 영구적인 거대 돔 시설 내에서 순환되기 때문이다.

땅 아래에 작물이나 기계에 맞춤형으로 설치된 자석 장치가 돔 시설 천

---

* 나는 이 문장을 이해하기 어렵다. 생산용으로 사용하는 면적은 1,800에이커가 아니라, 분명히 9평방마일의 4분의 1이라고 했다. 1,800에이커는 9평방마일의 4분의 1보다 적은 게 아니라, 오히려 그보다 넓은 면적이다.

장의 튜브에서 특수 처리된 씨앗들을 끌어내려 파종 작업이 이루어질 것이다.

경작은 전자기파를 이용해 수행될 것이다. 공중부양된 기계를 원격으로 조정하여 작물들을 남김없이 수확할 것이다. 2076년이면 작물의 용도가 다양해질 것이고, 그래야 될 필요가 있다고 학생들은 믿고 있다.

필요할 때마다 표토층 아래로 조금씩 수분을 자동 공급하는 과정을 전자 화면으로 관찰할 수 있을 것이다.

인간과 동물의 배설물과 작물에서 폐기물을 재활용하는 것이 농장 운영의 핵심이 될 것이다. 가축들의 호흡에서 배출되는 이산화탄소는 파이프를 이용한 순환 시설을 통해 작물이 사용하고, 다시 작물이 내뿜는 산소를 가축들이 사용할 수 있도록 할 것이다.

잡초는 문제가 되지 않을 것이다. 왜냐하면 밭에 덮어 놓은 덮개로 인해 잡초가 근절될 것이기 때문이다.

이 글을 읽은 직후, 나는 사우스다코타 주립대학교 농업공학과의 마일로 헤릭슨 박사에게 편지를 썼다. 편지에는 다음과 같은 질문들이 담겨 있었다.

1. 위와 같은 기술 혁신이 어떤 사회·경제적 효과를 가져올지 생각해 봤는가? 그런 식의 농장을 구축하면 상대적으로 적은 규모로 농장을 운영하는 소농들은 퇴출될 것이라는 점을 생각해 봤는가? 인구 구성에는 어떤 영향을 미칠 것인가? 식량 가격이 다소간 올라가지 않겠는가? 그런

식의 농장 운영에 필요한 에너지는 어느 정도일까? 필요한 에너지는 어디서 나는가?

2. 어떤 정치적 영향을 미칠지 예상되는가? 예를 들면 개인의 자유와 사유 재산이라는 독트린에 어떤 영향을 끼칠 것인가?

3. 소비자에게는 어떤 영향을 미칠 것인가? 다양하고 질 좋은 제품을 선택할 수 있을 것인가?

4. 환경에는 어떤 영향을 미칠 것인가? 예컨대, 그렇게 광범위한 면적을 덮개로 덮으면 전례 없는 배수 문제를 일으킬 것이다. 표토로 흘러내리는 빗물을 어떻게 처리할 것인지 학생들은 어떤 제안을 했는가? 그런 농장은 사막에나 어울리는 것 아닌가? 강수량이 많은 지역에서도 가능한가?

헤릭슨 박사로부터 성심이 담겨 있는 답장을 바로 받았다. 그는 다음과 같이 내 질문에 답했다.

기술 혁신의 사회·경제적 효과에 대해 주의를 기울였다. 기본적으로 여기서 묘사된 발전 양상들은 농장 운영 형태에 따라 맞는 것도 있고, 그렇지 않은 것도 있을 것이다. 그렇기 때문에 하나의 농장에 반드시 모두 다 적용될 필요가 있는 것은 아니다. 위에서 언급한 농장 모델을 구축할 때 건설 편의도 고려해야 하고 농산업의 특정한 발전 단계를 고려에 넣어야 하기 때문에 각 지역을 통합적으로 고려하여 구축하기 마련이다. 그렇기 때문에 미래에는 더 작은 농장 운영도 가능할 것이다. 그렇다면 지역의 인구 분포에 거의 변화가 수반되지 않을 것이다. 에너지 문제를 구체적으로 말하자면, 태양에서 포획된 에너지, 즉 태양에너지만을 유일한 에너지원으로 생각하고 있다. 비용 문제에 대해서 추측하는 것은 불가능하다. 왜냐하면 그것은 역동성이 뛰어난 영역이기 때문이다.

희망컨대, 위의 대답이 질문 2에 대한 답도 아울러 되었기를 바란다. 우리는 절대로 자유기업 체제를 위축시키거나 사유지를 감소시키는 일을 지지하지 않는다.

질문 3에 대해 말하자면, 제품의 다양성이나 질에 변화는 거의 없을 것이다. (…) 굳이 변화를 말한다면, 동식물의 질병이 없어지거나 감소할 것이고 관리체제가 나아질 것이므로 질은 향상될 것이다.

희망컨대, 이런 시스템으로 사육장에서 발생하는 공기 오염을 제거하고 또한 재배 지역에서 토양침식 현상을 없앰으로써 환경 개선이 이루어질 것이다. 지붕 덮개에서 떨어지는 빗물은 관개를 비롯하여 가축과 인간을 위해 사용할 수원水源으로 사용할 것을 제안한다. 당연히, 이례적으로 많은 양의 빗물을 관리하기 위해 적절한 시설 설치 계획이 포함되어야 할 것이다.

위에 묘사된 미래 농장의 목표로 명시된 내용은 결국 식량을 충분히 마련하자는 것인데, 거기에 이견이 있을 수 없다. 그리고 미래 농장 계획에는 높이 사야 할 다른 부분도 있다. 폐기물이나 배설물을 비료로 전환시키고 사우스다코타 에너지 수급 모델을 태양에너지에 기초하겠다는 생각은 칭찬 받아 마땅하다. 그러나 여전히 비용

문제는 의문으로 남는다. 미래 농장 건설과 원자재 비용은 식품 가격을 통해 소비자에게 전가되겠지만, 그뿐 아니라 사회·정치·문화·영양과 같은 다른 종류의 비용 문제는 어떻게 풀어갈 것인지 여전히 답이 필요하다. 그리고 같은 목적을 달성하면서도 비용은 덜 드는 방법에 대해서도 생각해 봐야 할 것이다.

미래 농장이 가장 직접적으로 제기하는 쟁점은 통제다. 미래 농장의 모델 아래에는 전면적 통제에 대한 야심이 깔려 있다. 농업 환경을 전면적으로 통제하겠다는 야심이 있는 것이다. 전문가적 태도가 근본적으로 전체주의적이며 근본적으로 약점을 지니고 있다는 점이 이보다 더 명료하게 보이는 영역은 없다. 농사의 실체는 살아 있는 생명체다. 농사는 토양 속 미생물에서부터 소비하는 인간들에 이르기까지 서로 복잡하고 심지어는 신비롭게 관계를 맺고 있는 생명체들에 의지한다. 이런 농사의 실체 앞에서 농업전문가들은 오로지 생명체들을 전면적으로 통제할 수 있는 길에 대해서 생각할 수 있을 뿐이다. 다시 말해, 그들은 어떻게 하면 생명체를 기계로 바꿀 수 있을 것인가에 대해 생각할 뿐이다.

그러나 전면적인 인간 통제는 과거에도 그랬듯 현재에도 불가능하다. 그렇게 믿을 수밖에 없게 하는 증거들이 얼마든지 있다. 예를 들어 보자. 기하학적인 거리들, 주소가 매겨진 가옥들, 신분증 번호가 매겨져 있는 시민들, 지도에 표시되어 있는 길과 지역들, 질서 유지를 위한 수많은 경찰관들과 공무원들이 즐비한 대도시보다 더 조직화가 잘 이루어진 곳은 있을 수 없다. 그러나 출퇴근 시간이나 어둠이 내린 후, 또는 폭동이 일어나거나 청소부들의 파업 때 대도시에서 일어나는 일보다 더 혼란스런 것은 없을 것이다. 현대 도시에서 전례 없는 조직화와 전례 없는 무질서는 나란히 공존하고 있다. 이 둘은 서로에게 먹잇감을 제공하며 서로에 의지해서 번성하는, 그런 협력적 관계에 있다고 주장할 수 있다. 정부, 교육, 산업, 의학, 농업과 같이 전문가들이 개입하여 통제를 맡은 곳이면 어느 곳에서든 그런 예를 떠올리는 것은 어렵지 않은 일이다. 그 이유는 전문가와 전면 통제라는 개념은 서로 협력적인 관계를 갖고 있어 양자는 다른 한 편 없이는 존재할 수 없기 때문인 것으로 보인다. 전문가는 **한 가지** 가능성의 실현 책임을 자임하는 사람이다. 다른 가능성들을 배제함으로써 그는 허구적인 전면통제권을 스스로 부여한다. 전문가는 '비현실적'이거나 다른 바람직하지 않은 가능성들을 배제하면서, 절대적 통제를 생각해 볼 수 있는 엄격하고 배타적인 영역을 만들어낸다. 실제로 그런 통제가 가능한지의 여부는 중요하지 않다.

그러나 전문가가 결코 고려하지 않는 것은, 그와 같은 영역이 그 자체로 심대히 파괴적이라는 점이다. 첫 번째 균열은 전문가 자신의 마음에서부터 발생한다. 왜냐하면 통제의 가능성은 상상하고 욕망하는 능력에서부터 비롯하는 것인데, 그 능력을 배타적으로 절대시하는 순간 그는 다른 모든 가능성들의 적이 되어 버린다. 둘째, 매우 단순화된 작은 영역에서 전면적 통제를 시도하면서 그는 그 영역 바깥은 그대로 방기함으로써 전적으로 통제되지 **않는 상태로** 남겨놓는 것이다. 다시 말해, 전문가는 상호의존적이고 협동적인 삶의 양상을 포기하거나 심지어는 거부하는 태도를 보이기까지 한다. 그러나 그러한 복잡하고 어느 정도 신비로운 삶의 양상은 일정한 한계 내에서만 통제가 가능하며, 그 한계로 인해서 인간의 문화는 자연 세계 내의 문화적 원천과 결합될 수 있는 것이다.

이런 전면 통제 시도는 무질서를 불러온다. 전문가의 영역이 경직되고 배타적일수록, 그리고 그 영역 내에서 통제가 엄격할수록 그 영역을 둘러싼 세계의 무질서는 심각해진다. 온실을 만들어 겨울에 여름 채소를 기를 수 있다. 그러나 그렇게 하면서 날씨에 대한 취약성이 증가해 전에는 없던 실패 가능성이 생긴다. 토마토가 1월을 날 수 있게 하기 위한 통제는 떡갈나무나 박새가 1월을 나는 자연 질서보다 훨씬 문제가 많다. 협동의 관계망은 '통제'를 통해 확보하려는 가짜 안전이 결여되어 있지만, 사실에 있어서는 배제의 메카니즘보다 안전하다. 전문가는 배타적 영역과 통제에 의존하기 때문에 전문가적 유형이나 양식은 '모델'을 앞세운다. 모델을 둘러싸고 있는 맥락은 미래다. 현재와 삶의 제약 조건들은 미래에 영향을 미치지 않는다. 비현실적이거나 바람직하지 않은 가능성들 역시 미래와는 아무 상관없다. 설정 모델은 미래에 있을 수 있는 어려움들로부터 멀리 떨어져 있다. 사우스다코타 주의 미래 모델이 어떻게 작동하는가를 묘사한 『미국 농부』 기사가 자신감에 찬 언어로 쓰여 있고, 대부분 꼼꼼하고 정밀하게 표현되어 있는 것도 바로 그런 이유 때문이다. 그러나 미래 모델에 관한 내 질문에 대한 헤릭슨 박사의 답변은 잠정적이고 추측에 의존하고 있으며 희망 섞인, 그런 것이다. 기계를 상징하는 은유는 모델 개념에 의해 권능을 부여받는다. 기계에 대한 은유에 따르면, 단지 '작동하는 부품'만 받아들일 필요가 있는 것이다. 그러므로 '모델 농장'을 만든다면 '필요'하지 않은 것들을 차단해 버리는 영역, 차단막 같은 것이 있어야 한다. 잡초, 해충, 동식물병 같은 것은 기계가 작동하는 데에 필요없는 것들이다. 따라서 이런 것들은 몰아내야 한다. 바깥 날씨도 늘 필요한 것이 아니다. 날씨를 바깥으로 내몰아라. 작업은 기계가 수행할 수 있다. 사람들을 내몰아라. 그러나 화학제품들과 약품은 아무리 위험한 것이라 하더라도 효과가 있다. 이런 것들은 전문 영역의 일부분이다. 그렇기 때문에 영역 안으로 허용될 수 있다.

이 배타적 영역으로부터 건강이 배제되어 있다는 점을 깨닫는다는 것은 이 지점에서 좀 놀라운 일일 수도 있다. 해충, 기생충, 질병, 기후의 변화, 극단적인 날씨가 배제되자, 이런 자연 상태에 대한 저항 역시 사라져 버리게 된다. 토양과 토양에서부터 비롯된 생명체들 안에서 벌어지는 이 저항이야말로 우리가 건강이라고 부르는 것이다. 이렇게 보면, 전면 통제를 위해서 우리는 건강을 포기했다. 건강은 물론 일종의 통제를 의미한다. 그러나 그것은 전면 통제도 아니고, 플라스틱 돔으로 가리는 것보다 훨씬 안전한 일이다.

모델 또는 모형을 설정한다는 것은 이상을 설정하는 것이다. 그리고 모델 설정의 의도는 분명히 그 모델이 이상적으로 기능할 것이라는 것이다. 그러나 모델은 **기계적인** 이상이다. 그리고 그것은 배타적인 이상이다. 더욱이 미래 모델은 과거와 현재로부터 단절되어 있다. 미래 모델에 함축되어 있는 것은 과거로부터 살아남아 현재 존재하는 것을 **대체해** 버린다는 개념이다. 이런 미래 모델의 특징 때문에 미래 모델은 평상시에 접할 수 있는 그런 종류의 이상으로부터 분리된다. 정직함이나 관대함 또는 상냥함이나 균형잡힘과 같은 이상은 정말로 미래에 영향을 미쳐야 한다. 그러나 과거에 존재했던 그런 덕목들에 대해 우리가 알고 있는 바와 현재 그런 덕목들이 우리에게 요구하는 바를 통하지 않고는 그런 덕목들을 인식할 수 있는 방법은 없다. 건강과 마찬가지로, 정직·아량·상냥·균형과 같은 이상은 맞서 싸워야 할 상대가 존재할 때 우리 곁에 살아남도록 요청된다. 그런 덕목들은 문화, 공동체, 그리고 민중의 덕성을 통해 살아남는다. 그런 덕목들은 어떤 모형 설정을 통해서가 아니라 **선례**를 통해서 알려지고 가치를 인정받는다. 전문가는 반대로 선례가 아니라 모형 설정에만 관심을 기울인다. 전문가의 관심은 농업의 역사가 아니라 그 미래에 기울어져 있다.

전문가들이 수행하는 작업이 어떤 영향을 미칠 것인가에 대해 전문가들 자신이 아무런 관심을 갖지 않는 이유가 바로 그것이다. '노동력을 절감하기' 위해 농장에 기계를 도입한다고 할 때 전문가들은 내몰린 농부들의 운명에 대해서 묻지 않는다.* 그들은 '미래에서' 일

---

* 이것이 노동력 절감 원칙의 결함이다. 노동력 절감을 위한 기계는 작업을 쉽게 해 주는 것으로 되어 있다. 그러나 그 기계는 실제로는 일자리를 파괴한다. 기계는 작업을 개선하는 게 아니라 작업자들을 대체한다. 고용을 줄이지 않고 일을 더 쉽고 즐겁게 만드는 것은 이웃 간에 서로 돕는 협동이다. "백짓장도 맞들면 낫다."

하는 사람들이기 때문에 퇴출되는 것이 무엇이든, 쓸데없어지는 것이 무엇이든 개의치 않고 그냥 배제해 버리는 자유를 스스로 누린다. 그런 이유 때문에 환경보호 잡지에서와 마찬가지로 미래의 농장 풍경에 사람들이 보이지 않는 것이다. 농업전문가들이나 환경보호 전문가들은 모두 우주만물의 질서에서 인간이 어디에 속해 있는지에 대해서는 아무런 생각도 보여주지 않는다. 농업전문가나 환경보호 전문가 어느 쪽도 인간의 손길이 닿은 풍경에 대해서는 생각하는 능력이 없다. 사람들은 복잡하고 모순적이며 예측할 수 없는 존재다. 전문가들의 눈으로 보면 사람들은 한편으로는 순수한 자연을 오염시키는 쓰레기이자 오염물질이며, 다른 한편으로는 순수 테크놀로지와 전면 통제를 어렵게 하는 원인물질일 뿐이다.

농민들은 어디 있는가

모델 또는 모형의 힘을 빌어 전문가는 미래를 환상의 온상으로 바꾸어 놓는다. 그러나 모형의 권능을 받은 환상은 현재의 삶에 영향을 끼친다. 물론 미래의 삶에도 영향력을 행사한다. 그래서 이런 모형 농장의 모습에서 한 가지 질문을 떠올린다. 물론 이 질문은 이기심의 발로에서 나오는 질문이기도 하지만, 다른 한편으로 전율 어린 질문이기도 하다. "사람들은 어디 있지?" 사진상으로 『내셔널 지오그래픽』 모형 농장에는 단 한 명의 '농부'만 보인다. 그 농부는 "거품 모양의 덮개가 씌워져 있는 조정탑"에 서 있다. 추정컨대 거기서 그는 원격조정으로 농장 전체를 통제하고 있을 것이다. 사우스다코타 주에 관한 기사는 "저 고용 직원에게는 '관리자'라고 하는 위압적 직책이 주어져 있다"라고 기술하고 있다. 교대근무·휴가 등을 고려할 때, 이런 모형 농장에서 실제 '작업'이 이루어지기 위해서는 단지 여섯 명 정도의 직원만이 필요하다는 것이 명백하다. 건축·관리·운송과 같이 대부분의 직원들의 직책은 분명히 농업과는 관계가 없어 보인다.

그리고 미래 농장에서 컴퓨터 관련 작업자 이외의 다른 사람들은 어디에 있는가? 『내셔널 지오그래픽』의 사진은 원격조정을 받으며—그렇지 않을 수도 있고—고속도로를 달리고 있는 차량들을 보여준다. 사진은 "멀리 도시"와 "호수와 휴양지"를 보여준다. 사우스다코타 주의 모형 농장에는 "휴양" 지구, "대자연" 지구, 그리고 "생활" 지구가 포함되어 있다.

농업 예언가들은 사람들이 자유롭게 살 수 있도록 방임될 것이라고 생각하는 것이 분명하다. 그들은 살 곳이 있을 것이고, 일할 곳, 쉴 곳이 있을 것이다. 완벽하게 통제되는 미래의 농장 덕에 먹을 것도 풍족할 것이다.

이런 농장 모형을 생각해낸 전문가들은 미국 시민들이다. 그들은 의심할 바 없이 개인의 자유와 존엄, 기회 균등과 같은 이념을 믿는다. 질문을 받는다면 의심할 바 없이 이런 미래 농장의 경계 밖에 사는 사람들 역시 어느 모로 보나 거기서 혜택을 받는다고 대답할 것이다. 농장 밖 시민들에게 생활·일·휴식을 위한 장소가 할당될 뿐 아니라, 이들은 또한 그 어느 때보다 더 많은 자유, 존엄, 기회 균등이 주어질 것이다.

그러나 전문가들이 이런 말을 하는 것은 그것이 민주주의 사회에 어울리거나 설득력 있는 말이기 때문이거나 늘 이런 말을 습관적으로 하기 때문에 깊이 생각하지 않고 말한 것은 아닌지 물어보아야 한다. 이런 농장 모형은 정부의 공식 정책을 반영하고 있으며, 공식 정책들은 자유, 존엄, 기회 균등을 떠받치고 있다는 이유로 이 나라에서 **관행적으로** 정당화되어 온 것은 분명하다. 생각해 볼 수 있는 공식적 약탈 행위 중 시작 단계에서 정당화되지 않은 약탈 행위는 없다. 파멸의 길에는 민주주의라는 성유聖油가 발라져 있다.

자비롭고 유익하다는 기술 혁신이 이루어지는 영역 밖에서 전문가들의 장담이 실제로 이루어질지의 여부는 불확실하다. 시민들은 자유롭고 존엄함을 인정받고 배불리 먹게 될 것이라고 몇몇 전문가들이 **말한다**고 해서 그렇게 되는 것은 아니다. 또는 '농기업' 몽상가들이 실제 말하고 있는 바이기도 하지만, 시민들은 **어떤 영역에서는 그렇게 되도록 허용**될 거라고 몇몇 전문가들이 말한다고 해서 그렇게 되는 것도 아니다. 다른 누군가의 처방에 따라 시민들은 **어떤** 장소에서 **어떤** 일을 자유롭게 하도록 **허용될** 것이다. 시민들은 일을 위해 마련된 장소에서 자유롭게 일할 것이고, 휴식을 위해 마련된 장소에서 자유롭게 여가를 즐길 것이며, 생활을 위해 마련된 장소에서 자유롭게 살 것이다. (자유롭게 산다는 것에는 여러 의미가 있을 것이다.)

그런데 거꾸로 생각해 보면, 미래의 농장이 식량을 제공해 줄 미래의 국가에서 자유롭게 하지 못할 것들도 몇 가지 있다. 시민들은 일하는 곳에서 살지 않을 것이다. 또는 사는 곳에서 일하지 않을 것이다. 사람들은 노는 곳에서 일하지 않을 것이다. 그리고 무엇보다도 일하는 곳에서 놀지 않는다. 들판에서 노동요는 불리지 않을 것이다. 작업조나 이웃들이 웃으며 농담을 나누고 이야기를 주고받지도 않을 것이다. 또한 작업 속도나 기술을 두고 경쟁하거나 힘 자랑을 하는 모습은 없을 것이다. 휴일 농장에 소풍을 오거나 산책하는 일도 없을 것이다. 왜냐하면, 자연의 정취가 사라진 농장의 모습은 우선 아름답지 않을 것이고, 기계화된 농장은 위험하기 때문이다.

농장을 직접 소유한 농민은 거의 없을 것이다. 아니, 아무도 없을 것이다. 농장에서 일하는 농민은 거의 없을 것이다. 현재 도시 환경에서 사는 95퍼센트의 시민들보다도 농장과 떨어져 살 것이다. 농민들은 물리적 거리와 '완충 지구', 그리고 공식적인 경제 구조로 인해 농장과 분리되어 있을 것이다. 이들은 땅의 사용법이나 농산물의 질에 대해서 할 말이 거의 없을 것이다. 왜냐하면 이런 농장 모형은 농장과 시장을 '사적으로' 통제하는 거대 '농기업'의 소유권과 경영을 위해 설계된 것이 분명하기 때문이다. 시민들은 기업이 선택해 주는 것을 먹을 것이다. 시민들은 자신들의 생명의 원천과 분리될 것이다. 자연을 접할 수 있는 유일한 길은 기업의 관용이 있는 경우뿐이다. 시민들은 순수히 소비자가 될 것이다. 소비하는 기계, 즉 생산자의 노예가 될 것이다. 이런 농장 모형이 강력하게 시사하는 바는, 전면 통제라는 개념은 전문가들의 사업 영역으로 한정 지을 수 있는 문제가 아니라는 점이다. 나아가 생산의 기계화는 소비의 기계화로 이어질 것이고, 토양·식물·동물을 기계로 취급하면 결국 인간을 기계로 다루게 될 것이다.

농기업 전문가들과 지지자들은 이런 기술전체주의의 표상물들을 전통적인 선의의 표현으로 인식하고 있다. 이들의 이런 인식을 알아차리는 것이 중요하다. 앞서 언급한 빌라르 씨는 『내셔널 지오그래픽』 글에서 소농의 밝은 미래와 소비자 복지를 확신하는 언급을 잊지 않는다.

> 연간 수익 4만 달러 이상 되는 범주의 농장의 빠른 증가와 아울러 연간 농가 총수익이 1만 달러 되는 농장 숫자도 늘어나고 있다. 소농의 성장 속도가 가장 빠르다. 소농이 전체 농장에서 차지하는 비율은 95퍼센트며, 전체 시장의 60퍼센트를 차지한다. 오늘날 공룡 기업의 역할은 20년 전이나 마찬가지다. 괴물이 되어버린 기업이 전체 농토를 먹어 들어갈 것이고 결국 소비자들의 운명이 그들 손에 달려 있다는 상상은 지나쳐 보인다.

이런 진술의 타당성은 물론 '가족농'과 '공룡 기업'을 어떻게 규정하느냐에 달려 있다. 그리고 앞서 인용된 농무성 수치와 빌라르 씨 자신의 입장 표명과는 별도로, 걱정할 것 없다는 빌라르 씨의 진술은 희망 섞인 주장일 뿐 그다지 우리의 마음을 안심시켜 주는 진술이 될 수는 없다.

그리고 헤릭슨 박사의 학생들의 작업이 개인의 자유와 사적 재산에 어떤 영향을 미칠 것인지에 대한 나의 질문에 대해 그는 이렇게 대답했다. "우리는 절대로 자유기업 체제를 위축시키거나 사유지를 감소시키는 일을 지지하지 않는다."

이따금씩 나 혼자 이런 질문을 스스로 묻는 일이 있다. 혹시, 소농은 죽지 않는다고 말하는 사람들 중에 실제로는 소농에 적대적 입장을 취하면서도 겉으로만 소농의 가치를 옹호하는 것으로 보이고 싶어하는 사람들이 있는 것은 아닐까? 그런 경우도 있을 수 있다는 가능성은 열어 놓겠지만, 일단 대개 그렇지 않다고 결론을 내려보자. 나는 빌라르 씨와 헤릭슨 박사는 자신들이 옹호하는 기술 혁신이 식량 공급이나 식품의 질과 같은 전통적인 가치에 부정적인 영향을 미치지 않을 것이라고 진심으로 믿는다고 본다. 헤릭슨 박사는 "개인의 자유"라는 내 말을 "자유기업 체제"로 바꾸었지만, 역시 그의 진심을 믿어주기로 한다.

그럼에도 불구하고 빌라르 씨와 헤릭슨 박사의 진술에는, 무의식적인지는 모르겠지만 도덕적으로 심각한 모순이 들어 있다는 점은 짚고 넘어가야 한다. 두 사람의 진술은 우리 사회의 손상된 의식을 매우 정확하게 표상하는 것으로 보인다. 가령, 우리 사회는 보호하고 싶다고 말하고 또 그렇게 생각하는 대상들을 파괴하는 데 매우 적극적으로 공모하는 모순을 보인다. 두 사람의 진술은 우리의 그런 모순된 의식을 잘 드러내 보여 준다. 왜냐하면 두 사람이 무슨 말을 하든, 오늘날 농토를 개인들이 소유하고 건강한 농사에 관심을 기울일 수 있는 가능성은 놀라운 속도로 줄어들고 있다. 상황이 이렇게 되는 것은 미래 농업 비전을 상징하는 거대 경제와 거대 테크놀로지 때문이다.

토지를 소유한 개인과 건강한 농사에 대한 관심이 줄어들고 있는 것은 우리 사회 전체가 작은 것의 생존에 대한 관심을 포기했기 때문이다. 우리는 큰 것은 무엇이든 작은 것보다 좋다고 하는 개연적인 경험 법칙을 받아들인 것으로 보인다. 결과적으로, 농업 제도는 소농들의 필요와 목표에 적합한 경제와 기술을 무조건 외면했다.

얼마 전 나는 농업 관련 한 회의에 참석했다. 그 회의의 연사 중 한 사람이 디어앤컴퍼니(농기계와 건설 기계 제조업체—옮긴이)의 이사였다. 청중 중 누군가 소농에 적합한 기술에 관심이 있는지 질문했다. 그는 관심이 있다고 대답했다. 내 기억으로는 그 이상의 답변은 없었다. 소농용 테크놀로지에 관한 세부적인 사항에 대해서 한마디도 하지 않았다. 적어도 개인적으로 그는 그런 기술에 흥미가 없는 것이 명백했다. 나중에 나눈 대화를 통해서 알았지만, 원격조종 장치가 장착될 600마력짜리 트랙터 개발이 임박해 있었는데 그의 관심은 거기에 쏠려 있었다. 그와 같은 관심 사항은 국가적 인정, 세금으로 지원되는 연구, 막대한 금액의 돈으로 현실화되는 힘을 얻게 된다. 그러나 그와 같은 기업 이사의 관심 사항에 직면한 소농은 사회적으로 비용을 치러야 될 부담으로 전락하고 만다. 한걸음 더 나아가 소농은 감가상각비용으로 처리된다. 소농의 삶의 방식에는 생계를 이어 나갈 수 없을 정도로 점점 낮은 가격이 매겨지게 된다.

거대 테크놀로지의 불모성

농학자들과 '농기업가들'은 전문가들로서 거대 농업테크놀로지의 영향이 마치 농사짓는 '들판'에 깔끔하게 한정 지어지는 것처럼 쉽게 말한다. 그러나 그렇게 말할 수 없다는 것은 거대 농업테크놀로지 자체가 **도시적** 영향을 끼친다는 사실만으로도 이미 입증되었다. 스케일이 큰 비농업적 사고방식으로 보면, 식량은 에너지와 원자재와 마찬가지로 자원일 뿐이다. 그렇기 때문에 농업테크놀로지라고 해서 다른 테크놀로지와 다를 것이 없다. 곡물이나 원료, 광석에 대해 던지는 유일한 질문은 얼마만큼의 자원화가 필요하며 얼마나 빨리 자원화를 이루느냐 하는 것이다.

거대 테크놀로지는 전적으로 단순화 작업에 기초하기 때문에 뉴욕의 뉴스쿨에서 '장기 계획' 과목을 가르치는 F. M. 에스판디어리의 눈에는 미래가 단순히 장밋빛인 정도가 아니라 절대적 완전성을 지닌 것으로 보인다. 「만나의 제조자, 호모 사피엔스」라는 글에서 그는 미래를 지상낙원으로 본다. 만나를 만들 수 있는 존재는 신뿐이라고 생각되었다는 사실을 기억할 것이다. 그러나 미래에는 테크놀로지의 발전으로 인간은 그런 신의 역할을 빼앗아 와 지상낙원을 건설할 것이라고 에스판디어리는 본다. 다음은 그의 주장의 요지다.

세계는 무한대의 풍요 시대로 가고 있다. 에너지, 식량, 원자재가 넘쳐날 것이다.

태양에너지, 핵융합, 지열, 재생에너지, 풍력에너지, 수소 연료 등 수백만 년간 사용할 수 있는, 값싸고 오염 없는 에너지가 무한정 공급될 것이다.

농업은 세기적 변화를 겪고 있다. 우리는 봉건적 농업에서 산업농을 거쳐, 인공지능에 의한 자동제어로 식량을 생산하는 시대로 진화해 가고 있다. 이제 컴퓨터, 원격조정 경운기, TV 모니터, 자동인식 센서, 데이터 은행을 이용해서 자동으로 수천 에이커의 경작지를 운영할 수 있다. 두세 명의 원거리 조정자들이 백만 명을 먹여 살릴 수 있다.

우리는 이제 재처리된 폐기물, 바위, 지하 물질, 해저海底와 우주로부터 무한정 원자재를 추출할 수 있다.

여기까지가 에스판디어리의 주장에서 '객관적' 내용이다. 그 뒤에 이어지는 단락들은 열정이 넘치는 수사로 길이 남을 만한 문장이다. 에스판디어리는 사람들이 머리를 수그리고 미래를 향해 서둘러 나아가지 않는다면서 몹시 노심초사한다.

풍요의 시대에 접어들고 있는 이때, 물자 부족 가능성 때문에 질려 있는 미국인들은 전혀 합리적이지 못하다. 우리 세계가 무한한 우주의 무한한 자원 창고를 열어젖히며 유한성을 초월하고 있는 이때, 유한함에 초점을 맞추는 것은 얼마나 어리석은 일인가.

궁핍과 희생의 세기를 보낸 후 지도자들이 더 많은 희생 이외에 다른 어떤 것도 내세우지 않는다는 것은 얼마나 화나는 일인가. 끊임없는 성장, 그리하여 산업체제를 넘어서는 성장을 필요로 하는 바로 그때, 성장 제로를 권고하는 것은 얼마나 근시안적인가.

희소성을 나누어 갖는 게 아니라 풍요를 힘차게 개발해 널리 퍼뜨려 **모든 이들**의 생활 수준을 향상시킬 수 있는 이때, 가난한 자의 생활 조건을 향상시키기 위해 상대적으로 부유한 자의 생활 수준을 낮추어야 한다는 설교는 얼마나 퇴행적인가.

기계화 옹호에 깔려 있는 공통적인 가정은 어떤 업무나 기능을 기계로 넘겨준다는 것이다. 그런데 위의 에스판디어리 글에서는 산업혁명을 옹호할 때면 늘 함축되어 있는 매우 다른 가정이 노골적으로 드러난다. 그는 **모든 것**을 기계로 넘기라고 제안하고 있는 것이다. 그는 복음 전도자의 열정으로 우리를 꾸짖고 있다. 신앙인들이 신 앞에서 자신을 버리듯 기계에 의탁하라는 설교를 펼치고 있는 것이다. 사실상, 그는 우리 스스로 신이 되지 못하는 것에 대해 질타하고 있다. 적어도 신 행세를 하라는 것이다.

여기서 핵심적인 개념은 "무제한적" 또는 "무한정"한 수량이라는 개념이다. 이런 개념을 통해서 에스판디어리가 뜻하는 바는 의심할 바 없이 단지 "생각해 보기 어려운" 어떤 것이다. 어쨌든 그런 규모로 물질적 수량을 욕망하는 사람들은 언제나 부도덕한 존재들로 인식되었다. 그런 자들의 이야기는 늘 일종의 생태학적 정의正義와 결부되어 있었다. 인간적 능력을 넘어서는 신적 식욕을 과시하는 자들은 곧바로 재앙적 결과에 직면하게 된다. 이론적 차원에서이긴 하지만 에스판디어리에게 허용된 무한정한 식욕은 허구적이지만 존중된다. 왜냐하면 무한정한 식욕도 과학적 근거가 있다고 주장되기 때문이다. (신적인 식욕도 컴퓨터의 제어 능력 안에 포함되어 있을 것이다.) 무한정한 식욕이 인정되는 또 하나의 이유는, '장기 계획 입안자'로서 그는 미래에 대한 이론화 작업을 하는 사람이므로 그의 이론화 작업을 현재 추궁하는 것은 손쉬운 일이 아니기 때문이기도 하다.

그렇지만 에스판디어리의 '미래'가 전례 없는 폭력을 요구한다는 것은 분명하다. 에스판디어리의 미래는 수량화되지 않는 모든 가치는 희생시킬 것을 요구할 것이다. 무한성을 지향하는 테크놀로지가 어떻게 규정되든, 그것은 거대하고 배타적인 것일 것이다. 그런 테크놀로지는 '공적으로' 소유되든 '사적으로' 소유되든 완벽하게 전체주의적일 것이다. 그런 테크놀로지는 통제라는 논점 자체를 무의미하게 만들 것이다. 왜냐하면 거대 테크놀로지 **자체가** 통제일 것이기 때문이다. 모든 사람들이 테크놀로지에 전적으로 의존해 있는 상태이기 때문에 테크놀로지는 반드시 모든 이들의 첫 번째 관심사일 것이다. 처음에는 백만 명을 먹여 살리는 "두세 명의 원격조정자들"의 손에 거대한 권력이 쥐어져 있는 것으로 보일지도 모른다. 그러나 사실은 그들 역시 백만 명 못지않게 기계에 의존하고 있는 절대 노예일 가능성이 더 많다. 기계는 가짜 신이 될 것이다. 기계는 무한대의 힘을 지닌 것은 아닐지 몰라도 적어도 절대적 존재가 될 것이다. 무한 수량에 대한 환상만으로도 유한함과 무한함 모두를 손상시킬 수밖에 없다. 우리는 육체와 정신 모두를 희생시키게 될 것이다. 이것은 오래된 이야기다. 악마는 우리에게 이 세계 자체를 다 주겠다고 한다. "네가 무릎 꿇고 나를 경배하면, 이것들을 전부 너에게 주겠노라." 그 조건으로 모든 것을 받아들이겠다고 응답하면 오래된 역설을 맛볼 뿐이다. 우리는 모든 것을 잃게 되는 것이다.

새로워진 것은 악마의 **외양**이다. 제약 없는 테크놀로지는 무한정의 도덕이 뒷받침되어야 가능하지만, 이는 결국 제약 없는 테크놀로지는 어떤 도덕적 토대도 없이 세워져 있다는 말에 지나지 않는다. 어떻게 그 같은 가능성을 구상할 수 있었을까? 근대에 들어 발생한 삶과 일의 분리에 그 같은 가능성이 함축되어 있는 것으로 보인다. 우리의 삶이 생계를 버는 방식과는 완전히 분리될 수 있다는 가정 속에 그 같은 가능성이 함축되어 있다. 예의 사우스다코타 농업공학과 학생들의 생각, 미래의 농장은 "인간적 가치와 혼합"이 요청된다는 그 생각 속에 그 같은 가능성이 함축되어 있다. 미래 농장과 인간적 가치의 혼합을 제안한다는 것은, 단지 미래 농장은 인간적 가치를 **지니고** 있지 않다는 것을 인정하는 것일 뿐이다. (이렇게 "인간적 가치와 혼합"하는 일과, 밀에서 영양소를 추출해 낸 후 빵에 다시 "영양소를 첨가"하는 과정 사이의 유사성은 우연한 것이 아니다.) 만일 인간적 가치가 생산에서 제거된다면, 인간적 가치가 소비에서는 어떻게 보존될 수 있을까? 생계를 버는 일에서 삶의 가치를 훼손시킨다면, 어떻게 삶을 소중히 여길 수 있을까?

만약 일하는 곳에서 살지 않고 일할 때 살지 않는다면, 우리는 우리의 삶을 낭비하고 있다. 그리고 우리의 일도 황폐화시키고 있는 것이다.

6장

에너지를 사용한다는 것

THE USE OF ENERGY

윌리엄 블레이크는 이렇게 말했다. "에너지는 영원한 기쁨"이라고. 우리 시대의 과학적 예언자들은 인간이 사용할 수 있는 '무한한' 에너지원의 개발에 대해 말하기 시작했다. 이렇게 본다면, 에너지 사용에 대해 말할 때 우리는 좋든 싫든 종교적 문제에 대해 말하고 있는 것이다.

종교는 근본적인 의미에서 우리를 다시 생명의 근원에 묶어 두는 어떤 것이다. 블레이크는 또한 "에너지는 유일한 생명이다"라고 말했다. 에너지는 인간이 창조해낼 수 없는 것이라는 점에서 인간 영역 너머의 존재다. 인간은 에너지를 정제하거나 전환시킬 수 있을 뿐이다. 그리고 인간을 에너지에 예속시키는 것은 종교적인 역설에 의해서다. 즉, 인간은 에너지를 잃지 않고는 소유할 수 없다. 인간은 에너지를 파괴하지 않고는 사용할 수 없다. 우리의 밥이 되어 주는 생명체들은 우리의 입으로 들어오기 전에 죽임을 당해야 한다. 우리는 화석연료를 다 태워 버려야만 사용할 수 있을 뿐이다. 우리는 전기에너지를 '전류', 즉 '흐름'current이라고 부른다. 전기에너지는 흘러가 버리는 동안에만 존재한다. 우리는 흘러가 버리는 에너지의 흐름을 단지 일시적으로 연기시킴으로써 에너지를 사용할 수 있을 뿐이다. 에너지를 얻는다는 것은 살면서 동시에 죽는 것이다.

'객관적'인 관점에서 보면, 에너지를 파괴할 수 있다고 말하는 것은 어쩌면 정확하지 않다. 우리는 에너지를 변화시킬 수 있을 뿐이다. 또는 에너지를 파괴해서 현재의 형태로 만들었다고 말할 수 있을 뿐이다. 그러나 인간적 관점에서 보면, 우리가 에너지를 소모하고 있다는 의미에서, 즉 다시 사용할 수 없는 형태로 변화시키고 있다는 의미에서 우리는 에너지를 파괴할 수 있다.

에너지 사용자로서 우리는 순환적 사용으로 에너지를 계속해서 같은 형태로 전달하는 과정을 통해 에너지를 보존할 수 있다. 또는 에너지를 돌이킬 수 없는 일회용으로 사용하여 소모시킬 수 있다. 소농은 인간의 순환적 에너지 사용 패턴의 전범典範이다. F. H. 킹의 『4천 년의 농부』에 기술되어 있듯이, 예를 들어 동양의 소농에서는 식물·동물·인간의 잔여 유기물들이 모두 흙으로 돌려보내져 '탄생, 성장, 성숙, 죽음, 그리고 부식'이라는 자연적 순환을 그대로 유지한다. 앨버트 하워드 경은 이 순환 과정이 곧 '윤회'라고 말한 바 있다. 소모적 사용 패턴의 전형은 현대의 하수 시스템과 내연기관에서 잘 나타난다. 사용을 마친 폐기물들은 전형적인 오염물질이 된다. 이런 종류의 에너지 사용 때문에 자산은 채무로 변질된다.

우리에게 에너지를 사용하는 수단은 두 가지가 있다. 하나는 식물, 동물, 우리 자신의 몸 같은 생명체이고, 다른 하나는 기계와 에너지 설비 같은 도구들이다. 우리는 이를 사용하기 위한 솜씨나 기술을 가지고 있다. 이 세 가지를 모두 합치면 우리의 테크놀로지가 구성된다. 테크놀로지가 우리와 에너지를, 우리와 삶을 연결시켜 준다.

많은 과학기술자들의 말을 듣고 우리가 그렇게 믿듯이, 이것은 단순한 연결이 아니다. 테크놀로지는 문화의 실용적 측면을 가리킨다. 테크놀로지를 통해서 종교 또는 종교의 결핍이 발생하는 것이다.

나는 원래 살아 있는 유기체와 테크놀로지를 다루는 솜씨, 그리고 테크놀로지를 사용한 기계장치 사이를 명쾌하게 구분해 보려고 했다. 유기체적 측면이 기계적인 측면보다 더 중요하다고 주장해 보려고 하였던 것이다. 내 생각은 여기서부터 시작되었다. 그러나 이제 나는 그와 같은 구분이 불가능하다는 것을 알게 되었다. 그런 구분이 가능할 것 같은 역사의 어느 시점까지 거슬러 올라가 보려고 했지만, 멀리 갈수록 그런 구분은 점점 어려워진다는 것을 알게 되었다. 사람들이 돌과 몽둥이 이외의 다른 기계를 가지고 있지 않을 때, 이들의 테크놀로지는 모두 동질적인 것이었다. 더 세련된 도구를 개발하고, 불을 통제할 수 있게 되고, 식물과 동물을 길들이는 일들을 통해서 테크놀로지의 동질성은 그대로 유지되었다. 삶, 기술(솜씨), 도구는 문화적으로 나누어질 수 있는 것들이 아니었다.

그렇다면 문제가 되는 것은 양자 사이의 구분이 아니라 균형이다. 이상적으로 말하면, 테크놀로지의 생명적 측면이 기계적 측면에 의해 가치 절하되거나 압도되어서는 안 될 것이다. 아마도 생물학적 한계가 기계적 한계보다 빨리 오기 때문에 기계적 측면의 강화는 제약되어야 한다.

역사의 어느 시점에서 생명과 기계 사이의 균형이 뒤집혔다. 내 생각으로는, 이런 일이 발생하기 시작한 것은 다음과 같은 변화와 일치한다. (1) 사람들은 에너지의 장기간 저장과 공급을 욕망하기 시작했다. (이것은 사람들이 에너지를 단순히 힘으로 생각할 뿐 아니라 용량으로 생각하기 시작했다는 것을 의미한다.) (2) 기계는 더 이상 인간의 솜씨를 향상시키거나 정교하게 단련시켜 주지 않았다. 기계는 인간의 기술을 대체하기 시작했다.

테크놀로지의 생명적 측면과 기계적 측면을 구분하는 것은 불가능해 보이지만, 두 가지 종류의 에너지를 구분하는 것은 가능하다. 한 가지는 생명체에 의해 획득할 수 있는 에너지이며, 다른 한 가지는 기계에 의해 확보할 수 있는 에너지다.

생명체에서 나오는 에너지는 중세 과학의 네 원소——흙, 공기, 불(태양빛), 물——를 결합시킴으로써 생산할 수 있다. 이것이 흐름으로서의 에너지다. 유기농학자 앨버트 하워드의 말처럼 여분의 비옥함을 비축한다는 의미에서 생명 에너지를 '마련해 놓는 것'reserve은 가능하지만, 그런 에너지를 한 곳에 '포집한다는 것'reservoir은 생각해 보기 어려운 일이다. 흐르는 에너지를 장기간에 걸쳐 공급하는 것은 가능하지 않다. 생명 에너지는 흙에서와 마찬가지로, 살아 있는 동물의 몸, 통조림 캔이나 냉동기, 또는 대형곡물창고 같은 곳에서 여러 형태로 보존될 수 있지만, 그런 에너지는 예컨대 석탄이나 플루토늄과 비교하면 상당히 빨리 소멸된다. 생명 에너지의 장기 지속은 탄생·성장·성숙·죽음·부식과 같은 생명의 순환을 통해서만 이루어진다. 그러므로 생명 에너지 사용에 적합한 테크놀로지는 에너지 순환을 보존한다. 이런 테크놀로지는 테크놀로지 자체의 논리에 빠져들지 않고 넓은 의미의 자연법칙에 지배를 받는다.

기계를 통해서 사용하고 소비할 수 있는 에너지는 일반적으로 저장 용기에 비축할 수 있는 에너지다. 바람과 물에서 나오는 에너지는 분명히 이런 범주에 들어맞지는 않지만, 머지않아 더 크고 더 좋은 배터리가 생산될 가능성이 있다. (우리는 그런 가정을 해 보아야 한다.) 그리고 우리는 이미 수력발전소 댐 너머로 수력水力을 저장해 놓고 있지 않은가? 이렇게 기계적으로 생산된 에너지는, 어쩔 수 없이 받아들여야 하는 것으로 간주되던 노동과 여러 어려움들로부터 인간을 해방시켜 준 것으로 여겨진다. 진정한 의미에서 그러했는지는 의문의 여지가 있다. (내 생각으로는, 의문의 여지가 많다.) 그러나 이런 종류의 에너지가 유기적 에너지 사용에 적용되는 자연적 제약으로부터 기계를 해방시켜 주었다는 데에는 의문의 여지가 없다. 현재 우리가 사용하는 순수히 기계적인 테크놀로지는 거의 스스로의 법칙에 따라 작동한다.

그러나 장기적으로 보면 이러한 기계의 해방은 미혹적이다. 기계적 테크놀로지는 유한한 수량의 재료와 연료 위에 기초하고 있다. 만일 과학적 예언자들이 "제약 없는 풍요로움"과 "무한한 자원"을 예견하고 있다면, 이들은 자원이 얼마나 존재하는지를 모르고 있다는 말을 은유적으로 하고 있을 뿐이다. 그런 의미에서, 이들은 옳다. 왜냐하면 필요불가결해진 기계들이 이미 주어져 있는 상황에서 우리는 현재의 조건을 만족시켜 줄 에너지원은 무궁무진할 것이라고 **추정할 뿐이기** 때문이다.

여기서 큰 문제는, 이 명랑한 예언자들이 전혀 인정하지 않는 바이지만, 우리의 믿음은 어디까지나 우리의 지각 범위 내에서 신뢰할 만한 것일 뿐이라는 점이다. 우리가 어디까지 전망할 수 있느냐가 곧 우리의 도덕적 경계다. 설혹 공급되는 자원이 무한대라 하더라도 우리는 그것을 일정한 제약 내에서 사용할 수 있을 뿐이다. 우리는 단지 우리의 생물학적 상황과 이해력의 유한한 한계 내에서 무한한 것들을 사용할 수 있을 뿐이다. 잠재적 에너지원으로서 우주 공간은 말할 필요도 없고, 우리 행성만으로도 안전하고 행복하게 사용할 수 있는 것 이상의 에너지와 물질을 제공받을 수 있다는 것은 이미 확실하다. 우리의 유한한 에너지원에 대한 남용 때문에 우리의 삶과 모든 생명들은 이미 위험에 처해 있다. "무한한" 원천을 무분별하게 사용함으로써 우리가 정말로 위험에 빠뜨린 것은 무엇일까?

기계적으로 추출한 에너지를 사용하는 데에는 아직까지 몇 가지 문제점이 따른다. 지질학적이나 생태학적인 손상을 피할 길이 없었고, 그런 에너지 사용에 대한 효과적 규제도 어려웠으며, 폐기물 재활용이나 독성 중화 사례도 미미한 상태다. 현재 우리 세대는 태어날 때부터 이런 종류의 에너지를 무분별하게 사용함으로써 거기서 비롯된 신체적·정신적 부작용을 지닌 채 살아가고 있다. 이런 종류의 에너지를 많이 사용할수록 그에 따른 부작용도 커질 것이다.

무한함이라고 하면 거대한 수량 이외에 달리 생각할 능력이 우리에게 없다는 것, 이것이 우리 시대의 정신 상태의 특징이다. 우리는 무궁無窮함을 질서정연한 과정으로, 패턴이나 순환으로, 아름다움으로 인식하지 못한다. 우리에게 무한성은 상상하기 어려운 수량, 즉 측정불가함이다. 우리는 헤아릴 수 없는 수량은 무한한 것이라고 추정한다. 이것은 거의, 세계가 평평해 **보이기** 때문에 평평하다고 말하는 것만큼이나 불순不純한 태도다. 이처럼 자원의 '무한성'에 대해 말하는 것은 과학적인 것처럼 들리지만 사실은 어리석은 일이다. 그리고 이런 태도에는 기이하게 역설적인 측면이 있다. 예를 들어, 만일 우리가 무한한 에너지를 헤아릴 수 없을 만큼의 연료라고 생각한다면, 이 같은 생각 속에는 우리가 연료를 태워 없애버리는 일에 전념한다는 생각이 포함되어 있다. 우리는 여기서 '파괴해 없애버릴 수 있는 무한함'이라는 흥미로운 개념에 도달하게 된다. 그리고 우리가 무한한 에너지를 어떻게 다루어야 하는지를 알고 있다는 가정이 얼마나 어리석은 것인지, 그것이 얼마나 잘못된 것인지 알게 되었다. 더욱이, 우리는 어떻든 무한한 파괴 행위를 저질러도 되는 자격을 갖고 있다고 생각하는 터무니없는 교만에 가책을 느끼게 되었다.

이렇게 기계적으로 제공되는 '무한한 에너지'는 크나큰 문제투성이의 야망이다. 무한대의 에너지를 건설적으로 사용한다는 것은 동시에 그 에너지를 파괴적으로 사용하는 것이기도 하다. 균형이 어느 쪽으로 기울 것인가는 최고의 지성들까지도 당혹스럽게 만드는 문제이다. 화석연료를 현재 사용한 결과가 최종적으로 어떻게 나타날지 아무도 모른다. 미래의 원자력 연료의 사용은 더더욱 그 궁극적 결과를 알 수 없다. 태양이 '무한' 에너지원으로 판명날 수도 있다. 적어도 수십억 년은 지속될 수 있는 에너지원일지도 모른다. 그러나 그 에너지의 사용을 통제하는 주체는 누가 될 것인가? 사용 방식은? 사용 목적은? 어느 정도 사용하면 생태적 또는 사회적 또는 정치적 균형이 깨지지 않을 것인가? 아무도 모른다.

그러나 생명체를 통해 에너지를 얻는다는 것은 생각조차 할 수 없는 수량의 에너지를 얻는 것이 아니다. 생명 에너지는 곧 에너지의 예측가능한 순환 패턴을 의미한다. 이 패턴에 익숙해지기 위해서 박사학위나 실험실, 컴퓨터가 필요한 것은 아니다. 생명 에너지의 순환 패턴의 절대적 중요성을 알아보고 그 패턴의 사용과 보존을 동시에 수행할 수 있는 능력을 키우기 위해서 전문가 자격증과 전문적 기계장치를 필요로 하지 않는다. 이런 의미에서, 생명 에너지를 분석적이고 과학적으로 이해해야만 그 패턴을 익힐 수 있는 것은 아니다. 현대 과학이 있기 수천 년 앞서 '원시적'인 농민들과 부족들이 우리의 과학전문가들보다 에너지 순환 양상에 더 숙달해 있었다. 분석적인 지식인들에게 이런 에너지의 순환 양상은 언제나 어느 정도는 불가사의한 것으로 남아 있기 때문에, 우주의 질서를 머리로 이해하는 것을 넘어 오감으로 인지하고 그 가치를 소중히 여기며 그 질서를 흉내내려는 사람들이 그것을 더 잘 상상한다.

우리가 원자력이나 화석연료를 창조할 수 없듯이 생물학적 에너지를 만들 수는 없다. 그러나 우리는 생물학적 에너지를 사용하는 과정에서 그것을 보존할 수 있다. 어쩌면 사용 중인 에너지를 증가시킬 수도 있다. 예를 들면, 흙을 적절히 돌봄으로써 지력을 '키울' 수 있는 것과 같은 이치다. 기계를 통해 나오는 에너지로는 그런 일을 할 수 없다. 이것은 지극히 중요한 차이다. 에너지경제 자체와 도덕 질서 모두와 관련해서 그와 같은 차이는 매우 중요하다. (에너지에 어떤 가치를 부여하느냐에 따라 도덕 질서의 모습이 결정되는 것은 틀림없지만, 동시에 거꾸로 도덕 질서가 에너지에 부여되는 가치의 성격을 결정하기도 한다.)

기계를 통해 추출되는 에너지를 사용하는 우리의 도덕 질서는 비교적 간단하다. 이런 종류의 에너지를 사용하는 기계는 예외 없이 사용 후 배출 지점까지 에너지를 실어 나르는 도관 구실을 한다. 에너지는 '연료'의 형태로 투입되어 '폐기물'의 형태로 배출된다. 이런 원리에 의해 운영되는 경제는 생산과 소비라는 단지 두 개의 기능만을 갖고 있는 매우 단순화된 경제이다.

반면에, 생물 에너지 사용에 적합한 도덕 질서는 제3의 항목을 추가할 것을 요구한다. 여기에는 생산과 소비 이외에 **순환**이 필요하다. 문제를 복잡하게 하는 것이 바로 순환의 원리다. 왜냐하면 이 원리는 생산과 소비와는 다른, 좀더 높은 차원의 질서에 속하는 책임과 돌봄을 요구하기 때문이다. 또한 순환의 원리는 다른 종류의 방법과 경제를 요구한다. 생물 에너지 사용에 적합한 에너지경제에서는, 식물이든 동물이든 인간이든 모든 생명체들은 공통적으로 일종의 에너지 공동체에 속하게 된다. 생명체는 대량의 에너지를 생산하고 소비하기 위한 탐욕스럽고 '개인주의적'인 노력에 의해 서로 분리되지 않는다. 이런 경제에서는 대량의 에너지를 저장하기 위해서 생명체들을 분리시키는 일은 더욱 없을 것이다. 복합적인 에너지 교환 형태로 모든 생명체들은 서로 확고히 연결되어 있다. 생명체는 죽어서 서로의 생명이 되고, 산다는 것은 서로의 죽음이 되는 것이기도 하다. 소비가 곧 고갈시키는 것을 의미하는 것도 아니며 쓰레기를 배출하는 것을 의미하는 것도 아니다. 모든 생명체들은 몸속에 받아들이는 것을 변화시킨다. 그러나 그 변화는 또 다른 생명체가 사용하는 데에 필요한 형태로의 전환이다. 이런 식의 교환이 계속되고 순환하는 가운데, 피조물의 신체를 매개로 흙에서 발원한 윤회의 과정은 다시 흙으로 돌아간다.

흙은 모든 생명체들의 연결자이자 모든 생명의 근원이면서 목적지다. 흙은 치유자이며 복원자이고 부활의 매개자로, 흙을 통해 질병은 건강이 되고 늙음은 젊음으로 변하며 죽음은 생명이 된다. 흙을 제대로 돌보지 않고는 공동체를 가질 수 없다. 왜냐하면 흙을 제대로 돌보지 않고는 생명을 가질 수 없기 때문이다.

흙은 그 자체로 살아 있다. 물론, 흙은 무덤이기도 하다. 적어도 건강한 흙은 그렇다. 흙을 가득 채우고 있는 죽은 동물과 식물들은 다른 생명체를 매개로 생성된 신체들이다. 어떤 사람들은 밀폐된 관이나 지하 납골소를 떠올리며 땅을 병적으로 두려워한다. 그런 사람들은 인정할 수 없겠지만, 흙으로 돌아가는 유일한 방법은 다른 생명체를 통하는 수밖에 없다. 시신이 얼마나 잘게 분해되든, 또 얼마나 여러 차례 먹잇감이 되든, 죽은 생명체는 이미 다른 생명과 이어진 것이다. 건강한 흙이 죽음으로 가득 차 있다면, 또한 벌레, 곰팡이, 온갖 종류의 미생물과 같은 생명으로 가득 차 있는 것이기도 하다. 땅속의 이 생명체들은 한때 살아 있었지만 이제 죽은 몸들을 갖고 향연을 벌인다. 그것은 인간도 마찬가지다. 궁극적으로 이렇게 죽은 물질들은 용해되어 식물들의 음식 재료가 된다. 이리하여 새로운 생명이 다시 흙으로부터 일어나 빛을 보게 되는 것이다. 토양이 건강하기만 하면, 생명을 잃은 어떤 생명체도 아주 오랫동안 죽은 상태로 있지 않는다. 이렇게 강력한 경제체제의 울타리 안에서 죽음은 단지 생명을 이롭게 하기 위해 일어날 뿐이다. 이러한 순환 주기 속에서 우리는 기본적인 생물학적 과정을 목격할 뿐 아니라, 위대한 아름다움과 권능의 은유를 느끼게 된다. 토양의 생명성을 음미하다 보면, 곧바로 그것이 영혼의 생명성과 유사하다는 것을 알 수 있다. 죽음을 통해 생명이 지속된다는 점, 다시 말해 형태를 바꿔 가며 에너지의 흐름이 계속된다는 점을 의식하는 농부는 바로 신심信心 깊은 종교인이다.

표토表土는 생물학적 의미에서 살아 있을뿐더러 문화적 의미에서 은유적으로 볼 때에도 살아 있다. 이렇게 살아 있는 표토는 농사 기술의 기본 요소다.

흙은 성질상 고도로 복합적이고 다양하기 때문에 인간의 결정이나 규칙에 어떻게 반응할지 알 수 없다. 흙은 그 자체로 더할 수 없이 복잡한 구성체이기 때문에 외부 요소가 침범해 들어오면 쉽게 손상을 입는다. 어느 한 지역의 토양은 지질학·지형학·기후학·생물학 등 여러 영역의 언어로 설명해 보아야 하는 변화무쌍한 원리 때문에 그 장소만의 불가피하고 특이한 성질을 띤다. 한 장소의 흙은 나름의 질서·형태·성질을 지니며, 또한 계속해서 변화해 가는 과정을 밟아 나간다. 예를 들면, 건강한 토양은 나름의 투과성이나 흡수성을 통해서 불규칙한 강우량에 대응한다. 흙에 뿌리를 내린 다양한 초목들은 흙이 병들거나 침식되지 않도록 막아준다. 밭의 토양은 대부분 흙의 모양새와 느낌이 다르다. 좋은 농부들은 이 사실을 이미 알고 있었기 때문에 그에 맞추어 땅을 사용했다. 농부들은 야생초목, 표토층, 토양의 구조, 경사로, 배수에 대한 주의 깊은 학습자들이었다. 이들은 단순히 일반화된 이론이나 방법론을 기계적으로 적용하는 사람들이 아니다. 이들은 무력하고 수동적인 흙덩어리를 상대로 적극적으로 자신들의 경제적인 이득만을 추구하는 사람들이 아니다. 좋은 농부들과 토양은 서로에게 응답하는 친밀한 파트너다.

흙은 살아 있고, 다양하며 미묘하다. 흙 속에서 이루어지는 과정을 분석하여 외부로부터 강제적 조치를 취할 때보다는 그 과정을 모방하여 돌볼 때 더 좋은 결과를 낳기 마련이다. 그렇기 때문에 농업은 엄밀한 과학이 될 수 없다. 농사일과 예술 사이에는 불가피한 친연성이 존재한다. 왜냐하면 농사를 짓는다는 것은 단순한 지식 못지않게 토양의 특성, 흙에 대한 헌신과 상상력에 의존하는 일이며, 토양 조직이 지니는 의미를 해석하는 일이기 때문이다. 농사는 실용practical 예술이다.

한편 농사는 실용 종교이며 종교의 실천practice이자 종교 의식이다. 농사를 통해서 인간이 에너지와 물체, 빛과 어둠에 근원적으로 연결되어 있음이 실연實演된다. 계절을 거치며 생명체를 매개로 자연 에너지를 반복적으로 실어 나르는 농사 주기를 통해서, 상상할 수 있는 유일한 형태의 무한無限함이 거기에 있음에 대한 인식이 이루어진다. 우리는 이런 형태의 에너지 순환이 얼마나 오랫동안 계속될지 알지 못한다. 적어도 이곳, 이 행성에서 이런 모습의 에너지 주기는 태양의 잔존 기간 이내의 어느 시점에서 끝을 맞을 수밖에 없을 것이다. 태양이 타오르는 기간이 얼마나 남아 있는지 도저히 상상할 수 없지만, 그 시간 중에 우리에게 주어진 짧은 시간 동안 우리는 이렇게 순환하는 에너지와 우리 자신을 조율함으로써 무한을 접하게 된다. 순환을 낳고 순환 이후에도 존재할 보편 법칙과 우리 자신은 그렇게 조율된다.

농업agriculture은 결국 농학agriscience을 의미하지는 않는다. 더더욱 농기업agribusiness을 뜻하지는 않는다. 농업은 '땅의 경작'cultivation of land을 뜻한다. 경작이라는 말은 영어의 어원상 문화culture와 숭배cult라는 의미를 같이 지니고 있다. 이처럼 경작하고 경배한다는 의미가 문화라는 말 속에 같이 들어 있다. 이 어휘들은 인도유럽어의 어원상 '순환하다'와 '거주하다'라는 의미를 동시에 지니고 있다. '산다', '땅에서 생존한다', '흙을 돌보다', '경배하다', 이런 모든 말들의 어원은 '순환하다'라는 뜻과 연결되어 있다. '농기업'이라는 말은 농업의 원래 의미를 축소시키고 있는데, 이 같은 말의 왜소화가 무엇을 위협하고 있는지를 볼 수 있으려면, 농업이라는 개념이 얼마나 문화적으로 복합적이며 큰 의미를 지니고 있는지를 이해하지 않으면 안 된다.

농사는 대단히 복합적인 의미에서 문화 활동이며 음식은 문화적 산물이라는 사실을 제도권의 관행농 관련 기관들이나 서적은 이단異端으로 무시한다. 제도권적인 사고의 대변자들인 이들은 틀림없이 자신들이 문화와는 아무런 관련도 없는 과학자들이자 '농학' 전문가들이라고 주장할 것이다. 농업이 문화와 관련이 있는 일이라는 점을 인정한다면 농업에 대한 연구 대상에 사람들을 포함시켜야 한다. 그러나 농업전문가들은 농업을 하나의 전공 영역으로 설정하거나, 여러 개 전공 영역의 조합을 통해 농업을 하나의 단과대학 체제로 제도화하면서 사람들을 배제시켜 버렸다. 농학 전공의 관심 영역을 보면, 토양(이 경우 토양 화학이라는 제한된 의미), 식물과 동물, 기계와 화학약품을 들 수 있지만 사람 자체는 배제되어 있다.

과학은 세상과 사물을 전체로 보지 않고 조각조각 나누어 버리며, 실험실에서 직접적인 부작용이 바로 발견되지 않으면 부작용 자체에 관심을 보이지 않는다. 이런 과학을 얼마나 존중해야 하는가? 이런 과학은 또한 표토층, 에너지, 인력을 낭비하며 공동체를 해체시킨다. 이런 식의 과학에 대해 신뢰할 수 있는 여지는 크지 않다. 내 경험으로 볼 때, 이런 식의 과학에 대한 농민들의 태도는 둘로 나뉜다. 이런 과학을 맹신한 결과 빚더미에 올라 미칠 지경에 이르는 사람들과, 반대로 과학을 경멸하는 사람들, 이렇게 둘로 갈린다.

이렇게 보면, 전문가들이 생각하는 농업은 문화가 아닐 뿐만 아니라 과학도 아닌 것이다. 왜냐하면 이런 전문가들은 농촌 사회의 건강과 땅의 건강 어느 쪽에도 관심을 기울이지 않기 때문이다. 이들은 농업이 순전히 상업일 뿐이라고 결론 내리고 있는 것으로 보인다. 농업의 목적은 가능한 한 저렴한 가격과 짧은 시간 안에, 다시 말해 되도록 사람과 시간을 쓰지 않고 최대한 많은 식량을 제공하는 것이며, 기계와 화학 약품의 시장이 되는 것이다. '농기업'은 현재 농업 연구를 통해서 가장 많은 이익을 남기고 있으며, 보잘것없는 학자들에게 기업체와 정부기관의 힘 있는 자리와 고소득을 안겨주고 있다. 궁극적으로, 이들에게 농업의 목적은 땅과 농촌이 아니라 '농기업'인 것이다. 전 농무성 장관이었던 얼 버츠의 경력을 살펴보면 농업전문가들의 이해관계가 주로 어느 쪽을 향하고 있는지를 잘 알 수 있다. 로렌 소스는 『네이션』지에 다음과 같이 썼다. "버츠는 농기업, 상업농, 농업교육기관에 자리 잡은 전형적인 인물이다. 퍼듀대학교 농과대학 학장 시절, 버츠는 랠스턴퓨리나(애완동물 사료회사, 2001년 네슬레에 합병—옮긴이), J. I. 케이스(농기계 회사—옮긴이), IMC(광산·비료생산 회사, 1996년 카길에 합병—옮긴이), 스토클리-밴 캠프(식품가공 회사, 1995년 콘아그라에 합병—옮긴이), 인디애나 주의 스탠다드생명보험회사의 이사직을 맡았다. 버츠와 같은 인물들과 이들의 경력을 통해서, 주 정부가 원래 소농의 발전을 위해 땅을 불하해준 대학들은 기업의 마름 역할을 하도록 유도되었다.

농업이라는 학문은, 앨버트 하워드 경의 표현대로, "토양의 건강, 식물, 동물, 인간을 공부하는 위대한 주제"이지만, 이제는 왜소화되어 단편적인 '과학'의 견해와 기업의 상업적 목적을 충족시킬 뿐이다. 이것은 틀림없는 진실이다. 그러나 어떻게 이런 일이 발생했는지는 설명할 수 없다. 그래도 이렇게는 말할 수 있을 것으로 보인다. 즉, 농업에 대한 왜소화된 생각을 만들어낸 전문가들이 에너지를 이해하는 방식을 단순화시켜서, 살아서 흐르는 생물 에너지를 마치 기계에 의해 추출하여 **저장**할 수 있는 것으로 다루기 시작하면서부터 농업이 왜소화되는 길이 마련되었다. 그때를 기점으로 테크놀로지의 생명적인 부분은 기계적인 부분에 의해 압도되기 시작했다. 이전에는 테크놀로지의 목적과 그에 따른 한계를 규정하는 기준이었던 생명을 무시한 채, 기계는 독자적인 논리를 정교하게 키워 나갔다. 기계가 어떤 도덕적 기준이나 제약으로부터도 풀려나자, 또 다른 면에서 기계의 해방은 진행되었다. '윤회' 대신 기계가 우월한 문화적 은유로서 자리를 잡게 된 것이다. 삶은 가능한 한 빨리 지나쳐 버리는 길로 인식하게 되었다. 그 길이 다시 돌아오는 법은 없다. 달리 말하면, 윤회는 사라지고 그 자리에 산업적 은유만이 남았다. 윤회의 주기를 따라 생명의 수레바퀴가, 지금 거주하는 곳에서 더 이상 돌아가고 있지 않다. 생명의 수레바퀴는 자꾸 멀어지기만 하는 지평선을 향해 '진보의 고속도로'를 질주하기 시작하였다. 순환 개념과 순환 책임은 약화되어 농업 규범으로부터 그 자취를 감춰 버렸다. 이제부터 **자원**이라고 하면 바로 광석 같은 존재로 여겨지게 될 것이다.

농업이 인간의 생명을 위해 복무할 목적으로 생명에 기초하여 생명 에너지 사용을 기본으로 삼는다면, 그렇기 때문에 농업의 일차적인 목적이 생명의 순환성을 그대로 보존하는 것이 될 수밖에 없다면, 농업기술은 생명 규칙의 지배를 받는다. 농업기술은 기계적 또는 경제적 모델을 따르기보다는, 자연적 과정이나 자연의 한계에 순응해야 한다. 농업을 지속시키는 문화, 또는 농업을 통해 지속되는 문화는 필연적으로 문화적 의식과 열망을 윤회의 토대 위에서 바르게 키워 나갈 것이다. 그러므로 농업의 적정기술은 다양할 것이며 다양성을 열망할 것이다. 적정한 농업기술은 토양의 다양한 성질에 맞추어 경제·농사법·종자의 다양화를 이룰 것이다. 이러한 기술은 언제나 동식물을 함께 사용할 것이다. 성장뿐 아니라 소멸에도 주의를 기울일 것이며, 생산뿐 아니라 지속에도 주의를 기울 것이다. 부산물은 토양으로 되돌려서 토양이 침식되지 않도록 관리할 것이며, 물은 보존될 것이다. 적정 농업기술을 통해서 정성껏 지역사회와 농업 문화를 돌볼 수 있기 위해서는 소농의 형태로 땅을 활용할 것이다. 적정 농업기술을 사용하기 위해서는 농장 자체를 최대한 농장 운영에 필요한 에너지원으로 사용해야 할 것이다. 그렇게 하기 위해서 인간과 가축의 에너지, 메탄가스, 바람, 물 또는 태양의 힘을 사용해야 할 것이다. 기술의 기계적 측면은 농장에서 조달할 수 있는 에너지 활용도를 높이는 데에 기여하겠지만, 농장 자체의 에너지를 수입 연료로 대체하고 인간과 인간의 기술을 내몰거나 축소시키도록 허용되어서는 안 될 것이다.

오늘날 우리의 농업이 입은 손상은, 모두가 흙의 생명력을 마치 석탄같이 추출해낼 수 있는 자원인 것처럼 다루기로 마음먹은 데서 비롯된다. 생명을 대하는 우리의 이러한 태도는, 생명체를 마치 기계처럼 다루고 궁극적으로 신비로운 생명의 복합계에 과학적(실험실에 한정된) 엄격함을 강요하는 데에서도 확인된다.

만일 동물들이 기계로 간주된다면, 동물들은 먹이의 원천으로부터 동떨어진 우리에 갇혀 지내게 될 것이고, 동물들의 배설물은 퇴비가 아니라 쓰레기가 되어서 결국 오염물질로 전락하게 된다. 게다가 축사에 갇힌 동물들에게 공급하는 사료는 주로 곡물로 이루어져 있기 때문에 수확 작물에 들어가지 못하는 풀은 제거되며, 이로 인해 더 많은 땅이 척박해진다.

만일 식물들이 기계로 간주된다면, 우리는 결국 거대한 단종短種재배 체제를 맞이할 것이고, 이는 치명적인 생태적 재앙을 일으키고 이는 농업의 재앙으로 이어진다. 단종재배는 혼종재배보다 해충과 질병에 훨씬 약하고, 그렇기 때문에 농약과 화학비료에 대한 의존성은 더해진다.

만일 토양이 기계로 간주된다면, 생명의 순환성과 토양이 맺고 있는 상호연관성과 토양의 생명력은 별 수 없이 무시될 수밖에 없다. 토양은 아무런 생명력도 없는 죽은 화학물질 덩어리여야 한다. 토양의 생명성을 무시한다면, 토양의 비옥함의 자연적 원천도 무시되어야 한다. 단순히 무시될 뿐만 아니라, 그것은 경멸의 대상이다. 상당수의 현대적 관행농을 시행하는 농민들에게 자주개자리(콩과류의 식물—옮긴이)와 토끼풀은 '잡초'다. 유일무이한 질소의 합당한 원천은 비료 제조업자다. 가축의 배설물은 '폐기물'이다. '효율성'만 따지기 때문에 이런 것들을 사용할 수 없는 것이다. 얼마 전 나는 켄터키대학의 승용마 축사에서 나오는 배설물들이 그냥 버려지고 있다는 사실을 알게 되었다. 어째서 축분을 농장에서 사용하지 않는가 묻자, 돌아온 대답은 그렇게 되면 농과대학에서 하는 실험에 방해가 된다는 것이었다. 결국 이런 상황은 터무니없는 결과를 낳는다. 상당한 독립 잠재성을 지닌 농업이지만, 현재 농업은 절대적으로 석유와 석유기업, 그리고 정치인들의 변덕에 의존하게 된 것이다.

만일 인간이 기계로 간주된다면, 인간들은 다른 기계로 대체 가능한 어떤 것으로 간주될 것이다. 바꿔 말하자면, 인간들은 불필요한 존재로 여겨질 것이다. 농장에서 인간의 자리는 단지 기계적 필요의 범위 내에서 보장받을 수 있을 뿐이다.

그렇다면, 현대농업에서 기계 은유는 단순히 어떤 가치들뿐만 아니라 가치라는 문제의식 자체를 지워버리는 것을 가능하게 한다. 전문가의 관심이 전적으로 전공 분야의 이론적 틀 안에서 '어떤 효과가 나타날 것인가'의 질문에만 초점을 맞추면, 가치는 더 이상 관심의 대상이 아니다. 전공 분야의 이론적 틀 때문에 전문가는 농장에 생물학적 전체주의를 강요할 수 있다. (전문가는 자신이 농업전문가이기에 그렇게 할 수 있다고 생각한다.) 전문가들은 가치를 연구실이나 실험실을 나서서 '가정'에 돌아가서나 추구하는 것이라고 생각한다.

그렇다면 이런 질문을 던져 보아야 한다. 우리가 삶의 어느 한 부분에서 가치를 제거해 버린다면, 과연 삶의 다른 부분에서 가치는 파괴되지 않고 온전할 것인가? 이른바 정보기관에서의 비밀주의, 거짓말, 건물 침입 같은 행위를 정당화하면서, 정부의 다른 부서에서는 투명성, 정직성, 원칙에 대한 헌신을 지켜 나갈 수 있을까? 군사기관에서의 파괴 행위를 국가적으로 지원하면서, 도시의 거리에서 평화, 질서, 인간 생명에 대한 존중은 그대로 유지될 수 있을까? 모든 형태의 기본적 일들의 품격이 땅에 떨어졌는데도 주말의 우아한 예술 행위들은 번성할 수 있을까? 농장에서는 가치와 관련한 모든 질문들을 무시하면서도 식료품 가게나 가정에서 그 질문들에 대한 긍정적인 답을 기대할 수 있을까?

이론적으로는 망가진 부분과 온전한 부분을 구분 짓는 것이 가능할지 모르지만, 실제로는 그와 같은 구분 짓기가 가능하지 않다. 처음에는 단지 어느 한 분야에서만 가치의 타락과 소멸이 나타날지 모르지만, 그 피해가 모든 분야로 퍼져 나가는 것은 시간 문제일 뿐이다. 그것은 공기 오염이 한 곳에만 머물지 않는 것과 마찬가지 이치다. 농업의 타락은 곧 문화의 타락이다. 사회의 어떤 변하지 않는 필수 부문과 자연 속에서 우리는 모두 한 몸이다. 손을 아프게 하는 것은 머리도 아프게 한다.

이런 통일성에 대한 효과적인 지식은 교리로 존재하기보다는 실제적 기술skill 속에 살아 있어야 한다. 숙련된 기술의 최선의 의미는 다른 이의 삶에 대한 책임을 인정하여 그 책임을 다하겠다는 공식적 언명에 대한 서명이다. 기술은 가치에 대한 실제적인 이해를 통해 성립된다. 기술의 반대말은 서툼이 아니라 근원·의존·관계에 대한 무시다.

기술은 생명과 도구를 연결시켜 주고, 생명과 기계를 연결시켜 준다. 예전에는 기술은 궁극적으로 정성定性적인 관점에서 정의되었다. 예를 들자면, 이렇게 표현하였다. 아무개는 일을 얼마나 **잘** 했는가? 그가 만든 물건은 얼마나 훌륭하고, 오래 쓸 수 있고, 만족스러운가? 그러나 기계가 더 커지고 복잡해지고 기계에 대한 경외심과 노동 절약에 대한 욕망이 커짐에 따라, 기술을 점점 양적인 관점에서 정의 내리려는 경향이 두드러져 갔다. 아무개는 얼마나 빨리, 얼마나 싼 값에 일을 할 수 있는가? 우리는 점차 **측정 가능한** 기술을 원하게 되었다. 기술을 수량으로 나타낼 수 있을수록 기술은 점점 더 쉽게 기계로 대체될 수 있었다. 기계가 기술을 대체하면서 기계는 생명과의 연관성을 상실한다. 우리와 생명 사이에 기계가 틈입해 들어온다. 기계는 가치—본질적인 근원성, 타자에 대한 의존성, 타자와의 관계—에 대한 우리의 무지를 구현한다.

문제는 우리가 기계 속에서 살 수 없다는 점이다. 우리는 생명의 세계에서 살 수 있을 뿐이다. 생명을 이어 나가기 위해서 우리는 생명의 원천과 직접적으로 접촉할 수 있어야 한다. 말하자면, 우리는 먹고 마시고 숨 쉬고 움직이고 짝짓기를 할 수 있어야 한다. 기계와 기계적 기능으로 인해 이런 근원적 의존성을 나타내는 가치들을 보지 못하게 되면, 세계의 훼손은 불가피하고 생명의 존엄함은 바닥에 떨어진다. '번영'은 근원적 타락이라는 대가를 치르고 이루어진다.

예를 들어, 나무쟁기는 엄청난 기술 혁명을 가져왔고 농업은 비로소 가능해졌다. 나무쟁기를 사용하는 데는 기술이 필요했다. 그러나 나무쟁기를 사용한 효과로 인해 또 다른 기술이 요청되었다. 그 기술은 나무쟁기 사용 기술보다 더 복잡하고 높은 차원의 기술이었다. 왜냐하면 그 기술은 절제와 책임을 수반하기 때문이다. 나무쟁기는 곡식을 키우는 것을 가능하게 했다. 그러나 나무쟁기의 사용은 또한 필연적으로 땅을 교란시키는 부작용을 낳았다. 나무쟁기 사용 기술이 낳은 또 다른 기술들은 결국 나무쟁기 사용에 따른 도덕적 성찰의 산물이었다. 땅을 어지럽히는 데 사용된 기술은 바로 다른 기술들을 요청하였고, 그 기술들로 인해 땅은 보존되고 비옥함을 회복하였다. 얼마 전까지만 하더라도 농사 도구의 효율성과 힘이 증가되면 그에 따른 손상을 치유하는 기술 향상도 함께 요청되었다. 나무쟁기보다는 석기쟁기로 더 많은 일을 할 수 있었고, 석기보다는 금속으로 더 많은 일을 할 수 있었다. 이런 도구들을 솜씨 좋게 사용하게 됨에 따라 그만큼 더 많은 땅을 교란시키는 것이 가능하게 되었다. 그래서 그에 대한 책임을 떠맡을 기술 발전이 또한 요청되었다.

이런 상황은 짐수레를 끄는 짐승들을 사용하기 시작한 이후에도 마찬가지였다. 사용해야 할 기술들은 훨씬 커졌다. 인간들의 마음과 동물들의 마음은 새로운 방식으로 관계를 맺어야 했기 때문이다. 이제는 인간과 동물은 사냥의 매력이나 솜씨 같은 것을 통해 관계를 맺는 것이 아니다. 인간과 동물의 관계는 실제적인 일에서 정교한 협력을 통해서 맺어졌다. 이에 비례해서 책임지는 기술들도 늘어나야 했다. 이제 더 많은 땅이 망가질 수 있었고, 그에 따라 보존 기술도 훨씬 커져야 했다. 생명과 관계를 맺으며 일하는 시간이 많이 증가되었다. 사람들은 자신들의 식욕과 배변뿐 아니라 동물들 것까지도 책임져야 했다.

농업기술에 정말로 새로운 어떤 일이 벌어진 것은 자동화된 기계와 기계적으로 축출되는 에너지가 농장에 도입되면서부터다. 그때부터 농업기술은 근본적으로 위축되기 시작했다.

우선, 트랙터를 사용할 때보다 말이나 노새나 소를 사용하는 것이 훨씬 더 기술을 필요로 한다. 기계보다 동물을 다루는 법을 배우는 것이 더 어렵다. 시간도 더 오래 걸린다. 그것은 두 개체의 마음과 의지가 걸려 있는 문제다. 사람과 짐수레 가축 사이의 관계는 사람과 사람 사이의 관계와 유사하다. 작업의 성공은 동물의 의지와 건강에 달려 있다. 그러므로 어떤 종류의 도덕적 책무와 제약은 실제로 꼭 필요한 사항이다. 기계를 다룰 때 그런 식의 관계는 필요도 없고 가능하지도 않다. 기계는 성능의 한도 내에서 인간의 의지에 직접적으로 반응한다. 기계가 작동을 시작하거나 멈추는 것은 기계가 그러길 원해서가 아니다. 기계에는 생명이 없다. 이런 이유 때문에 기계는 스스로 행동에 도덕적인 관점에서 한계나 제약을 둘 수 없다.

둘째, 기계가 짐수레 가축들을 대체하는 것을 정당화하는 요인은 주로 기계로 인해서 일인당 작업량이 늘어난다는 점, 즉 기계의 빠른 속도이다. 그러나 속도가 증가됨에 따라 돌보고 보살피는 능력은 줄어든다. 그러다 보면 필연적으로 책임지는 기술 역시 퇴보하기 마련이다. 만일 그렇지 않다면, 주거 지역에서 자동차의 속력에 제약을 둔다든지 하는 일은 없을 것이다. 우리는 또한 주의를 기울일 수 있는 능력에는 한계가 있어서 빨리 움직일수록 보이는 것도 줄어든다는 점을 알고 있다. 이런 법칙은 일에도 그대로 적용된다. 일하는 속도가 빨라질수록 세세한 부분까지 주의를 기울일 수가 없게 되고 그런 부분까지 기술적 능력을 발휘할 수 없다.

생산을 담당하는 일이면 **모두** 마찬가지다. 이 점은 문화적으로 대단히 중요한 사항이다. 현재 여러 면에서 우리 모두는 조악한 상품들에 의존해 살아야 하는 고통을 겪고 있다. 그러나 농업의 경우, 이것은 어쩌면 다른 영역보다 더 심각할 수 있다. 생명 시스템의 첫 번째 원칙은 제약이다. 즉, 사용과 지속 사이의 균형을 유지하는 자연적(또는 도덕적) 제약이 그것이다. 일 년간 생명을 사용한다고 해서 다음해 생명력이 감소되어서는 안 된다. 어떤 것도 근원을 희생시키면서 생명을 이어가서는 안 된다. 이런 맥락에서 보면, 자연계에서 먹이가 되는 종種은 포식자에 의존해 있다. 이른바 해충과 질병도 건강을 불러온다. 개체 수는 이렇게 조절되고 균형을 이룬다. 농업에서는 이런 자연적 조절이 그에 상응하는 책임기술에 의해 대체되어야 한다. 토양침식을 예방하고, 동식물 종들을 다양화하고, 윤작을 시행하며, 유기 폐기물(배설물)들을 토양으로 다시 돌려보내는 등, 원천을 튼튼히 하는 모든 종류의 일들이 바로 책임기술들이다. 기계의 생산력과 속도가 사람들의 생산기술을 대체할 때, 사람들이 주의를 기울일 수 있는 범위는 그만큼 줄어든다. 고가의 기계를 구입하고 연료를 구입하여 운영하다 보면, 기계는 끝없이 돈을 먹어치운다. 생산의 측면은 즉각적인 이익이 발생하는 반면, 책임의 측면은 그렇지 못하다. 기계가 일단 농장에 등장하면, 경제적인 압력이 생기고 그에 따라 일을 서두르게 된다. 기계는 농장의 모든 에너지를 하나로 모아서 서둘러 상품화한다. 직접적인 실용성에 대한 요구는 지속성에 대한 요구를 능가한다. 사람들의 생산기술이 감소하면서 책임기술은 소멸한다.

인간과 도구, 생명과 기계, 생물 에너지와 기계 에너지 사이에 균형이 필요하다고 주장하는 것은 결국 기계의 사용에 제약을 두어야 한다고 주장하는 것이다. 기계중심적 은유로부터 나올 수 있는 주장들—비용이 덜 들고, 효율이 높고, 노동이 절약되고, 경제가 성장한다는 등—은 모두 산업의 무한 성장과 에너지의 무한 소비를 지향한다. 도덕은 절제를 지향한다. 이렇게 결론 내리는 것은 어떤 의미에서는 좀 슬프게 들릴 수도 있다. 그러나 달리 방법이 없다. 우리는 무한한 힘과 무한한 지속성을 몹시 열망하지만 우리가 그런 경지에 이를 수 있다는 증거도 없고, 그와 같은 경지에 이를 경우 우리의 책임을 다할 수 있다는 증거는 더더욱 없다. 오히려 인간은 한계 내에서 또는 인간적인 규정 내에서 살든지 그게 아니면 생존할 수 없든지, 둘 중 하나의 선택지밖에 없을 가능성이 더 크다. 인간적인 한계에 대한 지식과 이러한 한계 내에서 살아가는 법에 대한 지식은 가장 보기도 좋고 가장 우아한 지식으로서 가장 치유력이 크며 전인全人적인 면모를 지니고 있다.

인간적인 한계를 넘는 초월의 경지에 이르게 할 의도를 지닌 지식은 오래전부터 있어 왔다. 그런 지식이 번성할 수 있는 길은 정신적인 (그렇기 때문에 육체적으로 참을 수 없는) 욕망을 충족시킬 수 있는 물질적 수단을 제공하는 것이다. 예를 들어, 우리는 모두 영원히 죽지 않기를 갈망하며 불멸의 존재, 무오류의 존재가 되기를 몹시 원하며 의심에서 벗어나서 안락함을 누리고 싶어한다. 인간의 이러한 욕구는 너무나 크지만 어떤 물질적 수단과도 질적으로 다른 것이기 때문에, 과학적 '기적'의 역사를 돌아볼 때 초월적 지식은 그토록 불확실하고 단편적이며 기괴한 것이다. 인간의 한계 때문에 기계에도 한계가 있는 것은 의심의 여지가 없지만, 기계에 절제란 있을 수 없다. 기계의 유일한 논리는 더 커지고 더 정교해지는 것이다. 도덕적 절제가 부재하기 때문에—기계를 사용하면서 우리는 도덕적 절제를 가해 본 적이 없다는 사실을 생각해 보라—기계를 통제한다는 것은 당연히 불가능하다. 기계에 의한 에너지 개발사를 보면, 처음부터 동력을 책임 있게 사용했다기보다는 더 많은 동력을 이용했을 뿐이다. 처음부터, 기계의 부작용을 사회가 흡수하기 위해서는 고통과 무질서라는 대가를 치를 수밖에 없었다.

이렇게 볼 때, 지금 쟁점으로 삼아야 하는 것은 공급의 문제가 아니라 올바른 사용의 문제에 관한 것이다. 에너지 위기는 테크놀로지의 위기가 아니라 도덕성의 위기다. 우리는 이미 지금까지 마구잡이로 사용한 것보다 더 많은 에너지를 확보해 놓았다. 노천광산업자들과 농기업가들처럼 모든 세계를 연료나 추출가능한 에너지로 본다면 세계는 파괴될 수밖에 없다. 문제는 절제다. 에너지 위기는 단 하나의 질문으로 귀착된다. 우리는 할 수 있지만 하지 않고 참을 수 있을 것인가? 이반 일리치의 말로 이 질문을 바꾼다면, "에너지의 효율성"을 철석같이 믿고 있는 우리들이 "에너지 사용을 절제하면 효율성이 오히려 더 커진다"는 것을 알 수 있을까?

내가 알고 있는 한, 이 질문에 대해서 그럴 수 있다고 분명히 대답해 온 사람들이 딱 한 부류 있는데 아미쉬 부족이 그들이다. 공동체로서 아미쉬 사람들만이 기계 에너지 사용을 신중히 절제하여 테크놀로지의 진정한 주인이 된 유일한 경우다. 이들은 대개 농부들이다. 이들은 대부분의 농사일을 손과 말, 노새를 사용하여 한다. 이들은 평화주의자이고 별도의 학교를 운영한다. 이들은 기계에 기초한 사회의 욕망과 거리를 유지하고 있다. 이런 식으로 이들은 자신들의 가족, 사회, 종교, 삶의 방식을 온전히 유지해 왔다. 이들은 목표를 상실한 채 정신없이 앞으로 치닫기만 하다 점차 해체되어 가는 폭력적인 주류 미국 사회에서 벗어나 있다. 이들의 삶은 게으름 속에 낭비되거나 파괴적이지 않다. 아미쉬 사람들 역시 의심할 바 없이 문제를 가지고 있다. 이들이 완벽하다는 식으로 말하고 싶지 않다. 그러나 부정할 수 없는 것이 하나 있다. 이들은 인간의 조건에 깃들어 있는 근원적인 역설을 터득했다는 점이다. 말하자면, 인간은 불완전함을 받아들여서 인간의 한계 내에서 삶으로써—다시 말해 신이 되려 하지 않음으로써, 비로소 온전해질 수 있다는 역설을 아미쉬 사람들은 알아차렸던 것이다. 그들을 온전하게 만든 것은 바로 절제다.

7장

몸과 땅

THE BODY AND THE EARTH

그런데 95퍼센트의 국민이 직접 식량을 마련하는 고된 노동으로부터 해방된 땅에서 산다는 것이 무엇을 의미하는지 잠시라도 생각해 보라.

— 제임스 E. 보스틱 Jr. 전 농촌개발 담당 부차관보

땅과 손과 입 사이의 가장 단순한 최단거리의 길을 발견하라.

— 란자 델 바스토

절벽 위에서

신에 의한 창조질서 안에서 인간의 한계는 어디까지인가, 인간에 대한 적합한 정의定義와 인간의 위치는 무엇인가에 대한 질문은 궁극적으로 이 세계에서의 우리의 생물학적인 존재, 곧 생명을 지닌 몸에 대한 우리의 태도에 관한 질문이기도 하다. 우리는 몸에 어떤 가치를 부여하며, 우리의 몸을 얼마나 존중하는가? 우리는 몸을 어떻게 사용하는가? 몸과 정신 또는 몸과 영혼 사이에 어떤 관계가 있다면, 우리는 그 관계를 어떻게 보고 있는가? 우리는 몸과 땅 사이의 연결고리를 어떻게 유지하고 있으며, 양자의 관계에 대한 책임은 어떻게 지고 있는가? 명백히 이런 질문들은 종교적인 질문들이다. 왜냐하면 우리의 몸은 피조물의 일부이며, 신비와 관련한 논점들은 모두 몸을 매개로 이루어져 있기 때문이다. 그러나 이런 질문들은 또한 농업과 관련된 질문이기도 하다. 왜냐하면 우리의 삶이 아무리 도시적이라 하더라도 우리의 몸은 농사를 수단으로 살고 있기 때문이다. 우리는 땅에서 왔고 땅으로 돌아간다. 그래서 육체를 입고 사는 만큼 농업을 통해 살아가고 있다. 살아 있는 동안 몸은 땅의 아주 작은 조각으로 움직이고 있는 것이며, 흙과 다른 살아 있는 피조물의 몸에 단단히 연결되어 있다. 그렇다면 몸을 다루는 것과 땅을 다루는 것 사이에 심오한 유사성이 있다고 해서 결코 놀라운 일은 아니다.

인간이 창조 질서 안에서 미미한 존재라는 것은 고대로부터의 인식이며, 이런 인식이 예술을 통해 묘사되는 일은 아주 흔한 일이어서 예술에는 자연적 요소들이 중요하다고 생각되었다. 라스코 동굴 벽화들(BC 20,000~15,000) 중에는 이런 것이 있다. 그림 속 한 사내가 짐승들에 둘러싸여 있다. 그는 사냥꾼으로서 들소의 뱃속으로 창을 던지고 나니 수중에 무기도 없이 무방비로 노출된 채 매우 약하고 불완전한 모습으로 묘사되어 있다. 이 사냥꾼의 모습은 또한 아이들이 그린 그림에 나올 법한 매우 간단한 형상으로 그려져 있으며, 형상·명암·채색 모두 우아하게 묘사된 짐승들에 포위되어 있다. 벽화의 메시지는 본질적으로 「욥기」의 폭풍 속 목소리가 전하고자 하는 메시지와 같은 것으로 보인다. 즉, 창조된 우주는 풍요롭고 신비로우며 인간은 우주의 일부에 지나지 않다는 것이다. 인간은 우주와 동등하지 않으며 그 주인은 더더욱 아니다.

고대 중국의 풍경화를 보면 하늘 높이 솟아오른 산 아래 초라한 지붕 한 채가 그려져 있거나, 또는 길 따라 걷거나 말 잔등에 올라 있는 나그네 모습을 볼 수 있다. 풍경 속에는 거의 언제나 사람의 모습이 있다. 인간과는 아무런 관련도 없이 자연 그 자체에 대한 관심을 암시하는 경우는 없다. 중국의 풍경화는 사람이 속해 있는 세계를 그리고 있다. 풍경화 속의 세계는 깔끔하게 정리되는 경제적인 의미로 인간에 속해 있는 세계가 아니다. 우주는 인간을 위한 장소를 마련하고 있지만, 우주는 인간보다 크다. 인간이 아무리 위대해도 우주 안의 인간은 왜소하다. 그와 같은 겸양은 '영적'인 가치에 대한 경건함에서 오는 것은 아니고, 세상의 이치를 정확하게 꿰뚫는 통찰의 결과, 즉 에콜로지적 자세를 견지한 결과로 얻어진 것이다.

우리에게 더 익숙한 글귀를 찾아보자면, 도버 해협의 절벽에서 내려다보는 장면을 묘사하는 『리어왕』 4막의 한 대사를 떠올려 볼 수 있다.

> 절벽 아래 허공을 가르는 까마귀와 갈가마귀는 그 크기가 딱정벌레만도 못해 보입니다. 절벽 한중간에 샘파이어(해안 지역의 절벽에서 자라는 미나리과 식물—옮긴이) 채취자 한 사람이 매달려 있습니다. 위험천만한 직업이로군요! 사람이 딱 머리통만 하게밖에 보이질 않습니다. 해변을 걷는 어부는 생쥐처럼 보이고, 저 너머에 닻을 내린 범선은 종선처럼 작아 보이고, 종선은 부표만 해서 눈으로는 거의 볼 수 없을 만큼 작아 보이는군요.

이 장면은 단순히 아름다운 '경치'를 묘사하는 대목이 아니다. 이 대목은 연극 속의 연극의 한 부분으로서, 일종의 치유 의식을 치르는 장면이다. 여기서 셰익스피어의 관심은 지금 우리가 논의하고 있는 인식의 치유력에 대한 것이다. 다시 말해, 인간은 창조된 우주 속에서의 자신의 고유한 자리를 이해해야만 온전한 존재가 될 수 있다는 점을 말하고 있다.

위의 인용한 대목은 에드가가 광인으로 변장한 채 아버지인 글로스터 백작에게 말하고 있는 장면이다. 글로스터는 사생아인 에드먼드의 배신으로 눈이 멀게 되어 절망한 나머지 광인이라고 생각한 사람에게 벼랑 끝까지 자신을 데려다 달라고 부탁하였다. 글로스터는 거기서 인생을 마감할 의도였다. 그러나 에드가의 묘사는 어디서 본 듯한 장면을 기억에 의존해 암송한 것에 지나지 않는다. 글로스터와 에드가가 서 있던 곳은 그처럼 현기증 나는 벼랑 끝이 아니었던 것이다. 이 장면에서 독자들이 목격하고 있는 것은 자신의 아버지가 갖고 있는 잘못된 감정으로부터 아버지를 구해 내려는 에드가의 계획이 어떻게 구현되고 있는가 하는 것이다. 아버지의 감정은 무엇이 잘못되었는가? 글로스터를 고통으로 이끈 독선적인 자만심과 그 결과로서의 절망감이 그의 잘못이다. 이런 감정들을 우리는 보통 광기로 인식한다. 글로스터가 앞을 못 보게 된 것은 문자 그대로 자만심의 도덕적 맹목성 때문에 초래된 일이다. 또한 그것은 글로스터의 절망감의 영적인 맹목성을 상징하는 것이기도 하다.

글로스터는 자신이 벼랑 끝에 서 있다고 생각하고 이 세상을 포기하여 절벽 아래로 뛰어내린다. 그는 발을 딛고 서 있는 평지 위에 쓰러진 것에 지나지 않지만, 그는 순간적으로 정신을 잃는다. 에드가가 그와 함께 있지만, 글로스터는 계속해서 높다란 절벽 기슭에 떨어져 있다고 생각하며 에드가는 자신을 단순한 구경꾼이라고 설명한다. 이 노인이 정신을 되찾자 에드가는 벼랑 끝까지 글로스터를 인도한 광인은 사실은 "악마"였다는 점을 납득시켰다. 그러자 글로스터는 자살 시도가 또 다른 형태의 자만심이라는 점을 인정하고 자신의 행위를 뉘우친다. 인간에게는 자신이 창조하지 않은 것을 파괴할 수 있는 권리가 없다.

> 늘 자비로운 신들이시여, 나의 목숨을 거둬 주소서.
> 내 안의 사악한 영령이 나를 꾀어
> 신들이 원하시기 전에 목숨을 내놓지 않도록.

이제 글로스터가 치러낸 것은 바로 죽음과 재탄생의 의식儀式이라는 것을 알 수 있다. 새로운 깨달음을 통해서 그는 마침내 자신의 진정한 아들을 알아볼 수 있게 되었다. 그는 신의 자만심과 악마의 절망감이라는 비인간적 상태에서 벗어나서, "극단적인 정념인 환희와 비탄 사이"에 존재하는 진정으로 인간적인 영역에서 "미소를 지으며" 죽음을 맞이한다.

오늘날에 이르기까지 우리는 최선을 다해 인간적 상태로의 귀환 의식儀式에 집중해 왔다. 깨달음, 또는 약속의 땅, 또는 귀향을 모색하며 인간은 대자연으로 들어가(또는 그럴 수 밖에 없었거나) 창조질서를 척도로 자신을 평가하여, 마침내 우주 속에서의 자신의 위치를 인식하여 자만과 절망으로부터 구원을 받았다. 인간으로서 이해할 수도, 정복할 수도, 궁극적으로 어떤 의미에서도 소유할 수 없는 세계의 왜소한 구성원이라는 사실을 직시하면, 인간이 자신을 신으로 생각하는 것은 가능하지 않은 일이다. 마찬가지로 인간은 모든 존재들과 연결되어 있으며 그 존재들에 기대어 있고 그 존재들 때문에 품격을 갖출 수 있으므로, 그리고 인간이 그 존재들의 일부이기 때문에 인간은 악마가 될 수 없다. 인간은 궁극적으로 자기 소멸의 나락으로 떨어질 수도 없다. 대자연에서 돌아온 인간은 질서의 회복자, 질서의 보존자가 된다. 진리가 눈에 보이자, 인간은 자신의 진정한 상속인을 알아보며 조상과 조상들의 유산을 존중하고 그 계승자들을 축원한다. 비탄과 환희라는 인간의 한계 내에서 살다가 죽어가는 인간의 시간을 인간은 자신의 몸을 통해 구현한다.

대교의 주탑(柱塔) 위에서

우리는 대자연을 낭만적으로 생각하기 시작했다. 다시 말해, 우리는 대자연을 '경치 좋은 곳'이라는 개념 아래에서 제도화시키기 시작했는데, 이런 생각의 변화는 명백히 산업 발전과 관련을 갖고 있다. 철도와 뻥 뚫린 고속도로가 생기면서 대자연은 여행객들에게 더 이상 힘들게 통과해야 하는 곳이 아니라, 도로변 전망 좋은 곳에서 바라볼 수 있는 장관壯觀이 되어 버렸다. 우리는 경치를 바라보는 구경꾼이 되었다. 우리는 더 이상 대자연을 일상사의 일부로 접하지 않기 때문에 문명은 여전히 대자연의 품속에 둘러싸여 있으며 문명화의 과정 속에 대자연이 숨쉬고 있다는 사실을 잊어버렸다. 우리는 문명화의 과정이 언제나 대자연에 의지해 왔다는 점, 다시 말해 기후와 토양은 인간에게 의미 있는 통제를 당해 본 적 없으며 거기에 내장되어 있는 자연의 힘에 문명이 의존하고 있다는 사실을 완전히 잊어버렸다. 현대 문명은 대체로 이런 망각 속에 건설되어 왔다.

대자연을 그저 풍경으로 인식하게 되면서 '자연'의 존재에서 우리가 느끼는 경외심은 점차 통계 수치로 확인되는 종류의 경외심이 되었다. 천지창조도 수치로 표시하기 전에는 천지창조에 대한 느낌을 갖지 못한다. 산꼭대기까지 등산을 하거나 또는 자동차를 타고 오르면 눈앞에 펼쳐지는 전망에 압도되지만, 우리는 얼마나 높이 올랐는가 또는 얼마나 멀리까지 바라볼 수 있는가에 대한 지식으로 우리의 경외심을 확인하거나 입증하지 않으면 안 될 것 같은 강력한 충동을 느낀다. 천지창조 3일째 신이 붉은 선으로 주州경계선이라도 그어 놓았다는 듯이, 룩아웃의 정상에 세워져 있는 팻말에는 "7개 주를 볼 수 있다"고 쓰여 있다.*

우리는 자신을 작은 피조물의 일부로 보는 능력을 잃어버리고

* 룩아웃 마운튼은 미국의 조지아 주, 앨라배마 주, 테네시 주에 걸쳐 있는 산. 정상에 7개의 주를 볼 수 있다는 안내 게시판이 설치되어 있다. 저자는 여기서 천지창조 3일째 생긴 낮과 밤, 빛과 어둠의 경계를 정치적인 의미의 경계선에 비유하는 것이 얼마나 부조리한 일인가를 가리키고 있다—옮긴이.

있다. 그렇게 된 이유를 따져 보자면, 창조된 우주를 계량적인 통계 수치로 파악할 수 있다고 생각하게 되었기 때문이기도 하고, 우리 자신이 기계적 생산물의 창조주가 되어 우리 자신을 굉장히 큰 존재로 보기 때문이다. 우리는, 거대한 자태를 뽐내며 서 있는 교량이며, 마치 지질학적 구조물처럼 우리를 둘러싼 마천루며, 단 한 대만으로도 수천 명분의 일을 해낼 수 있는 기계를 만들어냈다. 건물 꼭대기만 올라도 산 정상에서 바라볼 수 있을 정도의 전망을 얻을 수 있고, 비행기에서는 그보다 멀리 볼 수 있으며, 우주선에서는 그보다 훨씬 먼 경치를 감상할 수 있는데, 산에 오르며 특별히 흥분된 느낌을 가질 이유는 없을 것이다. 우리는 힘과 크기를 계량화한 수치에 매혹되도록 학습받았다. 내다볼 수 있는 거리에 물리적으로 한계가 없다. 그 끝이 없다 보니 숫자에 현혹된 현대인이 무한대의 에너지와 물질에 대한 동경에서 피신처를 찾는 것은 놀라운 일이 아니다.

그러나 우리를 확대시켜 주는 이러한 기계장치들은 우리를 왜소화시켜서 무의미한 존재로 만들어 버린다. 기계장치들을 다룰 줄 알기 때문에 우리의 존재는 확대된다. 그러나 우리가 무엇을 만들어내든 그 크기가 인간적 규모를 넘어서서 우리 자신을 타이탄 같은 거인족이나 신으로 인식하는 순간, 우리는 크기의 함정에 빠져 길을 잃고 우리가 하는 일을 통제하지도 한계를 설정하지도 못한다. 기계장치 때문에 우리가 작아지는 것은 그런 이유 때문이다. 사이렌의 노랫소리처럼 크기를 나타내는 수치들은 파멸의 수치를 불러낸다.

우리가 하늘로 솟구치는 도시들을 건설했다면, 거기에 드리운 떼죽음의 먹구름을 아울러 만들어냈다. 사람들이 신 앞에서 풀잎 같은 존재라면, 기계 앞에서는 아무것도 아닌 존재다.

우리가 크기를 나타내는 통계 수치에 매혹되어 있다면, 그에 못지않게 우리의 무의미함을 보여주는 수치에도 매혹되어 있다. 우리는 쉼 없이 인구와 인구 성장을 표시하는 추상적 수치를 반복해서 사용한다. 우리 자신이 만든 엄청난 역사에 매혹되어 우리 자신을 그 거대 역사의 어느 한구석에 묻어 있는 얼룩 정도로 생각한다. 고교 시절의 생물 시간이 기억나는데, 그 시간에 인간의 육체를 다루는 방식은 몸의 부위를 열거하면서 각 부위별로 화폐 가치를 매기는 것이었다. (당시에 1달러가 되지 않았다.) 이것이 바로 선정적이고 자기비하적인 현대인들의 정신 상태를 결정짓는 전형적인 토양이라고 할 수 있다. 다하우 유태인 강제수용소가 있었고 히로시마에 원자폭탄이 투하되었던 시대의 부산물이라는 점에서 이런 현상은 우연이 아니다.

위에서 살펴본 셰익스피어의 절벽은 오늘날 대교의 주탑柱塔으로 그 외양을 바꿨다. 그런데 주탑에 오른 현대인들에게 그곳은 깨달음을 주는 상징적 죽음과 부활의 장소가 아니라, 실제로 자살이 벌어지는 최종적인 장소가 되어 버렸다. 미국의 시인 하트 크레인은 시집 『더 브릿지』에서 이런 삶의 양상을 그려냈다.

지하철 승강구에서, 홀로 사는 독방에서, 2층 옥탑방에서 정신이 온전치 않은 이가 그대의 난간으로 돌진한다.

순간 몸은 기울고 셔츠는 풍선처럼 부풀어 날카로운 외마디 비명,

말 없는 포장마차에선 농지거리가 흘러나온다.

마치 작품 속 주인공의 의지와는 아무 관계없이 모든 일이 벌어지는 듯하다. 셰익스피어로 돌아와 보자면, 실제로 미친 사람은 절망에 빠져 자살을 시도하려는 글로스터다. 미친 척 행세하는 인물은 실제에서는 글로스터의 아들, 에드가다. 글로스터와 에드가는 힘을 합해 감명적인 의식을 치르고, 그 의식을 통해 에드가는 글로스터에게 천지창조의 비전을 전해 줄 수 있었다. 글로스터는 자아를 포기하고 이 비전을 받아들인다. 그는 문자 그대로 이 비전 속으로 온몸을 던져 다시 태어난다. 그는 삶을 포기함으로써 삶을 발견한 것이다. 글로스터는 세계에 대한 감각과 세계 안에서의 자신의 본연의 위치에 대한 분별력을 되찾음으로써 구원을 얻는다. 이런 일은 자신에게 주어진 역할을 수행함으로써 가능해진다. 여기서 역할 수행을 통해 구원을 얻는다는 것은 두 가지 의미에서 공동체적 질서를 상정하고 있다. 첫째, 글로스터가 일정 기간 동안 미친 사람의 행세를 하지만 실제로는 사제의 역할을 수행한 그의 친아들 에드가와 함께 한다는 점에서 그렇고, 둘째, 글로스터와 에드가의 역할 수행은 그 상징성과 의미에서 근원적으로 전통적이라는 점에서 그렇다. 반면에 크레인의 경우, 미친 자는 저 홀로이며 불통의 세계에 둘러싸인 채 군중 속에서 구원이나 소생의 비전으로부터 격리되어 있다. 높은

장소는 셰익스피어의 경우 비전을 가질 수 있는 전통적인 곳인 데 비해, 크레인에 오게 되면 맹목의 장소가 된다. 교량은 크레인이 통합의 상징으로 사용하려 하였지만, 실은 궁극적인 소외의 상징이 되었다.

건강

이런 생각을 하기 시작한 즈음, 더 최근에 일어난 자살 사건을 담은 편지 한 통을 받았다. 아래에 편지 내용을 일부 소개하겠는데, 크레인의 시 구절을 재차 확인해 가면서 그 시적 의미를 명확하게 이해할 수 있게 해 준다.

> 내 친구 아무개는 두 달 전 금문교에서 뛰어내렸습니다. (…) 여러 해 동안 끔찍한 우울증에 시달렸지요. 도움을 받을 수 없었습니다. 도움이 없었던 것은 아니지만 충분치 않았죠. 내 친구는 삶의 고비마다 도움을 얻으려 하였지만 실패한 것이지요. 그녀는 어릴 때 끔찍한 상처를 입은 적이 있었지만 (…) 그 상처를 치유할 수 없었고, 결국 스스로 삶을 종결하고 말았습니다.

편지 속에는 이런 질문이 이미 들어 있었다. "한 인간이 어떻게 하면 망가지지 않고 젊은 날을 통과하여 성숙에 이를 수 있을까요?"

그리고 답도 이어졌다. "전통 속의 의식儀式들, 어려운 삶의 고비마다 통과의례를 통하면 도움을 받을 수 있을 겁니다."

내게 편지를 쓴 이는 이렇게 말을 이어나갔다. "제 보기에 농업에 대해 이야기하려면 힐링은 꼭 필요하고 유용한 말인 것 같습니다." 편지의 몇 단락 뒤, 그는 이렇게 썼다. "자살이라는 주제는 농업을 주제로 한 책에서 꼭 다루어져야 할 것입니다."

그 말에 동의한다. 그러나 내가 이 책에 자살이라는 주제를 억지로 끼워 넣게 되면 많은 사람들이 이상하게 생각할 것이라는 점 또한 잘 알고 있다. 내가 주제에서 벗어났다고 생각할 것이다. 나는 주제에서 벗어나지 않았다는 것을 보여주기 위해 노력하려고 한다. 더구나 대부분의 사람들이 농업이라는 주제를 받아들일 수 있는 방법이 딱 하나 있다고 생각하는데, 그것은 농업과 사람들의 건강이라는 주제를 연결하는 것이다. 실제로 건강이 아닌 다른 관점에서 농업에 접근할 때 주제에서 이탈했다는 말을 들을 가능성이 크다.

아마도 건강이라는 말을 좁게 이해하는 데 문제가 있을 것이다. "건강을 유지하기 위해서는 올바른 식습관을 지녀야 한다"든지 "균형 잡힌 식사를 해야 한다"는 등의 말을 자주 듣게 된다. 이럴 때 우리는 우리의 기분과 식사 사이에, 우리의 몸과 땅 사이에는 어떤 관련성을 지니고 있다는 점을 인정하게 된다. 그러나 이런 맥락에서 건강은 단지 기분이라는 뜻밖에는 지니고 있지 않다. 우리는 아프지 않거나 어쨌든 지나치게 통증을 느끼지만 않는다면, 그리고 업무를 볼 수 있을 만큼 힘이 있으면 우리는 건강하다고 생각한다. 우리가 건강하지 않게 되면, 우리를 '치료'해서 건강을 회복시켜 줄 것으로 희망하는 의사를 찾아간다. 다른 말로 말하면, 건강이라는 말은 단지 질병이 없는 상태를 의미한다. 보건전문가들의 관심은 거의 전적으로 (주로 살균을 통해서) 질병을 예방하고 (주로 수술과 살균을 통해서) 질병을 치료하는 데 있다.

그러나 건강이라는 개념은 전일성全一性 wholeness이라는 개념에 뿌리박혀 있다. 건강하다는 것은 전일적이 되는 것이다. '건강'health 이라는 단어와 같은 어족語族에 속하는 단어들로는, '치유하다'heal, '전일적'whole, '건강한·건전한'wholesome, '정정한'hale, '거룩하게 하다'hallow, '신성한'holy과 같은 어휘들이 있다. 이렇게 나열된 단어들의 리스트만 봐도 건강이라는 개념이 함축하고 있는 바가 얼마나 심원한 것인지 다시 생각해 볼 수 있을 것이다. 그래서 건강을 명확하고 실제적으로 정의 내리는 것이 가능하며, 대부분의 의사들과 공중보건 관리들보다 훨씬 정교하게 다듬어진 정의를 내려볼 수 있다.

몸이 건강하다면 몸은 전일적인 것이다. 몸이 전일적으로 통일성을 이루고 있지만 동시에 다른 몸에 기대어 있고 땅에 의지하고 있으며 사실상 창조질서 내의 거의 모든 존재들에 의존하고 있다는 것은 어떻게 설명할 수 있을까? 몸의 건강성과 전일성이 거대한 주제이며, 몸의 건강성과 전일성을 보존하기 위해서는 거대한 기획이 필요하다는 것은 명백한 일이다. 블레이크는 이렇게 말했다. "인간은 영혼과 구분되는 몸을 지닌 자는 아무도 없다." 블레이크의 이 말은 건강과 거룩함은 한곳으로 수렴된다는 점을 인정하는 것이다. 시인이 여기서 분명히 암시하고 있는 바는, 창조질서 내의 모든 생명체들은 수렴되면서 서로 의존하고 있다는 점이다. 우리의 몸은 생물학적이나 영적으로 다른 이들의 몸과 분리되어 있지 않다. 우리의 몸은 동식물의 신체와 분리되어 있지 않다. 왜냐하면 우리의 몸은 먹이사슬을 통하여 이들의 몸과 연관되어 있기 때문이다. 또한 우리의 몸은 생태계와 영혼의 복잡한 교류를 통하여 이들의 몸과 연결되어 있다. 우리의 몸은 땅, 태양, 달, 그리고 다른 모든 천체와 분리되어 있지 않다.

그러므로 건강이라는 주제에 전공별 여러 부문으로 나뉘어진 전문가적 접근 방식은 어리석은 일이다. 영양과 농업에, 그리고 정신과 영혼의 건강에 관심이 없는 의사는 건강에 관심이 없는 농부만큼이나 어리석다. 건강이라는 주제에 지금처럼 여러 부문으로 나누어 접근하는 것은 우리를 치유해 주지 않는다. 왜냐하면 그런 식의 접근 방식이야말로 우리의 질병이기 때문이다. 육체만으로는 전체가 될 수 없다. 사람들로만은 전체가 될 수 없다. 정신적으로 혼란스럽거나 문화적으로 무질서하며 또는 공기와 물이 오염되어 있거나 땅이 척박해진 상태인데도 육체적으로 건강할 수 있다고 생각하는 것은 틀렸다. 이렇듯 상호의존적 질서에 대해 우리는 이제 이성적으로 잘 알고 있다. 과거 어느 때보다도 이에 대해 우리는 잘 이해하고 있다. 그러나 현대의 사회문화적 질서는 이와는 정반대다. 오히려 실생활에서 이 같은 상호의존적 질서를 존중하는 것은 어렵거나 불가능해진 형편이다.

육체만을 치유하려는 것은 육체를 병들게 하는 일에 동참하는 것이다. 치유는 외따로 떨어져 있는 것으로는 불가능하다. 그와는 정반대의 일이다. '더불어 교유를 나누는 것'conviviality이 치유하는 것이다. 치유를 원한다면 우리는 다른 모든 피조물들과 함께 천지창조의 향연에 합류해야 한다. 바로 이 점을 매우 강력하게 시사하는 것이 위에 제시된 두 가지 자살에 대한 묘사이다. 두 자살을 둘러싸고 있는 것은 모두 현대인들이 구축한 거대한 구조물들 사이의 도시적 배경이다. 고독함은 치명적 질병이며, 이 병은 불통의 고독 속에 둘러싸여 있기 때문에 치유될 수 없는 상처다. 인간의 과업이 인간적 규모를 넘어설 때 그것은 우리를 해방시켜 주지 않는다. 오히려 그것은 우리를 구속한다. 인공 구조물들은 재탄생을 위해 필요한 대자연으로의 접근을 가로막는다. 창조질서는 우리 삶의 근원이고, 동시에 우리 삶이 창조질서의 원천이다. 그런 의미에서 우리 삶이 창조질서의 일부분이다. 이런 인식은 슬픔과 환희 속에 우리를 겸손하고 환호케 하지만, 우리는 더 이상 그런 인식에 도달할 수 없게 되었다. 우리의 인공물들은 우리를 대자연으로 향하게 했다가 다시 귀향을 가능하게 해 주는 공동체적 통과의례를 파괴시켜 버린다.

몸의 소외

아마도 전문가 체제의 근원적인 폐해—다른 모든 폐해가 여기서 발생한다는 의미에서 근원적이다—는 몸의 소외다. 어느 시점부터 우리는 몸의 생명이 식품업자와 의사들의 업무인 것처럼 인식하기 시작했지만, 이들은 영혼에 대한 관심은 기울일 필요가 없는 사람들이다. 그리고 영혼의 생명은 교회의 업무가 되었지만, 교회가 육체에 대해 관심을 기울이는 방식은 기껏해야 부정적일 뿐이다. 마찬가지로 정신적으로 받아들이기 어렵고 정신적 품격을 떨어뜨리는 업무에 몸을 사용하는 것도 우리는 별 문제로 받아들이지 않기 시작했다. 물론 이런 경우 남의 육체를 염두에 두지만, 종종 내 몸에 해당하는 문제라 하더라도 크게 달라지지 않는다. 그리고 다른 피조물들의 몸보다 우리 자신의 몸에 더 쉽게 애착을 보이고, 더 큰 이익이나 우리 자신의 안락을 위해 다른 이들의 몸을 학대·착취하는 것, 그것도 아니면 능멸하는 것을 그 어느 때보다도 대수롭지 않게 생각하기 시작했다.

몸의 소외는 몸과 창조질서 내의 다른 모든 것이 직접적으로 모순 관계에 놓이게 되는 이유이다. 몸이 소외되면서 몸은 다른 모든 가치에 대해 파괴적인 성격을 부여받게 된다. 이런 일이 발생했다는 것은 역설적인데, 왜냐하면 육체가 영혼으로부터 분리되는 것은 영혼이 육체에 대해 승리를 거두게 할 목적을 위해서이기 때문이다. 다른 무엇보다 셰익스피어의 소네트 146번에 이런 목표가 명백히 진술되어 있다.

> 나의 죄 많은 흙덩어리의 중심인 가엾은 영혼이여,
> 그대는 그대를 볼모로 삼은 반역도들의 주인이시다.
> 그대의 외벽은 그토록 화려하게 분칠하면서
> 어찌하여 속으로 빈약해져 수척해 가는가?
> 그대는 어찌하여 그대의 무너져 가는 저택에 비용을 들이는가?
> 빌려 쓸 수 있는 시간은 그토록 짧은데 그토록 많은 비용을.
> 버러지 같은 사치의 상속자들이
> 당신의 비용을 다 먹어치울 것인가? 육신은 이렇게 끝나는 것인가?
> 그렇다면 영혼이여, 그대의 시종의 쇠망을 양식으로 삼으라.
> 육체가 그대를 더 약탈하여 육체를 수척케 하라.
> 껍데기의 시간은 팔고 하늘의 시간을 사라.
> 내면은 풍요롭게, 외부는 그만.
> 그리하여 사람을 먹는 죽음을 먹으라.
> 죽음이 죽으면, 더 이상은 죽지 않으리.

이처럼 몸을 대가로 영혼이 풍요로워질 수 있는 만큼 영혼은 몸의 대척점에 있다. 그래서 (육체와의) 경쟁만을 법으로 삼는 영혼의 경제가 고안되었다. 만일 영혼이 몸을 부정해야만 이 세계에서 살 수 있는 것이라면, 영혼이 세속의 삶에 대해 맺고 있는 관계는 극단적으로 단순하고 피상적이다. 너무나 단순하고 피상적이어서, 사실상 의미 있고 유용한 방식으로 세계의 일에 관여할 수 있는 여지가 전혀 없다. 영혼의 가치는 세속적으로 목적이나 힘을 지닐 수 없게 된다. 육체 자체와 영혼를 위하여 세속의 육체를 사용할 수 없다는 것은 최고로 심각한 무질서의 상태에 빠져들게 된다는 것을 의미한다.

이렇게 단순한 종교 경제에서 미처 예상치 못했던 것은, 몸은 평가절하시키면서 다른 한편 영혼의 가치를 절상시키는 것은 가능하지 않다는 점이었다. 영혼으로부터 소외된 몸은 그 자체의 길을 가게 된다. 평가절하된 채 종교로부터 버림받은 몸은 병든 개처럼 숲속으로 슬그머니 숨어들어서 조용히 죽어가지 않는다. 몸은 경쟁의 법칙에 기초한 나름의 독자적 경제를 이루는데, 여기서는 몸이 영혼을 평가절하시키고 착취하게 된다. 이 두 개의 경제는 서로의 희생을 대가로 유지되어 간다. 서로의 패배를 자양분으로 생명을 이어가며 끊임없이 상대에 의존하지만, 이 두 개의 경제는 서로에게 무익하며 터무니없는 관계를 맺을 뿐이다.

몸을 평가절하하면서 영혼의 가치를 인정해 주는 것은 불가능한 일이다. 이런 구도 속에서는 다른 어떤 것의 가치도 인정할 수 없다. 이렇게 몸과 영혼을 분리시키면 자연스럽게 인간은 노예가 되고, 노예가 된 인간은 종교를 통해 가르침을 받는다. '자선을 베푸는 것'은 노예에게보다는 주인에게 손해되는 일이라고. 몸에 대한 경멸은 어김없이 다른 몸들에 대한 경멸을 통해 나타난다. 노예, 노동자, 여성, 동물, 식물, 땅의 신체는 경멸되고 있다. 다른 모든 피조물들과의 관계는 서로 협조하며 더불어 즐거움을 나누기보다는 경쟁적이며 착취적인 것이다. 이 세계를 생태적 공동체가 아니라 주식시장으로 보고 또 그렇게 취급하기 때문에 이런 세계의 윤리는 잘못된 슬픈 명칭, '정글의 법칙'에 기초하고 있다. 이 '정글'의 법칙은 현대 문화의 근본 오류다. 몸이 평가절하되어 우울해지는 것은 몸이 창조질서와 대척점에 놓이게 됨으로써 그렇게 되는 것이다. 모든 몸들은 창조질서의 구성원들이고, 그러므로 서로서로의 구성원들인데도 몸이 창조질서와 갈등 관계에 놓인다면 우울해지지 않을 수가 없을 것 아닌가?

몸과 영혼이 분리되어 서로 대척점에 놓이게 되면서 상대를 극단적으로 오해하고 우스꽝스럽게 만들어 버린다. 몸을 경멸하면서도 몸의 부활을 갈망하는 것보다 더 터무니없는 일은 없다. 이른바 종교적 태도에 대해 반발하여 우리가 몸을 존중하는 것도 아니다. 우리는 다른 형태의 경멸을 보일 뿐이다. 우리는 마찬가지로 몸의 건강성에는 관심을 기울이지 않은 채 육체를 안락케 하고 육체에 탐닉하고자 하는 욕망에 사로잡힐 뿐이다. 부활을 위해 몸을 경멸하는 사람들과, 육체적 방종과 운동 부족으로 병들어 있지만 다른 무엇보다도 장수를 갈망하는 사람들 사이에서 우리 시대의 '몸과 영혼'의 대화가 이루어지고 있는 셈이다. 이들은 서로의 반대 입장에 서 있다고 생각하지만 사실은 따로 떨어져 존재할 수 없는 것이다. 이들은 대립 관계 속에 서로 맞물려서 영혼과 몸을 다 함께 망가뜨리는 데에 힘을 합하고 있는 형국이다.

몸과 영혼의 대립으로 이 세계에서 몸의 생명에 올바른 가치를 매기기가 어렵다. 그로 인해 몸의 생명은 비록 짧고 불완전한 것일지라도 그것이 훌륭하다는 것을 믿을 수 없게 만드는 것이다. 몸의 가치를 말할 수 있고 그 의미를 알 수 있을 때까지 우리는 기쁨과 슬픔이라는 인간적 삶을 살 수 없을 것이다. 그때까지 우리는 자만과 절망의 양극단 사이에서 어지럽게 내몰리고 있을 것이다. 건강함으로는 만족시킬 수 없는 욕망으로 우리는 속절없이 불안하고 불만족스런 상태를 이어나갈 것이다.

경쟁

몸과 영혼이 분리되면서 둘은 다시 다른 모든 것들로부터 분리된다. 이렇게 해서 운명처럼 우리를 속박하는 고독에 대한 유일한 보상은 다른 피조물, 땅, 우리 자신에 대한 폭력이다. 몸과 영혼, 몸과 땅, 우리 자신과 다른 사람들 사이에 경계선을 그어 놓는다 하더라도 둘은 갈라져 있는 것이 아니다. 여전히 연결되어 있고, 상호의존적인 상태에 있으며, 전체로서의 정체성은 그대로 남아 있는 것이다. 따라서 우리가 휘두르는 폭력은 봉쇄되거나 통제될 수 있는 성질의 것이 아니다. 폭력은 퍼져 나가기 마련이다. 폭력도 여러 가지 형태로 구분할 수 있다고 생각할지 모르겠지만, 폭력은 희생자들을 구분하지 않는다. 누군가에 대한 폭력은 궁극적으로 모든 이들에 대한 폭력이다. 다른 신체를 학대하려는 의지는 곧 자신의 신체를 학대하려는 의지다. 땅을 손상시키는 것은 당신의 자녀를 병들게 하는 것이다. 땅을 경멸하는 것은 땅에서 나는 과실을 경멸하는 것이고, 과실을 경멸하는 것은 그 과실을 먹는 사람들을 경멸하는 것이다. 건강의 전체성은 경멸하는 악의성에 의해 훼손된다.

만일 경쟁이 피조물들 사이의 올바른 관계이며 피조물과 땅 사이의 올바른 관계라고 한다면, 우리는 이런 질문을 던져야 한다. 왜 우리는 착취를 통해 지금보다 더 나은 결과를 낳지 못했는가? 우리는 그토록 오랫동안 다른 피조물들과 땅을 희생시켜 가며 살아왔는데도 지금보다 더 건강하고 행복하지 못한가? 현대 사회는 왜 늘 같은 고통 속에 위협을 당하며 유지되어 오는가? 다시 말해, 현대 사회에서 다른 사람들과 피조물들에게 가해지는 빈곤·악의·경멸·절멸의 위협 아래 왜 우리는 살아야 하는가? 어째서 몸과 땅의 건강이 다 함께 쇠하고 있는가? 세속에서의 우리의 육체적 삶과 가정 생활이 이토록 쇠락해 가는 것이 '죄 많은 땅덩어리'의 문제라고 생각한다면, 영혼의 건강이 증진되지 않는 이유는 무엇인가?

인간의 삶이 자연의 생태와 함께 기울고 있다는 것과 육신의 타락은 바로 영혼의 타락이라는 것을 확인하기 위해 통계 수치에 의존할 필요는 없다. 이 나라는 정반대의 상황을 입증하기 위해 통계를 들이대는 여러 종류의 '지도자'들로 가득 차 있다는 것을 알고 있다. 이들의 통계에 나타나는 것은 그 어느 때보다 자동차, 고속도로, 텔레비전 수상기, 모터보트, 포장 식품들이 넘쳐난다는 것, 그렇기 때문에 그 어느 때보다 우리가 잘살고 있다는 점이다. 현재 이런 식의 '소비경제'가 급성장하고 있다는 점을 알고 있으며, 이런 경제에는 매력적인 점이 있고 안락을 가져다준다는 점을 인정할 수 있다. 소비경제에는 내부와 외부가 있다. 외면적 관점에서 소비경제를 보면 위와는 다른 것들이 보인다.

나는 현재 6월 말경의 어느 날 아침 켄터키 주 중북부 지역에서 이 글을 쓰고 있다. 이틀간 비가 뿌렸다. 새벽부터 몇 시간 내내 강한 빗줄기가 계속되었다. 지금 앉아 있는 곳에서 보니, 켄터키 강물이 불어 격류를 이루고 있다. 강바닥의 진흙이 뒤집혀 이미 강물은 탁류를 이루고 있다. 도시지향적인 소비경제 내부에서 살아가는 사람들은 대개 이 탁류를 직접 볼 기회가 없으며, 혹시 보더라도 그 의미를 알아채는 사람은 많지 않으리라는 것을 나는 알고 있다. 혹시 그 의미를 알더라도 개의치 않는 사람들 또한 많을 것이라는 것도 알고 있다. 탁류가 주말까지 계속된다면 모터보트와 수상스키를 타는 데에는 맑은 강 못지않게 좋다고 생각하는 사람도 있을 것이다.

며칠간 살펴본 옥수수밭 토양은 지금까지 본 어떤 옥수수밭보다 심각하게 침식되어 있었다. 이런 토양침식은 세상을 떠난 농부의 아내, 도시 농부, 부재지주 들이 도지를 받고 빌려준 농토에서 일어나고 있다. 부재지주들 중에는 세금 감면을 받기 위해서나 주말용으로 '시골에 조용한 장소'를 소유하고 싶어하는 의사들과 사업가들이 있다. 경제와 농업 정책의 직접적인 결과로 현실이 이렇게 된 것이다.

차라리 토양침식 자체가 경제 정책이었고 농업 정책이었다고 말하는 편이 나을지도 모르겠다. 버츠 전 농무성 장관 식의 농업 자본과 대규모의 농기업에 대한 판타지는 도처에 그 흔적을 남기고 있다. 예컨대, 부재지주제도, 농토에 대한 소작농들의 임시적이고 피상적인 관심, 경사지에서의 줄뿌림 경작, 윤작 거부, 초지를 개간해 만든 수로들, 산비탈 여기저기 어지럽게 늘어서 있는 작물들이 다 농기업이 남겨 놓은 유산들이다. 농토의 관점에서 보면 이것은 정말로 바보 같은 짓으로서 더 이상 농사를 짓지 말자는 것과 마찬가지다. 워싱턴 DC와 농경제 내부의 관점에서 보면, 이런 현상들이 '자유기업'과 '최대 생산'이라고 불린다.

내가 다녀 보았던 이 나라의 다른 지역—네브래스카, 아이오와, 인디애나, 뉴욕, 뉴잉글랜드, 테네시—에서와 마찬가지로 농지는 전반적으로 감소 추세에 있다. 여기저기 훼손된 채 들과 밭은 버려져 잡초만 무성해 있다. 그나마 괜찮은 땅은 휴식기나 돌려짓기도 없이 매년 줄뿌림 경작으로 몸살을 앓고 있다. 건축물과 울타리는 허물어져 가고, 멀쩡한 집들은 텅빈 채 외벽이 벗겨져 나가고 있으며 깨진 유리창만 보일 뿐이다.

군중들을 눈여겨본 사람이라면, 우리가 땅을 황폐화시키고 있듯 우리의 몸을 망치고 있다는 것을 분명히 알 수 있을 것이다. 우리의 몸은 뚱뚱하고 약해졌으며 기쁨을 못 느끼고 모양도 나지 않아, 제약업자와 화장품업자의 사실상의 먹잇감이 되어 버렸다. 우리의 몸은 주변부로 몰려난 존재가 되었다. 몸을 쓸 일이 점점 없어지고 있기 때문에 몸은 꼭 불모지처럼 쓸모없는 것이 되고 있다. 현대인들에게 스포츠 게임을 즐기거나 한가히 몸치장하는 젊은 시절이 지나고 나면, 몸은 그저 뇌와 사용하는 몇 개의 근육을 직장까지 실어나르는 운반용 상자일 뿐이다.

우리의 영혼으로 말하자면, 영혼은 물건들을 구입하는 데 점점 더 안락함을 느끼는 것처럼 보인다. 우리의 영혼은 더 이상 슬픔과 환희라는 품격 있는 드라마를 필요로 하지 않는다. 대신 우리는 탐욕, 스캔들, 폭력 같은 사소한 충격을 영혼의 양식으로 삼는다. 교회에 열심히 나가는 사람들에게 영성에 충만한 순간은 천국에 가는 것에 따분하게 몰두할 때이다. 이 세계는 영혼의 관점에서 볼 때 기껏해야 골칫거리거나 시험일 뿐이다. 그런 면을 제외하면 영혼은 이 세계와 근원적으로 분리되어 있다. 신을 진정으로 사랑하는 영혼은 신의 작품을 어떤 식으로 돌보거나 존중하는 일로 부담을 가져서는 안 된다. 몸이 자신의 업무인 땅 훼손 작업을 해 나가고 있을 때, 영혼은 땅의 오염원과 거리를 유지한 채 드러누워 주일을 기다리고 있기로 되어 있다. 우리의 몸이 다른 몸들을 착취하고 있는 동안 영혼은 고고히 현장에서 벗어나 죄로부터 자유로운 상태에서, 멍하니 바라만 보고 있는 구경꾼들에게 이렇게 소리친다. “내가 지금 저 장면을 즐기고 있는 것이 아니다!”

이런 종류의 종교에서 몸은 그저 영혼을 담고 있는 생기 없는 포장 용기에 지나지 않지만, 그럼에도 불구하고 육체는 멋진 네온사인처럼 영원히 빛을 발할 것이다. 이처럼 몸과 세계로부터의 영혼의 분리는 단순히 표피상의 질병이나 이상이 아니라, 제도 종교의 정신 상태를 관통하고 있는 지질학적 균열과 같은 것이다. 종교의 정신 상태에 발생한 이와 같은 균열은 세속화된 현대인의 정신의 특징이기도 하다.

종교의 정신 상태에서 발생한 균열을 지질학적 균열**과 같은 것**이라고 말했지만, 엄밀히 말하면 그것은 지질학적 균열 그 자체이다. 정신에 난 흠결은 필연적으로 땅속 깊숙이 난 균열로 이어지는 것이다. 생각이 실체에 영향을 주거나 위해를 가하게 되는 것은 무슨 의도나 우연에 의해 그렇게 되는 것이 아니라, 창조질서 자체가 통합적이고 전일적인 것이기 때문에 필연적으로 그렇게 될 수밖에 없다. 어쩔 수 없는 일이다.

영혼이 고독 속에서 바랄 수 있는 것은 '구원'뿐이다. 그러나 성경이 거듭 강조하는 바는 영혼과 몸, 공동체와 세계는 근본적으로 통합되어 있으므로 상호간에 영향을 주고받을 수밖에 없다는 것 아닌가? 이 모든 것들이 신의 작품들이다. 이들 사이에 조화를 되찾는 일은 덕성을 이루는 작업이다. 세계는 확실히 영혼을 시험에 들게 하는 장소로 생각되지만, 이 세계는 또한 영혼과 몸, 말과 몸이 하나로 합쳐져서 생각이 행동이 되어 선이 이루어지는 곳이다. 이 세계는 영혼과 몸, 말과 세계가 서로의 일부가 되는 위대한 만남의 장소이자 좁은 문이다. 내가 성경을 읽은 바로는, 성경의 목표는 영혼을 세계로부터 자유롭게 풀어 놓는 게 아니다. 성경은 영혼과 세계가 만날 수 있게 해 주는 지침서이다. 성경은 말하길, 영혼과 세계는 분리될 수 없고, 둘의 상호성과 통일성은 불가피하므로 둘은 분리된 가운데에는 화해할 수 없고 조화를 이루어야 화해가 가능하다. 육체의 부활이 다른 어떤 의미를 지닐 수 있을까? 몸은 "빛으로 가득해"* 사리에 밝아야 한다. 그리하여 육체의 빛이 밝혀 주는 두려움과 욕망, 슬픔과 환희 같은 감성이 도처에 흐른다. 충돌하는 여러 감성들의 긴장 속에서 바람직한 삶의 모습이 무엇인지 거듭 규정된다. 거짓 선지자들은 "그의 열매"를 보면 알아차릴 수 있다.** 우리는 대접받기를 원하는 대로 다른 이들을 대접해야 한다. 생각은 이처럼 손쉽게 열망이나 이상으로 빠져드는 것이 가로막히면서 방향을 틀어 실제 행동으로 옮겨질 것을 강요받는다. 잠언에 나오는 다음과 같은 구절은 철학자나 왕이 스스로 생각해내지 못했을 가능성이 크다. 이들은 여러 세대에 걸친 농부들의 경험에서 영적인 자질은 세속의 사건을 통해서 드러나는 법이라는 것을 배웠을 것이다.

내가 게으른 자의 밭과
지혜 없는 자의 포도원을 지나며 본즉

---

* "네 온몸이 밝아/조금도 어두운 데가 없으면/등불 빛이 너를 비출 때와 같이/온전히 밝으리라." (「누가복음」 11장 36절) —옮긴이.

** "거짓 선지자들을 삼가라/양의 옷을 입고, 너희에게 나아오나/속에는 노략질하는 이리라. 그의 열매로 그들을 알지니/가시나무에서 포도를/또는 엉겅퀴에서 무화과를 따겠느냐?" (「마태복음」 7장 15~16절) —옮긴이.

가시덤불이 퍼졌으며
거친 풀이 지면에 덮였고
돌담이 무너졌기로
내가 보고, 생각이 깊었고
내가 보고, 가르침을 받았었노라.
좀더 자자, 좀더 졸자,
손을 모으고, 좀더 눕자, 하니
네 빈곤이 강도같이 오며
네 궁핍이 군사같이 이르리라.

연결망

전체성에 대한 내 생각이 오해를 불러일으키거나 너무 단순하게 받아들여지지 않았으면 좋겠다. 몸과 영혼, 한 신체와 다른 신체들, 몸과 세계 사이에 명백한 구분을 하는 것은 가능하다. 그러나 이렇게 구분되어 있는 것처럼 보이지만, 그럼에도 불구하고 이들은 상호의존과 상호작용이라는 망에 걸려 있다. 이 망이 바로 전체성의 실체인 것이다. 몸, 영혼, 공동체, 세계는 모두 서로에게 영향을 받도록 되어 있다. 그리고 이것들은 하나하나가 서로의 영향력을 전달하는 운반체이다. 몸은 영혼이 혼란스러우면 피해를 입는다. 몸은 영혼의 혼란이 주는 영향력을 땅에 전달한다. 그리고 땅은 그것을 다시 공동체에 나르는 연쇄 작용이 일어난다. 만일 농부가 건강이 무엇인지 이해하지 못한다면, 그의 농장은 건강하지 않게 될 것이다. 농장에서 건강하지 않은 식품이 생산된다면, 지역 공동체의 건강도 나빠질 것이다. 이것은 일종의 그물망, 각 부분이 서로서로 연결되어 있는 전 존재의 그물망이다. 농부는 지역 공동체의 일부분이다. 따라서 문제의 끝이 어디라고 말할 수 없는 것처럼 문제가 어디서 시작되었다고 말하는 것도 불가능하다. 망을 타고 전해지는 상호작용들은 여러 갈래로 종횡무진하며 복합적 양상을 띤다. 분명한 것은, 연결망 어느 지점에서든 일단 오류가 발생하면, 그 영향은 예측할 수 있는 범위를 넘어서 여러 갈래로 작용한다는 점이다. 영향의 결과는 도처에서 발생하고, 각각의 결과는 그 이상의 또 다른 결과를 낳게 된다. 그러나 한번 발생한 오류가 끝없이 분화하지는 않을 것이다. 오류는 연결망을 통해 확산되지만 얼마 안 있어 틀림없이 연결망 자체를 망가뜨리기 시작할 것이다. 우리는 분명히 순환체제에 대해 말하고 있다. 그리고 순환체제에 발생한 질병은 처음에는 순환에 문제를 일으키지만, 곧이어 순환 자체를 완전히 멈추게 만들 것이다.

다른 한편, 치유한다는 것은 연결망의 여러 부분을 다시 연결시켜 체계의 복잡성을 완성하는 것이다. 체계의 복잡성을 회복한다는 것은 체계의 구성 요소들의 결합의 단순성을 회복하는 것이기도 하다. 우리의 몸을 구성하는 모든 요소들이 함께 자기 역할을 수행하면서 서로에게 상호작용을 하고 있을 때 우리의 몸은 전일적이라고 말한다. 그럴 때 우리의 몸은 건강하다. 부분들이 전체에 조화롭게 연결되어 있을 때 그 부분들이 건강한 것이다.

여러 실례에서 확인할 수 있는 대로, 우리 시대의 전문화 현상이 시사하는 바는 단순히 파편화 현상이 질병이라는 점뿐 아니라, 분리된 부분들에서 나타나는 질병이 서로 유사하다는 점이다. 각각의 부분들은 잃어버린 통일성을 기억하고 추모하는 셈이다. 각각의 부분들은 분리되어 있지만 지속되는 관계를 기억하고 있는 것이다. 전체가 두 조각 나면 두 개의 상처받은 부분들이 생기는데, 이 상처들은 다른 무엇보다도 분리된 조각들이 이전에는 얼마나 잘 맞았는지를 보여주는 기록이다.

예컨대, 이른바 정체성 위기는 몸과 영혼의 분리 그리고 그밖에 현대에 일어나는 다른 분열 현상들 이후 눈에 두드러지는 질병이다. 누군가의 '정체성'이라는 것은 명백히 심리, 영혼, 정신, 자아 등으로 알려져 있는 존재의 비물질적 부분을 가리킨다. 이런 정신적 원동력이 몸과 세계의 어떤 구체적인 지역으로부터 분리되어 버린 것이 위기의 원인처럼 보이고도 남는다. 따라서 논리적으로 말하자면 이를 치료하기 위해서는 분리된 상태를 원상복귀시켜야 할 것이다. 잃어버린 정체성은 역사적 기념물 같은 것을 바라보거나 관습적 상황에 맞춰 행동할 때 그 모습을 드러내곤 한다. 또한 정체성이 유물처럼 잘 보존되고 있는 집단이나, 취향 또는 역사적 인연·우연의 이유로 정체성이 잘 보존되고 있는 장소에서 잃어버린 정체성이 발견되기도 한다. 간단히 말해서, 과거의 정체성이 깃들어 있는 인간 행위나 그로 인해 빚어진 작품에서 잃어버린 정체성이 발견된다. 그러나 정체성 위기를 해결하기 위한 유사 의례 행위인 '자아 발견하기' 작업에서도 그처럼 직접적으로 주어지는 참고 사항들은 별 도움이 되지 않는다. 문화적 분열의 결과인 실제 광기뿐 아니라 회의와 자기 의심이라고 하는 오래되고도 분명한 현실은 제쳐놓고라도, 정체성 위기는 일종의 방종으로서 상투적인 착각일 가능성이 크다. 정체성 위기는 무책임함이나 겉멋 든 자기현시적 욕망을 호도하는 변명에 지나지 않는 것일 수 있다. 그것은 자신을 미화하는 가장 손쉬운 방식으로서, 예컨대 꾸물거리는 것도 칭찬받을 만한 덕목이라고 해석하는 식이다. 이런 식의 자기 미화에는 '진정한 나'는 근본적인 관점에서 보면 겉으로 드러나는 나보다 낫다는 전제가 깔려 있다.

내가 현 상황에서 각광받는 치료책이 말하는 바를 정확히 이해하고 있는지는 모르겠지만, 그것은 책임성이나 연결망의 복구와는 아무런 관련이 없다. 요즘 운위되는 힐링은 '독자적인' 영역을 구축하고 있는데, 그것은 또 하나의 환상일 뿐이다. 왜냐하면 독자적인 치유책은 자아에 영향을 미치는 어떤 상황이나 명백한 의존 상태를 염두에 두지 않고, 자아는 자기결정적이고 독립적이라고 보기 때문이다. 자아에 대한 이런 태도는 자아를 설명할 때 다른 사람들의 의견과 느낌에 대해 관심을 보이지 않는 전문가들 특유의 태도에 지나지 않는 것으로 보인다. 사실상 독자 영역이라는 것은 없다. 실제로는 책임 있는 의존과 무책임한 의존 사이의 차이가 있을 뿐이다. 자아를 찾아 헤매는 현대인들이 독자적인 힐링 기술에 만족하는 것은 불가능하기 때문에 이런저런 치유책을 찾아다니고 여러 구루guru들의 지도를 받아보지만, 이런 식으로는 질병은 온존될 뿐이다.

자아가 자아를 잃어버렸다는 이상한 영혼의 질병이 몸의 고통을 수반한다는 것은 놀랄 일이 아니다. 현대인들이 겪는 흔한 일 중 하나가 몸에 대해 불만을 느낀다는 점이다. 몸이란 어떻게 바꿔볼 수 있는 게 아니라 자연적으로 주어지는 것이다. 여기서 고통은 더 커질 수밖에 없는데, 왜냐하면 자아와 달리 몸은 실체적인 것이면서, 태어날 때 생긴 몸보다 본질적으로 더 나아질 수 없는 것으로 생각되기 때문이다. 몸은 그저 **의당 그래야 하는** 것보다는 신통치 않은 것으로 생각될 수밖에 없다. 몸에 대한 올바른 기준은 건강이겠지만, 그 기준은 다른 어떤 기준도 아닌, 매우 배타적인 **모델들**의 신체에 의해 대체되었다. 여기서 '모델'이라는 개념은 과학자와 사회경제계획 입안자들이 내세우는 모델과 매우 흡사하다. 이 개념은 거기에 맞지 않으면 파괴적인 영향을 받지 않을 수 없게 하는, 배타적이고도 협애하게 규정된 이상理想이라는 점에서 그렇다.

우리는 입에 발린 말로 젊은이들의 건강을 예찬한다. 그러나 정작 젊은이들은 어떤 신체적 모델만이 욕망의 대상이 된다는 사실을 알고 있다. 그 느낌은 강압적인 것이어서 그 잣대로 자신을 평가할 수밖에 없다. 젊은 여자들은 긴 다리, 날씬한 몸매, 풍만한 가슴, 곱슬한 머리, 그리고 자연스런 아름다움을 소망하도록 학습받는다. 젊은 청년들은 '운동 선수 같은' 근육, 너무 커서는 안 되겠지만 큰 키, 딱 벌어진 어깨, 근육질의 가슴, 탄력 있는 엉덩이, 사각진 턱, 오뚝한 코, 탈모가 없는 머리, 자연스런 훈남이 되어야 한다고 학습받는다. 남녀는 공히 수영복 차림의 '섹시함'이 외모에 묻어나야 한다. 무엇보다, 그 누구도 늙어 보여서는 안 된다.

많은 사람들이 건강할 때 아름답지만, 이런 모델들을 닮은 사람들은 거의 없다. 결과적으로 광범위한 고통이 퍼져 개인과 사회 전체에 피해를 입히게 된다. 한 가지 더 지적해야 할 것은, 또 하나의 터무니없는 유사 의례인 '자기 몸 인정하기' 과정을 밟아야 하는데 이 일은 몇 년이 걸릴 수도 있고 평생 신경 쓰이는 일일 수도 있다. 키 작고 삐쩍 마른 대머리 남자여, 근심하라. 코가 큰 남자도 걱정이다. 무엇보다도, 가슴이 작고 근육질의 몸을 지녔거나 강인해 보이는 여자여, 큰일이다. 호머와 솔로몬은 그런 여자들이 아름답다고 생각했을 수도 있다. 그러나 그런 여자는 힘겨운 혁명을 통하지 않고는 자신의 고유한 아름다움을 발견할 수 없을 것이다. 정체성의 위기와 마찬가지로 이런 몸의 위기를 맞아 우리는 속절없이 여러 기술적인 치료술에 의존할 수밖에 없다. 우리는 결함이라고 느끼는 부분을 보완하기 위해 평생을 옷 차려입고 '화장'하는 데 시간과 정력을 소비한다. 다시 말하지만, 치료술은 질병을 온존시킨다. 힐링의 전도사로 불리는 사람들은 스타일과 미용술의 구루일 뿐이다. 환자는 당연히 고객이 된다.

성적 분리

몸과 영혼, 또는 몸과 정신을 가르는 것은 또 다른 분리 현상들을 가속화시키는 것이기도 하다. (그렇다고 해서 분리 현상이 무한정 늘어나는 것은 아니다. 왜냐하면 분리의 성격상 분리된 조각들은 소멸되기 때문이다. 지속의 원리는 통일이다.) 육체와 영혼이 분리되면서 성적 분리가 나타나고, 이어서 생태적 분리가 따라 나온다. 물론 여러 분리 현상들은 무수히 관찰되지만 그 중에서 이 두 가지의 분리 현상이 가장 중요한데, 그 이유는 우리 모두가 공유하고 있는 근본적인 관계—서로에 대한 관계와 땅에 대한 관계—와 관련을 지니고 있기 때문이다.

몸을 영혼과 별개의 것으로 생각하거나 아예 영혼 없는 몸을 생각한다는 것, 또는 몸의 욕구를 없애려 하거나 아니면 반대로 '해방'시키려 하는 것은 몸을 대상화하는 일이다. 몸을 하나의 사물로 보게 되면 몸은 정신적 차원이랄까, 정신 속에서의 올바른 자리 또는 그에 대한 요구랄까, 이런 것들을 부정당한다. 육체적 관심 사항, 가령 돌보고 키우는 양육의 문제에 대한 관심 사항 같은 것은 별 볼일 없는 일들로 취급되어 '고상한 일'로 존중받을 수 없게 되어 버린다. 사실은 영혼 없는 몸은 현실적인 실용성이라는 관점에서도 존중해 줄 수 있는 여지가 없어진다.

성적 분리는 원래 양육이 전적으로 여성의 관심사가 되면서 발생한다. 성적 분리는 사회의 산업화와 더불어 발생한다. 수렵 채취와 농경 사회에서는 남자들도 반드시 양육에 관여한다. 이런 사회에서 남자와 여자가 맡았던 일들은 서로 달랐다. 그러나 여기서 그러한 성적 차이와 성적 분리는 구분해야 한다.

몸과 영혼의 분리가 발생한 이후 산업사회에서, 특히 상류층과 전문직업인들 사이에서 종교·철학·예술·인문학 등의 분야인 '문화'와 '실용 분야' 사이의 분리가 발생한다. 그런데 문화와 실용 모두가 점점 추상적인 일이 되어가고 있다. 정신노동을 하는 사람들은 행동하지 않는다. 그리고 '실용적'인 일을 맡은 사람들도 손을 사용해서 일하지 않는다. 이들은 노동자들이 만들어낸 생산품에서 파생되는 추상적인 수치와 가치를 조작하는 일을 한다. 노동자들은 몸을 사용하여 임금 노동을 하지만 기계 부품처럼 단순화되고 분업화된 일들을 담당한다. 이런 노동자들의 일들이 애초에 '남자다운' 일이라고 생각되었는데, 여자들이 이런 일들을 맡는 일은 거의 없었기 때문이다.

전통적으로 여성들은 가사, 육아, 조리같이 집안에서 하는 돌봄 노동을 맡았다. (그렇다고 그 일이 존중받지 못하는 일은 아니었다.) 산업화된 도시 환경 속에서 전통적 여성 역할의 가사적 성격으로 인해 여성들은 신新경제의 '중요' 활동들로부터 점점 더 분리되었다. 더욱이, 가정에 물자를 조달하는 남성들의 전통적인 돌봄 역할은 전적으로 추상적인 것이 되었다. (농경사회에서 남성들의 돌봄 역할은 여성들의 역할 못지않게 한결같았고 복합적인 것이었다.) 오늘날 남성들이 가정에 대해 갖는 의무감이란 그저 돈을 공급하는 것이다. 식료품을 구입하는 역할은 오늘날 유일하게 남아 있는 물자 조달 역할인데, 그 역할도 여성들에게 넘어가 있다. 돌봄의 역할이 전적으로 여성의 관심사가 되었다는 것은 현재의 역사적 조건인데, 이것은 남성과 여성들 모두에게 다음과 같은 것을 시사한다. 즉, 돌봄이나 여성성은 더 이상 매우 중요한 어떤 것이 될 수 없다는 점이다.

그러나 성가시고 사소한 것으로 생각되는 그런 종류의 일이 여성들에게 할당된다는 것은 여성들이 착취되기 시작했다는 것을 의미한다. 가계 간 물물교환 시대는 지나갔다. 부엌은 현금경제를 바탕으로 돌아가게 되었다. 여성들은 고객이 되었고, 상인들이 이 사실을 알아차리는 데 시간이 오래 걸리지 않았다. 상인들은 이 여성들이 가장 유망한 새로운 종류의 고객이 될 것이라는 사실을 간파한 것이다.

현대의 가정주부는 남편, 학교에 다니는 자녀들, 그리고 다른 여성들로부터 소외되었다. 여성들의 어깨를 짓누르고 있는 주부의 일이란 것이 특별한 기술을 필요로 하는 것도 아니고, 그에 따라 존중받을 만한 일도 아닌 것으로 간주되며, 여성들 스스로 자신의 일을 중요한 것으로 생각하지도 않는다. 여성들은 남편이 직장에서 무슨 일을 하며 퇴근 후에는 또 무슨 일을 하는지 알지 못한다. 여성들은 자신들의 삶이 남편의 관심을 끌지도 못하고 남편의 부재 속에서 속절없이 흘러가고 있음을 알고 있다. 그런 여성은 영업사원들의 구매 설득을 기꺼이 받아들일 준비가 되어 있다. 이것이야말로 현대의 위대한 상업적 통찰이었다. 그녀들이 교묘한 말솜씨 앞에 설득되는 건 이런 말 때문이다. 당신은 그냥 허드렛일이나 반복해서 하는 그런 사람이어서는 안 되며, 일 때문에 외모가 상해서도 안 되고, '매력 없는' 여성이 되어서도 안 된다. 그리고 당신은 언제나 참신하고 명랑하며 젊고 몸매가 좋고 예쁜 여성이어야 한다. 여성들의 마음속에 있는 성적 매력 상실의 두려움과 죽음에 대한 두려움은 이처럼 목소리를 부여받게 된다. 이제 여성들은 지갑을 열려 할 것이다. 결국 옥외광고판 광고에서 어느 은행이 노골적으로 묻고 있는 질문이 핵심적인 것이다. "당신의 남편이 점점 당신에게 흥미를 잃어가고 있습니까?"

여성을 움직이는 것은 실제적 욕구가 아니라 고독과 두려움이다. 그리하여 여성들은 실제적인 일이 아니라 물건 구매에 의해서 자신을 확인하기 시작했다. 여성들은 노동절약형 기계장치들을 구입하지만, 이런 기계들은 대부분의 현대의 기계들이 그러하듯 사용자의 기술을 쓸모없는 것으로 만들어 버리는 위력을 발휘했다. 여성들은 가공식품들을 구입하지만 이 역시 마찬가지 결과를 가져왔다. 여성들은 가사 부담을 덜어주는 편리한 기계를 구입하여 남편의 사랑을 받으려 한다. 여성들은 화장으로 얼굴을 꾸미듯 집안 곳곳에 설비를 들여놓기도 하고 새 의상을 구입한다. 그러나 이 모든 구입 행위는 풍습이나 새로운 발명 때문에 이루어지는 것이 아니라 '여성 잡지'의 기사와 광고가 제시하는 바에 따라 이루어진다. 이처럼 가사 일을 돌본다는 것이 한때는 문화와 경제의 토대로 인정받을 정도로 복잡한 일이었지만, 이제는 고작해야 구매력을 행사하는 일로 전락

되었다.* 가정 주부에게 남아 있는 유일한 생산능력은 2세 생산능력 뿐이다. 그러나 그마저도 여성들은 엄마로서 소비자로 남아 있게 된다. 여성들은 아이를 생산하는 전 과정에 개입해 들어오는 의사들에게 복종하며, 결과적으로 물품을 구입하도록 계산된 지시 사항들을 따를 수밖에 없다. 모유 수유는 더 이상 참신하지 않은 일이 되었는데, 혹시 그 이유가 모유 수유야말로 가정에서 생산되는 마지막 생산품이기 때문이 아닐까 하는 의심이 들 정도다. 자기 몸에서 나오는 젖을 구입하도록 설득할 수 있는 방법은 발견되지 않을 것이다. 이런 식의 '개선'은 여성들의 의식을 극단적으로 단순화시키는 과정을 밟아 왔지만, 그 결과는 복잡하고 아이로니컬한 면이 있다. 가사일이 단순화되고 쉬워질수록 그 일은 지루한 일이 되었다. 여성들이 하는 일은 갈수록 성취감도 떨어지고 만족감도 떨어지는 일이 되었다. 여성들 자신이 자신의 일이 중요하지 않다고 믿게 되었다. 여성들의 근심이 커지고 소비자로서 더 탐욕스럽고 무차별적이 된 데에는 이런 배경이 있었던 것이다. 치료책은 질병을 온존시킬 뿐 아니라 더 복잡하게 만들었다.

물론 여성들의 의식을 보완하는 남성들의 의식의 발전이 있었

* 여성들은 물론 지금도 계속해서 '가사일'을 한다. 그러나 우리의 질문은 이 일이 의미하는 바가 무엇이냐는 것이다. 산업경제는 가사 일을 절약에서 편리로 바꿔 놓았다. 검소함은 기술과 지성과 도덕적 성격을 필요로 하는 복잡한 기준이다. 그러므로 개인적인 검소함은 마땅히 공적인 가치가 있는 것으로 여겨져야 한다. 검소함이 하나의 가치로서 소멸되고 나니, 가사일이라는 것이 단순히 타락한 경제의 어떤 타락한 기능이 되었을 뿐이다. 말하자면, 가사 일의 공적 '가치'는 상품을 마모시키거나 소모시키는 데에 있다.

다. 그렇게 두드러진 진전이 있었던 것도 아니다. 남성들의 정신의 단순화는 퇴행적 과정이 아니라 한순간의 변화를 통해서 이루어졌다. 남자들이 일과 생활을 분리시키고 집에서 떨어져 나와 일을 시작하면서 가사에 대한 실제적인 생각은 한순간에 그의 마음에서 멀어졌다.

결혼생활을 통해 영위되던 성별 간의 서로 다른 일들이 이제 현대적인 결혼생활에서는 성별 간 일의 분리 현상으로 나타나게 되었다. 이런 분리를 통해 남편과 부인 사이의 실제적인 결합으로서의 가정은 사라졌다. 가정은 어떤 상태라기보다는 그냥 장소일 뿐이다. 결혼은 더 이상 상호 의존의 드라마를 요구하고 그 드라마에 위엄을 더해 주며 보상해 주는 어떤 상황이 아니라, 상호 소외의 장소가 되었다. 가정은 남편이 일감이나 유흥거리가 없을 때 찾는 장소다. 결혼은 부인이 노예로 여겨지는 장소다.

성적 차이는 상처가 아니며 그렇게 될 필연성이 있는 것도 아니다. 그러나 성적 분리는 상처다. 이런 식의 분리는 남녀 모두가 필연적으로 고통을 피해 갈 수 없는 상처라는 것을 인식하는 것이 중요하다. (이런 분리가 남성과 여성 사이에 존재하는 가정을 파괴해 버렸다.) 이렇게 '여성 세계'를 구획 짓고 그 안에서 여성의 소외가 이루어지는 것이 그저 남성의 이익을 위하는 길이라고 가정하는 것을 가끔씩 본다. 그러나 그런 해석은 착취적인 산업경제에서 만들어진 경쟁의 법칙에 기초를 두고 있는 것으로 보인다. 이런 경쟁의 원리에 따르면, 착취되고 억압받는 사람이 있으면 그에 비례해서 더 나아지는 다른 그룹이 있다는 것이다. 말하자면, 여성들이 불행하면 그만큼 남성들은 행복질 것이 틀림없다는 것이다.

여성의 역할이라고 불리는 가사가 퇴행하면서 여성의 모습이 왜곡된 것은 의문의 여지가 없지만, 내가 보기에 그렇다고 해서 그것이 남성의 이익으로 돌아온 것은 없다. 여성의 모습이 여성의 역할로 인해서 왜곡되었다면, 남성들의 모습 역시 자신들의 역할에 의해서 왜곡되었다. 남녀의 성적 역할이 분리되어 있는 이상, 이것은 어쩔 수가 없다. 아내 역할의 퇴행과 남편 역할의 퇴행은 서로 불가분의 관계에 있다. 이것을 피할 도리는 없다. 이것이 바로 생태학자들이 우리에게 알려주는 정의正義다. 우리가 의존하고 있는 것들을 훼손시키면 결국 우리 자신도 피해를 입는다는 사실이 그것이다. 여성들의 고통은 이제 실감할 수 있으며 또한 주목할 만한 일이기도 하다. 왜냐하면 여성들의 고통에 어떤 의미가 부여된다든가, 보상이 주어지지 않기 때문이다. '남자다운 일'이라고 분류되는 파괴적인 위업에 어떤 의미도 보상도 부여하지 않는다면, 남자들 역시 여자들만큼이나 고통스러워할 것이다. 남자들이 고통스러워 하는 이유는 똑같다. 남녀 간의 친교는 모든 다른 피조물들 간의 친교와 가장 깊은 곳에서 통하는데, 남자들은 그런 남녀 간의 친교의 세계로부터 추방되었다. 그것이 남자들의 고통의 원인이다.

예를 들면, 전통적인 의미에서 **훌륭한** 남성 농부는 농부husbandman이자 남편이며, 땅의 풍요로움을 낳는 자이자 보존하는 자이다. 그러나 동시에 그는 산파이자 어머니처럼 돌보는 자이기도 하다. 그는 생명의 양육자이다. 그의 일은 바로 가사이기 때문에 가정을 벗어날 수 없다. 그러나 '진보'는 남성의 그런 모습을 바꿔 버린다. 그렇게 바뀐 남성은 생산기술자의 모습을 하고 있다. (즉, 진보 때문에 가정과의 관계는 끊어져 버리고, 보존하고 돌보고자 하는 마음은 쓸모없거나 적절치 못하거나 '비경제적인' 것이 된다.) 진보는 남성들의 아내 모습을 왜곡시키고 고통 속에 몰아넣는 것으로 알려져 있지만, 그 못지않게 남성 자신들의 모습도 마찬가지로 왜곡시키고 고통스럽게 만든다.

가정 해체

우리 시대의 분열적인 삶이 곧 해체된 성전과 같다는 생각은 낯선 것이 아니다. 다양다기한 문화적 관심사는 서로에 대해 어떤 연계성도 지니지 않거나, 서로 간의 통일성을 이해하려는 어떤 노력도 기울이지 않는다. 우리의 삶을 또한 해체된 가정으로 인식해 보면 그에 따른 스트레스는 더욱 직접적으로 느껴지기 마련이다. 가정이란 통합을 표상하는 이상적 개념일 뿐 아니라, 기술과 도덕적 훈련, 수고를 필요로 하는, 상호 의존과 의무감에 기초한 실제 상황이기도 하다. 그러나 가정에 대한 이런 개념이 사라진 지금, 남편과 부인은 결혼을 상상하고 결혼의 울타리를 만드는 것이 점점 더 어려워지고 있다. 서로를 위해서 **해줄** 수 있는 것이 별로 없으니, 이들은 함께 해야 할 실제적인 이유 역시 별로 없는 것이다. 남성과 여성들은 '서로 교제하는 것을 좋아할'지도 모른다. 그러나 그것은 우정을 나눌 이유는 되어도 결혼해야 할 이유가 되지는 않는다. 이들에게 생길지 모를 자녀에 대한 애정과 서로에 대한 추상적인 법적·경제적 의무감은 갖고 있겠지만, 이와는 별도로 남녀 간의 결합에 에너지를 공급해 주는 것은 결국 섹스뿐이다.

아마도 가정 해체의 가장 위험하고도 직접적으로 고통스러운 결과는 이러한 성의 분리다. 섹스는 가정과 공동체에 원기를 불어넣어 주어야 하며 가정과 공동체의 은총이어야 하지만, 성적 에너지는 가정과 공동체의 기능과는 별개의 것이 되어 버렸다. 이런 성의 분리는 배고픔과 땅 사이에서 생겨난 현대의 다른 분리와 유사함이 있다. 가정을 생산력과 계절의 순환, 삶과 죽음의 순환에 묶어 두었던 돌봄 노동과 더 이상 결합될 수 없게 되자, 성애는 상징적이거나 의례적인 힘, 가장 근원적인 엄숙함, 최고의 기쁨을 상실한다. 성애는 또한 그 결과와 책임감을 잃어버린다. 성애는 그 자체로 가치를 인정받는 '자율적'인 어떤 것이 됨으로써 하찮은 것이 되었고, 그렇게 됨으로써 파괴적인 것이 되었다. 자율에서 파괴까지의 과정은 자동이다. 섹스에 새로운 영역이 생겼다고 생각하면서 섹스는 오락거리recreation라고 말하는 사람들은 섹스가 창조질서Creation에서 벗어나 있다는 것을 인정하는 셈이다.

성의 분리는 위험천만하게도 성을 지나치게 단순화시키는 두 가지 담론에 강하게 영향을 받는다. 성적 낭만이라는 담론과 자본주의 경제 담론이 그것이다. '성적 낭만'은 수세대에 걸쳐 대중가요와 서사의 주제였던 성애를 감상적으로 표현하는 말이다. 대중 매체를 통해서 젊은이들은 위험하기 짝이 없는 다음과 같은 일련의 거짓말들을 주입받아 왔다.

1. 사랑에 빠진 사람들은 신체적 아름다움에 대한 최신 유행 기준을 따라야 한다는 점. 이런 기준에서 아름답지 않은 것은 사랑받을 만한 것이 아니라는 점.
2. 비록 사랑은 '영원'한 것이라 말하지만, 사랑에 빠진 사람들은 젊거나 젊어야 한다는 점.
3. 결혼이 해결책이라는 점. 그러나 여기서 연애 스토리가 독자들을 가장 심각하게 오도하는 것은 결혼을 통해 '행복하게' 끝을 맺는다는 것이다. 행복한 결혼 같은 것이 없기 때문이 아니라, 결혼은 행복한 것으로 **만들지** 않는 이상 행복해질 수 있는 것이 아니므로 결혼을 통한 해피엔딩은 독자를 오도하고 있는 것이다.
4. 상황과는 관계없이 결혼만으로도 조화를 이룰 수 있으며 심각한 차이를 극복할 수 있다는 점.
5. '사랑은 해결책을 찾을 것'이라는 점. 그래서 결국 어떤 종류의 현실적 어려움도 극복할 것이라는 점.
6. '상대에 대한 올바른' 짝짓기가 이루어져 '결혼은 천국'이라는 점.
7. 연인들은 '서로에게 전체'이고 '서로에게 모든 세계'라는 점.
8. 그러므로 일부일처제는 논리적이고 자연스러우며, '다른 모든 이들을 버린다'는 것은 어렵지 않은 일이라는 점.

이런 것들을 믿으면서 젊은이들은 더할 수 없을 만큼 경험의 빈곤함을 경험한다. 또는 한 사람의 승리가 모두의 패배가 되어 버리는, 현대의 냉혹하고 아이로니컬한 경쟁의 또 다른 형태가 바로 결혼이라는 사실을 받아들일 마음의 자세가 되어 있다.

경험이 쌓여 환상이 깨지면서 배타성에 대한 감상은 소유욕에 기초한 성적 자본주의에 자리를 내주게 된다. 남편과 부인은 서로에게 전부가 되는 데 실패하면서(실패할 수밖에 없지만) 서로에게 유일한 존재가 된다. 성적 결합이라는 성례聖禮는 가정경제 시대에는 더불어 노동하는 동료들 사이의 친교였고, 그 후에는 사랑하는 연인들의 낙원이었지만, 이제는 남편과 부인이 서로에게 성적 재산으로 거래되는 일종의 시장이 되었다. 결혼생활은 사랑을 갈구하고 있다는 환상에 가리워져 약간이나마 달콤함도 있을는지 모르지만, 사실은 경쟁력과 질투가 결혼을 지배하는 원리다. 이 두 가지 요인 때문에 부부는 결혼 내부에서 서로 분리되어 있다. 결혼은 성적 숙명을 덮고 있는 캡슐이다. 남성들은 다른 남성들을, 여성들은 다른 여성들을 자신들의 결혼생활을 위협하는 경쟁자로 바라본다. 이런 점은 특히 여성들에게 두드러져 보인다. 여성들의 '역할'이 점진적으로 퇴행하고 고립되다 보니, 세속적으로 거래할 수 있는 재고라고는 자신들이 '소유'하고 있는 남자밖에는 없게 된다. 그 결과 성적 '사생활'은 고립되고, 그에 따라 공동체는 해체되기 시작한다. 더불어 연회를 즐기며 사회를 통합시키던 에너지는 공동체적 형식을 상실하면서 분열적인 에너지로 바뀌었다. 부부와 연인들이 둥글게 원을 그려 함께 추던 오랜 형태의 춤은 사라지고, 그 자리에 각자 커플들끼리만 춤을 추는 이른바 무도회장 춤이 들어왔다. 이보다 더 날카롭게 사회의 분열을 보여주는 예증은 없다. 무도회장 춤 예절에서 중요한 부분이 있는데, 그것은 파트너를 바꿀 때 '맞거래'trade라는 말을 쓴다는 점이다. 커플들끼리 춤을 추는 댄스파티의 유행 행태와 마찬가지로, 사랑과 결혼을 자본으로 보는 행태가 이혼이라는 유행병으로 이어지는 것은 우연이 아니다.

공동체의 해체를 완결 짓는 결혼의 해체가 발생하는 이유는, 성性에 둘러싸여진 캡슐은 경쟁으로부터 결혼을 보호하겠다는 의도겠지만 그런 결혼 제도의 캡슐은 필연적으로 내부의 경쟁이 보이지 않게 울타리를 치는 격이기 때문이다. 다른 모든 이들을 경계 밖으로 몰아내겠다는 원리는 이번에는 부부의 자유를 내부에서 구속하는 원리로 작동한다. 결혼의 울타리는 더 이상 나아갈 곳이 없는 막다른 골목일 뿐이다. 경쟁 모델이 농업에 허구적이듯 결혼에도 허구적인 것이다. 다른 캡슐들과 마찬가지로, 선택의 원리를 지배하는 편협함에서 우리는 선택의 원리가 배제되는 것들에 대해 얼마나 파괴적인지 알 수 있다. 그러나 배제된 것들이야말로 보호막 안의 생명의 본질이다. 말하자면, 성의 본질이다. 성적 낭만의 담론 체계에서 본능의 일반성을 인정한다는 것은 용납될 수 없는 일이다. 반면에 성적 자본주의 담론은 본능의 특수성을 인정할 수 없다. 그러나 성은 일반성과 특수성 모두를 속성으로 지니고 있는 것으로 보인다. 예를 들자면, 우리가 여성다움을 사랑하지 않으면서 한 특정한 여성을 사랑할 수는 없는 노릇이다. 바꿔 말하면, 모든 여성들을 다 사랑하는 것은 아니라 하더라도 다른 여성들을 사랑할 수 있는 것이다. 성적 낭만의 보호막은 이런 일반성을 무시한다. 말하자면, 사랑의 여신 아프로디테와 그녀의 혼외 애인인 디오니소스는 여기서 배제되는 것이다. 바로 그 이유 때문에 성적 낭만의 담론은 제대로 작동하지 않는다. 같은 두 남녀 간의 성적 사랑이 오랜 기간 동안 지속될 수는 있지만, 사랑의 배타성이라는 가식의 토대 위에서 그럴 수 있는 것은 아니다. 성적 낭만에 환멸을 보이는 성적 자본주의자들은 그 반동으로 반대 방향의 지나친 단순화로 치닫는다. 이들에게 배우자는 일종의 문제거리, 또는 그런 범주에 속하는 존재로 일반화되기 마련이다.

이 두 가지 태도에는 공통점이 있는데 그것은 성애를 소유권으로 본다는 점이다. 성적 낭만주의자들은 "당신은 내 것"이라고 나지막이 노래한다. 성적 자본주의자들도 똑같이 믿지만, 거기서 낭만적 환상을 걷어내었을 뿐이다. 둘은 공통적으로 자신이 소유하고 있는 성적 자산만으로 충분하다고 주장하며, 그 자족성의 도덕에 기초하여 그 재산을 남들이 빼앗아가지 않도록 끊임없이 감시해야 한다고 주장한다. 경제학의 울타리 안에서도 그러하지만, 결혼에 보호막을 치는 이유는 그 안에서 자산을 착취하면서 동시에 보호하려 하기 때문이다. 그러나 일단 자산이라는 개념이 추상적이고 경제적인 것이 되어버리고 나면, 착취하고 보호하려는 동기가 그 대상 자체를 지배하기 시작한다. 물론 이 두 가지 동기는 서로 모순적이다. 그러나 실제로 우리가 보호하고 싶어하는 것은, 착취하고자 하는 우리의 '권리'나 의도다. 결혼에 가리개를 씌우는 데 사용되는 재산과 사생활이라는 개념은, 착취적 성은 착취 경제와 마찬가지로 매우 더러운 일이라는 암묵적인 인식에서부터 나온 것일 수 있다. 우리가 결혼의 성을 비밀에 붙이고 있는 것은 노천탄광 부지에 '출입금지/사유재산'이라는 팻말을 붙여 놓는 것과 똑같은 이유에서다. 여기서 한 가지 우리가 인정하려 하지 않는 것이지만 분명히 느끼는 비극은 착취받는 자, 착취받는 것은 아무도 원치 않는다는 점이다.

보호막은 감옥이 된다. 그곳은 죽은 것과 다름없는 자들의 가정이 된다. 이들의 몸은 유죄를 입증하는 증거 자료다. 또는 가정은, 이웃과 날씨를 밀어내어 자연스럽지 않게 외래종을 키우는 온실과 같은 곳이 된다. 결혼은 하릴없이 의무를 다하고 법질서를 지키는 그런 것이 될 뿐이다. 남편과 부인은 필연적으로 경쟁자가 된다. 왜냐하면 이들의 유일한 자유는 서로를 착취하거나 서로로부터 벗어나는 일일 뿐이기 때문이다.

좀더 관대한 울타리를 상상해 볼 수 있다. 이웃과 친구를 환대하며, 숲과 대로 사이에 자연을 접할 수 있는 정원이 딸려 있는 가정을 상상해 보는 것은 가능한 일이다. 한 여성과 남성을 서로에게 묶어 놓을 뿐 아니라 결혼 공동체에 소속시키는 결합을 상상해 볼 수 있다. 결혼은 모든 부부가 함께 하는 사랑의 친교로서 이들을 모든 생명체와 땅의 풍요에 결합시키는 성의 연희이자 제전이다. 결혼은 또한 이들을 인간의 과거와 미래에 합류시키는 성적 책임이다. 결혼은 슬픔과 기쁨을 함께 하는 인간의 결합으로, 끝없이 소생시킬 수 있으며 소생하는 관계이다. 그리하여 기억과 열정과 희망을 짜맞추는 일이 반복되는 결혼을 상상하는 것은 가능하다.

신의(信義)

그러나 현재 그와 같은 존엄함과 관대함의 견지에서 결혼을 상상하기는 정말로 어렵다. 이것은 오랜 세월 이어온 성애가 경쟁과 소유의 형태를 띠면서 온전치 못하게 되자 발생한 어려움이다. 이렇게 성애가 실패하면서 신의信義의 문제가 야기되는 것은 불가피하다. 결혼에서 성애는 무엇이며 그 의미는 무엇인가? 또한 결혼은 근본적인 관계이며 은유이기도 한 점을 감안하면, 다른 관계들에 있어서 성애는 무엇이며 그 의미는 무엇일까?

그 누구도 아무렇지도 않게 이 문제를 정면으로 제기할 수 있는 사람은 없을 것이다. 왜냐하면 누구든 이 문제에 대해 생각해 보면 당혹스러울 수밖에 없을 것이기 때문이다. 우리는 진화 과정의 퇴행 국면에서 거의 마지막 단계에 와 있는 것으로 보인다. 대규모로 소생할 수 있는 단계에서 너무 멀리 와 있는 것 같다. 그렇기 때문에 이 문제의 복잡성과 중요성을 충분히 인식하면서 시간을 들여 문제 제기에 신중을 기하는 것이 필요하다. 누군가가 결혼 문제에 대해서 생각해 보고 해답을 제시한다고 해서 결혼 제도가 변하는 것은 아니다. 결혼 제도의 변화는 그 필요성을 사람들이 느끼고 상황이 바뀔 때에야 비로소 이루어질 것이다.

신의라는 개념을 오로지 의지력으로만 강제 이행되는, 문자 그대로 무시무시한 의무라고 이해할 때 그 개념은 돌이킬 수 없을 정도로 왜곡된다. 이것은 영혼의 승리를 위해 육체를 희생시키고자 하는 '종교적' 광기다. 순전히 부정적인 절제는 자기 혐오다. 단순히 나쁜 사람이 되지 않는다고 해서 어쨌든 좋은 사람이 될 수 있는 것은 아니다. 단순히 의무 이행의 일환으로 신의를 지킨다는 것은 더 나은 이유로 더 나은 신의에 이르는 길을 막아버리는 것이다.

신의가 미덕이라면 그것은 목적이 있는 미덕이라고 생각하는 것이 합당하다. 목적 없는 미덕은 어법상 모순이다. 조화와 마찬가지로 미덕은 홀로 존재할 수 없다. 미덕은 반드시 한 피조물과 다른 피조물 사이의 조화로 이어져야 한다. 미덕이 미덕이려면 어디에든 쓸모가 있어야 한다. 미덕이 오랫동안 중요한 것으로 간주되어 왔다면, 미덕에도 틀림없이 무엇인가 실용적인 면이 있다는 전제가 깔려 있었을 것이다. 그렇지만 미덕의 중요성이 시대를 넘어 강조되다 보니, 그 보편성이 미덕의 실용성을 입증하는 것이기도 하지만 동시에 실용성을 희석시키기도 한다. 신의라는 개념도 마찬가지인 것 같다. "다른 모든 사람들을 포기한다"*는 말을 너무나 오랫동안 반복해서

---

* Forsaking all others. 기독교 문명권에서 결혼 서약 때 배우자 이외의 사람과 불법적인 사랑을 나누지 않겠다는 의미로 사용하는 문구—옮긴이.

듣다 보니, 그 말이 실용적으로 어떤 의미가 있는지 알 수 없게 되었다. 이런 말은 주술적 힘을 지니게 되었다. 사람들이 결혼생활에서 신의를 지키려 하지만, 그것은 신의의 의미나 결혼에 대한 이해에서 비롯된다기보다는 거울을 깨뜨린다든지 소금을 흘릴 때 마음속으로 막연히 불감한 예감을 갖게 되는 것과 똑같은 두려움에서 비롯되는 것이다. 다른 미신들과 마찬가지로 이런 식의 미신은 현대의 과학적이고 실증주의적인 이성과 함께 따라오는 대중적 세속성으로 인해서 약화되었다. 이 시대의 특징은 신의의 상실 속에서 다면적인 실험이 이루어지고 있다는 점이다. 우리 시대는 아직껏 신의의 실용성에 대해 어떤 효과적인 이해를 만들어내지 못한 반면, 신의의 부재가 낳은 폐해와 무질서의 증거는 엄청나게 많다는 것은 확실하다.

현대를 가능하게 한 것은 에너지를 자유롭고 동시에 값싸게 사용할 수 있게 되면서부터라는 점을 고찰해봄으로써 신의의 실용성이라는 문제에 대한 논의를 시작해 볼 수 있겠다. 물론 현대는 에너지를 **통제**하여 전례 없는 속도로 그 에너지를 사용할 수 있게 만든 테크놀로지에 의해 가능해졌다고 말할 수 있다. 그러나 에너지 통제는 극단적으로 제한된 범위 내에서만 가능하다. 산업체와 군대에서 사용하는 기계장치들의 에너지 통제는 순간적일 뿐이다. 에너지가 유용하게 사용되는 순간, 에너지는 이 세상에 사회적·생태적·지질학적 힘으로 풀려 나온다. 우리는 에너지를 폭약으로 쓸 수 있을 뿐이다. 우리는 연소하는 속도·강도·시간을 통제할 수는 있다. 그러나 우리가 제어할 수 있는 작은 양의 방출 에너지를 다 쓰고 나면 더 이상 에너지를 효과적으로 통제할 수 없게 된다. 에너지 통제의 순간이 지나면, 에너지 방출 효과는 시간이 가면서 통제되지 않은 채 더해 갈 것이다. 에너지 사용에 대한 책임은 에너지 사용의 효과를 감당할 수 있을 만큼 충분히 복합적인 것이어야 하지만, 현대에 들어서 우리는 그런 의미에서 책임 있게 에너지를 사용할 수 있던 적은 없었다.

성적 신의의 원칙은 제대로 이해된다면 책임 있는 에너지 사용의 가장 좋은 예가 될 수도 있다. 성이란 결국 일종의 에너지다. 그것도 가장 강력한 에너지 중의 하나다. 성을 에너지로 보면, 성적 신의를 단지 '의무', 즉 덕성을 위한 덕성, 또는 미신으로 보는 것은 불가능하게 된다. 신의를 미신으로 만들고 신의를 순전히 도덕적 또는 정신적 덕성으로 생각함으로써 신의를 약화시켰다면, 어쩌면 신의의 실용성에 대한 재인식은 신의의 힘을 복구하는 길일 수도 있다.

통제되지 않는 에너지는 무질서를 야기한다는 것, 자연 상태에서 모든 에너지는 일정한 형태를 갖추고 흐른다는 것, 그러므로 인간의 질서 속에서도 에너지에 형태를 부여해야 한다는 것—이런 깨달음이 문화의 기저에 자리하고 있어야 한다. 우리가 성적으로 무분별해질 수 있겠지만 그에 대해 책임지는 태도까지 무분별해질 수는 없다는 점은 애초부터 분명했다. 그리고 문화의 퇴행이 진행되면서 이 점은 거듭 확인되고 있다. 또 한 가지 분명한 것은 무책임한 성은 문화가 성립될 수 있는 가능성을 훼손할 것이라는 점이다. 왜냐하면 그것은 순전히 야만적인 힘, 교활함, 가치와 영향에 대한 무신경함에 기초한 위계질서를 함축하고 있기 때문이다. 신의는 이처럼 성에 대한 필수 규율이자 성적 책임에 대한 실용적 정의定義로 볼 수 있다. 또는 신의는 그 정의에 따라 규정된 성적 책임을 인식시키고 제도화하는 도덕적 제약에 대한 규정이라고 볼 수 있다. 다른 모든 이들을 포기한다는 것은 단순히 선택받은 이에 대해 신의를 지키는 일일 뿐 아니라, 선택받지 못한 사람들에 대해 신의를 지키는 일이기도 하다. 결혼 서약은 단순히 한 여성과 남성을 결합시킬 뿐 아니라, 다른 모든 이들에 대해 성적 책임의 맹세를 함으로써 신혼 부부를 공동체에 결합시키는 일이기도 하다. 각각의 결혼을 통해서 공동체 전체가 혼인하여 본질적인 통합을 이룬다.

신의의 또 다른 용도는 색다른 것에 정신을 빼앗기는 일로부터 벗어나기 위해 전념할 수 있는 가능성을 보존해 준다는 것이다. 결혼이 제공해 주는 것—신의가 보호하도록 되어 있는 것—은 선택한 것과 욕망한 것이 일치하는 순간들을 맞이할 수 있는 가능성이다. 그와 같은 일치의 시간이 무한정 지속될 수 없다는 것은 분명하다. 어떤 관계도 정서적으로 최고조에 이른 상태에서 매우 오랫동안 계속될 수는 없다. 그러나 신의는 결합union, 친교communion, 조화atonement*와 같은, 알 수 있는 한 최고의 기쁨을 주는 순간들이 귀

* 저자는 여기서 "그리스도 세계와의 결합(union)", "그리스도 공동체에서의 영성적 교류(communion)", "그리스도의 자기희생을 통한 인간의 죄에 대한 대속(atonement)"과 같은 기독교 신학적 맥락에 결부시켜 두 남녀의 혼인의 의미를 설명하고 있다—옮긴이.

환할 수 있는 길을 마련해 준다. (여기서 '조화'atonement의 어원적 의미는 '누군가와 하나 된 상태'at-one-ment이다.) 이런 사랑의 원리가 윌리엄 버틀러 예이츠의 시구에 잘 담겨 있다. (시구에 나오는 '세계'라는 말은 아담과 이브의 타락 이후의 세계를 의미한다.)

> 어쩌면 신부와의 첫날밤은 절망스러울지도 모른다.
> 각자의 마음속에 그린 이미지가
> 실제 이미지와 다르기에.
> 그러나 이 두 개의 이미지가, 아니 더 많은 이미지가
> 하나의 빛이 될 때, 세계는 사라진다……*

다른 모든 이들을 포기한다는 것은 다른 모든 이들을 무시하거나 소홀히 한다는 것을 의미하지도, 다른 모든 이들로부터 은둔한다는 것을 의미하지도, 다른 누구도 욕망하거나 사랑하지도 않는다는 것을 의미하지도 않는다. (그것은 그럴 수 없기 때문이다.) 마치 가정 생활을 하는 것이 세상을 책임 있게 사는 것과 마찬가지인 것처럼, 결혼해서 사는 것은 책임 있게 성생활을 하는 것이다. 사랑을 성취하고 제도적으로 보장받을 때 그 사랑은 여성 일반 또는 남성 일반 전체를 상대로 하는 것이 아니다. 또 마음이 끌리는 상대 모두와 사랑을 할 수 있는 것도 아니다. 성적인 능력을 발휘하고 그 기쁨을 누리

---

* 윌리엄 버틀러 예이츠의 시 「솔로몬과 마녀」 중에서—옮긴이.

려면, 본능의 일반성은 특정한 사람과의 책임 있는 관계로 바뀌어야 된다. 마찬가지로, 인간은 막연히 세계에서 사는 것이 아니다. '세계 시민'이라는 말이 일반적으로 쓰이지만, 그 말이 시사하는 대로 단순하고 일반적인 의미로 우리가 세계 시민이 될 수 있는 것은 아니다. '지구촌' 같은 것은 존재하지 않는다. 우리가 이 세계 전체를 아무리 많이 사랑한다 하더라도 이 세계를 온전히 살 수 있는 방법은 오로지 이 세계의 작은 지역에서 책임 있게 사는 것뿐이다. 우리가 어디에 사느냐, 누구와 더불어 사느냐에 따라 세계/인류 전체와의 관계가 결정된다. 이처럼 우리는 오로지 우리의 부분성을 책임 있게 받아들임으로써 전체가 될 수 있다는 역설에 이르게 된다.

그러나 이 같은 부분적 관계들에 보호막을 쳐 버리면 부분성의 덫에 걸리는 운명을 맞이할 것이다. 그 덫은 부분적 관계들을 위험에 빠뜨릴 것이며 또한 위험한 것으로 만들어 버릴 것이다. 우리가 맺고 있는 부분적 관계들은 특수성과 일반성의 이중적 의미를 놓치지 않을 때 생기를 얻게 될 것이고, 소생의 가능성을 부여받을 것이다. 인간은 결혼생활을 하면서 동시에 성생활을 하는 것이며 집에 있으면서 동시에 세계에 존재하는 것이다. 예를 들자면 한 남자가 여자들을 경멸하면서 자기 부인을 사랑하는 것을 생각해 볼 수 없다. 또는 이 세계에서 자기 지역은 사랑하면서 다른 지역들을 황폐화시키는 것은 생각해 볼 수 없다.

지금까지 문화적 분열과 농農적 분열의 패턴을 규정해 봤다. 정신과 몸, 몸과 다른 몸들, 몸과 땅 사이의 연계성을 살펴보았다. (근대적 야망 때문에 연계성이 흐려지기는 했지만, 이것들은 분리될 수 없다고 본다.) 내 믿음처럼 필연적인 연계성이 있는 것이라면, 물질계의 질서가 정신계의 무질서—또는 정신계의 질서가 물질계의 무질서—와 나란히 존재한다는 것은 불가능하다. 또는 한쪽이 다른 한쪽의 희생을 치르면서 번성하는 것 역시 불가능하다. 궁극적으로, 다른 피조물들을 보존하겠다는 의지를 보이지 않으면서 우리 자신을 보존하는 것은 불가능하다. 또는 다른 피조물들을 존중하고 돌보는 것 이외의 다른 방식으로 우리 자신을 존중하고 돌보는 것은 불가능하다. 그리고 우리가 땅을 돌보는 것 이상으로 또는 그것과는 다른 방식으로 서로를 돌볼 수 있는 길은 없다. 이것이 이 책에서 내가 가장 강조하고 싶은 점이기도 하다.

마지막 진술은, 땅이야말로 우리 모두의 공동 자산이라는 점을 감안하면 충분히 자명한 것이다. 또한 땅은 우리를 구성하며 생명의 근원이라는 점, 그리하여 땅을 훼손하면 반드시 그 땅을 공유하는 이들을 훼손하는 것이라는 점을 생각해 보아야 할 것이다. 그러나 이보다 더 깊게 생각해 봐야 할 사항이 있다고 믿는다. 서로에 대한 우리의 행위와 땅에 대한 우리의 행위 사이에는 불가사의한 **유사성**이 있다. 성에 대한 우리의 관계와 땅에 대한 우리의 관계 사이에 존재하는 유사성은 명백하고 강력하며 피할 수 없는 것이다. 우리가 인식하지 못하는 어떤 연계성으로 인해 성을 착취하려는 의지가 강할수록 그것은 곧 땅을 착취하려는 의지가 되며, 그 역도 성립한다. 착취의 조건과 수단이 유사한 것이다.

서로로부터 성을 소외시키게 만든 현대의 결혼 실패는 우리를 땅으로부터 소외시킨 '사회적 유동성'과 닮은 데가 있어 보인다. 이 둘은 역사적으로 볼 때 나란히 진행되어 온 현상들이다. 이 두 개의 소외 현상은 사실은 하나에 가깝다고까지 주장할 수 있다. 왜냐하면 둘 다 가정의 해체로 일어난 현상들이기 때문이다. 그런데 가정은 결혼과 땅을 이어주는 형식적 연결고리로서 인간의 성과 그 근원인 천지만물의 성을 이어준다. 바로 이러한 실제적인 연결고리의 중요성이 인식되는 일이 우리의 전통 속에서는 흔치 않았고, 공개적으로 그에 대해 언급되지도 않았다. 현대에 들어서 이런 섭리를 거스르는 풍조와 경제에 눌려 이런 인식은 거의 사라져 버렸다. 그런 인식이 있었다는 예를 살펴보기 위해서는 아주 오랜 옛날로 거슬러 올라가 볼 필요가 있다.

내가 보기에, 가장 좋은 예를 호머의 『오디세이아』에서 찾아볼 수 있을 것 같다. 다른 어떤 곳에서도 이처럼 완전하고 주의 깊게 결혼과 가정과 땅 사이의 연계성을 그려낸 예를 찾기가 어렵다.

이야기의 첫머리에서 오디세우스는 20년간 집을 비운 후 귀로의 마지막 일정을 시작하려 한다. 오디세우스는 끔찍한 시련과 상실을 겪으면서 동료 전사들 중 유일한 생존자로 남아, 이제 여신 칼립소의 섬에 표류한 상태다. 칼립소는 오디세우스를 사랑하지만 사실상 그를 붙잡아 놓고 있다. 밤에 그는 칼립소의 동굴에서 그녀와 잠을 자지만, 낮에는 바다 건너 이타카의 고향 땅을 바라보며 눈물짓는다. 호머는 사랑의 느낌—연인들이 나란히 "주연을 즐기고 달콤한 휴식을 즐기는" 칼립소의 동굴에서의 기쁨—과 유랑자의 슬픔과 갈망을 모두 풍성하게 표현한다.

그러나 이제 제우스는 오디세우스가 떠나게 내버려 둘 것을 칼립소에게 명령한다. 그리하여 그녀는 오디세우스에게 자유롭게 떠나라고 말한다. 그러나 칼립소가 그에게 제안한 것은 비통한 선택이다. 오디세우스는 그녀와 아내 페넬로페 사이에서 선택해야 하는 것이다. 만일 그가 칼립소를 선택한다면, 그는 영생불사를 얻지만 유랑자로 남게 될 것이다. 만일 페넬로페를 선택한다면, 그는 마침내 집으로 돌아가지만 다른 이들과 마찬가지로 당대에 죽게 될 것이다.

가기 전에 모든 걸 볼 수 있다면—
바다에서 마주칠 모든 역경을—
당신은 이곳에 남아 이 집을 지킬 것이오. 그리고
영생불사를 얻을 것이오. 영원히 그녀를,
매일같이 당신이 애타게 그리는 그 신부를 열망하겠지만.
내가 그 여인보다 매력이 적을 수 있나요?
관심이 덜 가나요? 덜 아름다운가요? 필멸의 존재들이

매력과 외모에서 여신과 겨룰 수 있을까요?

그러자 오디세우스는 이렇게 대답한다.

나는 너무나 잘 알고 있다오. 나의 고요한 페넬로페는
지엄한 여신 앞에서 그림자에 지나지 않을 것이오.
죽음과 늙음을 당신은 모르시지만
그녀는 죽을 수밖에 없소. 그러나 진실로 나는
날마다 집을 그리워한다오……

오디세우스는 여기서 여신의 불멸의 여성다움을 포기하면서 다른 모든 것들을 버린다. 그리고 죽는 순간(멸망할 때)까지 자신의 결혼을 지키겠다는 서약을 되살리고 있는데, 이것은 바로 우리들의 결혼 의례와 거의 다르지 않다. 그러나 우리들의 의례와 다른 점이 하나 있는데, 그것은 여기서 보는 결혼 의례는 집에 대한 분명한 충성을 아울러 보여주고 있다는 점이다. 거친 바다를 헤치고 이루어지는 오디세우스의 머나먼 방랑은 단순히 한 남편의 귀환이 아니다. 그것은 집을 향한 여행이다. 『오디세이아』가 지니고 있는 도덕적 복합성은 물론이고 이 작품의 거대한 힘은 집을 통해 이 작품이 구현하고 있는 의미의 풍요로움에서 나온다.

23권이 끝날 무렵, 칼립소의 동굴에서 페넬로페의 침대에 이르기까지의 오디세우스의 여행 서사는 지리적이면서 동시에 도덕적인 구조를 드러내는 효과가 있다는 점이 분명해진다. 이 구조를 시각적으로 표시해 본다면, 페넬로페와 오디세우스의 신혼 침대 기둥이라는 중심을 향해 점점 줄어드는 동심원을 그려볼 수 있겠다. 오디세우스는 바깥 원둘레로부터 중심을 향한 자신의 길을 나아간다.

서사 구조는 사방이 모두 바다와 맞닿아 있다. 그리고 바다는 자연과 신들의 힘의 지배를 받는 대자연이다. 오디세우스의 배와 선원들과 항해 기술은 뛰어나지만, 그는 거기서 이질적 존재다. 해변가에 발을 딛고서야 그는 인간의 질서에 들어온다. 이타카 섬의 해안에서부터 오디세우스는 연속적으로 안과 밖의 경계를 가르고 있는 경계선을 넘어 안으로 나아간다. 이타카에서의 그의 여로는 마치 암술을 둘러싸고 동심원을 이루며 피어난 한 떨기 꽃의 형상을 하고 있다.* 그것은 인간이 만든 형상이지만 자연의 모습을 빼닮았다. 오디세우스는 그의 섬으로, 자신의 땅으로, 마을로, 가정과 집으로, 침실로, 침대로 온 것이다.

오디세우스가 이렇게 중심을 향해 나아가면서, 그는 또한 고향의 모습을 새롭게 인식하고 정체성과 귀향 의지를 시험해 보게 된다. 이런 과정을 통해 그의 귀향은 곧 질서의 회복을 의미하게 된다. 처

---

* 저자가 여기서 묘사하고 있는 오디세우스의 고향 마을 정경은 이타카 해안에 막 발을 디딘 오디세우스에게 여신 아테네가 이타카 섬의 전체 모습을 보여주는 대목에 근거하고 있다. "저기가 바다 노인 포르퀴스의 포구다./포구의 들머리에 보이는 것이 잎사귀가 긴 올리브 나무다./바로 그 옆에는 그늘진 쾌적한 동굴이 하나 있는데/그것은 나이아데스라고 불리는 요정들에게 바쳐진 것이다./지붕이 덮여 있는 저 동굴이 그대가 예전에 요정들에게 멋진 제물들을 숱하게 바쳤던 바로 그곳이다./그 너머가 숲으로 덮여 있는 네리톤 산이다."—옮긴이.

음 얼마 동안은 자기가 어디에 와 있는지 잘 모르던 오디세우스는 시골 마을의 지형과 올리브 나무를 통해서 자신의 고향 땅을 알아차린다. 그리고 그는 돼지치기 에우마이오스의 손님이 되어서 그의 충성심을 시험해 본다. 그러나 이야기의 플롯상 에우마이오스는 이야기가 위기의 순간으로 치달을 때까지 그의 주인을 알아차리는 것이 허용되지 않는다. 에우마이오스의 집에서 오디세우스는 아들 텔레마코스를 만나고, 자신이 아버지임을 알아볼 수 있도록 한다. 거지로 변장한 채 자신의 집에 들어가자 늙은 사냥개 아르구스는 오디세우스를 알아본다. 그날 밤, 아직 그가 누군지 모르는 페넬로페의 손님으로 온 오디세우스를 늙은 유모, 에우리클레이아가 알아차린다. 에우리클레이아가 오디세우스의 발을 씻기면서 허벅지에 난 오래전 상처를 알아봤기 때문이다.

오디세우스가 죽었다고 믿고 있는 일단의 구혼자들은 그의 고기와 술을 탕진하고 그의 가정을 더럽히며 그의 아들을 살해할 계획까지 세우면서 그의 아내에게 구혼을 하고 있는 중이었다. 그들은 오디세우스를 떠돌이라고 경멸하며 욕보인다. 페넬로페는 자신을 차지하기 위한 시합을 제안한다. 죽은 것으로 추정되는 그녀의 남편의 활 시위를 당겨, 나란히 배열된 열두 개의 도끼 머리 부분에 나 있는 도끼 자루 구멍을 관통시킬 수 있는 자가 누구든, 그의 신부가 되겠다는 것이다. 구혼자들은 실패한다. 오디세우스는 쉽게 그 일을 해내어 자신이 "위대한 남편"임을 인정받는다. 그런 다음 돼지치기, 소치기, 그리고 텔레마코스의 도움을 받아서 오디세우스는 구혼자들을 궁지에 몰아넣고 한 사람도 빠뜨리지 않고 무자비하게 이들을 해치운다. 리치몬드 라티모어 같은 뛰어난 논평가에게 구혼자들에 대한 처단은 "지나쳐 보인다". 그러나 오디세우스 같은 전사에게 폭력적인 수단은 용인될 수 있다는 점을 인정한다면, 내가 보기에는 이런 식의 사건 결말은 도덕에 대한 시적 표현으로서 적합해 보인다. 여기서 처벌은 변덕스런 인간 열정과는 다르다는 점은 명백하다. 오디세우스는 신의 의지를 구현하고 있다. 그는 신의 심판의 대행자이다. 구혼자들의 죄는 시가 긍정하고 있는 가정 질서를 완전히 능멸하고 있다는 점이다. 이들은 가정의 의미를 존중하지 않는다. 그런데 『오디세이아』가 그려내는 지고의 가치는 바로 가정의 의미다.

그러므로 페넬로페가 오디세우스를 인지하는 대목이야말로 가장 흥미롭고 결정적인 장면이다. 오디세우스의 복수와 집의 정화 작업이 마무리된 시점에서 페넬로페는 이 집에서 오디세우스를 인정하지 않는 유일한 사람이다. 그녀가 절대적인 확신이 설 때까지 확정을 미루는 것은 합리적인 처사일 따름이다. 결국, 그녀는 20년을 기다렸다. 페넬로페가 지금보다 덜 신중할 것이라고 기대할 수는 없는 노릇이다. 페넬로페의 신의는 오디세우스보다 더하면 더했지 못하지 않았다. 이제 페넬로페가 기지를 발휘하는 대목 역시 그녀의 신의가 오디세우스에 못지않다는 것을 입증한다. 그녀는 에우리클레이아에게 침대를 침실 밖으로 옮겨서 오디세우스의 잠자리를 마련하라고 명령한다. 오디세우스가 그 말을 듣고 화를 내는 것을 보고 페넬로페는 더 이상 그의 정체를 의심할 수 없게 된다. 왜냐하면 오디세우스여야만 침대를 부수지 않고는 다른 곳으로 옮길 수 없다는 것을 안다는 사실을 페넬로페는 알고 있었기 때문이다. 말하자면 그것은 그들의 '계약이자 서약'이며 '은밀한 어떤 표시'이다. 오디세우스는 자기 손으로 침실을 만들었으며, 그의 말처럼, 오래된 올리브나무 한 그루가

집터 위에 세워진 대들보처럼 자랐소.
그리고 난 그 나무 둘레에 침실을 들였소……
… 은빛 감도는 잎사귀들과 가지들을 쳐내고,
밑동을 쳐내서 뿌리에서부터 다듬어
침대 기둥을 만들었지요……

이제 페넬로페는 그를 인정한다. 그리고 그제서야 오디세우스의 포옹을 받아들인다.

이제 그리움의 통증이 그의 가슴에서 눈으로
밀려들었고, 마침내 그는 눈물을 흘렸다.
배가 난파하여 거친 바닷물을 헤엄치는 이가
태양빛으로 데워진 땅을 그리워하듯,
보고팠던
사랑하는 아내여, 내 품에 안겨 있는 명석하고 정숙한 아내여……

이런 식으로 오디세우스의 결혼이 소생하면서 그의 귀환과 질서의 회복은 완결된다. 왕국의 질서는 왕과 왕비의 결혼 침대를 중심으로 이루어지며, 그 침대는 대지에 뿌리박고 있다. 오디세우스의 아내에 대한 신의와 고향 땅에 대한 충성심 사이에 유사성이 존재한다는 사실은 계속 암시되어 왔지만, 아내에 대한 그리움이 "태양빛으로 데워진 땅에 대한 그리움"에 비유되는 대목에 이르러서는 마침내 그 유사성이 분명히 드러난다. 페넬로페의 환영 포옹을 통해 오디세우스가 품고 있던 두 가지의 신의는 하나가 된다.

그렇다면, 오디세우스에게 결혼은 단순히 페넬로페와의 법적 결합이나 심지어는 성스러운 결합만도 아니었다. 결혼은 복합적이고 실제적인 어떤 상황의 일부였다. 이 상황에 연루되어 있는 것은 남편과 부인만이 아니라, 두 당사자의 후손과 윗대로 이루어진 가족 전체와 이들의 가정, 그리고 이들이 소속되어 있는 공동체였다. 그리고 나아가, 이들의 삶의 근원인 기억과 전통, 시골 마을, 땅이 결혼의 일부를 이루고 있었다. 오디세우스의 결혼을 통해 연결된 이 모든 것들을 그는 집으로 생각했다. 이처럼 오디세우스의 결혼에 담겨있는 사랑과 신의는 너무나 강력한 것이기에 여신과 동침한다고 해서 유랑지에서의 그의 마음이 위안이나 위로를 받지 못했던 것이다. 오디세우스의 귀환을 통해 우리는 완전한 결혼과 완전한 신의를 목격한다. 흔히 그렇듯, 결혼을 배타적 성을 강요하는 계약으로 환원시키는 것은 결혼의 의미를 타락시키는 것이며 동시에 결혼을 불가능하게 만드는 일이다. 결혼을 그렇게 생각하는 것은 그 존엄과 권능을 앗아가서 결혼을 그저 애석할 따름인 사소한 의무로 축소시키는 일이다. 그런 결혼은 결합이 아니라 분리이며 고독인 것이다.

결혼을 인간의 공동체와 땅을 연결시키는 결정적인 고리로 이해하는 『오디세이아』의 관점이 강력한 정치적 함축성을 지니고 있음은 분명하다. 여기서 "국가 통치는 가족 질서에 뿌리를 둔다"는 유교의 원리가 떠오르기도 하지만, 『오디세이아』는 농업적 가치를 가정 질서와 평화의 기초로 이해하고 있다는 점에서 유교 텍스트들보다 한걸음 더 나아간 것으로 보인다.

나는 호머의 서사시를 바다라는 대자연의 비非인간적 질서에서 정화되고 재통합된 가정household이라는 인간적 질서로의 여정으로 보았다. 그러나 이 시는 또한 두 가지 종류의 인간적 가치 사이를 오간 여로이기도 하다. 『오디세이아』의 여정은 트로이 전장에서부터 오디세우스가 고향을 떠나 전공戰功을 세우고 있던 세월 내내 농부들이 쉼 없이 경작해 온 이타카의 계단식 농토로 이어진다.

『오디세이아』의 출발점은 『일리아드』의 세계에서부터다. 그 세계는 오늘날 우리가 사는 세계와 마찬가지로 전쟁에 사로잡힌 세계다. 이런 세계는 '남자답다'라는 이름으로 행해지는 행위들—착취, 분노, 침략, 약탈, 무질서, 뿌리 뽑힘, 그 결과로서 떠돌이의 세계다. 이 서사시의 끝 부분에서 오디세우스는 그런 세계의 가치를 버리고 가정과 평화의 가치를 향해 다가온다. 끔찍한 폭력을 휘둘러 가정에 질서를 회복시킨 것은 사실이지만, 그 과정이 마무리되고 집이 정화

되자 그는 그의 결혼, 침실, 땅에 뿌리박혀 있는 결혼 침대로 재입장한다. 거기서 그는 들판으로 나간다.

오디세우스를 알아보는 마지막 장면이 그의 늙은 아버지, 라에르테스와의 대면을 통해 펼쳐진다.

> 오디세우스가 홀로 있는 아버지를 발견했다.
> 그는 어린 과실수 주변에 흙을 덮어주고 있었다.
>
> 그는 천조각 기운, 흙 묻은 튜니카 속옷과 레깅스를 입었고,
> 가시에 찔리지 않도록
> 가죽 조각을 무릎에 묶어 놓았다……

말하고자 하는 요점이 여기서 기술되지는 않는다—이야기가 너무나 순조롭게 결말을 향해 진행되고 있어서 저렇게 남루하게 옷을 입은 사람이 **왕**이라는 사실까지 굳이 밝히지 않는다—그러나 라에르테스가 **농부로서** 아들의 부재와 그에 따른 비통함과 무질서를 이겨낸 것은 분명하다. 오디세우스는 아버지의 외양에 대해 짐짓 농담을 던지지만, 아버지가 하고 있는 일의 적절성에 대해서는 의문을 제기하지 않는다. 혼돈의 시대에 라에르테스는 삶과 희망의 토대인 땅을 돌보는 일로 돌아갔던 것이다. 라에르테스가 하고 있는 일은 가장 훌륭하고 가장 책임 있는 농사일의 상징이다. 노인이 어린 나무를 돌보고 있다는 것, 오디세우스가 발견한 라에르테스는 그 일

을 하고 있었던 것이다.

그러나 오디세우스의 귀향은 여전히 완결되지 않았다. 방랑 시절 오디세우스는 예언자 테이레시아스의 유령에게서 속죄 의식을 거행해야 한다는 가르침을 받은 바 있다. 『오디세이아』의 이야기가 끝을 향해 가도 이 가르침은 여전히 유효하다. 오디세우스는 노를 어깨에 둘러메고 내륙으로 들어가 바다나 배에 대한 지식을 갖고 있는 사람이 아무도 없는 곳, 지나가는 행인이 그의 노를 곡식 까부르는 키로 여기는 그런 곳까지 가야 한다. 거기서 그는 그의 노를 땅에 '심고' 바다의 신, 포세이돈에게 제물로 바쳐야 한다. 이제 집에 왔으니 그는 모든 신들에게 제물을 바쳐야 한다. "칼을 두들겨 보습을 만들고, 창으로 낫을 만들 것이며, 다시는 전쟁을 연습하지 아니할" 예언서의 사람들처럼, 오디세우스는 바다를 떠돌 때 사용하던 도구를 내륙으로 갖고 와 나무처럼 땅에 심고 전사로서의 삶의 상징을 농기구로 여기게 될 것이다. 그제서야 그는 평안을 찾을 것이다. 그렇게 속죄가 이루어지고 나이 들어 쇠약해져 시골 마을 사람들에 둘러싸인 채 그는 '평화를 누리며' 부드러운 죽음을 맞이할 것이다.

이렇게 보면, 『오디세이아』는 어떤 의미에서 반反-『일리아드』적이다. 전쟁과 해외에서의 모험의 영광을 찬양하는 다른 서사시의 전사적 가치에 반기를 들고 가정과 농업의 가치를 긍정한다는 의미에서 그렇다. 그러나 『오디세이아』의 세계는 동시에 너무나 풍요롭고 지혜로워, 이 두 개의 가치는 서로 배타적으로 충돌하지 않는다. 이

두 가지 종류의 경험이 정면으로 충돌하는 일은 더더욱 없다. 이 작품이 보여주고자 하는 핵심은, 겉으로 보기에 서로 반대되는 경험들이 다 함께 연결되어 있다는 점인 것 같다. 더 높은 가치가 가정 생활에 주어져 있는 것으로 보이지만, 그것만으로는 가치가 부여될 수도 없고 이해될 수도 없다. 오디세우스의 신의와 귀향이 작품 속에서처럼 감동적이고 교훈적인 것은, 정확히 그것이 **선택**의 결과이기 때문이다. 오디세우스는 죽을 수밖에 없는 운명을 받아들이면서까지 칼립소 대신 페넬로페를 선택하고, 오로지 그 선택을 통해서 그녀에게 돌아올 수 있으니, 페넬로페에 대한 오디세우스의 사랑이 어느 정도인지를 우리는 알고 있다. 오디세우스 스스로 그 점을 의식하고 있다는 점은 의심의 여지가 없다. 우리는 오디세우스와 함께 고향 땅으로서의 이타카의 가치를 알고 그 점을 느끼고 있다. 왜냐하면 오디세우스의 귀향의 경험과 불가피하게 연결되어 있는 것이 바로 그의 부재, 즉 그의 바다에서의 오랜 방랑, 심지어는 모험의 짜릿함에 대한 기억이기 때문이다. 오디세우스가 평화로운 죽음을 맞을 것이라는 예언이 그토록 깊은 울림을 주는 것은 이 시가 분쟁과 폭력에 의한 죽음의 경험을 완전히 이해하고 있기 때문이다. 섬에서의 농경 생활이 그토록 달콤하고 질서정연한 것은, 불가사의하고 어둠 짙은 자연 속 황야의 한가운데에서 농토가 경작되며 빛을 발하고 있기 때문이다.

야생의 필요성

가정 질서는 가정의 외곽을 둘러싸고 있는 황야에 의해 분명히 위협을 받는다. 결혼은 본능적 성애로 파괴될 수도 있다. 남편은 칼립소와 남는 것을 택할 수도 있고, 부인은 트로이의 존엄한 왕자 파리스와 도망갈 수도 있다. 숲은 들까지 침범하여 우거질 태세다. 이것은 얼마든지 실제로 일어날 수 있는 일들이다. 이런 가능성들에 대해 고려해야 하고, 존중해야 하며, 두려워하기까지 해야 한다.

그러나 어떤 문화도 지속을 희망한다면 위의 가능성들을 없애버리거나 그 가능성들을 차단해 버리려고 해서는 안 된다. 그래서는 희망이 없다. 조직 종교들이 실패하는 원인은 예외 없이 신앙과 의심 사이에 절대적 구분을 두려 하고, 믿음을 지식으로 기능하게 하려는 시도 때문이다. 그 결과, 조직 종교들은 신비로움과 신비롭기 때문에 발생하는 성스러움과 단절되어 있다. 선지자들이 광야로 들어가는 것을 금지할 때, 부활의 가능성은 사라진다. 현대 사회의 산업적·과학적 야망 때문에 빠르게 부각되는 경향 중 가장 위험한 것은 인간의 질서에 보호막을 치려는 경향이다. 그것은 우리를 대자연 또는 창조질서와 단단히 연결시켜 주었던 탯줄을 기어코 끊어 놓으려는 경향이다. 이런 위협은 절대적 통제를 지향하는 전체주의적 욕망에만 있는 것이 아니다. 우리를 위협하는 자연의 힘은 동시에 우리를 보존하고 소생시키는 힘이라는 본질적인 역설을 애써 무시하려는 의지가 진정한 위협인 것이다.

지속가능한 농업은 야생성을 고려하고 존중하며 보존하기를 그만두어서는 결코 안 된다. 농장은 신비와 자연의 힘이 충만한 광야의 한가운데에서만 존재할 수 있을 뿐이다. 농장이 건강한 상태로 유지되려면 야생성이 농장의 내부에 살아 있어야 한다. 그것이 바로 농업적 비옥함이 **살아 있는 상태**다. 다시 말해, 인간의 질서 안에 자연의 과정이 살아 있는 상태다. 앨버트 하워드 경은 농장의 비옥함을 보존시키는 법을 배우기 위해서는 숲을 공부해야 한다고 썼다.

마찬가지로, 결혼의 외곽을 둘러싸고 있는 본능적 성애는 어떻든 결혼 내부에서 번성할 수 있도록 해야 한다. 성애와 결혼을 가르는 것은 양쪽 모두를 격하시켜서 궁극적으로 결혼을 파괴시키는 일이다.

인간 질서에 신의를 지키는 것은, 그렇다면, 자연 질서에 신의를 지키는 것이다. 그런 것이 책임 있는 자세다. 인간 질서에 대해 신의를 지켜야 헌신하는 태도가 가능해진다. 자연 질서에 충실해야 선택의 가능성, 즉 헌신의 자세를 다시금 일깨울 수 있는 가능성이 보존된다. 선택의 가능성이 없는 곳에서는 신의의 가능성도 없다. 이전에 선택했던 것을 새롭게 욕망하면서 집으로—결혼, 가정, 이 세계의 어느 구체적인 지역으로—돌아온 사람은 세계의 이방인도, 세계의 수인도 아니다. 그는 있어야 할 올바른 자리에 있으면서 동시에 자유로운 사람이다.

인간 질서와 자연 질서에 대한 신의가 이따금씩 서로 모순되어 보이는 한, 그 관계는 복합적이며 교묘할 수밖에 없다. 문화적 진화의 현 단계에서 두 종류의 신의 사이의 관계는 또한 당혹스러운 것일 수밖에 없다. 그러나 우리에게 필요한 것은 이원적인 신의일 뿐이다. 우리의 문화가 필요할 때마다 회복력이 있고 유능한 것이 될 수 있으려면, 그 내부에 자연의 힘과 본능이라는 광야로 열려 있는 넉넉한 상징 공간이 있어야 한다. 농장에는 숲을 위한 장소가 마련되어야 한다. 여기서 숲이란 단순히 나무가 심겨 있는 부지나 심지어는 농업에 필요한 원리를 나타내는 말이 아니다. 그곳은 가르침, 전범典範, 피신을 위해 창조질서가 그대로 유지되는 일종의 신성한 숲이며, 사람들을 자기 자신으로부터 해방시켜 주는 것은 말할 것도 없고 노동과 선입견으로부터 해방시켜 자유롭게 해 주는 그런 장소다.

그리고 결혼생활을 영위하는 사람들이 인식해야 되는 것은 이런 것이다. 즉, 결혼은 칼립소와 파리스, 그리고 이 인물들이 상징하는 본능에 대한 관대함을 극복해야 존재할 수 있겠지만, 동시에 그것 때문에 존재할 수 있다는 점이다. 현재 성적인 에너지는 모든 제도적 틀을 벗어나 도덕을 무시하는 파괴적 자유 속에서 번성하고 있지만, 결혼은 이런 성적 에너지를 인정하는 의례儀禮적 장소를 부여해 주어야 한다. 이런 점을 인정하지 않으면 우리는 분열된 상태로 남아 있게 될 것이다. 어떤 이들은 순전히 인간적인 목적을 위해 이 세계를 계속해서 망가뜨릴 것이고, 반면에 다른 어떤 이들은 자연의 목적을 위해 인간 질서 유지라는 의무를 방기할 것이다.

어떤 제도적 형식이 이와 같은 이원적인 신의에 적합한지, 또는 제도를 어떻게 고쳐야 적합한지, 나는 모른다. 문화적 해법은 유기체 안에서의 변화이지, 기계를 대하듯 하는 것이 아니다. 따라서 문화적 해법이라는 것을 의도적으로 만들어내거나 처방에 의해 강요할 수 없는 노릇이다. 지금 우리가 할 수 있는 것은, 문화적 진화 과정에 어떤 욕구와 압력이 가해지고 있는지를 가능한 한 명료하게 밝혀내는 것이 전부다. 그러나 결혼이나 농업만 따로 떼어서 생각해 본다고 해서 거기서 만족스러운 해법이 나올 수 있을 것이라고 생각하지 않는다. 결혼과 농업은 우리를 서로에게, 그리고 땅과 연결시켜 주는 기본적인 연결고리다. 그리고 이 둘은 유비類比적인 관계를 맺으며 서로를 상호 규정하는 측면이 강하다. 즉, 우리가 땅에 대해 어떤 요구를 하고 있는지는 우리가 서로와 더불어 살아가는 방식에 의해 결정된다. 또한 우리가 땅을 사용하는 방식을 보면 서로에 대해 얼마나 고려하면서 살아가는지 조명해 볼 수 있다. 서로에 대한 관계든 땅에 대한 관계든, 지금처럼 누군가가 실험적으로 처방해 주는 방식으로는 개선될 수 없다고 확신한다. 삶의 방식은 삶을 통해서만 변할 수 있을 뿐이다. 전문가의 조언에 의지해서 살아가는 것은 삶을 포기하는 것이다.

생식(生殖)으로부터의 '자유'

가정은 결혼을 통해 탄생하는 일이 가장 많고, 결혼생활과 더불어 성장하며, 결혼의 실체적 모습이기도 한 것이니만큼, 가정은 결혼에 의한 결합 상태이다. 가정은 남편과 부인이 서로에게 헌신과 성실을 제도적으로 규정하는 실제적인 조건이다. 성적 사랑의 동력은 이처럼 가정을 만들어가는 일과 직접적으로 연결되어 있고, 공동체적·생태적 가치를 부여받게 된다. 가정을 만들고 꾸려 나갈 것에 대한 요구와 그 일로부터의 만족감이 없다면, 결혼의 성스러움과 합법성은 추상적이며 사실상 이론적인 상태로 남게 될 것이다. 그리고 결혼의 성은 위험한 것이 된다. 일은 사랑의 건강이다. 사랑이 지속되기 위해서는 물질 세계에서 그 몸을 입어야 한다. 사랑은 음식, 거처, 온기나 그늘을 생산하며, 사랑은 주의 깊은 행동과 솜씨 좋게 만든 물건들에 둘러싸여 있다. 시인 밀렌 브란드Millen Brand가 『지역에서 살기』*Local Lives*에서 사랑이 '위협'이 될 수 있다는 말을 하면서 의미하는 바가 바로 그런 것이라고 생각한다.

> 땅과 돌이 필요하다. 끊임없이 해야 할 일과 단조로운 생활이
> 사랑의 위험에 균형을 맞추려면…… (「위험」the Danger 중에서—옮긴이)

땅을 돌보는 일과 결혼은 서로를 단련시킨다. 둘은 서로에 대한 신의를 굳건한 것으로 만들어 준다. 가정이 점차 경제의 한 영역으로 일반화되고, 결과적으로 점차 '유동성'이 강해지면서 안정성을 잃게 됨에 따라, 땅을 돌보는 일과 결혼 사이에 꼭 필요한 고리가 약화되다 결국 끊어져 버렸다. 끊어진 고리가 무엇이든, 그것은 상인

과 전문가들에게 먹잇감을 대주는 토양이 되었다.

가정 해체의 직접적인 결과로, 성과 출산이 분리되고 이런 일들이 전문가에게 위임되었다. 인간의 성을 담당하는 전문가는 성 임상 전문의와 포르노 작가다. 이들이 자신들의 전문 영역을 넓혀갈 수 있는 이유는, 사람들이 상대에 대해 모르거나 관심을 기울이지 않으면서도 성을 나눌 수 있다는 가능성 때문이다. 인간의 출산 전문가들은 복음전도자, 의료기술자, 의약품 상인이다. 이들은 성적 규율이 어떠한 목적 아래 이루어지며 거기에 어떤 덕목이 내재한다는 사실을 알지 못하는 자들이다. 우리는 다른 에너지를 사용할 때와 마찬가지로 여기서도 절제할 수단이나 조치에 대해서 고려해 볼 수 있는 능력을 상실했고, 그 결과는 재앙적이다. 성에 대한 충동은 성을 출산 문제로부터 분리시켜 성 자체에 보호막을 씌우려 한다는 점에서 전형적으로 실험 과학자의 충동과 같다.

이 세계에서 성과 출산의 공존에 대한 인식이 사라져버린 것은 문화의 심층 기저에서 발생한 질병 때문이다. 이런 문화적 실패가 성과 출산의 분리가 발생하는 토양이 된다. 우리가 성과 출산의 공존 가능성을 상실한 것은 절제의 의미를 이해하지 못하기 때문이다. (절제의 의미를 이해하지 못하는 것은 그 의미를 도저히 생각해 볼 수 없기 때문이다.)* 여기서 말하는 절제의 실례를 파키스탄 북부의 훈자마을

---

* 이런 문화적 실패의 뿌리에는 아마도 또 다른 성적 분리가 있다고 볼 수 있다. 성적 규율에 대한 사실상의 모든 책임을 여성들에게 돌린다는 점이 그것이다.

사람들에 대한『내셔널 지오그래픽』기사에서 찾아볼 수 있다. 기사를 쓴 사브리나 미쇼가 부엌에 있는 훈자마을의 한 여성과 대화를 나누고 있다.

> "아이를 하나만 갖기 위해서 어떻게 하셨나요?"라고 훈자 여성이 내게 물었다. 그 여성의 자녀들은 열두 살부터 서른 살에 걸쳐 있었다. 아이들의 나이는 고루 네댓 살 터울인 것으로 보였다. "우리는 아이가 젖을 뗄 때까지 남편과 잠자리를 갖지 않아요." 그녀의 설명은 간단했다. 그런데 지금은 이런 자연스런 산아제한 방식을 점차 쓰지 않게 되었고, 그 결과 인구가 급증했다.

이 대화는 여기서 지나쳐졌고, 다시는 그 주제로 돌아오지 않았다. 그러나 이 단락의 중요성을 제대로 이해한 거라면, 이 대목의 중요성은 매우 크다. "이런 자연스런 산아제한 방식"이 쇠퇴한 것은 도로가 놓이고 '발전'이 이루어지고 이전에는 고립되어 있던 나라가 개방되는 것과 동시에 일어난 일로 보인다. 흥미로운 점은 이 마을 사람들은 카라코람 산맥의 암벽과 빙하에 둘러싸인 건조한 협곡에 살면서 성적 절제를 산아제한의 방식으로 삼았다는 점이다. 이들에게는 통계전문가도 없었고 인구성장으로 인한 종말론 예언자도 없었다. 이들은 그저 자신들이 놓여 있는 지리적 환경 속에서 농업적 또는 생태적 제약을 느끼면서 살았고, 그런 환경에 대해 유능하게 대응했을 뿐이다.

지금 여기서 말하는 절제, 즉 충분히 이해할 수 있는 실제적 제약에 대한 문화적 대응과, 영국의 빅토리아조 시기의 자기혐오적이면서도 자기만족적인 이해하기 힘든 자기절제 사이의 차이에 대해 우리는 알지 못한다. 빅토리아조 시기의 자기절제를 뒤집어 놓은 것에 지나지 않은 것이 바로 성적 '자유'를 만끽하려는, 마찬가지로 이해할 수 없는 우리의 태도와 과학기술이다. 이런 식의 이른바 자유가 우리를 갈라놓고, 이전의 어느 때보다도 격렬하고 거칠게 우리 자신의 몸과 다른 이들의 몸에 대해 반감을 품게 만드는 것이다.

출산을 돌보고 관리하는 것은 곧 우리의 몸과 땅을 돌보고 관리하는 것인데, 이를 위해 의약품과 기구를 이용한 기술이 의식儀式적 형식, 규율, 절제와 같은 문화적 수단을 대체했다. 우리는 이 세계에 생명이 도래하는 거대한 문제를 간단히 요약·정리하여 단순한 문제로 축소시킨 후 그에 대해 역시 단순한 해결책을 제조해서 시장에 내다팔았다. 불임여성들이나 불모지에는 모두 화학제를 투입한다. 물론 그로 인한 부작용 발생률에 대한 면밀한 계산 아래 이루어지는 일이지만, 결국 여성의 몸과 밭은 생산기계의 지위로 전락하는 것이다. 원치 않는 생명—정자, 난자, 잡초, 해충—에 대해 똑같은 종류의 처방전이 판매되고 있다. 이런 식의 처방을 대중적으로 일반화시킬 수 있었던 것은, 문제점은 감춘 채 이점에 대해서만 찬사를 늘어놓는 광고 덕이다.

결과적으로, 우리는 출산에 대한 '걱정으로부터 자유'롭다고 느끼는 젊은 세대를 키우고 있는 중이다. 출산은 약사나 의사가 맡고, 농업전문가들과 농기업인들이 땅의 생산력을 돌볼 것이다. 이렇게 되면 인간의 문화는 근본에서부터 단절되는 것이다. 사실상, 인간 생명의 핵심 쟁점 두 가지를 의식에서 지우는 것이다. 두 가지의 위대한 에너지가 마치 중요치 않은 것처럼 여겨지고, 그렇게 취급되도록 방기되고 있는 것이다.

더 심각한 것은 '인가된' 직접 폭력에 우리가 의지하고 있다는 점이다. 이런 식으로 토지를 사용하는 것은 생산력을 영구적으로 감소 또는 파괴하는 것인데도, 우리는 감내할 수 있는 생산비용이라고 부른다. 이런 예는 노천 탄광 개발에서도 찾아볼 수 있고, 예전부터 훌륭한 농부들이 "탄광에서 탄 캐 가듯 한다"고 개탄했던 그런 종류의 농법에서도 발견할 수 있다. 일 년 생산 할당량을 채우기 위해 이런 식으로 기술적 수단을 사용하는 예는 보건과 문화 분야의 모든 영역에서 발견된다.

토지 사용에서의 폭력은, 인간의 경우에 대입해 보면, 극단적으로 단순화된 홍보를 통해 장려되는 "전혀 해롭지 않고" "간단한" 영구피임수술과 같은 것이다. 이를 주제로 한 광고를 보면 전형적인 복음주의 느낌이 나고, 지나치게 단순한 도덕적 태도가 드러난다. 피임수술을 꼭 상업 제품처럼 권고하는 광고물은 만족스런 고객들의 열광적인 간증으로 가득 차 있다. 피임 광고는 고객들의 성숙함, 성적 자부심, 성적 '자유'에 대한 욕망을 자극한다. 그러나 발생할 수 있는 신체적·심리적 문제점들에 대해서는 강조하지 않거나 왜곡된 형태로 설명하기도 하고, 아예 언급을 하지 않는다. 시술 의사들의 태도는 공문서처럼 형식적이며 지나치게 단순하고 건방져서 친절한 설명도 없을 수 있다.

나는 인구과잉 문제를 잘 알고 있기 때문에 산아제한이 불필요하다고 말하려는 것이 아니다. 내가 말하고자 하는 바는 산아제한 수단은 어떤 것이 되었든 문화적으로나 생물학적으로 심각한 문제라는 점이다. 또한 피임은 그 중에서도 가장 심각한 문제라는 점이다. 왜냐하면 출산을 포기한다는 것은 탄생, 사춘기, 결혼, 또는 죽음 못지않게 중요한, 인생사의 주요 변화이기 때문이다.

사춘기, 출산, 폐경기와 같이 여성의 생식과 관련된 큰 변화들은 성적 욕망과 마찬가지로 생물학적 결정론을 인정하지 않을 수 없게 한다. 이런 변화들은 일종의 자연 전통에 속한다. 결과적으로, 이것은 단순히 견뎌낼 만한 것들이라고 인정하는 범위를 넘어서는 차원이 있다. 그것은 이런 변화들이 생명 과정, 또는 윤회라고 부르는 어떤 과정에 속한다는 점이다. 그리고 우리는 그 과정에 대해 일정하게 이해하면서 긍정해야 한다는 점을 배웠다. 우리는 무엇보다 이 과정에는 비극*과 그에 대한 극복과 나아가 승리까지 포함되어 있다는 점을 알고 있다. 이와 똑같은 과정이 남자의 생식에도 적용된다. 물론 남자의 경우는 신체적으로 출산의 **숙명적인 어려움**에 덜 연루되어 있다. 단지 의식적으로 기꺼이 그 어려움에 관여할 것을 원

* '비극'은 물론 생명의 상실, 즉 죽음을 뜻한다—옮긴이.

할 때에만 그 과정에 관계할 뿐이다. 그럼에도 불구하고 출산은 남성의 문제이기도 하다. 그가 도덕적 인간이라면 출산과 관련한 여성의 책임 문제를 남성 역시 공유하기 마련이다.

인간 문화의 근본적인 관심 사항 중 하나는 책임을 부과하는 것, 그런 만큼 인간의 생식력을 도덕 의지의 통제 아래 두는 것이다. 문화는 성적 제약의 필요와 형식을 구체화시키며, 짝짓기의 과정에 가치의 문제를 결부시킨다. 거기서 발생하는 긴장 때문에 에너지를 제어하는 인간 특유의 형식이 창조되어 신체적 기량과 정신이 발휘된 작업들이 이루어졌다고 상상해 볼 수 있다. 그러나 최근까지 성과 생식 사이를 구분시켜 생각하는 일은 없었다. 왜냐하면 구분이 가능하지 않았기 때문이다.

성과 생식의 구분이 가능해진 것은 현대의 과학기술 덕이다. 과학기술로 인해 땅의 생산력과 마찬가지로 인간의 생식능력은 새로운 종류의 의지의 통제를 받게 되었는데, 그것이 바로 과학기술 자체의 의지다. 과학기술의 의지가 반드시 도덕 의지와 상반되는 것도 아니고, 과학기술의 의지 속에 그럴 의도가 있는 것도 아니지만, 과학기술 의지가 도덕 의지를 대체하는 경향이 있다는 것은 사실이다. 먹는 일과 농사일 사이의 문화적 연결고리가 끊겼듯, 성과 출산 문제 사이의 문화적 고리 역시 끊어졌다. 그 이유는 단순히 그렇게 하는 것이 과학적으로 가능해졌고, 또한 이윤이 남는 일이기 때문이었다. 음식과 성이 더 이상 걱정하지 않아도 되는 일로 '해방'되자, 동시에 음식과 성은 사유·책임·질의 문제로부터 분리되었다. '화학첨

가제'가 도입되면서 입맛이나 선호도의 문제는 사라져 버리는 경향이 생겼다. 음식전문가와 마찬가지로 성 전문가는 상품을 다루기 때문에 이들은 그에 대해 평가는 할 수 있지만 가치를 논할 수는 없는 노릇이다.

두려운 것은 여전히 실험단계에 있는 산아제한 기술에 우리가 너무 의존하고 있다는 점뿐만이 아니다. 우리가 그 기술을 정말로 아무렇지도 않게, 아무런 문화적·의례적 의미도 두지 않은 채, 제대로 된 이해도 없는 상태에서 문화적 해결의 대안으로 사용하고 있다는 점이 무서운 것이다. 성에 대한 이런 태도는 토지 사용에서 현재 기술을 사용하는 양상과 그대로 빼닮아 있다. 성과 생식, 쾌락과 책임을 분리시키는 수단으로 산아제한 기술이 장려되고, 이런 기술적 수단 이면에는 '도덕적' 동기가 있다는 명분으로 판매가 허용되고 있다. 그러나 이런 기술들이 문화와 에콜로지에 대한 고려 없이 사용되는 한, 그것은 또 다른 질병으로 어떤 질병을 치료하겠다는 것이나 마찬가지다. 그렇게 하는 것은 육체와 영혼 사이의 오래된 전쟁에서 벌어지는 새로운 전투에 지나지 않는다. "당신의 오른 눈이 당신을 걸려 넘어지게 하거든 눈을 뽑아 버리시오! 당신의 오른손이 당신을 걸려 넘어지게 하거든 손목을 잘라내시오!"라고 찬송하는 문자 그대로 광신도들의 찬양대 앞에 서 있는 우리의 모습을 상상해 보라.

출산 문제를 다루는 기술주의자들은 신의 권능을 휘두르면서 지역사회와의 연계나 문화적 책임감도 없이 사회적으로 사제의 기능을 수행하고 있다. 농업 임상의들이 지역사회의 삶을 변화시키고 있다면, 성 임상의들은 지역민들의 삶을 바꿔 놓는다. 그러나 여기서도 주목할 점은, 이런 성 임상의들은 지역민들에게 낯선 이방인에 지나지 않아 지역민들에 대해 아는 게 없다는 점이다. 이런 전문가들은 깊숙이 생긴 문화적 균열의 틈바구니에서 번성한다. 이들과 동반하는 사람들이 바로 그 틈바구니에서 금을 캐고 있는 착취자들이다. 도색 작가들은 성적 분리로 생긴 틈을 파고든다. 인간과 땅 사이의 분리를 이용하는 자들이 '농기업가'들이다. 그들은 농업계의 도색 작가들이다.

생식 능력을 폐기처분하다

그러나 몸의 분리가 농업에 심각한 영향을 끼치는 데에는 좀더 직접적인 또 다른 이유가 있다. 몸과 음식 사이의 관계를 우리 사회는 극단적으로 단순화시켜 생각하는데, 여기에 그 이유가 있다. 우리는 몸을 단순히 음식을 소화시키는 소비기관으로 생각할 수 있지만, 그런 사고방식은 몸을 땅의 영양소를 수퍼마켓에서 배설구까지 나르는 도관으로 축소시켜 버린다. 다른 식으로 말하자면, 이런 사고방식은 우리의 몸이 곧 생식능력을 오염원으로 바꾸어 버리는 작은 공장이라고 보는 태도이며, 결과적으로 '농기업'에 거대한 이익을 남겨주고 땅을 황폐화시키게 된다. 이것이 바로 생식의 순환을 기술과 경제가 단절시키는 또 다른 방식인 것이다.

순환 과정의 생산 단계에서 발생하는 몸과 음식 사이의 분리에 대해서는 이미 많은 논의가 있었다. 이토록 많은 사람들이 스스로 식량 생산에 에너지를 투입한 바가 거의 없는 가운데 음식에서 에너지를 취하는 것은 이른바 현대의 경이로움이다. 전 농무성 부차관보가 큰소리쳤듯이, 오늘날 95퍼센트의 국민들은 식량 생산이라는 '고된 일'로부터 자유롭다. 이런 분리의 의미는, 앞서 설명해 보려 애를 써보기도 했지만, 복잡하기도 하고 퇴행적이기도 하다. 그러나 앞에서 살펴본 분리의 의미는 전체 이야기의 반밖에는 안 된다. 95퍼센트의 국민은 또한 순환 과정의 보존 단계에 기여하는 바도 없고, 관심을 갖지도 않는다. 95퍼센트 국민들의 몸이 흙의 양분을 빨아들여 사용한 후 양분은 우리가 흔히 '폐기물'이라고 여기는 그런 물질로 전환된다. 그리고 그런 인식에 걸맞게 쓰레기로 처분된다.

이런 낭비의 원인은 몸과 영혼을 분리시키는 오래된 '종교적' 인식에 있다. 이런 인식 속에서 몸과 그 부산물은 불쾌한 것이라는 판결이 내려진다. 이렇게 불결한 것과 함께 산다는 것은 한때 슬픈 운명이라고 여겨졌고, 그것은 충분히 안 좋은 일이었다. 그러나 현대의 기술은 수세식 변소와 물에 의지하는 하수 시스템을 발명하여 우리를 '구해 주었다'. 이런 장치들은 우리 몸에서 나오는 '폐기물'들에 대해 생각할 필요가 없도록 제거해 줌으로써 그것들을 처리해 주었다. 아이로니컬한 것은 몸에 대한 이런 기술적 정화 작업에는 강의 오염과 논밭의 황폐화가 뒤따른다는 사실이다. 기술적 정화 작업 덕분에 이른바 몸의 불결함이 정말로 불결해지는 것은 피할 수 없는 사실이 된다. 또한 그런 기술에 의지하면서 우리 사회 전체가 이런 '불쾌한 폐기물'을 정말로 정화시킬 수 있는 곳은 흙이라는 점에 대해 무지해진다. 그리고 에콜로지의 관점에서 보면, 이 '폐기물'은 쓰레기도 아니고 불결하지도 않으며 오히려 땅과 '소비자'들의 건강에 필수적인 가치 있는 농업산물이라는 점에 대해서 우리의 눈이 가리워지는 상황이다.

우리의 농업체제는 생물학보다는 경제학을 모델로 해서 구축되었고, 그로 인해 식량 생산의 **순환 과정**에서 식량을 빼내어 유한한 선형線型적 과정에 편입시켰다. 선형적 과정은 식량을 결국 폐기물로 전환시킴으로써 순환 과정 자체를 파괴한다. 선형적 과정은 식량을 딱 한 번만 사용할 수 있는 형태의 에너지, 즉 재생불능한 연료로 전환시키는데, 결국 그 과정은 몸을 소모적 기계로 변환시키는 과정이기도 하다.

농업체제가 농촌 생활이나 농촌 문화 식으로 제도화되지 않고 이른바 '도시 문명' 형식을 닮게 된 것은 이상한 일이지만, 속사정을 보면 꼭 이상할 것도 없다. 도시는 시골과의 경쟁을 통해서 생존한다. 도시는 시골로부터 식량과 연료, 원자재, 인간의 노동, 지성과 재능 등에 걸쳐 에너지를 일방통행식으로 빨아들임으로써 생존한다. 에너지가 다시 시골로 역행하는 법은 거의 없다. 도시로 들어간 여러 에너지를 통일된 형태로 종합할 수만 있다면, 그것은 문화적 성취로서 원래 시골에 속했던 것들이니만큼 시골로 되돌려 줄 수도 있을 것이다. 그리고 학문과 예술, 공생공락과 질서를 넉넉하게 덤으로 얹어 되돌려 줄 수도 있을 것이다. 그러나 현대 도시는 시골에서 흘러들어온 에너지를 소진시키고 낭비할 뿐이다. 현대 도시는 화려한 '소비자 상품'과 함께 그 못지않게 도시적인 쓰레기와 오염물질을 쏟아낸다. 현대 도시는 또한 실업자들, 쓸모없는 자들, 어떤 식으로든 망가진 자들을 양산한다.

경쟁 관계가 우리에게 적합한 것이라면 다시 한 번 물어볼 수밖에 없다. 농촌의 부와 자원과 사람들이 도시로 몰려들어간 지 수 세대가 흐른 지금, 왜 도시와 시골은 모두 해체되고 황폐화된 상태에 놓이게 되었는가? 왜 시골과 도시의 공동체들은 모두 훼손되었는가?

건강과 일

현대의 도시-산업사회는 몸과 영혼, 남편과 아내, 결혼과 지역사회, 지역사회와 땅 사이에서 생겨난 일련의 분리에 기초하고 있다. 이런 각각의 분리 지점에서 기업·정부·전문가들은 협력하여 창조질서를 더욱 해체·황폐화시킬 이윤 창조 사업을 벌이고 있다.

이렇게 분리된 상황들이 겹치다 보면 결국 우리 모두가, 나아가 피조물 모두가 중대 질환을 앓게 되는 상황이 된다. 우리의 경제는 이런 질병에 기초하고 있다. 우리 경제의 목표는 우리를 가능한 한 삶의 물질적·사회적·정신적 원천으로부터 떼어 놓은 후 이런 원천을 기업과 전문가들의 통제에 두게 하여 가장 높은 가격으로 우리에게 판매하는 것이다. 우리 경제는 창조질서를 산산조각 내서 각각의 조각들을 서로 대립시킨다. 이런 파편화와 갈등에서 생기는 고통을 경감시켜 준다는 명목으로 우리 경제는 권력을 한곳에 더 집중시키고 이윤을 증가시키는 거대한 '요법'을 제시한다. 그러나 그것은 건강을 회복할 수 있는 길이 아니다. 그 요법은 전쟁이다. 범죄와의 전쟁, 가난과의 전쟁, 국가적인 의료지원 계획, 보험, 예방접종, 산업화 촉진과 경제성장 등등, 이런 정책들 뒤에는 건강은 보호되고 있으며 자유가 유지되고 세금이 제대로 지출되고 있는지를 확인하기 위한 규제법과 기관이 따라온다. 이런 정책과 법에 '좋은 의도'가 있을 수 있지만, 정직성은 없으며 일말의 희망도 찾아볼 수 없다.

단절된 관계를 회복해야만 우리는 치유될 수 있다. 관계가 곧 희망이다. 우리 사회가 우리 눈에 띄지 않도록 최선을 다해 감추려 하는 것이 하나 있다. 그것은 건강이라는 것이 얼마나 일상적인 것이며 얼마나 평범한 데서 얻어질 수 있는 것인지 하는 점이다. 우리가 건강을 잃고 돈벌이를 낳는 질병과 의존 상태를 만들게 된 것은 삶과 먹기, 먹기와 일, 일과 사랑 사이에 존재하는 직접적인 관계성을 보지 못하는 데 그 원인이 있다. 예를 들면, 내 몸에 들어갈 식량을 마련하기 위해 몸을 움직여 텃밭을 가꿀 수 있다. 능숙한 텃밭 농사는 최고의 식량을 생산하는 데 기여한다. 그리고 일을 하면 배고픔을 느끼게 한다. 텃밭 일을 하면 이처럼 식사는 영양 공급이자 즐거운 일이 된다. 이 경우 먹기는 단순히 소비하는 일이 아니다. 텃밭 일 뒤의 식사는 비만과 병을 막아준다. 이것이 바로 건강이며 전일성全一性이고 기쁨의 원천이다. 이와 같은 해결책은 전형적인 산업적 해결책과는 달리 새로운 문제를 일으키지 않는다.

그렇다면 자기가 먹을 식량을 키우는 '고된 일'은 전혀 고되지 않다. ('농기업' 방식대로 하면 그러하듯, 식량 재배를 고된 일로 만든다면 먹고 사는 일 자체를 고된 일로 만드는 것이다.) 식량 재배는 실제적인 필요를 적절히 만족시킨다는 의미 이외에, 식사와 마찬가지로, 창조질서와 우리가 하나임을 성립시키고 그 관계를 이해하게 해 주는 성찬식聖餐式, 즉 하나의 몸이 다른 몸들과 더불어 즐거움을 나누는 일이다. 우리는 이것을 부족 문화에 존재했던 사냥이나 농사 의례에서 확인할 수 있다.

일의 파편화와 소외로 몸들이 맺고 있던 관계가 끊어진 지금, 몸들의 관계를 회복하기 위해서는 일의 전일성을 회복해야 한다. 어떤 일들은 단절을 가져오고 가혹하며 파괴적이고 전문화되거나 시시해져 아무 의미 없는 일이 되기도 한다. 다른 어떤 일들은 회복을 가능하게 하고 동료들과 함께 즐거우며 위엄을 지녔고 위엄을 부여해 주기도 하는 유쾌한 성격의 일들이다. 좋은 일은 '생계를 이어가'거나 '가족을 부양하기 위해' 일한다고 말할 때의 경우처럼 단순히 기존의 관계를 유지하고 보존해 줄 뿐 아니라 관계를 새로이 **성립시켜 주기도 한다**. 좋은 일은 곧 그 자체로 삶이고 삶의 방식이다. 그것은 외부 버팀목 같은 그런 의미에서 가족에 대한 부양이 아니라, 사랑의 형식 또는 사랑의 행위다.

이제 "95퍼센트의 사람들이 자신의 식량을 준비하는 고된 일로부터 해방되었다고 자랑하는 것"은 오로지 위에서 언급한 대로 의미 없는 일과 좋은 일을 구분할 줄 모르는 사람에게만 가능한 일이다. 전 부차관보는 일을 활기를 불어넣어 주는 관계로 볼 줄 모르는 사람이다. 그는 일이란 그저 돈과 맞바꾸는 시간이라고 생각한다. 그래서 그는 특히 몸을 사용해야 하는 일이라면 가급적 하지 않는 게 좋다고 믿는다. 그의 이념은 명백히 "끝없는 휴가 같은 가정 생활"이라는 광고문으로 시골 주택부지 매매를 부추기는 부동산업자의 이념과 똑같다. 그러나 식량을 재배하고 음식을 마련하는 고된 일로부터 자유로워져서 기뻐하는 이 사회는 또한 연간 일인당 500달러를 지불하고 있는 의료산업의 번창을 자랑스러워 한다. 그리고 연간 500달러 의료비 지출은 계약금에 지나지 않는다.

우리는 이렇게 이상스런 자유를 기꺼이 받아들여서 그에 대한 엄청난 비용을 지불한다. 이 모든 것이 육체노동을 증오하기 때문이다. 우리는 '개나 소 또는 말처럼' 일하고 싶어하지 않는다. 다시 말해, 우리는 우리 자신을 짐승처럼 부리고 싶지 않다. 다른 어떤 것보다도 이것이 농업을 멸시하여 기업가와 전문가들에게 농업을 포기해 버린 이유이다. 우리는 사람들을 짐승처럼 부린 농업경제가 존재했다는 사실을 기억해야 한다. 그러나 지금처럼 사람들을 기계 다루듯 하거나 아예 사람을 노동에서 배제해 버린다고 해서 잘못된 것이 고쳐지지는 않는다.

아마도 문제가 시작된 것은 동물에 대한 존중심 없이 동물들을 부리면서일 것이다. 말하자면, 동물들을 기계처럼 아무 감정도 없는 존재인 양 '짐승'처럼 부리면서부터 문제가 시작되었을 것이다. 기계 사용이 지니는 파괴성은 어쩌면 동물들을 학대하려는 마음에서부터 생겨난 것일 수 있다. 동물을 활용한다고 해서 꼭 학대해야 할 필요가 있었던 것은 아니라는 점은 영국 웨일즈 작가 조지 이와트 에반스가 쓴 『밭 일구는 말』의 한 대목에서 시사되고 있다. 에반스는 여기서 중세 때 쟁기질 하는 소들을 어떻게 부렸는지에 대해 말하고 있다.

> … 손잡이를 잡고 있는 농부, 두 마리나 네 마리마다 멍에를 씌워 쟁기질 하는 소, 막대기를 들고 쟁기 옆을 걷는 소몰이꾼.

그 다음 대목에서 작가는 이렇게 말한다.

> 또한 주목해 볼 만한 것은 웨일즈에서는 (…) 소몰이꾼에겐 짝이 한 사람 있는데, 그는 소리꾼caller이라고 불렸다. 쟁기가 앞으로 나갈 때 이 사람은 소들 앞에서 뒷걸음질하면서 소들에게 노래를 불러 줬다. 소리꾼이 부르는 노래들은 소들의 작업 리듬에 맞도록 특별히 만들어져 있었다…….

이런 풍경은 오늘날 우리가 관습적으로 생명체를 다루는 방식과 근본적으로 다른 것으로 보인다. 소들은 짐승이나 기계로 다루어지는 것이 아니라, 동료 피조물로 대우를 받았다. 이런 식으로 일을 하는 곳에서는 사람에 대한 대우도 마찬가지였을 것이라고 추정해 볼 수 있겠다. 그렇다면, 학대나 혹사를 필요로 하지 않으며 그 어떤 것도 다른 어떤 것의 대용품으로 사용되지 않는 그런 종류의 일이 있을 수 있다고 믿어도 되겠다. 식물들, 동물들, 재료들, 그리고 우리가 함께 일하고 있는 다른 사람들을 우리와 같은 동료 피조물로서 대우할 때 우리의 일은 좋은 일이 된다. 그런 일은 통합적이며 치유적이다. 좋은 일을 통해 우리는 오만과 절망의 나락에서 구원되어 인간의 땅에서 책임 있게 자리 잡게 된다. 좋은 일은 우리를 있는 그대로 규정해 준다. 우리는 몸을 사용해 일할 수 없을 만큼 고귀한 존재도 아니지만, 아무 기쁨도 없이 이기적으로 홀로 서툰 일을 하기에는 너무 훌륭한 존재들이다.

8장

제퍼슨, 모릴, 귀족

JEFFERSON, MORRILL, AND THE UPPER CRUST

곡물의 품질이 얼마나 중요한지 이해하기 위해서는
농부와 농장 노동자에게 직접 물어도 보고,
무엇보다도 관심을 갖고 농토를 실제로 다뤄 보려면 연구자는
들판과 목장에 나가 있어야 하지만,
권위주의적인 새 교리에 따르면 문을 걸어 잠근 채 서재에 머물러 있어야 한다.
— 앨버트 하워드, 『흙과 건강』

그가 받은 교육은 이상한 힘을 갖고 있어, 직접 본 것보다 읽고 쓴 것들을
더 진짜처럼 보도록 만들었다. 농부들에 대한 통계가 진짜이고,
도랑 공사를 하는 인부, 쟁기질 하는 사람, 농부의 아들은 허상이 되어 버렸다.
그 자신은 알아차리지 못했지만, 글을 쓸 때 그는
'남자'나 '여자' 같은 구체적인 어휘를 사용하는 것을 굉장히 꺼리게 되었다.
대신에 그는 '직업군', '요소', '계급', '인구'에 대해 언급하길 좋아했다.
어떤 신비주의자 못지않게 보이지 않는 것들이
더 큰 힘을 발휘하며 실재한다는 것을 그는 믿었기 때문이다.
— C. S. 루이스, 『그 가공할 힘』

토머스 제퍼슨의 신념

토머스 제퍼슨Thomas Jefferson은 농업, 교육, 그리고 민주적 자유가 서로 밀접하게 연관되어 있다고 생각했다. 자신이 평생을 걸고 지켜온 필생의 신념에 대해 생을 마감하기 2주 전에 쓴 생애 마지막 편지에서 이렇게 밝히고 있다. "인간 대중은, 신의 은총을 받아 합법적으로 말에 올라탈 수 있도록 등에 안장을 지고 승마화를 신은 채 태어나지 않았다." 그러나 만일 자유가 천부적으로 타고난 권리라고 한다면 그것은 인류가 획득하여 누릴 만한 자격이 있는 특권이겠지만, 그 또한 애써 노력하여 지켜내야 하는 것이다. 제퍼슨의 생각으로는, 인류가 자유를 지켜내려면 생활이 안정되어야 하고, 경제적으로 독립적이어야 하며, 덕성을 지녀야 한다. 이런 자질들은 농민들에게서 가장 잘 발견되는 것이라고 토머스 제퍼슨은 믿었다. 이런 그의 믿음은—꼭 기억해야 할 사항이기도 하지만—국내외에서 쌓은 광범위한 경험으로부터 나온 것이다.

> 땅을 일구는 사람들이 가장 가치 있는 사람들이다. 이들은 가장 활기차며, 가장 독립적이고, 자기 나라와 가장 깊은 유대를 맺고 있는 사람들이

다. 그렇기 때문에 이들은 나라의 자유와 이해관계에 밀접한 관련을 맺고 있는 사람들이기도 하다.

여기서 유대란 단순히 경제와 재산상의 유대만을 말하는 것이 아니고 좀더 정서적이고 실제적인 유대관계를 이르는 것으로서, 그것은 일정한 장소에서 더불어 일하며 지식을 쌓고 기억을 나누며 협동하는 공동체에 몰입함으로써 생기는 유대를 의미한다.

제퍼슨의 다음 글은 농민에 대한 그의 생각과 대조를 이룬다. "기술자 계급은 악을 퍼뜨리는 사람들이며 나라의 자유를 파괴하는 도구라고 생각한다." 여기서 '기술자'라는 말은 제조업자들을 의미했다. 제퍼슨은 '경영'과 '노동' 사이의 구분을 두지 않았다. 바로 앞에 인용한 기술자 계급에 관한 언급에 이어 어떤 설명도 뒤따르지는 않았지만, 그에 앞서 농민을 언급한 인용문과 나란히 놓고 읽어 보면 다음과 같은 점을 생각해 볼 수 있다. 즉, 제퍼슨은 제조업자들을 의심했다는 것이다. 왜냐하면 이들이 추구하는 가치는 이미 추상화되고 있었고, 이들은 사리사욕이라는 동기에 지배되어 자신들을 '사회적 이동'이 가능한 존재로 만들 수 있었기 때문이다.

민주주의 시민에게 필요한 힘과 덕성을 키우기 위해서 공공 교육이 분명히 필요했으며, 제퍼슨은 그 필요성에 대해서 유념하지 않은 적이 한 번도 없었다.

… 최고의 교육이 최고의 인재들에게, 그리고 모든 시민들에게 시행되

는 걸 몹시 보고 싶다. 그 교육을 통해서 모든 이들이 세상에서 일어나는 일들을 읽어내고 이해할 수 있고 자신들이 맡은 영역에서 올바로 일을 수행할 수 있으면 정말 좋겠다. 시민들이 경계심을 늦추지 않고 의심하는 마음으로 감독하는 것 빼고는 세상 일을 올바로 움직이게 할 수 있는 방법은 없기 때문이다.

당시 농업과 농촌 사회의 쇠락에 대해 제퍼슨이 염려하고 있었다는 점을 염두에 두고 이 모든 진술들을 읽어 봐야 한다.

재앙 수준으로 화폐 가치의 부침이 계속되는 가운데 제조업 부양을 위한 세금의 압박 속에 흉작에도 불구하고 곡물가는 떨어졌으며, 농업 관련 사업은 전반적으로 쇠락을 면치 못했다. 이런 상황이 여러 해 동안 계속되자 농업은 절망적인 상태로 내몰리게 되었으며, 그에 따라 사람들은 조금씩 동부 지역을 빠져나와 서부로 몰려들게 되었다…….

저스틴 모릴과 국유지 교부 대학 설치 법안

제퍼슨이 죽은 지 36년째 되는 날에서 이틀이 부족한 1862년 7월 2일, 첫 번째 국유지 교부 대학 설치 법안이 제정되었다. 이것이 바로 "각 주에서 상하원 1명당 3만 에이커의 국유지를 교부"하도록 하였던 모릴 법안the Morrill Act이었다. 교부된 토지 판매 대금에서 나오는 이자로 각 주에서 기금을 마련하여 "적어도 한 개 대학의 기본 유지 관리 비용으로 쓸 수 있도록" 하였던 것이다. 모릴 법안에 따르면, "대학 설치의 주목적은 (…) 농업과 기술 관련 분야를 가르쳐서 산업계급에 속하는 사람들이 살아가면서 추구하는 바와 직업 생활에서 교양교육과 실용교육을 장려하는 것이다".

1887년 통과된 해치 법안the Hatch Act에 의거해 설립된 국가농업연구소의 주목적은 "고용 증진과 국가 번영과 안보에 필수불가결한 건전하고 번성하는 농업과 농촌 생활"을 장려하는 것이다. "학술 연구에서 농업에도 **산업과 동등한** 지위를 보장해 줘서, 경제의 다른 부문들과 마찬가지로 농업에도 공정한 기회를 부여하여 양자 사이에 균형을 이루게 하는 것이 본 법안의 취지"라고 그 법안은 기술하고 있다. (강조는 나의 것으로, 농업과 산업을 구분하고 있다는 점을 강조하기 위해서이다.) "항구적이고 효과적인 농기업의 창설과 유지에 직접적으로 영향을 미치고, 또 그런 기여를 할 연구·조사·실험을 (…) 수행하는 것이 (…) 국립농업연구소의 목적이자 임무가 될 것이다. (…) 아울러 그런 연구와 조사의 목적은 농촌 가정과 농촌 생활을 발전시키고 향상시키는 것이다"라고 선언하고 있다.

1914년, 스미스-레버법the Smith-Lever Act에 따라 "농업과 가정 경제 관련 주제들에 대한 유용하고 실용적인 정보들을 보급하고 그런 정보들의 실생활 활용을 권장할 목적"으로 각 대학은 지역 협력 교육사업을 시행하였다.

해치법과 스미스-레버법은 모두 국유지 교부 대학 부지를 마련할 법적 근거가 되었다. 이런 법안들은 버몬트 주의 하원의원(훗날, 상원의원)의 의도를 실현시키기 위한 법안들이었다. 이 법안들에 사용된 언어의 역사적 타당성과 목표를 분명히 밝히기 위해서 "1874년 작성된 게 분명한" 회고록에서 저스틴 모릴Justin Smith Morrill의 의도를 밝힌 부분을 살펴보는 것이 유용할 것이다.

제퍼슨과 마찬가지로 모릴은 토양 열화劣化와 농업 인구의 이향離鄕으로 인해 농업이 난맥상에 빠져 있다는 것을 알고 있었다.

> 공유지의 불하 가격은 싸고 토지 구입과 양도는 용이해서 정착해 잠시 머물다 금방 새로운 곳을 찾아 떠나도록 부추기다 보니, 농지를 제대로 돌보지도 않고 노천 탄광으로 토지를 사용하여 토지를 황폐화시키는 경향이 있었다. 그 결과, 앞서 이주자들이 정착했던 정착지의 토지는 빠른 속도로 황폐화되어서, 농민들로 하여금 좀더 철저한 과학적 농업 지식을 갖추고 과학적 농업에 매진하도록 고등 교육을 실시하지 않고는 토지의 열화 현상을 막을 길이 없을 것이다.

그러나 제퍼슨과 달리 모릴은 '기술자 계급'에 많은 관심을 기울일 개인적인 이유를 가지고 있었다. "아버지는 거친 손을 지닌 대장장이로서 학교 교육을 제대로 받지 못해 박탈감을 갖고 계셨던 분이다. (…) 산업노동자 계급이 더 유능해지도록 실시되는 교육 지원 정책에서 기계공들을 등한시할 수 없었다."

그리고 모릴은 "교육 독점"으로 보였던 현상을 타파하고 싶었다.

… 대부분의 기존 대학 기관과 교육 공급자들은 태어날 때부터 이른바 전문직에 종사할 가능성이 큰 사람들에 대한 교육만 계획하기 때문에, 농민, 기계공, 그리고 노동으로 생계를 이어가는 사람들은 독학이나 전혀 과학적이지 않은 어떤 형태의 교육에 의존할 수밖에 없는 위험에 직면하게 된다. 그리하여 사적이든 공적이든 더 주목받는 자리를 차지할 자격이 있는 사람들은 모두 제한된 숫자의 인문교양 대학의 졸업생에게 한정되는 결과를 낳았다.*

국유지 교부 대학들

국유지 교부 대학the land-grant college에서 궁극적으로 어떤 일이 일어났는가를 이해하기 위해서는 제퍼슨과 모릴의 생각의 차이에 대해 생각해 보는 것이 좋다. 가장 중요한 차이는 민주 시민 자질은 교육에 달려 있다는 제퍼슨의 복합적인 사유가 모릴에게는 분명히 없다는 점이다. 제퍼슨은 정치적 자유에 대한 요구라는 관점에서 교육 이념과 목표를 규정한 것으로 보인다. 그는 지역에 토대를 둔 교육체제를 구상했는데, 거기엔 이중적 목표가 설정되어 있었다. 그의 교육 목표는 보통 사람들이 훌륭한 시민이 될 수 있도록 깨어 있

* 18세기 말엽에서부터 시작된 미국 대학의 역사에서, 초창기 미국 대학은 대개 정치적 야심가들을 키우는 역할을 했으며, 그 커리큘럼은 고대 그리스 라틴어, 역사, 수사학, 논리학, 윤리학 등의 전통적인 인문학 텍스트로 제한되어 있었다—옮긴이.

는 비판의식을 키우는 것이면서, 동시에 "의무를 다하고 신뢰를 주는" 지도자가 될 수 있도록 '덕성과 재능'에 입각한 '자연스런 귀족정치'를 준비하는 것이다. 버지니아 주를 위해 마련했던 교육 계획에는 어떤 형태의 전문화된 직업 훈련도 포함되어 있지 않았다. 제퍼슨은 분명히 지역 공동체가 시민과 지도자의 덕목으로 안정되고 보존된다면, '실용 기술들'은 현지의 선례를 익히고 읽기와 같은 기초적인 공부를 하면 얼마든지 향상시킬 수 있다고 생각했다. 반면에 모릴은 교육을 실용적이고 공리주의적 관점에서 바라봤다. 그는 교육의 기본 목표는 농부와 기술자들의 일을 개선시켜서 이들이 '유용함'을 발휘할 수 있도록 하는 것이라고 믿었다. 전문가 계급의 교육 독점을 깨고자 하는 모릴의 소망은 단지 제한된 의미에서만 제퍼슨의 이념과도 통하는 것이었다. 모릴은 노동자의 아이들도 전문가 계급에 들어가게 되기를 소망했다. 그는 교육 수준의 차이를 구분하기는 했지만, 제퍼슨처럼 "재능의 정도"를 기준으로 차이를 두지는 않았다.

다시 모릴과 제퍼슨의 차이를 말하자면, 제퍼슨은 농부를 "가장 가치 있는 시민"으로 여겼던 반면에, 모릴은 전문직을 "더 주목받는 자리"라고 봤다. 여기서 우리는 모릴의 관점을 이해하는 데 한 가지 어려움에 부딪히게 된다. "노동으로 생계를 이어가는 사람들"의 "유용함을 발휘시키"고자 하는 모릴의 소망을 어떻게 이해해야 할 것인가? 교육은 노동의 질을 향상시키는 것과 노동자들을 "더 주목받는 자리"로 신분 상승할 수 있도록 자격을 부여해 주는 것, 둘 중의 어떤 점에서 노동자들의 유용성을 증진시켜 준단 말인가?

이런 차이와 어려움에도 불구하고, 국유지 교부 대학 법안에 이르기까지 농업과 관련하여 제퍼슨과 모릴은 같은 의도를 가지고 있었다. 두 사람은 모두 교육을 통해 농업 인구와 농촌 공동체의 안정을 도모하고 땅과 농민의 지위를 유지함으로써 "영구히" 농업을 가능하게 하려 했다.

이런 의도는 실패로 돌아갔고, 국유지 교부 대학들은 땅과 농민을 파괴하는 '**반**反**영속적인**' 농업을 장려하게 되었는데, 그 원인은 부분적으로 교육 목표가 공적인 책임감 또는 지역사회에 대한 책임감이라는 제퍼슨의 교육 이념으로부터 모릴의 공리주의로 하향 조정된 것에 기인한다. 두 사람의 목표상의 차이가 공적인 가치의 변화를 나타낸다는 점에서 그렇게 말할 수 있다. 국유지 교부 대학들은 사실상 "산업 계급"과 다른 계급들에 대한 "교양교육과 실용교육(의 병행)을 장려하는 데에 관심을 기울인 바가 거의 없고", 오히려 그런 관심은 점점 줄어들었다. 국유지 교부 대학들의 역사를 보면, 이런 교육 목표가 위축되어 가는 역사였다. 광범위한 '교양'교육에서 생계를 벌기 위한 '실용'교육으로, 거기서 다시 여러 가지 '인증'을 획득하기 위한 '프로그램'으로 교육 목표가 위축되어 온 것이 사실이다. 국유지 교부 대학들은 '교양 및 실용'에서 '실용'으로, 다시 '실용'을 '전문화 교육'으로 대체해 왔다. 이 대학들의 목적 기준은 유용함에서 입신제일주의로 바뀌어 버린 것이다. 이런 현상이 벌어지는 것은 교수진 수준의 하향화가 원인은 아닐지도 모른다. 그러나 이런 현상이 교수진 기준의 퇴행에 동반된다는 점은 확실하다. 분과학문의 교수들은 '전문직 기준'의 지지자들이었다가 결국 권력·돈·위신을 추구하는 입신제일주의의 지지자들이 되어 버렸다.

국유지 교부 대학 법안이 지역의 필요와 문제에 대응하는 지역대학 체제를 요구한 점은 분명하다. 그러나 현재 우리의 대학 체제는 공항이나 모텔들처럼 점점 더 서로 닮아가고 있으며, 경력지향적인 교수진은 지역에 뿌리내리지 못하고 지역 문제에 제대로 반응하지도 못하면서 대학들은 점차 획일적인 성격을 띠게 되었다. 오늘날 교수를 움직이는 힘은 경력이다. 교수들은 경력 지향이 지상 목표인 닫힌 공간 속에서 살고 있다. 교수들에게 자신이 지리적으로 어디에 있는가는 관심 사항이 되지 못한다. 경력이라는 것은 이동의 수단이지, 거주의 수단이 아니다. 우리는 현재의 경력이 어디에 머물고 있는가보다는 어디를 향하는가에 더 관심을 갖는다.

경력제일주의 교수는 당연히 전문 지식 추구를 제일로 삼는 교수다. 이렇게 전문가주의를 추구하는 교수는 자신의 대학에 전적으로 의존해 있기 때문에 그의 비판적 지성은 무뎌질 수밖에 없다. 대학 안에서 '조화를 이루며' 존재하는 것이 중요하므로, 그의 언어는 명쾌하지 못하다. 이런 식으로 그는 생기 없는 절름발이 지성으로 학교 일에 '복무'한다. '현실론을 앞세워' 불필요한 절차와 과도한 관료적 행정체제의 의미 없는 요구 사항들을 묵묵히 따를 뿐이다. 관료체제의 교육 목적은 곧 대학의 교육 목적이고, 그 목적은 월급봉투 위에 적혀 있다.

교수가 대학이라는 제도에 의존하듯이 교수는 또한 학생들에게 의존하고 있다. 생계를 벌기 위해 그는 가르쳐야 한다. 가르치기 위해 그에게는 학생들이 있어야 한다. 그러다 보니 교수에게 교육은 상품이다. 그래서 그는 교육을 매력적으로 포장하고, 수행 과제와 숙제는 줄이고, 학점은 후하게 주며, 기준을 낮추고, 비용을 들여 수업 '홍보'를 펼친다.

이기심, 나태, 신념 부족으로 교육이 무엇이며 무엇이어야 하는가에 대해 총제적 혼란이 가중되고 있으며, 탁월함의 기준이 적당한 차등평가제에 의해 대체되고 있지만, 국유지 교부 대학들의 설립 목적인 지역문제 해결을 외면할 수 없는 형편이어서 지역의 문제들을 제도화하기 시작한다. 동시에 이들 대학은 지역민들에게 희생을 요구하고 지역 공동체들을 파괴하는 유동성, 경력제일주의, 도덕적 혼란을 필요로 하고 부추기기까지 하게 된다. '학식 있는 자'들의 지적 재고는 무지로 가득 차 있게 된다.

농과대학은 기후, 토양, 작물 종류 같은 지역적 현안들과 무관하지 않기 때문에, 예컨대 문리과대학보다는 농과대학이 위치하고 있는 곳에 좀더 관심을 기울이게 된다. 그러나 농과대학도 다른 단과대학들과 마찬가지로 원래의 설립 의도였던 지역사회에 대한 봉사보다는 대학 내에서의 위치에 더 많은 신경을 쓴다. 학계에 있는 농업전문가들은 자신들 과업의 실제적 효용성보다는 실험실 작업을 통해서 연구의 정당성을 확보하고 있으며, 이들은 지역적으로 얼마나 쓸모가 있느냐보다는 직업적으로 얼마나 평판을 얻느냐에 관심을 기울이고 자신들의 연구의 사회적·문화적·정치적 결과에 대해서는 사실상 거의 주의를 기울이지 않는다는 인상을 주는 것이 불가피하다. 사실을 말하자면, 농업전문가들은 자신들의 연구가 경제적으로 어떤 영향력을 행사하는지에 대해서도 주의를 기울이지 않는 것처럼 보인다. 연구 결과의 사회적 영향력에 대한 무신경과, 가치와 관련된 모든 쟁점에 대한 무관심보다 현대농업 연구의 특징을 더 잘 설명하는 것은 없다.

이런 일이 생기는 것은 '객관성'이라고 하는 학문적 이념 때문이기도 하고, 다른 한편으로는 고삐 풀린 기술 진보와 변화가 '불가피하다'는 이상한 교리 때문이기도 하다. '객관성'은 단지 도덕적 비겁성을 감추는 학계의 제복 같은 것이 되었다. '객관적'인 사람은 어떤 입장도 취하지 않는다. 기술결정론이라고 하는 '현실주의'적 대세를 따르면, 당혹스런 도덕적·지적 기준을 따르지 않아도 되고, 무엇이 탁월하고 바람직한 것인지를 규정해야 될 필요로부터도 벗어나 있게 된다. 교육은 학생들이 '변화하는 세계'에서 살 수 있도록 준비시키기 위해서 진리에 대한 관심을 접어 둔다. 교육적 기준이 '변화하는 세계'의 지배를 받기 시작하면서부터—여기서 변화는 물론 정부-군사-대학-산업 복합체에 의해 결정되는 방향으로의 변화다—우리는 사실상 어떤 식으로 어떤 것을 가르쳐도 정당화된다. 왜냐하면 '변화하는 세계'가 어떤 세계인지 확실히 아는 사람은 결국 아무도 없기 때문이다. 이처럼 대학을 기업체로 운영할 수 있는 길이 열린 것이다. (좀 복잡하긴 하지만 별로 어렵지 않은 4년간의 의식을 거쳐서 학위를 팔고, 그 대가로 교수들에게 일자리를 주는 것이 대학이라는 기업체의 목적이다.)

'농기업' 대학들과 농민의 이향

국유지 교부 대학은 학술 연구에서 농업도 산업과 동등한 지위를 보장해 줘야 한다는 의무를 완수했지만, 그렇게 할 수 있었던 것은 단순히 대학이 농업과 산업을 구분하지 못했기 때문이다. 이렇게 농업과 산업을 구분하지 못하는 태도는 '농기업'이라는 용어에서 그대로 드러난다. '농기업'이라는 용어는 기능이나 이해관계라는 면에서 어떤 실제적인 정체성을 드러내는 말이 아니라, 산업적 이해관계에 농업적 이해관계를 복속시키기 위해 의도적으로 혼란을 불러일으키는 말이다. 이렇게 농업과 산업이 혼동되면서 국유지 교부 대학 법안의 원래 취지는 완전히 왜곡되고 말았다. 이에 대한 실증 사례를 농기업 책임 프로젝트팀 산하의 특별전문위원회*가 설득력 있게 기록으로 남겨 놓았다. 아래 인용문에서 짐 하이타워와 수잔 드마르코는 특별위원회의 주요 주장을 이렇게 밝힌다.

---

* 1970년에 조직된 농기업 책임 프로젝트(Agribusiness Accountability Project)는 워싱턴 D.C.에 본부를 둔 공익단체로, 원래는 대기업과 농기업이 이주노동자와 계절노동자의 빈곤과 어려움에 어떤 책임이 있는지를 밝히는 것을 목표로 삼았지만, 곧 이들의 활동은 농업, 국유지 교부 대학들, 지역협력사업 전반에 대기업이 어떤 영향력을 행사하는가를 밝히는 데까지 범위를 넓혔다—옮긴이.

이런 연구로 도움을 받는 사람은 누구며 누가 피해를 입게 될 것인가? 주요 수혜자는 대농들, 농기계와 화학비료와 농약 제조회사와 가공업자들이다. 존 디어, 인터내셔널 하비스터, 매시 퍼거슨, 앨리스 찰머, J. I. 케이스 같은 기계 회사는 거의 한 번도 빠지지 않고 국유지 교부 대학들에서 공동 연구에 참여하고 있다. 이런 기업들은 돈과 자기 회사의 연구요원들을 투입하여 국유지 교부 대학 연구진들의 기계 개발을 돕는다. 그 대가로, 이 회사들은 첨단기술을 제품에 장착할 수 있다. 회사가 실제로 제조권에 대한 독점 라이센스를 받기도 하고, 세금이 투입된 연구 성과물을 판매하는 경우도 있다.

기계화가 농기업에게 혜택이었다면, 수백만의 미국 농민들에게는 재앙이었다. 농장 노동자들은 첫 번째 희생자였다. 1950년 농장에 고용된 노동자들은 430만 명이었다. 20년 후 그 숫자는 350만 명으로 줄었다. (…) 농장 노동자들은 기계화 연구로 잃어버린 일자리에 대해 보상받지 못했다. 그런 연구를 구상할 때 이들의 의견을 청취한 적도 없었다. 농장 노동자들의 실제 필요는 연구의 관심 사항이 아니었다. 농장 노동자들은 그대로 방치되었다. 어떤 재교육도, 실업에 대한 보상도, 국유지 교부 대학이 수행한 연구 결과 발생한 변화에 적응하는 것을 돕기 위한 연구도 없었다.

국유지 교부 대학들은 대부분의 독립적인 가족농들을 무시했다. 이 대학들이 수행하는 기계화 연구는 87~90퍼센트의 미국 농민들에게 적절치 않거나 단지 부차적으로만 적용이 가능한 것들이었다. 기계화 작업에 투입되는 공적 보조금은 가족농의 경쟁력을 약화시켰다. 납세자들은 국유지 교부 대학들을 통해서 기업의 효율성과 이익을 증대시킬 수 있도록 고안된 기술 자원을 기업가들에게 지원해준 셈이다. 이런 식으로 기업가들에게 지원된 기술은 그들의 사업 규모에 딱 맞는 맞춤형 기술이다. 독립적인 가족농은 끝없이 진행되는 기술 진보의 흐름을 타려고 필사적으로 노력하다가 자신이 가지고 있는 자원을 탕진하도록 방치되어 있다.

특별전문위원회는 학계의 정부보조금 지원사업의 문제점들을 지적했다. 예를 들면, 농과대학, 실습용 농장, 지역협력사업 등을 통해 제공된 부적절하고 부실한 연구와 교육의 문제점들이 지적됐다. "일자리가 있는 주부들은 전업 주부들보다 가사 일을 돌볼 시간이 적다"는 대단한 사실을 발견한 코넬대학 연구로부터 사람들은 무슨 '도움을 받기'를 기대할 것인가? 예를 하나 더 들자면, 켄터키 주 루이스빌의 지역지 『루이스빌 쿠리에 저널』의 한 기사는 "스무 살 된 여급사가 최근 한 대학 수업에 참가해 '훌륭한 식탁 차림법'을 배웠다"고 보도했다.

그 여급사는 '접시에 담는 내용물을 줄이면' 오히려 식탁까지의 걸음 수를 줄일 수 있어 서비스 속도를 높일 수 있다는 식의 요령을 몇 가지 배웠다. 그리고 길을 잘 모르는 관광객들을 더 잘 안내할 수 있도록 지역을 통과하는 대부분의 고속도로 번호를 배웠다.
그녀는 이 모든 것을 켄터키 농과대학에서 배웠다. 레스토랑 경영 전문가들은 렉싱턴 캠퍼스를 여급사들 훈련 장소로 사용했다. (…)

켄터키 농과대학은 관광을 촉진시킨다.

또한 주 전체의 고속도로 건설, 숙박 시설, 하수 시스템, 산업 개발을 기획하는 데 도움을 준다.

켄터키 농과대학은 베이비시팅, '가족 생활'에 관한 훈련을 제공한다…….

이런 종류의 '농업' 서비스를 정당화하고 있는 스미스-레버 법안의 347a항은 1913년 하원의원 레버가 지역협력사업을 '의무화'하는 규정을 통해 삽입하였고, 1955년 수정을 거친 바 있다. 1913년 최초 법안과 1955년 수정 법안에는 공통적으로 살펴봐야 할 사항들이 들어 있다.

347a항은 주로 다음과 같은 의회의 통찰에 근거하고 있다. "농장에서 농사짓는 독립 농가의 규모가 너무 작거나 너무 비생산적인 경우 또는 둘 다인 경우가 있다"는 것이다. 이렇게 "혜택을 보지 못하는 농장들"에 대해서 다음과 같은 치유책이 처방되었다.

(1) 농가의 문제들을 평가하고 해결하기 위해 농가들에 집중적인 현장 교육을 지원한다. (2) 농업을 개선시킬 수 있는 자원이 어느 정도 되는지 평가하고 농가 수입 보조를 위해 고안된 산업을 소개하는 데 지역단체들에게 도움과 상담을 지원한다. (3) 특히 충분한 일자리를 얻지 못한 농가들에 고용 기회에 관한 가능한 모든 정보를 제공하기 위해 다른 기관들과 단체들과 협력한다. (4) 기회와 기존의 자원을 분석해서 농업 벤

처를 권유해 볼 만한 농가의 경우, 그와 같은 변화 모색을 위한 정보 · 조언 · 상담을 제공한다.

하원의원 레버가 사용한 '의무화'라는 표현은 적절하다. 이런 표현은 적어도 켄터키대학의 지역협력사업 담당부서의 입장에서 보면 분명히 법률적 강제력을 부여하는 것으로 간주되었을 것이다. 이렇듯 지역협력사업 담당자들은 모든 정책에서 어떤 식으로든 리더십을 발휘해야 할 책임감을 느꼈을 것이다. 리더십의 목표는 물론 더 나은 농사, 더 나은 삶, 더 많은 행복, 더 많은 교육, 더 나은 시민이다.

347a항이 특수 이익 관련 법률의 성격을 가졌다면, 그 특수 이익은 여기서 ("혜택을 보지 못하는") 소농의 이익을 가리키는 것이겠지만, 단지 그렇게 보일 뿐이고 그나마도 소농의 이익인지 애매하다. 우선, 이 법안으로 인해서, 법철학적으로 보나 대학의 철학적 관점에서 보나 다음과 같은 놀라운 개념이 도입된 것이다. 즉, 어떤 농장은 "너무 작고" "너무 비생산적"이라는 것이다. 이런 판단의 유일한 기준은 그 다음에 따라오는 문장들에서 암시되고 있다. 그와 같은 농장의 농부들은 "이익이 남는 사업에 요구되는 조정과 투자를 할 수 없다". 그와 같은 농장은 "유휴 노동력을 고용하여 이윤을 남길 수 있는 여유가 없다". 그리고 가장 두드러진 부분은, "많은 수의 이러한 농가들은 현재 제공되는 지역협력 프로그램들을 제대로 사용할 수 없다"라는 부분이다.

어떤 농장을 "너무 작다"라든가 "너무 비생산적"이라고 규정짓는 것은 농업이 아니라 경제적 관점에서 내려진 규정이다. 농장은 삶이 아니라 이윤을 제공해야 한다는 것이다. 더구나 현재와 마찬가지로 1955년의 '농기업' 친화적 경제에서 농업은 수익 사업이어야 한다. (347a항은 시대의 산물로서, 이 시기에 농무성 차관 존 데이비스와 얼 버츠는 "농업 생산을 합리화하기 위해 기업에 의한 통제"를 옹호했으며, 이 시기에 '농기업'이라는 말이 처음으로 데이비스 차관에 의해 만들어졌고, 이 시기에 농무성 장관 에즈라 태프트 벤슨은 농민들에게 "규모를 키우든 퇴출되든"이라는 말을 남겼다. 347a항은 그런 시대의 산물이다.) 이윤창출 가능성은 일종의 기준이 될 수도 있다. 그러나 그것은 매우 상대적인 기준일 뿐 충분한 조건이 될 수는 없다. 이윤창출 가능성만 내세운다면, 한 가족이 작은 면적의 땅에 농사를 짓고 그 땅을 훌륭하게 돌보면서 품위 있고 독립적인 좋은 삶을 이어 나갈 수 있는 가능성은 사라지게 된다.

그러나 농장이 "너무 작다"든가 "너무 비생산적"이라는 규정 다음에 오는 세 번째 규정은, 농장에 대한 규정으로서 가능한 것인지도 모르겠지만, 훨씬 더 심각한 문제를 갖고 있다. 반복해 보자면, "너무 작고" "너무 비생산적"인 농장은 "현재 제공되는 지역협력 프로그램들을 제대로 사용할 수 없다"는 것이다. 여기서 농장은 서비스 산업의 기준이 되는 것이 아니라, 서비스 산업이 농장의 기준이 되고 있다.

347a항의 입법은 농장의 경제적 어려움이라고 하는 실제 상황에 대한 대응이었고, 이 법안의 목표는 타개책으로서 새로운 지역협력

사업 개발을 허용하는 것이었다고 주장할 수도 있다. 그러나 그 주장이 옳다 하더라도 그것은 반만 맞는 주장이다. 1955년 농업은 분명히 경제적으로 어려웠다. 그때를 기점으로 농장과 농민들의 숫자가 엄청나게 줄어들었다는 것만 보더라도 그것이 사실이라는 것을 알 수 있다. 그러나 당시 지역협력사업을 통해 농업 문제를 그 자체로 다루는 데 필요한 프로그램을 고안하기 위한 국유지 교부 대학 관련 입법 활동은 많이 있었다. 347a항과 관련하여 두드러진 점은, 그 조항이 국유지 교부 대학들로 하여금 농업 문제를 그 자체로 보는 것을 포기하고 '농기업' 혁명을 불가피한 것으로 받아들여 농업 문제에 대한 비농업적 해결책을 시도하도록 허용했다는 점이다. 347a항이 규정하고 있는 지원책들은 너무 일반적이고 애매한 것들이어서 대학들은 이 규정을 멋대로 활용하였다. 1955년 이후 농학계는 기득권을 갖게 되었다. 그러나 농학계는 농민들의 복지 분야에서 선도적인 역할을 하지 않았다. 그보다는 농민들과 그들의 가족과 후예들과 관련된 일에는 어김없이 농학계가 관여하면서 기득권을 획득하게 되었다. 다른 말로 하자면, 농학계 전문가들의 기득권은 농민의 실패로부터 나왔다. 농민들에게 단순한 허드레 일자리를 보장해 주는 것, 그것이 농학계 전문가들의 기득권으로 연결되었다.

그러나 347a항의 법조문 자체가 느슨하게 쓰여 있는 데다 구체적으로 어떻게 여급사에 대한 고속도로 번호 교육, 관광 촉진, 산업개발 기획, 하수 시스템과 숙박 시설 확충 등을 정당화하게 되었는지를 밝히는 것은 쉬운 일이 아니다. 이런 프로그램들을 정당화시켜 주는 것은 하원의원 레버의 '의무화'라는 말로서, 이 표현을 빌미로 사실상 지역협력사업 담당자들은 무슨 일이든 할 수 있는 자유를 얻은 셈이다.

법적으로 볼 때 국유지 교부 대학의 합법적 고객들은 농부들인데, 이들이 급격하게 줄어들자 이에 대처하기 위한 필사적인 **작전***이 바로 이런 새로운 '사업들'인 셈이다. 그런데 이렇게 농부의 숫자가 줄어들게 된 것에 대한 책임은 상당 부분 대학 자체에 있다. 왜냐하면 대학들은 '농기업'과 협력하는 데에만 열심이었기 때문이다. 농사가 농기업으로 전환되면서 농업 인구는 격감하였고, 그에 따라 농업전문가들은 한때 자신들의 수혜자들이었던 농민들을 따라 도시로 진입하기 위한 '프로그램'을 개발하는 것이 필요해졌다. 그렇게 하든지, 아니면 대학에서의 생계 수단을 잃든지, 농업전문가들은 선택의 여지가 없어 보였다. 농과대학들이 너무나 열심히 농업의 산업화와 농민의 도시화를 촉진시킨 나머지 이제 "미국 인력의 96퍼센트가 식량 생산에서 자유롭게 되었다". 그렇다면 농과대학이 필요한 생존 책략은 산업화와 도시화를 추진하는 대학이 되는 것이다. 그 대학이 바로 '농기업' 대학이다. 농기업 대학은 사실상 오랜 시간

---

* 여기서 고딕체는 강조를 위해 번역자가 선택한 것이다. '작전'이라는 말 속에는 누군가를 속이기 위한 속임수라는 뜻도 포함되어 있다. 다음 문장에서 기술되듯이, 대학이 농민의 급감, 농촌의 위기의 원인이면서도 마치 문제의 해결자라도 되는 듯이 행세하는 태도를 비판하기 위해서, 저자는 '작전'이라는 단어를 선택한 것으로 보이고, 그런 저자의 태도를 강조하기 위해서 번역자는 '작전'이라는 어휘를 고딕체로 처리했다—옮긴이.

에 걸쳐서 이루어져 왔다. 농기업 대학들의 성공은 실로 경탄할 만한 것이었다. 농민의 숫자가 줄어들었는데도 농과대학은 성장했다. 그래서 농과대학의 성장은 더욱 놀랍다.

다음과 같은 질문을 통해서 347a항에 따라 프로그램 장사를 한 행위가 얼마나 농업에 대한 배신인지 생각해 볼 수 있겠다.

국유지 교부 대학들은 왜 "혜택받지 못한" 소농들의 **농업** 문제를 다루지 않았는가?

국유지 교부 대학들은 왜 소농에 적절한 작은 규모의 기술과 방법에 대한 개발 시도를 하지 않았는가?

국유지 교부 대학들은 왜 '농기업'과 큰 기술로의 전환이 불가피하다고 추정했는가?

국유지 교부 대학들이 관광을 장려하고 하수 시스템을 계획할 수 있다면, 왜 이 대학들은 지역협력사업을 통해서 소농들에게 기업형 공급자들과 구매자들에 맞서는 보호 대책을 마련할 수 있도록 장려하지 않았는가?

국유지 교부 대학들은 왜 소농 경제의 주요 생업이었던 가금류, 달걀, 버터, 크림, 우유 생산을 담당하는 소생산자들의 시장이 파괴되는 것을 말없이 지켜보기만 했는가?

국유지 교부 대학들은 왜 그런 시장들을 파괴하는 데 사용되었던 위생법이 꼭 필요한 것인지, 또는 정의로운 것인지 의문을 제기하지 않았으며, 그에 대해 연구하지 않았는가?

국유지 교부 대학들은 왜 농장을 버리고 도시로 이주해 들어가는 실제 비용(도시와 시골에서 드는 비용)을 계산해 보려 하지 않았는가?
국유지 교부 대학들은 왜 사회적·정치적·문화적 가치에 대해서는 의문을 제기하지 않았는가?

농과대학들은 사실상 '농기업' 대학들이었으며, 이런 대학들이 소농, 농장 공동체, 농지의 이해관계를 거스르는 연구를 했다는 사실은 농학 연구의 전문화 현상이 세상과 얼마나 고립되어 있는가를 보여줄 뿐이다.

먼저, 우리는 농학 연구를 전공별로 갈라놓는다. 그리고 대학 구조 내부에서 농학의 각 전공 분야들은 다시 다른 종류의 전공 분야들과 갈라진다. 이 문제에 대해서는 앙드레 메이어와 장 메이어가 학술지 『다이달루스』 1974년 여름호에 게재된 「농학, 섬으로 존재하는 제국」*이라는 논문에서 통찰력 있게 잘 요약해 놓았다. 다른 학문 분야와 마찬가지로 농학은 독자적인 길을 걸었고, 그 자체의 방식으로 확대되어 왔다. "농학이 19세기 지적 분야 중 하나로 발전하면서 대학의 교양 중핵 분야로부터 단절된 분과학문으로 자리 잡았

* 앙드레 메이어와 장 메이어는 부자지간으로서, 장 메이어는 영양학자이자 오랜 기간 터프트 대학의 총장을 역임한 학자다. 이들이 쓴 「농학, 섬으로 존재하는 제국」(Agriculture, the Island Empire)이라는 논문은 농업 사회학적 접근으로 이 분야의 고전에 속하는 글이다. 여기서 저자들은 농학이 다른 학문들과 절연되었을 뿐 아니라, 역시 섬처럼 존재하는 농민들과 농민 단체들과의 교류가 없는 섬으로 존재하고 있음을 지적한다—옮긴이.

다.” “인문학과 자연과학 산하에 하위 전공 분야가 있는 것처럼 농학도 자체적으로 하위 전공 분야를 만들었다.” 그리고 농학은 “자체적인 학회와 직능, 사교 단체들도 조직했고, 전문기술 잡지와 대중잡지도 창간했다. 그리고 농학에 관심을 갖는 대중도 창출했다. 심지어는 독자적인 정치체제도 갖추게 되었다”.

이 논문의 저자들은 다음과 같이 지적한다. “농학의 설립자들은 농학을 사회와 정치부터 심지어는 신학까지 포괄할 정도로 범위가 넓은 계몽주의적 학문 개념의 중심에 위치시켰다.” 그러나 현대의 학문 구조는 농학을 그와 같은 사유로부터 소외시켰다. 결과적으로, 농학은 터무니없이 ‘독자적 영역’을 구축하여, ‘영양학적 가치에 대한 고려는 하지 않은 채’ 유전학적 연구 결과를 내놓으면서 이른바 녹색혁명을 낳았다. 그러나 현대 농학은 유전자의 과잉단순화에 따른 우려나 녹색혁명의 사회적·정치적·문화적 위험성에 대한 성찰은 보여주지 않았다. 농학의 독립으로 농학은 또한 생태와도 분리된 ‘분야’가 되었다.

신뢰의 배신

여기서 우리의 관심을 끄는 교육 **이념**은 토머스 제퍼슨의 마음속에 뚜렷이 자리 잡고 있었다. 저스틴 모릴에 와서 그 이념은 좀 약화되거나 흐릿해졌지만, 애초의 국유지 교부 대학 법안 조문에서는 의문의 여지 없이 살아 있었다. 교육은 '실용교육'일 뿐 아니라 '교양교육'이라고 하는 법안의 취지에서 제퍼슨의 교육 이념을 찾아볼 수 있다. 또한 "건전하고 번성하는 농업과 농촌 생활"을 키워 나가고자 하는 소망에서, 농업과 산업의 구분에서, '항구적인' 농업을 뿌리내리게 하고 유지시키려는 목적에서 우리는 제퍼슨의 교육 이념을 찾아볼 수 있다. 한 가지 더 유추해 본다면, 농업의 항구성은 '농촌 가정과 농촌 생활'의 안정성에 달려 있다는 인식 역시 제퍼슨의 교육 이념과 맞닿아 있다. 그 이념은 바로 농부는 교양교육을 통해서든 실용교육을 통해서든 **농부**로 교육되어야 한다는 것이다. 그렇게 교육받은 사람은 고향 마을로 돌아온다는 인식 위에 교육이 이루어져야 하겠지만, 여기서 교육 이념의 핵심은 단순히 학습을 통해 농민들을 교정하고 향상시킨다는 것이 아니다. 핵심은 농민들 스스로 신뢰를 주고 의무를 다하는 '지역사회 리더십'을 발휘할 수 있게 하는 데에 있다. 이것이야말로 토머스 제퍼슨의 저 "경계심을 늦추지 않고 의심하는 마음으로 감독하는 태도"의 최고 형태이다. 왜냐하면 그런 리더십 없이는 지역사회가 유지될 수 없기 때문이다. 농업을 산업과 구분시켜 주고 산업에 대한 경쟁력을 키워주려면, 그런 리더십은 더욱 필요하다고 할 수 있다. 생각해 보건대, 그런 리더십이 있었더라면, 현재 아미쉬인들이 실행하고 있는 것처럼* 지역사회에서

---

* 아미쉬인들이 테크놀로지를 어떻게 규제하고 있는지를 비롯해서, 그들의 교육철학, 종교, 농적 생활에 대해 본서 9장 '한계 영역들'(417~429쪽)에서 상세히 논의되고 있다—옮긴이.

테크놀로지 사용에 제한을 둘 수도 있었을지 모른다.

제퍼슨의 교육 이념을 살펴보니, 국유지 교부 대학들 자체의 퇴행성과 모순을 발견할 수 있을 뿐 아니라, 이 대학들이 농촌 공동체가 망가지는 데 퇴행적 영향을 끼쳤다는 것을 이해할 수 있게 되었다. 이 대학들의 실패는 지적·교육적 기준의 훼손, 그 이상의 의미를 갖는다는 것을 알 수 있다. 국유지 교부 대학들의 실패는 신뢰의 배신이다.

국유지 교부 법안을 보면, 대학들은 정부의 기금과 교육/연구 위탁만 받는 것이 아니었다. 이 법안에는 일반적으로 농업과 농촌 생활 보존이라고 할 수 있는 목적이 들어 있었다. 법조문을 보면 이 목적이 실제적인 것이라는 점은 분명하다. 감히 말하건대, 누구도 이것을 부정할 수 없다. 그리고 이 목적은, 훨씬 인정을 덜 받는 사항이기는 하지만, 가치와 정서의 문제를 제기한다는 점에서 도덕적인 것이라는 점 또한 명백하다. 농업을 순전히 기술적인 문제들로만 규정하는 한(이런 규정은 그 자체로 완전한 허구지만), 순전한 실용성의 관점에서 농업 문제에 접근할 수도 있다. 그러나 순전한 실용성이라는 개념만으로는 "교양교육", "건전하고 번성하는 농업", "항구적이고 효과적인 농산업", "발전과 향상"과 같은 어휘의 의미를 제대로 설명할 수 없다. 그리고 "시골 가정과 시골 생활"이라는 개념을 다루는 데에도 전적으로 실패한다. 예를 들면, 해치법이 "항구적이고 효과적인 농산업"과 "농촌 가정과 농촌 생활의 발전과 향상"이라는 목표를 대학들에 부여했을 때, 그 법안은 미국 역사와 사상의 지배적인 주제 중의 하나를 구성하는 농적農的 가치에 충실할 것을 대학들에 요구한 것이다.

국유지 교부 대학들의 비극은 그 도덕적 의무를 이행하기 위해서 결국 입신제일주의를 추구하는 비도덕적인 전문가들의 기준과 실행 방식에 의지하는 것 이외에 달리 방법이 없었다는 점이다. '객관적'인 농'학' 실행자들의 정신 자세에는 경력의 필요성과 실험 논리에 의해 설정된 방향성 이외에는 어떤 목적성도 존재하지 않는다. 이들에게는 분명한 도덕적 충실성이나 태도 또는 제약 같은 것이 없다. 그렇기 때문에 이들의 작업은 필연적으로 가장 큰 권력에 복무하게 된다. 현존하는 가장 큰 권력은 산업경제이며, '농기업'은 그 일부다. 농업전문가의 '객관적'인 전문 기술은 어떤 도덕적 힘이나 나름의 비전을 지니고 있지 못하기 때문에 나침반 바늘처럼 '농기업'의 더 큰 이익을 가리키고 있기 마련이다. 실험실의 객관성은 세상사에 냉담하다. 무책임한 지식은 바로 상품이다. 탐욕은 그 응용의 동력이다. 국유지 교부 대학들은 농촌 가정과 농촌 생활의 발전과 향상을 도모하기는커녕, 사실상 인구 전체의 이향離鄕 행렬을 맹목적으로 뒤따랐으며, 대규모 이향에 따른 무질서를 맹목적으로 기록하거나 무질서에 '기여'하였고, 이 무질서를 맹목적으로 '진보'라거나 '기적적 발전'이라고 합리화하는 작업을 했다.

이 시점에서 모릴법의 "교양교육과 실용교육" 조항에 가해진 폭력을 이해하기 시작할 수 있다. 제퍼슨은 '실용교육'을 포함시키는 것 자체를 반대했을 거라고 상상해 볼 수 있다. 그리고 실제로 돌이켜 보면, '실용교육' 포함의 위험성은 명백하다. 그럼에도 불구하고, 모릴법은 분명히 '교양교육과 실용교육'을 별도의 두 가지 교육이 아니라 **하나**의 교육을 묘사하기 위해 사용하고 있다. 이처럼 두 용어가 서로 연관성을 지니고 있는 한, 교양과 실용은 어떻게 조합시킬 수 있는지에 대해 생각해 볼 수 있다. 예를 들자면, '교양교육'은 가치에 입각해서 '실용교육'에 필요한 제동을 걸 수도 있을 것이다. 그리고 '실용적' 관심은 '교양교육'을 활용과 효과라는 핵심적인 문제로 이끌 수 있을 것이다.

그러나 실제에 있어서는, 모릴법의 조문은 마치 "교양교육 **또는** 실용교육"이라고 쓰여 있기라도 한 것처럼 칼로 잘린 듯 이등분되어 각각 실행되어 왔다. 이 두 가지 종류의 교육이 이론적으로는 둘로 나뉘어 각각 중요성을 인정받을 수 있겠지만, 실제로는 둘로 나뉘면 바로 적대적인 관계로 맞서게 된다. 이 둘은 서로 경쟁관계에 들어서고, 일종의 교육에서의 그레셤의 법칙에 따라 실용교육은 교양교육을 내몰게 된다.

이런 일이 발생하는 것은 두 종류의 교육의 **기준**이 근본적으로 다르고 정반대의 입장에 있게 되기 때문이다. 교양교육의 기준은 여러 분야에서 탁월함에 대해 내려진 정의에 기초를 두고 있다. 그리고 탁월함에 대한 규정은 선례에 기초한다. 우리는 전범典範이 되는 과거의 사상가, 연설자, 작가들을 공부함으로써 생각의 질서를 잡고 조리 있게 말하고 글 쓰는 법을 배운다. 우리가 단테의 『신곡』과 피타고라스의 정리를 공부하는 것은 무엇인가를 획득하여 그것을 다른 무엇과 바꾸기 위함이 아니다. 우리는 생각의 질서와 종류種類를 이해하고 우리의 정신에 주제와 전범을 공급하기 위해 공부한다. 교양교육의 기준은 본보기에 뿌리를 두고 있기 때문에 변하지 않는다.

반면에 실용교육의 기준은 무엇이 유효하게 작동할 것인가에 대한 질문에 기초한다. 교과 과정상의 정의에 따르면 실용교육이라는 것은 가치의 문제를 다루지 않기 때문에, 무엇이 현실적으로 유효한가라는 질문은 가장 천박하고 직접적인 방식으로 대답이 나오기 마련이다. 돈을 벌어주는 것이 실용적인 것이다. 가장 실용적인 것은 가장 돈을 많이 버는 것이다. 실용교육은 '투자'다. 무엇인가를 획득해서 그것을 '상품', 일자리, 돈, 위신과 같은 다른 무엇인가와 교환하려 하는 것, 그것이 투자이고 교육이다. 교육은 학생들이 '변화하는 세계'에서 경쟁할 수 있도록 준비시키는 일이며, 그런 만큼 교육은 전적으로 미래지향적이어서 급변하는 세계에서 유효한 것을 선택한다. 현재 적용되고 있는 실용성 기준은 본질적으로 퇴행적 기준이다. 앞으로의 세계가 어떤 모습일 것이니 학생들은 무엇을 알 필요가 있을 것인가에 대해 추정해 보는 것 이외에는 퇴행적인 기준을 교정할 방법이 없다. 미래는 당연히 알 수 없는 것이기 때문에 미래에 대해서 누가 어떤 추정을 하든 다른 누구의 추정보다 신통치 않은 것이라고 말할 수 없게 되어 있다. 그러다 보니 실용성 기준은 하향 조정될 수밖에 없게 되었다. 왜냐하면 실용성 기준은 학생들의 필요가 아니라 욕망을 만족시키려 드는 경향이 있기 때문이다. 가령 어떤 학생이 자신이 추구하고자 하는 경력에 어떤 과학 지식은 필요하지 않다고 생각할 경우, 그것을 가르칠 방법은 없어진다.

교양교육의 관점에서 보면 학생들은 문화적 생득권을 지닌 잠재적 상속인이라는 점에서, 교양교육은 유산의 성격을 갖고 있다고 말할 수 있을 것이다. 거기에 비해 실용교육은 미래의 지위, 신분, 부 등과 교환할 수 있는 상품의 성격을 지니고 있다. 교양교육은 자연과 인간성이 급변하지 않는다는 가정 위에 성립된다. 따라서 우리는 과거를 이해할 필요가 있다는 것이 교양교육의 토대를 이루는 가정이다. 실용교육 담당자들은 교육의 유일하게 의미 있는 고려 대상으로 인간 사회만을 꼽는다. 따라서 근본적인 변화가 늘 필요하다고 가정한다. 또한 이들에게 미래는 과거와 전적으로 다르고, 과거는 낡고 부적절하며 미래에 거추장스런 부담이다. 따라서 현재는 단지 과거와 미래를 갈라놓는 시간이고, 다가오는 미래를 준비해야 하는 시간일 뿐이다.

그러나 분리와 대립에 기초해 교육에 대해 내린 이런 식의 정의들은 너무 단순하다. 어느 한쪽의 관점을 받아들여 다른 한쪽의 잘못을 지적하는 것은 쉬운 일이다. 그러나 잘못은 어느 한쪽에 있는 것이 아니다. 잘못은 양쪽을 갈라놓은 분리에 있다. 이 책의 목적 중의 하나는 실용이 가치의 규율로부터 이탈하면 어떻게 사업자들의 직접적인 이해관계에 의해 규정되는 경향이 생기고, 그에 따라 어떻게 가치를 파괴하게 되는가를 보여주는 것이다. (여기서 가치는 실용적인 가치와 다른 가치들을 모두 포함한다.) 교양교육이 실용교육과 담을 쌓게 되면 교양교육은 가르치는 내용이 어떻게 사용되고 영향을 미치게 되는가에 대해 의식하지 않게 되므로 교양교육은 결국 약화되고 목표를 잃어버리게 된다. 제임스 D. 왓슨의 DNA 구조 발견에 대한 책, 『이중나선』 같은 예에서 볼 수 있듯이, '순수'과학의 순수성은 지식의 활용·책임·영향에 대한 인식 없이 고도로 경쟁적인 지적 게임으로 숭배된다. 그리고 이른바 인문학이라는 것도 '그들'만의 세계가 되어, '직업적인' 특수 용어, 복잡하고 난해한 해석의 회로, 무기력한 감상의 남발이 곧 인문학이 되었다. 역사적 가치에 대한 균형 감각을 갖추지 못한 실용교육은, 이미 앞에서 지적한 대로, 가장 터무니없는 기준을 우리에게 제시한다. 이론적으로 추정된 미래상을 제시하고 거기서 유추되는 필요를 기준으로 한 '적절성'이 바로 그런 기준이다. 그러나 실용성과 분리된 교양교육은 그에 못지않게 터무니없는 기준을 제시한다. 교양교육의 이러저러한 분야의 전문가 행세를 하는 교수들은 자신들이 학습한 과거 유산의 후견인 노릇을 자임하지만, 이들은 정작 그 유산으로부터 교훈을 얻은 바가 없는 자들이다.

교양교육은 실용적 교과 과정과의 경쟁에 직면해서 자체적인 기준을 유지하기가 어렵다는 사실을 알게 되어 스스로 실용적인 내용을 갖추게 되었다. 말하자면, 교양교육 역시 경력제일주의 성격을 띠게 되었다. 현재 문학이나 철학을 공부하는 유일한 이유는 수입을 위해 문학 또는 철학 교사가 되는 것이라는 인식이 널리 퍼져 있다. 최근 수사학 교재 한 권이 우송되어 왔는데, 내용을 보니 이런 구절이 눈에 띄었다. "전문적인 언어학자가 아니라면 언어 실행 과정을 구체적이고 정확하게 설명할 능력을 가질 필요가 없다." 그럴지도 모른다. 그러나 이런 인식의 바탕에는 언어학자는 언어학자가 되길 열망하는 학생들을 가르치기 위해서, 단지 그런 목적으로만 언어를 공부해야 한다는 어리석은 가정이 함축되어 있다.

농학을 공부하는 학생들에 대한 교육은 그 못지않게 어리석다고 말할 수 있다. 사실은 현재의 농학 교육은 위험하다고까지 말할 수 있다. 농학도들은 실용 지식과 실행 절차에 대해 교육을 받기 때문에 학습받은 지식과 절차가 적용될 사용처가 분명히 존재한다. 그런데도 이 사용처는 농학 교육의 범위와 관심 밖에 있다. 농과대학은 농부뿐 아니라 농업전문가와 '농기업인'을 양성한다. 농과대학 졸업생 중에는 농업전문가와 '농기업인'의 숫자가 훨씬 많다. 원래 농민에 대한 "교양 및 실용교육"을 위해 마련하기로 결정되었던 공공기금은 도덕적 태만으로 이처럼 농민들의 경쟁자들에게 제공되는 교육 보조금으로 둔갑한다.

떠돌이 귀족들

근대 사회에서 발생한 일과 가치의 분리를 완전히 이해하기 위해서는 신분과 여가에 대한 어떤 종류의 '귀족적' 개념이 어떻게 교육체제에 제도화되었는지 알아보는 것이 필요하다. 이에 대한 사회적·정치적 책임은 우리나라를 포함한 세계의 대부분의 '선진'국에 있다. 오늘날의 민주주의는 하층계급의 공민권 획득 이상의 의미를 갖고 있다. 민주주의는 여가, 상류층 생활 관습(예절과는 반대되는 의미의), 패션, 의상 차려입기, 까다로운 다이어트 등과 같은 상류계급의 매우 피상적인 가치들이 대중화되는 것과 관련이 있다. 우리는 '휴가'와 넥타이 정장 착용에 대단히 과장된 가치를 부여해 왔다. **외양**을 새롭게 바꾼 자동차 구입에 터무니없는 값을 지불한다. 흰 빵에 대한 선호를 만족시키느라 돈과 건강에서 값비싼 대가를 치룬다. 한때 세습 귀족에게 부여되었던 것과 똑같은 가치가 어떤 종류의 직업군과 일정 수준 이상의 소득자에 부여되고 있다.

고도로 계층화되고 유동성이 강해진 사회에서 생산 분야 그 자체가 유용함을 발휘하는 것은 어려운 일이다. 계층화와 유동성은 모두 사회적 위신이라는 개념에 기초하고 있으며, 사회적 위신은 다시 사회적으로 숭배되는 패션을 얼마나 따르는가에 달려 있다. 이런 기준에 따라, 의사들은 농부들보다 더 높은 지위를 부여받는다. 의사들이 더 필요하고 더 유용하며, 더 능력있고 더 재능이 있으며 덕성이 더 많은 존재라서가 아니라, 이들이 더 '훌륭하다'고 **생각되기** 때문이다. 이런 생각이 드는 것은 이들이 항상 학습받은 특수 용어를 사용하고 좋은 옷을 입고 있으며 돈을 많이 벌기 때문이다. 이것은 일반적으로 육체를 사용해서 일을 하는 사람들과 반대되는 의미의 '사무직 사람들'에게 해당되는 이야기다. 산업노동자는 장인이 아니라 감독이나 매니저가 되기를 열망한다. 농부의 아들은 자기 아버지보다 더 훌륭한 농부가 되면 더 '나은' 존재가 되는 것으로 생각하지 않는다. 농부의 아들이 스스로 더 훌륭한 존재가 되었다고 생각하려면 그는 아버지보다 직업적으로 더 훌륭한 **종류**의 사람이 되어야 한다.

현재 자기가 하는 일에서 더 나아지거나 지역 조건을 개선하기 위해 공적인 책임을 떠맡음으로써 자기 자신을 개선해 갈 수 있다고 생각하는 것은 현재 우리 사회의 특징이 아니다. 우리는 다른 인간이 되고, '좀 더 주목받는 자리'에 오르는 것이 자신을 향상시키는 길이라고 생각한다. 달리 말하자면, 우리들이 생각하는 변화란 질적인 것이라기보다는 양적인 것일 가능성이 크다. 이때 변화는 사회적이면서 동시에 지리적인 이동과 연관이 있을 가능성이 크다. 일반적으로 받아들여지는 단 하나의 염원은 필연적으로 인구와 가치의 동요를 불러온다. 전형적인 미국인의 '성공 스토리'는 시골에서 시작하여 도시의 풍요로 끝맺는다. 성공 스토리는 또한 육체노동에서 사무직으로 이어지는 스토리이기도 하다.

그렇다면 우리는 이렇게 물어봐야 한다. 한 농부의 아들이 농학교수가 되어 대단히 성공했다고 믿고 있다고 할 경우, 이런 믿음은 그의 사회가 절대적으로 승인해 주고 있는 바이기도 하겠지만, 농학교수가 된 농부의 아들이 제공하는 교육의 효과와 영향은 어떤 것일까? 그의 성공은 '신분 상승'의 동기 때문이지만, 그의 신분 상승 동기는 본질적으로 질과 관련된 문제를 회피한 채 단순히 농업전문가가 농부보다 훌륭하다고 가정함으로써만 가능한 것 아닌가? 그는 자신의 학생들에게 '신분 상승'은 곧 집으로부터 멀어지는 것이라는 명제에 대한 예증 아닌가? 박사학위를 받고 도시에서 좋은 자리를 차지함으로써 성공한 그가 어떻게 자신의 최고의 학생들에게 귀향하여 농사를 지으라고 조언할 수 있겠는가? 또는 그 학생들이 그렇게 할 무슨 이유라도 있을 것이라고 어떻게 생각할 수 있겠는가?

대학에 기반한 우리의 성공 공식은 양적 기준으로 만들어짐에 따라 사실상 질적 기준의 후퇴와 문화의 해체를 불러올 것이라는 점을 말하고자 한다. 대학은 문자 그대로 생각하기 어려울 정도의 속도로 정보를 축적하고 있지만, 대학의 구조와 자존심은 생산된 정보의 **귀향**을 제도적으로 허락하지 않을 것이다. 우리는 거주 지역에서 연구하지 않는다. 교수들과 동료들 앞에서 자존심을 세울 수 있으려면 우리는 출신 지역에 머물러 있어서는 안 된다.

농업 현황

지금까지 미국 교육의 목표가 변화해 온 과정을 추적해 왔지만, 나는 어느 정도는 확정적이지 않은 사실까지 언급할 수밖에 없었다. 이 책의 다른 부분에서도 나는 내 경험에 입각해서 가능한 이야기들을 썼다. 물론 내가 쓴 이야기는 다른 사람들의 경험에 비추어서 확인도 받아야 하고, 더 확장된 이야기도 나와야 할 것이며, 모순된 부분 역시 지적받아야 할 것이다. 나는 농촌 생활이 악화되어 가는 일반적인 모습을 보여주는 것이 통계 수치와 전문가들의 입증보다 우선되어야 한다고 느꼈기 때문에 '증거'보다는 경험을 앞세웠다.

그렇지만 전문가들의 증명에 대해서도 숙고해 봐야 한다. 한 저명한 전문가가 현재의 농업 현황을 정당화하는 것을 상세히 점검해보는 것으로 이 글을 마무리하는 것은 적절해 보인다. 「미국의 농업」이라는 논문은 과학전문잡지 『과학 미국』*Scientific American*의 1976년 9월호에 실려 있다. 저자는 O. 헤디 백작으로서 아이오와 주립대학의 커티스 석좌교수이자 '농업과 지역개발 대학 센터'장이다. 헤디 교수는 "네브래스카 주의 농가에서 태어나 자랐"고 네브래스카 주립대를 졸업하고 아이오와 주립대에서 박사학위를 받았다. 그는 "17권의 책과 725편 이상의 잡지 게재 논문, 연구 소식지와 모노그라프(전문학술서적이나 전문학술논문—옮긴이)"를 저술 또는 공동 저술하였다. 그는 미국 농경제학회 부회장, 캐나다 농경제학회 부회장, 농경제학자들을 위한 동-서 세미나 상임의장을 역임했다. 그의 행장行狀에는 다음과 같은 헤디 교수 자신의 말이 인용되어 있다. "나는 개발도상국에서 경제계획 담당자들의 자문에 응하고 경제와 농업 개발 정책을 평가하며 개발의 일반 업무를 분석해 주는 등 많은 작업을 한다."*

헤디 교수의 설명은 다음과 같은 진술로 시작된다.

---

* 헤디 교수는 1949년 아이오와 대학에 부임한 이래 1983년 퇴임까지 300명 이상의 대학원 제자를 배출했는데, 그 중 절반이 개발도상국 등 해외에서 온 학생들이었다. 농경제학 교재로 쓰인 그의 『농업 생산과 자원 활용의 경제학』(*Economics of Agricultural Production and Resource Use*)(1952)은 전 세계의 여러 나라 말로 번역된 농업경제학의 고전으로, 흔히 '농업경제학의 바이블'로 불린다—옮긴이.

> 지난 200년간 미국은 세계에서 가장 훌륭하고 가장 논리적이며 가장 성공적인 농업개발 프로그램을 발전시켜 왔다. 이제는 다른 나라들이 우리 프로그램을 잘 모방해 가고 있다.

객관성을 표방하는 과학자가 과학 논문 **서두**에서부터 절대적인 자신감을 피력하는 것이 놀라울 뿐이다. 그런데 조금만 더 생각해 보면 더욱 놀라운 일이 있다. 예를 들면, 1907년 그와 마찬가지로 농학 교수였고 미 농무성의 토양관리국장을 역임했던 F. H. 킹이 중국, 한국, 일본을 여행하면서 그 나라들의 오래된 농업 관행을 연구해 보고 이 나라들을 본받아야 한다는 사실을 알게 되었다는 것을 헤디 교수는 잊었는가? 아니 알고는 있었을까? 기왕에 말이 나왔으니, 헤디 교수는 자신의 생각에 대한 비판의 목소리를 알고 있을까? 그리고 그는 누구를 설득시키려 하고 있는 것일까? 분명히 『과학 미국』의 독자들은 아닐 것이다. 왜냐하면 이 잡지의 독자들은 대부분 적어도 증거를 보고 싶어할 것이기 때문이다. 그러나 사실상 헤디 교수의 논문 어디에도 미국 농업이 다른 나라에 비해 우월하다는 것을 입증할 증거는 나오지 않는다. 그리고 그나마 제공되는 증거는 오히려 미국의 농업개발 프로그램의 논리와 성공을 의심하게 만든다.

헤디 교수는 이렇게 쓰고 있다.

> 미국 농업 개발 초기에, 토지는 풍요로웠고 노동력은 값쌌다. 농장 기계, 비료, 농가가 소비하는 음식과 같은 데 투입되는 자본은 상대적으로 얼

마 되지 않았으며, 대부분은 농장에서 자체적으로 생산되었다. 농부들은 식구들과 농장에서 키우는 동물들의 물리적 작업을 통해서 자체적으로 동력을 만들어냈다. 농부들은 또한 사람과 동물들이 먹고 키우는 작물의 형태로 태양에너지를 이용해서 농사일을 수행했다. 농부들은 윤작을 시행하고 동물 배설물을 이용해서 토양의 비옥도를 유지시키려 했다. 윤작을 통해 해충 또한 어느 정도는 통제되었다.

헤디 교수의 저 말은 그렇게 비판적 진술이 아니라 그저 대체로 2차 세계대전 당시까지 미국 상당수 지역에서 있었던 농사법에 대한 묘사다. 저런 식의 농사법의 최대 약점은 의심할 바 없이 토양이 불모화되었다는 점이다. 그러나 다른 약점들도 있었다. F. H. 킹을 동양으로 보내게 한 것도 당시의 미국인들이 이런 약점들을 알고 있었기 때문이다. 그리고 그가 동양에서 발견한 내용들을 이곳에 접목시킬 수 있었다면, 오늘의 농부들은 토지 사용에 있어 좀더 부드럽고 자애로워 좀더 생산적일 수 있었을지도 모른다. 그러나 헤디 교수의 진술은 여전히 유효할 수 있다. 헤디 교수가 묘사한 내용은 불과 한 세대 전만 해도 쉽게 접할 수 있었던 농법, 즉 절약적이고 독립적이며 다양한 농장 기반 농법의 가능성을 언급하고 있다.

바로 그 가능성과 손 타지 않은 대륙이야말로 출발선에 있었던 우리의 자산이었다. 논문의 나머지 부분에서 헤디 교수는 우리가 그 자산에 무슨 일을 했는지에 대해 진술한다.

19세기 미국의 영토가 서부의 해안까지 확장하여 국유지 교부가 모두 마무리된 후, 정부의 농업 정책은 확장에서 생산성으로 초점을 바꿨다. "연구를 진작시켜 농부들에게 새로운 기술 지식을 전수하기" 위해 국유지 교부 대학 시스템이 만들어졌다. 과학과 테크놀로지는 "토지에 대한 효율적인 대체물"이 되었다. 결과적으로, "1910년부터 1970년에 이르는 기간 중 훨씬 줄어든 농토에서 생산은 약 두 배로 증가했다". 새로운 테크놀로지 사용이 빨라지면서 테크놀로지는 "토지뿐 아니라 노동력을 대체하였다. 그 결과, 1950년과 1955년 사이에 백만 명 이상의 인력이 농업 부문에서 다른 경제 부문으로 이동하였다".

확장할 수 있는 가능성이 끝난 후 농업 정책 입안자들이 생산성을 선택한 것은 매우 어려운 선택이기라도 한 듯 현명한 일이었다는 점을 받아들이라고 헤디 교수는 말하고 있다. 또한 교수는 생산성을 충분한 기준으로 받아들일 것을 요청하고 있다. 그러나 논문 어디에도 복원과 유지라는 문제에 대한 언급은 없다. 5년간 백만 명의 인력이 자기 일터에서 쫓겨난 것이 테크놀로지의 효율성의 증거로 언급될 뿐이다. '이주'의 사회적·경제적 비용이 얼마나 되었는지 궁금하다. 그리고 쫓겨난 인력들은 경제의 어느 부문으로 옮겨 갔을까? "이들은 정말로 이주하고 싶었을까?" 이런 질문을 던지는 것이 민주주의 사회에서 부적절한 일은 아닐 것이다.

다음으로, 헤디 교수는 1950년부터 1970년까지의 기간에 초점을 맞춘다.

농장들은 작물 재배와 가축 사육 중 한쪽을 선택하면서 규모가 커졌고 더 전문화되었다. 작물을 재배하는 농장들은 비료, 제초제, 농기계, 그리고 기타 주요 물품들의 사용을 크게 늘려 갔다. (…) 비료 사용은 276퍼센트 증가했고 (…) 동력 기계의 사용은 30퍼센트만 증가했지만, 1972년의 농가 수는 1950년보다 사실상 적었다. 결과적으로 그 기간 중 농장 노동력은 54퍼센트 감소했지만 노동 생산성은 네 배 늘었고 농장 총생산량은 55퍼센트 증가했다.

다시 말하지만, 대단히 문제적인 변화들이 오로지 기술 진보의 증거로 언급되는데, 헤디 교수는 독자들이 명백히 그런 변화를 그저 좋은 것으로만 여길 것으로 기대하고 있기 때문이다. 마치 사람이 동력 부족과 느린 속도를 구실로 얼마든지 더 나은 제품으로 대체할 수 있는 기계라도 되는 것처럼 '노동'의 대규모 해고가 다루어지고 있다.

1974년과 1975년, 미국 농민들은 "기록적"인 생산량을 달성했고 그에 따라 "기록적"인 소득을 올렸다. 알다시피, 기록 달성은 챔피언이 이루는 것이며 의문의 여지 없이 좋은 것이다. 그러나 헤디 교수는 다음과 같이 계속 말을 이어간다.

소득의 가파른 상승 곡선으로 농민들은 자본자산 획득에 유리한 지위에 놓이게 된다. 어떤 농부들은 소득 향상으로 생긴 기회를 모기지 만기 전에 모기지를 상환하는 데에 이용했지만, 대다수는 늘어난 소득을 새 농

> 장 장비 구입, 생활 시설 확충, 토지 구매를 통한 농장 확장에 투입하였다. 결과적으로, 농가의 부동산적 가치가 1970년과 1973년 사이에 두 배가 되었다.

이것은 헤디 교수의 논문에서 농토의 가치가 최근에 "기록적인 수준"으로 증가되었다며 두 번째 언급한 내용이다. 마치 부동산 가치 증가가 엄청난 농업적 성취라도 되는 것처럼 말이다. 그러나 이런 부동산 가치의 증가는 전적으로 농민들 사이의 땅을 사들이려는 경쟁의 결과 때문인가? 인플레이션, 도시 개발, 투기가 부동산 가치 증가와 관련이 있는가? 그리고 이런 가격 상승에는 위험이 있는가? 인플레이션이 있었다는 사실에 대해서는 논문 후반부에 간단히 언급되지만, 위의 질문 셋 중 첫째 질문에 대해서는 답한 바도 없을뿐더러 질문 자체를 제기하지 않는다. 두 번째 질문에 대해서는 나중에 대답하지만, 셋째 질문 속의 위험에 대해서는 인정하지 않는다.

다른 한편, 헤디 교수는 그 외의 다른 문제들의 존재에 대해서 인정한다.

> 높아진 생산성과 기계화와 아울러 농사의 성격 자체가 변해서 농촌 공동체에 심각한 영향을 끼쳤다. (…) 농사 인구의 감소와 함께 농촌 지역에서의 상품과 기업 서비스에 대한 수요가 떨어졌다. 그러므로 전형적인 농촌 공동체에서의 고용과 소득 기회는 눈에 띄게 줄어들었다. 사람들이 농촌 마을을 빠져나가면서 남아 있는 인구 중 학교, 의료시설, 기타

> 다른 기관의 서비스에 참여할 사람은 더욱 줄었다. 수요가 줄어들면서 그와 같은 서비스는 양과 질 모든 면에서 후퇴했고 비용은 증가했다. 농촌 마을의 비농사 인구는 큰 자본 손실을 입었다…….

헤디 교수는 한걸음 더 나아가 "농업의 빠른 발전은 (…) 환경에도 엄청난 영향을 끼쳤다"는 것을 인정한다. 더 커지고 더 전문화된 농장들은 "토양의 특정한 양분을 고갈시켜 더 많은 양의 비료를 쓰게 하고 있다". 비료 사용의 증가는 제초제 사용 증가를 동반하며, 경작의 강도와 빈도수를 높이게 한다. "그러므로 침적토와 화학비료 물질의 유입으로 인한 개천과 호수에 대한 부담이 커졌다."

헤디 교수는 말한다. "반면에 미국 농업의 발전은 전체 농산업, 즉 '농기업'의 성장을 불러왔다. 농사는 전체 농산업의 작은 일부에 지나지 않는다."

농촌 가정, 농촌 생활, 농토의 건강에 관심을 조금이라도 갖고 있는 사람이라면 위의 저 '반면에'라는 말에 얼마나 오만함이 들어 있는지 알 것이다. 저 말은 가공할 등식의 균형점이다. 헤디 교수는 농촌 삶의 사회적·경제적·생태적 훼손이 얼마나 심각한지를 기술했다. 그리고 바로 그런 훼손은 '농기업'의 성장에 의해 정당화되고 보상된다고 말했다. 소수의 부를 위해서 많은 사람들과 많은 가치의 희생이 이처럼 정당화되는 것을 보노라면, 미국의 독립 선언문이 언제 쓰인 적이 있기라도 한 것인지 의심스럽다.

헤디 교수에 따르면, 현대 농산업은 '3개의 구성 요소'를 가지고 있다. "투입물 가공 산업", "농장 자체", "식품 가공 산업"이 그것이다. 세 요소 중 첫째와 셋째 요소에 대한 헤디 교수의 정의를 거의 그대로 인용해 볼 텐데, 헤디 교수가 앞서 했던 우리의 "농업 발전" 초기 농업의 모습에 대한 묘사를 염두에 두길 독자들에게 당부 드린다.

> 현재 투입물 가공 산업은 한때 농장에서 생산되던 많은 것들을 공급한다. 오늘날 트랙터가 소나 말을 대체했고, 화석연료가 동물 사료를, 화학비료가 축분畜糞과 질소고정 작물을 대신한다. 그와 같은 발전은 농업 노동력의 더 많은 부분을 농장 자체에서 투입물 가공 부문으로 옮겨오게 했을 뿐 아니라, 농사에 들어가는 자본 비용을 증가시켰다. (…) 자금 비용의 비율이 커짐에 따라 농사에서 나오는 이윤이 과거보다 시장에서의 가격 등락에 취약해졌다.
>
> 근년 들어 식품 가공 부문은 농산업 전체 중 농업 자체보다 더 큰 비율을 차지하게 되었다. 1975년 소매 가격으로 소비자가 음식에 1달러 지출할 때 42센트가 농부의 몫이고 58센트가 식품 가공업자에게 갔다. 심지어는 전형적인 상업 농가도 현재 농장에서 재배하는 생산물을 소비하기보다는 인스턴트 냉동 포장 식품을 구입한다.

독립의 이념적 가치라든가 실용적 가치에 대해서는 그만 잊는 것이 좋겠다. 농부가 자신이 재배한 식품에 작은 이윤을 붙여서 '농기업'에 판매하고, 많은 이윤이 덧붙여진 후 '농기업'으로부터 인스턴트 식품을 되사들인다면, 바로 그 순간이 현금 유출입의 꼬리가 입속으로 쏙 들어가는 순간이다. 이 보잘것없는 경이로움이 달성되었다고 어떤 농경제학자들의 입에서는 존경해 마지않는 경탄의 소리가 흘러나온다.

헤디 교수는 높은 토지 가격의 위험성에 대해서 제기되는 질문에는 아무런 관심이 없었다. 그는 우리에게 답할 뿐이다.

> 농업의 성격이 변해서, 토지 소유가 많아 이미 자리를 잡은 농부들의 재정적 지위가 향상되었다. (…) 이제 새로 시작하는 농부들에게는 상황이 그만큼 유리하지는 않다. (…) 그러므로 우리는 규모가 큰 상업 농장이 더 많이 생기고 작은 농장은 줄어드는 경향이 커질 것이라고 예측할 수 있다.

헤디 교수의 '그러므로'라는 말은 거의 '반면에'라는 말만큼이나 무책임하다. 소농의 폐허 위에서 대농의 번성이 가능해질 수 있는 조건이 만들어진 것은 불평등·남용·오해의 뒷받침이 있었기 때문이다. 그리고 헤디 교수는 '그러므로'라는 단순한 말로 이런 조건을 미래에 강요하고 있다.

헤디 교수의 관찰은 분명히 긴급한 사회적·정치적 질문을 제기하고 있지만 그와는 별도로, 농업이나 경제적 관점에서 보아도 정말로 심각한 질문을 제기하는 것도 사실이다. 두 가지를 언급하겠다.

첫째, 누구도(헤디 교수를 포함해서) 부정하지 않는 것처럼 세계의 많은 민중들이 기아와 영양실조의 고통을 당할 것으로 현재 예상되고 있다면, 그래서 생산성이 주요 쟁점이라면, 우리가 과연 농장의 대형화 추세를 감당할 여유가 있을까? 이 질문은, 현재 많은 전문가들이 공유하고 있는 대로, 대형 농장은 소규모 농장만큼 풍부하고 효율적으로 생산하지 못한다는 자각에서 비롯된다. 예를 들면, 『과학 미국』의 같은 호에 기고한 스털링 보르트만은 "기계화된 농업은 일인당 일 년 단위 생산량으로 보면 매우 생산적이지만, 토지 단위당 생산성에서 노동집약적 농업 시스템만큼 생산적이지 못하다"라고 말한다. 그렇다면 인간과 가축의 노동이 기계를 효율적으로 대체할 수 있는 가족농/소농으로 돌아가자는 주장이 왜 합리적이지 않은 주장인가?

둘째, 농지의 규모가 계속 커지는데 그에 비례해서 농가 인구는 줄어든다면, 농가 인구는 재생산을 확신하기 어려울 정도로 위태로운 상황 아닌가? 헤디 교수의 말에 따르면, 농업 종사 인구가 나라 전체 인구의 4.4퍼센트가 된 것은 미국 농업의 큰 업적 중 하나다. 한 분야의 인구가, 특히 급전직하로 감소하는 인구라면, 어느 수준까지 떨어지면 완전 소멸의 위협을 받는 것일까? 헤디 교수와 달리 나는 농장을 효과적으로 관리하려면 농부가 있어야 한다고 생각한다. 또한 농사와 토지 관리 지식은 농사를 짓는 사람들에게 직접적으로 가치 있는 일이며, 이런 지식을 갖고 있는 농부를 확보하는 가장 분명하고 경제적인 방법은 농부를 양성하는 것이다. 이렇게 보면, 현재 농토와 유리된 상태에서 값이 매겨지고 있는 많은 젊은 농부들의 지식과 관심사는 상당한 손실을 입은 상태다.

헤디 교수에 따르면, 미국 농업은 여전히 규모를 키울 수 있는 여지가 많다. 생산을 늘리기 위해서 필요하다면 수백만 에이커의 휴경지, 목초지, 삼림, 방목장, 습지를 개간할 수 있다. 그렇다면 그로서는 땅이 농업 문제는 아니다. 그리고 그는 농부가 앞으로 많이 존재할 것이라는 점에 대해서도 추호의 의심도 갖고 있지 않은 것이 분명하다. 그의 걱정은 다른 곳에 있다.

> 미국 농업의 미래는 생산 능력 이외에 많은 다른 요인들에 달려 있다. 그 중 가장 중요한 요인 두 가지는 다음과 같다. (1) 최근의 해외 여건이 앞으로도 얼마나 계속될 것인가? (2) 미래의 공급 통제 프로그램이나 비료·제초제·토양침식에 대한 환경적 제약을 통해서 생산량에 영향을 미치게 할 정부 정책을 실시할 것인가, 아닌가?

다른 말로 하자면, 미국 농업은 (1) 기아가 국제적인 위협으로 남아 있는 한, (2) '농기업'이 제약을 받지 않는 한, 그리고 오염과 토양침식은 기업농의 불가피한 부산물인 만큼, "토지 소유가 많아 이미 자리를 잡은" 농부들이 계속 자유롭게 오염과 토양침식을 일으킬 수 있도록 허용되는 한, 앞으로도 번성할 것이다.

그렇다면 우리는 "가장 논리적"인 발전 프로그램에 따라, 농장과 가족에 기반한 독립 농업을 버리고, 여러 종류의 산업적 '투입물'에 절망적으로 의존하며 여러 종류의 재앙에 단단히 기반한 농업을 받아들인 것이다. 우리는 현재 표토와 인간의 생명력과 에너지를 무한히 소모시키고, 공동체 파괴와 토양과 하천 오염이라는 비용을 들여 식량을 생산하고 있지만, 식량 생산의 목적은 배고픔을 이용해서 무기로 사용하기 위한 것이다.*

경험과 실험

여러 해 동안 농업전문가들의 진술을 주의 깊게 읽어본 결과, 헤디 교수가 이례적인 경우라는 위안을 가질 수 없었다. 그는 교수의 위신을 앞세워 농업에 저질러진 일종의 만행을 호도하고 정당화하는 가짜 지성인 학계의 귀족들을 대표한다고 생각하지 않을 수 없게 되었다. 따지고 보면, 이런 농업 파괴 행위는 어떤 사상 체계를 갖고 보아도 이해할 수 없는 것인데도 각종 통계 수치, 도표, 그래프로 분장하여 일반인들의 의심을 침묵시키고 우중을 속이고 있다.

헤디 교수는 이른바 "논리적" 프로그램을 변호하고 싶은 열망이 있지만, 그의 변호에는 논리가 없다. 그의 변론 방식은 논리 **없는** 연역법으로서, 논리의 전제를 입증하려 통계 수치를 마구 들이밀다 논리 자체가 혼돈에 빠지는, 일종의 잘못된 학술적 형식주의를 표방한

---

* 바로 이 대목에서 우리는 헤디 교수가 '많은 일'을 수행하는 '개발도상국들'에 대해 우려스럽게 생각하게 된다. 이 나라들은 명백히 농업 자문단의 조언을 받아들일 위험이 크다. 그런데 자문단의 정책이 성공을 거둘 경우, 이 나라들은 필연적으로 기아에 허덕일 가능성이 크다.

다. 그의 전제는 그가 제시한 '증거'에 의해 반증까지는 모르겠지만 적어도 심각하게 의문이 제기되는 상황이지만, 헤디 교수는 흔들림이 없다.

헤디 교수와 그런 부류의 사람들에게 권력이 많지 않았다면 주목을 훨씬 덜 받았을 것이다. 그러나 이들에게는 강력한 힘이 있다. 이들은 미래를 자신들의 식민지로 삼는 산업 정복자들 집단에 속해 있다. 바로 그렇기 때문에 이들이 어떻게 생각하는지, 얼마나 형편없는 생각을 하고 있는지를 이해하는 것이 중요하다.

그가 속해 있는 대부분의 집단 구성원들과 마찬가지로 헤디 교수는 전문기술자다. 그가 전공 영역의 성채 안에서 상당한 수준의 질서와 의미를 만들어낼 능력이 있다는 것은 의문의 여지가 없다. 그러나 가치의 관점에서 자신이 창출한 질서와 의미를 정당화하려고 할 때, 그리고 그 질서와 의미는 '좋은 것'이며 그 질서와 의미가 기반하고 있는 가정 역시 '좋은 것'이라고 설파하려 할 때, 무질서와 무의미가 창출되는 것이다. 왜냐하면 전공기술자가 자신의 질서와 의미를 정당화하려 할 때 그는 정당화 작업 자체를 허용해 주는 더 넓은 맥락을 이해하지 못하기 때문이다. 계산을 통해 테크놀로지가 "토지뿐 아니라 노동력에 대한 대체물"로서 효율적이라는 점을 입증할 수는 있겠지만, 이런 식의 주장은 대체 행위의 인간적인, 생태적인 맥락을 무시해야 설득력을 가질 수 있을 뿐이다. 실업, 지역사회와 가족의 붕괴, 범죄, 문화파괴vandalism, 오염, 토양침식, 이 모든 것들은 테크놀로지의 압도적 '투입'의 결과로서 나타나는 현상이지만, 이런 현상의 비용을 돈으로 추산해 보는 것은 가능할 것이다. 그러나 농경제학자들이 주변을 넓게 보거나 앞을 멀리 내다볼 것을 기대할 수 없다는 것은 자명한 일이다. 다른 어떤 농업전문가들도 그 점에서는 마찬가지다. 농업전문가들은 자신들이 욕망하는 결론을 좋아한다는 것, 그것이 이들의 논의의 전제다. 농업전문가들은 이런 전제 아래 광신도의 맹목적 결단력을 바탕으로 자유롭게 논의에 임한다. 농업전문가들은 높은 '지위' 덕에 몸을 쓸 필요를 면한 분들이지만, 그 지위 때문에 머리를 사용해야 하는 대가를 치르고 있다는 것은 무서울 것까지는 없겠지만 재미있는 아이러니다.

농업전문가들이 그토록 열렬히 미래를 기대하는 것은 놀랄 일이 아니다. **우리**라는 존재의 삶은 어색할 정도로 여러 갈래로 나뉘어 있고 삶의 가치는 높아졌으며 거추장스러울 정도의 권리와 의미를 주렁주렁 달고 있지만, 우리는 아직 미래에 존재하지 않는다. 그곳에 태어날 사람들은 우리의 후손들뿐이다. 그러나 후손들은 지금으로서는 아무것도 생산한 것이 없다. 이들은 전문가가 인정해줄 수 있는 미래에 대한 어떤 권리나 자격도 없다. 전문가들과 그들의 고객, 기업 경영자들, 대기업가들의 권리에 맞춰서 미래에 대한 조사는 물론이고 리본 장식까지 마쳐 놓은 상태이다. 미래는 그들의 신세계이며 그들은 스스로 임명된 지배계급이다.

대학의 다른 지식들과 마찬가지로, 대학에서 개발된 농업전문가들의 지식은 정복된 땅에 강요된 전형적인 외래 질서다. 우리는 이런 지식으로 토착 경제를 건설할 수 없으며, 토착문화는 더더욱 만들어낼 수 없다. 대학의 지식으로 우리는 조국에 대한 제국주의 침략자가 될 수 있을 뿐이다.

그 이유는 이런 지식은 문화적 깊이 또는 복잡성을 지니고 있지 않기 때문이다. 대학의 지식은 가장 직접적으로 실용적인 (즉, 경제적이고 **가끔은** 정치적인) 결과들에만 관심을 갖는다. 가령, 대학의 지식은 실험과 경험을 제대로 구분할 줄 모른다. 경험은 문화의 토대로서 언제나 전체성을 지향하는 경향이 있다. 왜냐하면 경험은 이미 일어난 일의 **의미**에 관심을 갖기 때문이다. 경험은 반드시 이루어지는 일 못지않게 이루어지지 않는 일에도 흥미를 갖는다. 경험에 입각한 희망이나 욕망은 기억 없이는 불가능하다. 경험을 통해 가능성을 바라보는 것은 언제나 경험 속 실패에 대한 기억에 의해 조건지어진다. 그러므로 경험은 '객관적' 음성이 아니라, 개인적이면서 동시에 공동체적인 음성이다. 그에 비해, 실험적 지식은 실제로 벌어지는 일에만 관심을 기울인다. 일어나지 않는 일은 고려 대상에서 제외된다. 이런 종류의 지식은 경험에다 실험의 은유를 강요하는 경향이 있다는 점에서 깊이가 없을 가능성이 크다. 실험적 지식은 언제나 혁신을 생각한다. 여기서 혁신이란, 무엇인가를 더하는 것이 아니라 이전에 존재했거나 사용되었던 것을 대체한다는 의미다. 이처럼 기계 테크놀로지는 인간이나 동물의 노동에 대한 **대체물**로 간주된다. 그리하여 '오래된 방식'은 그때부터 업신여겨지도록 강요받기 마련이다. 유전학에서 그러하듯 테크놀로지의 세계에서 실험적 지식은 가능성의 숫자를 줄여 극단적으로 지나친 단순화를 지향한다.

경험과 문화의 음성은 "달걀을 모두 한 바구니에 넣지 말라"고 조언하는 반면, 실험적 지식인들은 꼭 제국주의자들과 종교적 광신도들처럼 이상하게 작동하여 "이것이 **유일한** 진실"이라고 말한다.

실험적 지식인들은 경험에서 우러나오는 부정적 기억들이나 의문들로부터 보호받기 위해 현대 대학의 칸막이 구조를 자신의 둘레에 쌓아 올린다. 이런 구조 속에서 원인과 효과는 서로 마주칠 필요가 없다. 어떤 전제 군주가 미로의 한가운데 살고 있다고 가정해 보자. 나쁜 소식을 전달하는 사람이 그곳에 도달하기 전에 길을 잃어버리기 때문에 전제 군주는 그를 죽일 필요와 수고를 덜게 된다. 실험적 지식은 그 전제 군주와 같다.

그러나 여기서도 이런 종류의 지식 그 자체가 **전제적**이라는 점을 이해하는 것이 필수적이다. 실험 지식은 적어도 잠재적으로 전체주의적이다. 문화적 가치와 그 가치에 함축되어 있는 절제에 대한 고려 없이 생각하고 행동하는 것은 그냥 힘을 섬기는 것이다. 이런 종류의 생각과 행동은 문화적 해체와 절망 속에 뿌리를 두는 것이고, 다시 문화적 해체와 절망은 정치적 전체주의의 토대가 된다. 인식을 하고 있든 아니든, 농업 전문화가 이루어지는 방식에는 절대적인 국가 권력의 출현에 대한 암묵적인 기다림이 있다. 절대적인 국가 권력이 도래하면, 실험을 통해 이끌어내는 기술적으로 순수한 해결책을 힘으로 강제할 수 있기에.

9장

한계 영역들

MARGINS

가옥에 가옥을 이으며
전토에 전토를 더하여
빈틈이 없도록 하고
이 땅 가운데서 홀로 거하려 하는 자들은 화 있을진저.
—「이사야」 5장 8절

모든 수단을 강구하여 누구나 약간의 땅을 소유할 수 있도록 법을 만드는 것은 시급한 일입니다. 소토지 보유자들은 나라의 보배입니다.
— 토머스 제퍼슨, 제임스 매디슨 주교에게 보낸 편지, 1785년 10월 28일

종교로서의 '농기업'

모든 농업경제학자들이 '농기업' 경제학이 인간과 생태에 끼치는 영향에 대해 깨닫지 못하고 있는 것은 아니다. 세인트폴 소재 미네소타 주립대학교의 필립 M. 라우프 교수는 미 상원 중소기업위원회 산하 '독점에 관한 소위원회'에 출석해서 다음과 같이 증언한다.

> 뒤늦었지만, 지난 10년간 대형 농축산업체가 (…) 비용을 외부로 전가함으로써 이익을 취할 수 있다는 사실이 주목받았다. 대규모 사업 운영에 따른 비용은 대부분 대형 농축산업체의 의사결정 구조 바깥에서 끌어안아야 한다. 쓰레기 처리, 오염 관리, 공공서비스에 가중되는 부담, 농촌사회 구조 악화, 과세 기반의 훼손, 경제력의 집중으로 인한 정치적 영향과 같은 문제들을 기업체는 규모의 대형화에 따른 비용으로 고려한 적이 없다. 이런 문제들은 의심할 바 없이 기업 밖 지역사회에 부과되는 비용들이다.
>
> 이론적으로는 대규모로 사업을 운영하면 기업 의사결정 구조의 내부로 광범위한 이익과 비용을 끌어들이는 것으로 되어 있다. 그러나 실제로는 규모의 대형화에 수반되는 경제 · 정치적 권력이 끊임없이 기업으

로 하여금 이익은 취하고 비용은 다른 곳으로 전가하도록 유혹을 제공한다.

이익은 선택적으로 취하면서 비용은 외부로 전가하는 대형 농축산업체의 능력 때문에 농촌 공동체가 직접적으로 영향을 받는다. 가장 큰 영향은 인구의 직업 구성이 변하고 있다는 것이다. 과거에는 경영자와 노동자 역할을 겸하는 소규모 자영업자들이 많았지만, 지금 직업 구조를 보면 작은 수의 경영자들과 많은 수의 노동자들이 있다. 대형 업체들이 지배하는 농촌 공동체의 거주와 주택 형태는 점차 떠돌이 노동자들이 늘고 있음을 보여주고 있다. 지역사회의 기관들은 아무도 리더십을 보여주는 이가 없는 데다, 노동자들 역시 장기적인 사회복지 프로그램에 참여하겠다는 의식이 부재하여 어려움을 겪고 있다. 그나마 운영되고 있는 기관들도 수동적인 자세로 일관하는데, 이는 주요 기업들이 온정주의적 역할을 수행하고 있음을 반영하는 것이다. 임금 수준은 안정적일지 모르겠지만, 지역사회가 위험을 감수하고 의사 결정을 주도하며 가족 노동력이 농장과 지역사업에 투신할 수 있는 능력은 후퇴했다.

증언 후반부에서 라우프 교수는 이렇게 '외부화된' 비용의 아이러니에 대해서 말했다.

농장 규모의 경제학을 완전히 달성할 정도로 농장을 확장하는 데에 성공한 농부들은 현재 또 다른 어려움에 봉착해 있는데, 투입된 자본 규모가 너무 크다 보니 후대가 가족농장을 인수하기 위한 자본 조달을 할 수 없다는 사실을 깨닫고 있다.

내부와 외부를 나누어 이익과 비용을 계산하는 라우프 교수의 계산법은 우리의 문제를 이해하는 데에 매우 유용하다. 현대 미국 농업 프로그램이 "최선이며 가장 논리적이고 성공적"으로 여겨질 수 있는 것은, 바로 기업 내부의 이익에 대한 계산법에 따를 때이다. 기업 외부에 대해 계산해 보면 아주 다른 결론에 도달하게 된다. 도덕적 전통에 따르면, 인간 공동체의 구성원으로서 우리가 어떤 행동을 하는가에 따라 결국 우리의 공동체를 도울 수도 있고 해칠 수도 있다는 점을 성찰해 봐야 한다. 기업 외부에 대한 계산은 도덕적 전통을 되돌아보는 일이 시급함을 알려주고 있다. 기업 외부에 대한 계산은 경제학보다 훨씬 넓은 영역과 관계되어 있다. 광범위하고 어려운 계산이며, 이 계산은 수량화를 기피한다.

현대 미국 농업은 도덕적 전통(농업 전통)과 단절되고 비전과 생각을 기업 내부의 계산법에 가두어 버리면서부터 스스로 '과학'을 자임하였고, 거창하고 파괴적인 전제를 바탕으로 생존 전략을 펴 왔다. 농업전문가들은 자유롭게, 자신들의 시스템이 작동한다고 믿는다. 왜냐하면 그들은 그 시스템이 작동하지 않는다는 증거들을 모두 '외부적인' 요인으로, 그러므로 적절하지 않은 요인으로 처리해 버리는 관례를 받아들이기 때문이다. '외부'에 대한 질문은 묻지도, 듣지도, 대답은 더더군다나 하지 않는다.

지역사회에 대한 인식이 어느 정도는 억압·왜곡·무시될 수 있겠지만, 농업전문가들 역시 그런 인식을 물려받는 보통 사람들이다. 상당수의 농업전문가들은 가족농 출신들이기 때문에 이들은 가족농에 대한 충성심은 아닐지라도 향수 정도는 지니고 있는 사람들이다. 그렇기 때문에 이들 역시 마음속 깊은 어느 곳에선가는 기업 외부에 대한 계산을 어렴풋이나마 하고 있다고 봐야 한다. 어떤 농업전문가들은 비판자들의 목소리를 슬그머니 엿듣고는 현실을 인식하면서 전율하고 있을지도 모른다. 농업전문가들 중에는 기업 내부의 목적으로 인해서 발생한 외부적 결과물들을 직시하면서 문제를 그 자체로 인식하는 이들도 있을 것이다. 그렇다면 내부에 대한 계산법은 외부로부터의 압력 때문에 더욱 일관성 있는 논리를 가져야 할 것이다. 분명히 이런 사정이 격렬하고 자기보호적인 정통교파를 형성할 조건의 밑거름이 되었다. 이렇게 해서 미신은 과학 행세를 하고, 이를 믿는 사람들은 다른 종류의 지식을 두려워한 나머지 한 가지 종류의 지식만이 선한 것이라는 가정에 집착한다. 이런 두려움 때문에 전문가주의를 표방하는 과학자는 한 가지 가능성을 명시하는 것으로 만족하지 않고 단 하나의 **유일한** 가능성을 규정하는 데에 **필사적**이다. 이런 필사적인 몸부림을 이해해야, 관행농 신봉자들이 오래된 것이든 새로운 것이든 막론하고 다른 가능성들을 그토록 악의적으로 경멸하는 태도 역시 이해할 수 있다. 이 '객관적'인 과학자들의 신념이 돈벌이 수단이 될 수 있다는 사실 때문에 **옳음**에 대한 욕망은 전혀 위축되지 않는다. 과학자들의 이 심리 때문에 이들은 **옳음**에 대한 강렬한 욕망을 보여주고 있는 것이다.

정통교파, 주변부, 변화

정통성을 표방하는 사상은 편협, 완고, 보수報酬에 대한 집착, 도덕적 타락, 반대자에 대한 보복 등으로 특징지어진다는 점을 역사는 알려준다. 이런 일들은 반복해서 일어났다. 일이 반복되다 보면 정통사상도 성숙해지지 않겠냐고 생각할 수도 있다. 정신적 존재로서 정통사상을 따르겠다고 동의하고 나면, 궁극적으로 정신 세계는 성숙해진다. 과학계에서 지치지도 않고 홍보하듯 진리 **추구**(**보호**가 아님)가 목표인 현대 과학에 이런 성숙의 과정이 일어났더라면 흥미로운 일이었을 것이다. (놀랄 만한 일은 아닐지 모르겠지만.)

다른 '객관적'인 분과학문과 마찬가지로, 현재의 농학은 코튼 매더*처럼 근시안적이며 독선적이고 독단적이며 불쾌한 현대의 과학적 정통교파의 바로 그 모습이다. 역사는 내부로부터 변화가 오는 경우는 없다는 점을 말해 준다. 많은 다른 정통교파들과 마찬가지로 현대 과학도 변하기보다는 죽는 쪽을 택할 것이다. 말하자면 죽음을 통해서만 변할 수 있을 것이다.** 이런 결단은 내부와 외부 양쪽으로부터 강제된다. 내부로부터의 강제는 단지 번영을 누리는 현실 때문

---

* 코튼 매더는 17세기 미국 뉴잉글랜드 지역의 청교도 교파 소속 목사로, 1692년 매사추세츠 주의 살렘 마을에서 있었던 마녀 사냥을 주도한 것으로 유명하다. 저자는 여기서 소농과 가족농을 황폐화시킨 현대 과학을 종교적 신념 때문에 무고한 여성들을 이단으로 몰아 극형에 처하게 했던 매더의 모습에 비유하고 있다—옮긴이.

** 정통농학은 산업적 진보와 경제 성장이라고 하는 더 큰 맥락의 정통교파의 일부분이며, 이런 정통교파의 논리에 따르면 오염, 실업, 전쟁, 토지 약탈, 우주 개발은 필연적이다.

이다. 농학에 대한 신념에 찬 교수들, 전문가들, 그리고 실행자들은 농업 정책이 변하길 원하지 않는다. 왜냐하면 이런 이들은 현재 잘 살고 있기 때문이다. 외부로부터 오는 압력은, 현재의 농업 정책이 유일하게 맞는 길이며 농기업 철학을 받아들이거나 굶는 것 외에는 선택할 수 있는 다른 길이 없다고 믿는 수백만 명의 잘못된 확신 때문이다. 진리를 **알고 있다**고 추정하는 사람들은 진리를 더 **찾아보려** 하지 않는다.

그렇다면, 변화가 오려면 변화는 바깥에서부터 와야 한다. 변화는 주변부로부터 와야 할 것이다. 정통교파는 기준을 상실하여 당위적인 기준으로 자신에 대해 판단을 내릴 수 없게 된다. 따라서 정통교파는 자신이 아닌 다른 어떤 것을 기준으로 자신에 대해 판단하게 된다. 주변부에 있던 것들이 전면에 등장해 정통교파를 떠받치던 확신감을 무너뜨리고, 확장된 목적의식을 갖고 명확한 기준을 설정하며, 더 나은 가능성들을 제시하기 시작한다. 이런 변화가 반드시 더 나은 상황을 지향하는 것도 아니고 항상 그런 것도 아니지만—그리고 이렇게 중심에서 주변부로, 다시 중심으로 이동하는 큰 폭의 진자운동 자체가 나무랄 만한 것일 수도 있지만—이런 종류의 변화는 우리 전통을 지배해 오는 주제다. 전통의 '주역'들은 언제나 주변부에서부터 중앙으로 진입해 들어왔다. 예언자들이 출현한 곳은 사원이 아니라 사막이었다. 존 아담스와 토머스 제퍼슨을 낳은 곳은 식민 모국이 아니라 식민지였다.

잘 알려져 있지만, 종교계의 정통교파에서 벌어지는 일의 모양새를 살펴보면 교훈을 얻을 수 있다. 두꺼운 껍질로 외피를 두르고 있는 교단 구조는 교단에 소속된 사람들에 의해 바뀌지 않는다. 그들은 교단을 둘러싼 외피의 일부이기 때문이다. 종교적 변화는 홀로 광야로 나가 금식과 기도를 마친 후 맑은 눈을 갖고 돌아온 사람에 의해 이루어진다. 홀로 간다는 것은, 정통교파를 부정하며 교단을 떠나 독립적인 길을 간다는 것을 뜻한다. 광야로 간다는 것은 주변부로 간다는 것을 뜻한다. 거기서 우리는 정통교파가 배제해 버린 여러 가능성들, 물론 그 가능성들이 다 좋은 것은 아니지만, 그 가능성들을 마주한다. 금식을 한다는 것은 일상적인 생계의 문제로부터 생각을 떼어내 자유를 주겠다는 것을 뜻한다. 의도적으로 배고픔을 택한다는 것은, 말하자면 생각과 봉급을 분리시키겠다는 것이다. 그리고 기도를 한다는 것은 자신의 무지를 인정한다는 것이다. 정통교파는 이미 **알고 있다**고 생각하지만, 주변부의 사람은 찾아내려고 노력한다. 광야에서 공동체로 귀환하는 사람은 반드시 새로운 진리를 발견했다기보다는 진리에 대한 새로운 비전을 갖게 되었다는 것을 의미한다. 진리를 이전보다 '훼손되지 않은 전체whole'로 볼 수 있는 눈이 생긴 것이다.

이 이야기를 농업에 적용해 보려 할 때 놀라운 점이 하나 있다. 그것은 이런 이야기를 농업을 대상으로 할 수 있고 또 이런 이야기가 필요하게 된 것이 역사상 처음 있는 일이라는 점이다. 최근까지만 해도, 광범위하게 종교적 정통교파들이 존재했던 것과 같은 의미로 정통한 농법과 농업시스템이 존재한 적이 없었다. 다시 말해, 아메리카 대륙 전체의 농업에 획일적인 테크놀로지가 적용된 적도, 획일적으로 일반화된 전제와 야심 아래에 농업이 이루어진 적도, 농업이 많은 종교들처럼 일종의 복음주의를 통해 '보편적'이 되고자 하는 열망을 보인 적도, "이제는 다른 나라들이 우리 농업 프로그램을 잘 모방해 가고 있다"라는 선언이 있었던 적도 없다.

일반적으로 사용되어 관습적으로 정통한 위력을 지닌 농업 기술, 관행, 태도를 농업사에서 찾아볼 수 있는 것이 사실이다. 그러나 이러한 농업 형태는 지역적 한계를 벗어나지 않았다. 지역적 조건에 따라 다양한 변주가 있었을 뿐이다. 그리고 정통교파들과는 달리 외부의 권력기관에 의한 강요가 없었고, 농업 형태는 인간 사회와 자연 조건 사이의 복잡한 관계의 일부로서 성장해 왔다. '농기업' 비전의 산업적 가치가 승리를 거두기까지, 농업은 어디까지나 지역의 문제였다. 농업은 인간적 필요와 지역적 가능성/한계에 대한 대응이었다. 그리고 농업의 성공 여부와 지속 가능성은 그런 대응이 얼마나 예민하게 이루어지느냐에 달려 있었다.

산업화 이전의 본보기

산업화 이전의 건강한 농업의 예를 살펴봄으로써 농업이 지닌 생태적·문화적 통합 능력과 장소에 대한 반응 능력, 그리고 주변부와의 사려 깊은 관계에 대한 감각을 이해할 수 있을 것이다. 아마도 우리 시대에 페루 안데스 산맥의 토착 농업보다 더 생생한 예는 존재하지 않을 것이다. 윌리엄메리 주립대학(토머스 제퍼슨의 출신교—옮긴이) 인류학과의 스테픈 B. 브러쉬 교수의 아직 출간되지 않은 논문을 아래와 같이 요약해 보겠다.

브러쉬 교수의 논문은 페루 북부 지역의 한 계곡에 위치하는 우추크마르카라는 마을에 초점을 맞추고 있다. 이 계곡의 "경사도는 세계에서 가장 가파르다". 다른 안데스 산맥의 농부들처럼, 우추크마르카 사람들은 네 개의 다른 기후대에서 농사를 짓는다. 그래서 이들에게는 네 개의 다른 농사를 지을 필요가 있다.

1. 열대 지대에서는 (…) 오렌지와 바나나 같은 과일, 카사바 같은 뿌리식물, 칠레 페퍼, 그리고 가장 중요한 것은 코카가 생산된다.
2. 산 중턱 지대에서는 (…) 옥수수와 밀이 재배된다.
3. 상대적 고산 지대에서는 (…) 안데스 산맥의 주식인 감자와 다른 종류의 덩이줄기들이 재배된다.
4. 고산 지대에서는 (…) 라마, 알파카, 양, 말, 소가 자연 초지에서 방목된다.

40마일 이내의 거리에서 계곡은 "대략 해발 3,200피트"에서 "14,700피트 이상"까지 치솟는다. 이에 따라 기후대의 다양성은 텍사스 서부에서 알래스카에 이를 정도다. 계곡에 사는 토착민들은 "4대 주요 기후대를 더 세밀히 구분해서 (…) 일곱 개의 서로 다른 생산지대를 인지하여 거기에 각각 이름을 붙인다".

계곡에서 이루어지는 농업은 개별 기후대의 성격과 그 차이에 대해 고도로 진화해 온 인식의 바탕 위에 서 있다. 이런 인식은 생산성을 어떻게 활용할 것인가와 어떻게 유지할 것인가 사이에서 주의 깊게 균형을 잡는 문제와 연관을 갖는다. 브러쉬 교수는 다음과 같이 말한다.

> 마을 경제는 가정에 적절한 식량을 조달하기 위한 일련의 생존subsistence 전략으로 이해될 수 있을 것이다. (…) 지역 경제의 가장 중요한 특징 중의 하나는 대부분 비화폐경제로 기능할 수 있다는 점이다. 우추크마르카 마을의 평균적인 가족은 일 년에 100달러 미만의 수입을 필요로 한다.

여기서 중요한 점은, 마지막 문장의 동사가 "필요로 한다"라는 것이다. 만약 '농기업'의 관점에 기술하였다면 "밖에는 벌지 못한다"라고 표현했을 것이다. 안데스 산맥의 농민들의 지배적인 개념은 **충분하다**는 것, 즉 장기적인 충족성이다. 그에 비해 우리는 장기적인 필요에 대한 고려는 없이 **이윤**이나 **풍족**을 절대적으로 생각한다.*

대부분의 농부들처럼 우추크마르카의 농부들도 토양침식, 서리

---

* 브러쉬 교수는 내게 보낸 1975년 2월 15일자 편지에서 다음과 같이 썼다. "… 제가 계산해 본 바로는, 우추크마르카의 농부들은 '원시적인' 농사를 통해서 하루 1인당 2,700칼로리와 80그램의 단백질(식물성)을 생산합니다. 매우 훌륭한 식사이며, 마을 사람들은 충분히 먹고 있습니다. 최악의 영양 부족은 '현대적인' 농업에 기대어야 하는 도시에서 발생합니다."

피해, 홍수나 한해, 해충, 병해 등의 위험 요소들을 처리해야 한다. 우추크마르카의 농부들은 기계나 화학제 같은 산업적 테크놀로지에 의존하지 않으면서도 이런 일들에 매우 효과적으로 대처한다.

> 토양침식의 위험을 피하는 방법은 세 가지다. 첫째, 경작지의 크기는 작게 유지한다—보통 1에이커 미만. (…) 전형적으로 4~5인 가족이 여러 군데로 나뉘어진 총 3~4에이커 정도의 땅을 경작한다. 개별 경작지의 규모가 작기 때문에 빗물의 소실과 토양침식이 저지된다. 둘째, 각각의 밭은 바위, 관목, 살아 있는 식물들로 구성되어 있는 자연 울타리로 둘러싸여 있다. 이런 울타리들은 겉으로 보기에는 가축들이 작물을 해치는 것을 막기 위해 세워진 것처럼 보이지만, 효과적으로 토양침식을 막는 기능을 하기도 한다. 울타리에 내린 뿌리는 토양을 붙잡아 주며, 울타리 뒤에서 이루어지는 수평식 쟁기질은 밭의 낮은 부분에 흙을 덮어준다. 이런 작업을 통해 계단식 다랭이밭이 조성된다. (…) 셋째, 강우량이 가장 많고 침식이 일어날 가능성이 가장 큰 계곡의 가장 높은 지역이나 가장 경사가 심한 지역에서는 윤작을 시행한다. 감자 재배는 윤작체제 아래서 재배된다. 구체적으로 보면, 2~3년간 한 곳에서 경작을 한 후 5년 또는 그 이상 묵혀 놓았던 밭으로 옮겨서 경작하게 된다. 이런 방법을 통해서 밭에서 쓸려 내려가는 토양의 양을 줄일 수 있으며 유기 물질은 재축적된다.

우추크마르카 사람들은 "여러 기후지대의 개간과 작물 재배"를 통해서 기후 변화에 대처한다. 한 작물이 안되면 다른 종류의 작물에 의지하는 식이다.

> 또 다른 방법은, 같은 작물을 여러 밭에 나누어 심어서 어느 한쪽 밭이 잘 안되더라도 다른 쪽은 살아남기를 바라는 것이다. 이런 방법은 경제적 상호성과 상호 의존에 기반한 체제 때문에 더욱 강화된다. 그리고 이런 상호성에 기반한 체제는 기본적으로 혈연관계에 의존한다.

"개별 가정들은" 친족 내에서 "토지, 노동, 상품을 교환함으로써 궁핍으로부터 자신을 보호했다".

해충과 병해에 맞서 싸우는 안데스 농민들의 주 무기는 유전적 다양성이다.

> 식물학자들은 페루에만 2천 종이 훨씬 넘는 감자종이 있다고 평가한다. 우추크마르카 마을 한 군데에서만도 주민들은 약 50종의 감자를 식별해 낸다.

여기서 안데스 산맥 농업의 장소에 대한 감성이 대단히 강렬하다는 것은 물론이고, 그 복잡성, 유능함, 민감성 역시 꼭 주목해 봐야 한다는 점을 알 수 있다. 왜냐하면 이들은 여러 품종들을 아무렇게나 사용하는 것이 아니라, 생태적으로 적합한 서식지를 찾아 거기에 꼭 맞는 품종들을 섬세하게 재배하고 있기 때문이다.

우추크마르카에서는, 빨리 자라는 품종을 일 년 중 건기에 심는 것이 일반적인 관행인데, 그 이유는 우기에 발생하는 잎마름병을 피하기 위해서다. 또 다른 농업 관행을 꼽자면, 계곡의 맨 아래 지대인 평지에서는 비교적 서리에 강하다고 믿어지는 품종들을 재배하는데, 거기는 잎마름병은 드물지만 서리가 잘 내리는 곳이기 때문이다.

그 외에도 어떤 위도에서 어떤 작물이 잘되는가에 따라 선택 기준이 결정되기도 하고, 토양의 배수 능력에 따라 품종이 결정되기도 한다. 물론 여기서 우리가 본 것은 그 많은 품종과 그 많은 종류의 토양 사이에서 이루어지는 선택과 조정의 섬세함에 대한 대략적인 묘사에 지나지 않는다.

브러쉬 교수의 연구는 안데스 산맥 농민들의 거의 모든 방법들이 다양성이라고 하는 한 가지 원리에 근거하고 있다는 점을 분명히 보여준다. 다양성의 원리를 이해하고 사용함으로써 이들은 우리의 농사 방식보다 훨씬 정교하고 효율적이며 토양을 보존하는 방식으로 농업을 발전시켰다. 이것은 위기에서 살아남을 가능성이 훨씬 큰 농사 방식이다. 최근 산업적 테크놀로지와 '개량된' 감자 품종 도입에 따른 변화 시도에 대한 브러쉬 교수의 묘사를 살펴보면, 안데스 산맥의 농업이 지역사회의 필요와 환경에 얼마나 정교하게 맞추어져 있는 것인지를 알 수 있다. 경제는 급격하게 복잡해졌는데 농업 자체는 철저히 단순해진 것이 안데스 농업 변화의 맥락이다. 이런 변화는 현금경제와 신용을 요구하기 때문에 대 생산자에게 유리할 뿐, "수천 년간에 걸친 자연과 인간의 선택의 결과"인 농업 시스템의 생태적 생존 가능성과 인간 공동체를 모두 위태롭게 한다.

그러나 안데스 농업의 정교함과 지속가능성을 완전히 이해하려면, 이 지역의 농사가 한계 품종들을 이용하고 그런 품종들에 의지하는 방식을 알아야 한다. 우추크마르카에서 생산되는 50개 감자 품종은, 수량은 안정적이지 않지만 끊임없이 개량 중에 있는 일종의 유전자 유형 목록표 같은 것이다. 브러쉬 교수는 "신품종은 재배종·야생종·반재배종(반야생종) 사이에서 벌어지는 타가수분他家受粉을 통해 계속해서 창조되고 있다"고 말한다. 그는 계속해서 말한다. "이런 야생종과 반재배종은 밭을 둘러싸고 있는 울타리에서 번성하며, 거기서 살고 있는 새와 벌레들이 타가수분을 돕는다." 이처럼 안데스의 한 농부가 가혹한 날씨나 해충과 병해의 창궐로 인해 어떤 작물을 잃을 경우, 그 농부는 재앙에도 불구하고 생산된—재앙에서 살아남은—새 품종의 작물을 발견할 수도 있다. 그런 식물이 발견되면 그는 재배 품종 목록에 한 가지를 더 추가하거나 실패한 품종을 그것으로 대체할 것이다.

안데스 농업은, 우리 농업과 달리, 한계 품종들을 농사에 부적합한 땅으로 밀어내는 것이 아니라 자신들의 농업 구조 속으로 통합시킨다. 자연 울타리는 경계 지역으로서 농지와 대자연이 교차하는 작은 통로다. 그 통로를 통해 농업은 농업에 위협이 되는 요소들에 직접적으로 대응하여 끊임없이 소생하고 있다. 이런 식으로 안데스의 밭들을 관통하는 대자연의 네트워크는 안데스 농부들의 농과대학이자 실험실이다. 적어도 한 가지 면에서 이 자연대학과 자연실험실이 더 좋은 면을 가지고 있다. 거기서 새롭게 발견되는 사실이 무엇이든 이미 농장 환경 안에서 테스트를 마쳤으며, 그것을 보존할 가치가 있는 것인지의 여부도 입증되어 있는 상태다. 마음속에서 문화와 농업이 결합된 농부는 교사/연구자이자 동시에 학생이며, 농업 고문extension agent*이자 자문을 구하는 의뢰인이기도 하다. 이처럼 정말로 건강한 농업에 비추어 볼 때, 우리의 국유지 교부 대학들은 우리 농업의 성공의 상징이라기보다는 실패의 징후로 보일 수 있다.

이 같은 안데스 농업과 한계 품종의 통합은 또 다른 면에서 우리에게 시사하는 바가 있다. 중심과 주변부, 강압과 반란 사이를 끝없이 오가는 게 우리 문화의 전통이라면, 안데스 농업은 여기서 벗어날 수 있는 화해의 모델을 제시해 준다. 치료책은 주변부를 체제 안으로 끌어들이는 것, 대자연이 가정 생활 속에서 숨 쉬게 하는 것, 다양성을 통일된 전체 속으로 끌어들이는 것, 그런 것이다. 안데스 농업이 극도로 혼란스런 스페인 정복 시기를 거치면서도 시종일관

* 8장 '제퍼슨, 모릴, 귀족'에서 자세히 묘사된 바에 따르면, 국유지 교부 대학들은 정부의 의뢰를 받아 농민들에게 과학적 영농법을 가르친다는 명분으로 농업 고문이 농민을 교육하는 프로그램을 마련했지만, 실제로 농민들의 이해관계와는 맞지 않는 내용이 많았고, 결국 산업 자본에만 이득이 되는 계기를 마련해 주었을 뿐이다. 국유지 교부 대학들의 농학 교육/연구의 또 한 가지 문제점은, 농업 외적인 테크놀로지와 자본이 수천 년간 이어오는 농업 자체의 지혜를 압도한다는 점인데, 저자는 이 대목의 안데스 농업에 대한 묘사를 통해서 수직적 위계가 아닌 수평적 관계에 의한 농업의 예를 보여주고 있다—옮긴이.

한 모습으로 그렇게 오랫동안 살아남을 수 있었던 것은, 바로 가능성과 망외望外의 세계에 대해 열려 있는 화해와 통합의 모델 때문이었다. 안데스 농업의 이런 열린 태도는 기품 있으면서도 실용적이다. 안데스 농업을 위협하는 것이 무엇이든, 가장 지역적이고 직접적인 방식으로 능숙한 대응을 함으로써 농업은 세계와의 끈을 놓지 않았다. 그만큼 농민들의 삶 자체도 세계와 소외되어 있지 않았다. 인간 공동체와 자연이 만나는 접경지대와 인간 공동체 자체 사이의 이런 화해와 통합을 이해하고 나면, 도시와 농지, 다시 농지와 대자연을 완전히 갈라놓고, 그런 분리를 통해 생활 영역으로부터 시장가치가 없고 쓸데없는 것이라고 예견되는 것들은 모두 배제해 버리려는 우리의 태도가 얼마나 조악하고 위험한 것인가를 알 수 있을 것이다.

주변부 수용의 원칙, 즉 통일된 전체 속의 다양성이라는 원칙은 우리의 헌법과 권리 장전의 기저에 깔려 있는 원리다. 그러나 우리는 이런 원칙을 부정적으로 대하거나 마지못해 지킨다. 우리는 법적 의무 때문에 반대 목소리나 주류와는 다른 의견들을 **허용**하거나 **관용**한다. 그리고 법은 그 이상의 것을 할 수 없다. 반대의 목소리나 다른 의견을 실제로 사용할 수 있으려면, 그리고 이미 시도되어 입증된 바가 있을지도 모르는 것들을 살펴보겠다는 열망을 갖고 주변부에 호기심 어린 눈길을 돌릴 수 있으려면, 지금보다 더 건강하고 온전한 문화가 필요하다.

한계 영역과 건강

정통농업orthodox agriculture은 관심 영역을 광적으로 좁게 한정지음으로써, 어떤 의미에서 한계 영역을 극단적으로 넓혀 놓은 채 방치하고 있는 형편이다. 동력을 얻기 위해 정통농업은 거의 절대적으로 내연기관에 의존한다. 그리고 정통농업의 원대한 꿈은 내연기관에 대한 완벽한 의존이다. 그리하여 인간과 동물의 힘을 사용하기 위한 그 많은 도구와 기술을 사장시키는 것, 그것이 정통농학의 야심이다. 예전에는 물을 퍼올리고 제분기를 돌리는 등의 작업을 위해서 풍력과 수력에 의존했지만, 지금은 모두 전기에 그 자리를 내주었다. 정통농업은 메탄가스나 태양에너지를 농장 현장에서 끌어 모아 사용하는 방안에 대해서는 거의 관심을 기울이지 않는다.

정통농업 덕분에 기술, 경작 방식, 토양 관리 등에서 지역적 차이는 엄청나게 줄어들었다. 동시에 지역 내에서 생산되는 농산물의 다양성도 줄어들었다. 이것이 바로, 짐수레 말 보존운동가이자 작가인 모리스 텔린의 말을 빌자면, "개별적 전문화가 불가피하게 불러오는 지역적 전문화" 현상이다. 그리고 이 못지않게 위험한 일은 밭작물과 가축의 유전적 다양성이 줄어들게 된다는 점이다.

정통농법은 경작지와 야생지를 매우 분명하고 엄격하게 분리시킴으로써 자연 자체를 주변부로 몰아내 버렸다. 건강한 표토가 지니고 있는 복합적인 생물학적 야생성은 단순 화학으로 대체되었다. 정통농법에 따라 울타리, 길가, 수로를 갈아엎었고, 숲은 불도저로 밀어버렸으며, 습지의 물을 빼고 갈아 젖혔다. 농업은 이제 야생동물들, 새들, 그리고 아무런 해도 끼치지 않거나 이로운 곤충과 벌레들에게 불친절할 뿐 아니라 위험한 존재가 되었다.

정통농업은 이제 농업의 과거마저도 한계까지 몰아붙이고 있다. 과거의 농업은 더 이상 자원이나 경험 저장소로 여겨지지 않는다. 그곳은 입증된 가능성들과 파악된 오류들이 집적되어 언제든 참고할 수 있는 농업의 사전으로 여겨지지 않는다. 그곳은 나른한 정신으로 호기심에 목말라 하는 관광객들을 위한 오락거리이자, 광고문구 표현처럼 "우리가 얼마나 먼 곳까지 왔는가"를 측정해 주는 계량도구로 여겨질 뿐이다. 농장 설비 기업체들은 현대의 번지르르한 '세련됨'과 비교하여 과거 농업이 얼마나 바람직하지 못했던가를 보여주기 위해 옛날 농촌 사진을 광고하길 좋아한다. 그러나 필요한 원리도 이미 퇴출되었거나 유행에 뒤떨어지기만 하면 그냥 무시될 뿐이다. '구식'이라면 어떤 가치가 있는 것이든 어김없이 따라붙는 말이 있다. "옛날로 돌아갈 수는 없다."

자연과 예전의 농업에 깃들어 있는 다양성의 원리와, 다양성을 포함하고 거기에 의존하는 통일성의 원리를 버리고, 정통농업은 그 자리에 엄격하기만 하지 무디기 이를 데 없는 획일성을 갖다 놓았다. 그러나 이 획일성의 원리는 다른 가능성들에 대해 무지할 뿐 아니라 두려움을 가지고 있기 때문에 무지 속에서 복수심에 불타고 있다.

빛을 잃어가는 농업 교조주의의 황혼에서 눈을 떼고 정신을 차린 사람들은 정말로 다양한 가능성들에 둘러싸여 있다는 것을 알게 된다. 우리의 과거와 다른 민족들의 역사와 현재, 새로운 기술, 생물학과 생태학의 새로운 지식 등이 그 가능성들의 원천이다. 그러나 이 광대한 한계 영역은 사실은 공론空論, 의문, 의심으로 점철된 마음속 한계 영역에 지나지 않는다. 농업에 대한 관심이 개인적이고 실용적인 것이라면 특히 그렇다. 한계 영역 속의 가능성들은 분명히 가능성으로 존재한다. 그러나 실제로 입증된 가능성들은 어디에 존재하는가? 실제 농장 현장의 농부들은 이 가능성들을 어디에서 현실화시키고 있는가? 이런 의문들이 생기면, 정통농업을 둘러싸고 있는 다양한 가능성들의 주변화가 진행될수록 지형과 농법에서의 한계 영역은 그 입지가 심각하게 좁아진다는 것을 알아차리게 된다. 다른—믿건대, 더 나은—방식으로 농사를 짓는 법을 아는 사람들은 누굴까? 그리고 이 사람들은 어디에 있는가? 흔히들 말하듯, 그런 이들은 거의 없다. 매우 드물다.

지난 몇 년간, 나는 비정통방식의 농업이 이루어지고 있는 농장에 방문해서 관행농을 반대하는 농부들이 하는 일을 직접 보고 이들의 이야기를 들어보기 위해서 농업적 한계 지역들을 따라 얼마간 여행을 해보려고 노력했다. 농부들의 이야기를 전하면서 그들의 사생활은 지켜주고 싶다. 그래서 그들의 이름이나 그들이 사는 곳을 구체적으로 말하지 않으려고 한다.

단지 묘사할 목적으로 약간의 숫자를 사용하는 것 말고는 통계수치를 많이 다루지도 않을 것이다. 그 대신 내가 본 증거들, 주의를 기울이면 누구든지 볼 수 있는 증거들에 의존하는 쪽을 택했다. 좋은 농사와 나쁜 농사 사이의 차이를 이해하기 위해서 전문가가 될 필요는 없다. 무슨 신비롭거나 심오한 무엇이 있어야 하는 것도 아니다. 그저 땅과 민중에 대한 친숙함만 있다면, 누구나 번성하는 농장과 농업 공동체는 어떤 모습이어야 하는가를 알아차릴 수 있을 것이다. 마찬가지로 탐욕, 절망, 태만, 포기의 징후들과 친숙하다면 그 역시 도움이 될 것이다.

농장의 건강성은 사람만큼이나 한눈에 알 수 있다. 완전히 건강한 농장을 보면, 완전히 건강한 사람이나 동물을 볼 때와 같은 복합적인 기쁨을 느낄 수 있다. 농장에 생기가 넘친다는 느낌을 받을 것이다. 농장에서 재배되는 작물들은 발육 상태가 좋을 것이다. 농장은 자리를 제대로 잡고 있는 것으로 보일 것이다. 건강한 농장의 외양은 농장이 자리 잡고 있는 장소의 성격에 대한 사려 깊은 반응일 것이다. 건강한 농장은 추상적인 개념에 맞춰 어느 다른 지역에 억지로 붙여 놓은 농장의 외양을 하고 있지 않을 것이다. 건강한 사람이나 동물처럼 잘 손질되고 돌봐지고 있는 것으로 보일 것이다. 사는 곳을 잘 돌보는 사람들의 거주지로 보일 것이다. 여기저기 골이 파여 있거나 상처가 나 있지도 않을 것이고, 침식이 일어난 흔적이 있지도 않을 것이다. 수로와 밭과 건물 주변은 풀로 덮여 있을 것이다. 특히 경사진 땅이라면 그곳은 더욱 풀로 덮여 있어야 한다.

건강한 장소는 외양부터 관리가 잘 되고 있는 것으로 보일 것이다. 건물·울타리·장비 등이 잘 정비되어 있을 것이고, 조심스럽게 사용될 것이며, 바깥 날씨로부터 보호될 것이다. 정통농업과 관련지어 떠오르는 가장 흔한 장면 중의 하나는, 거대하고 값비싼 농장기계가 바깥에 덩그러니 방치되어 있는 것이다. 그 기계를 만들어낸 경제와 마찬가지로, 정통농업은 너무 성장하여 주변을 돌볼 수 있는 가능성은 그만큼 줄어든 것이다. 땅과 마찬가지로 장비는 사용될 뿐 보호되지 않는다. 이것이 산업농에 고비용이 투입된 결과의 아이러니이다. 농부는 투자한 비용을 보호해야 하지만, 자신이 투자한 대상을 희생시키도록 강요받는 것이다. 그는 수로를 파헤치고 땅과 기계설비를 최대한 활용하기 위해서 땅을 혹사시킨다. 그리고 건축비용을 절약하기 위해 기계설비들이 녹슬게 내버려 둔다. 경제가 이런 식으로 운영되다 보니 농장 모습은 빠르게 변한다. 마찬가지로 이런 식의 경제가 사람과 나라 모습을 바꾸어 놓는 것이다.

건강한 농장에는 나무들이 심겨 있을 것이다. 농장이 위치한 곳이 애초부터 숲이 울창한 삼림지대일 수도 있고, 과실수와 견과류 나무들, 또는 그늘을 만들기 위한 나무들이 심겨 있거나 방품림이 조성되어 있을 수도 있다. 나무들은 실용적인 이유로 그곳에 심겨 있을 것이다. 식품, 재목, 울타리, 난방, 그늘, 숙소 등 나무가 농장에서 쓰이는 용도는 다양하다. 나무들은 또한 쾌적함과 즐거움을 안겨주며, 야생생물들에게 서식지로 쓰이며, 아름다움을 뽐내기도 한다. 농장 안 삼림의 존재는 사람들이 정착하여 사는 장소에 야생을 공존시키겠다는 의지의 표현이다. 농부가 농장에 남아 있고 싶은 소망은 농장의 건강성의 일부다. 나무의 존재는 그 농부가 그 장소에 대해 장기적으로 선의를 가지고 있음을 의미한다. 한 가족이 농장과 진정으로 결합되는 것은 기억이나 지식을 통해서보다도 나무를 심고 보호하는 일을 통해서다. 왜냐하면 농장의 나무들은 알지 못하는 존재에 대한 농부의 신의와 친절함을 상징하기 때문이다. 산업농의 불건강성—탐욕과 단기적 욕심—은 나무를 장애물로 보고 농지에서 나무를 없애 버리려고 하는 성향에서 가장 잘 드러난다.

삼림, 과수, 그늘을 드리우는 나무들은 생명 다양성의 일부를 이루며, 이는 건강한 농장의 또 다른 주요 특징이다. 이 원리는 농지와 초지 모두에 적용된다. 건강한 농장의 목표는 지혜롭게 가능한 한 많은 종류의 동식물을 길러내는 것이다. 이런 농장에서는 다양한 종을 밭 전체에 걸쳐 윤작하면서 **질서 잡힌** 다양성을 보여줄 것이다. 가축을 기르기 위해 울타리가 쳐질 것이고, 그 양상은 밭마다 다를 것이다.

다양성의 원리와 연관되어 있는 것이 수용력의 원리다. 다양한 작물과 동물들의 숫자가 서로 균형을 잃지 않도록 지혜가 발휘될 것이다. 농장을 가능한 한 생태 시스템의 균형과 대칭을 잃지 않게 유지하려는 노력이 있을 것이다. 어떤 것도 지나치게 많지 않을 것이다. 밭작물은 과잉 재배되지 않을 것이다. 가축들은 초지에 과잉 방목되지 않을 것이다. 농장에서 재배되는 식물들은 그저 농장의 생산품일 뿐만 아니라 농장을 보호해 주는 역할을 한다는 점 역시 이해될 것이다. 그래서 이랑을 따라 열 지어 심어 놓은 작물 사이에 풀과 토끼풀이 자라도록 할 것이다.

그리고 건강한 농장은 식물과 동물의 올바른 비율을 지킬 뿐 아니라 사람들의 올바른 비율도 지킬 것이다. 사람과 농장의 가난을 불러올 정도로 사람들이 많지 않을 것이다. 그러나 과로하지 않고 농장을 제대로 돌볼 정도의 사람 수는 유지될 것이다. 건강한 농장에서는 일과 휴식 사이의 올바른 비율이 맞춰질 것이다. 아미쉬 공동체 밖 어느 미국 농촌에서 사람과 땅 사이의 건강한 비율이 지켜지고 있는지 나는 모른다. 내가 알고 있는 한 아미쉬는 충분한 농장 인구를 유지하기 위해 의도적인 계획을 실천하는 미국 유일의 공동체다. 이 나라에서 내가 본 모든 농장은(비非아미쉬 전업농장)은 사람의 손길이 더 필요하다.

끝으로, 건강한 농장은 가능한 한 독립적이고 자립적일 것이다. 여기서 '가능한 한'이라는 말이 꼭 필요하다. 왜냐하면 지금 '폐쇄 시스템'에 대해 말하는 것이 결코 아니기 때문이다. 농장에서 나오는 생산품을 판매하는 것만으로도 다른 지역들과 경제적으로, 생물학적으로 연관을 갖게 된다. 유리 지붕으로 농장을 덮지 않는 한—이렇게 하면 농장은 사실은 이미 독립성이 줄어들게 된다—농장은 자체적으로 날씨를 생산할 수 없다. 많은 농장들은 자체적으로 물을 조달하지 못한다. 농장의 건강이 의존하고 있는 야생식물, 동물, 새, 곤충들은 농장의 경계선을 존중하지 않는다. 그것은 비도 마찬가지다. 물론 농장 사람들은 복합적으로 좀더 넓은 인간 공동체에 속해 있다. 그럼에도 불구하고 어떤 종류의 독립성이나 어떤 기준에 따른 독립성은 한 농장으로서 실현시킬 수 있는 포부이며, 농업의 건강성과 수명을 위해서도 꼭 필요한 것이기도 하다.

그 이유는, 첫째, 농장의 주요 자산인 비옥도는 대체로 농장 자체의 자원으로부터 재생되고 유지될 수 있기 때문이다. (단, 이것은 다른 모든 요소들의 균형이 맞다고 가정할 때에 그렇다.) 적절한 경작, 윤작, 콩작물 활용*, 그리고 퇴비와 다른 유기질 폐기물을 토양으로 되돌리는 작업을 통해서 밭은 비료를 비롯한 외부 자원의 투입을 최소화하면서도 그 생산성을 유지할 수 있다. 도시의 삭힐 수 있는 유기질 폐기물은 농장에서 나온 것들이니 다시 농장으로 되돌려 놓을 수 있다면, 땅의 건강성과 농장의 독립성(혹, 개별 농장의 독립이 보장되지 않는다 하더라도 적어도 농업의 독립성)을 크게 향상시킬 것이다.

마찬가지로 중요한 사항이 있다. 인력, 동물의 힘, 태양력, 풍력, 수력, 메탄가스, 삼림에서 나오는 목재 등을 잘 이용하면 농장은 자체적으로 필요한 에너지의 상당 부분을 생산해낼 수 있다. 물론, 이렇게 하려면 토착 기술을 다시 살려내야 한다. 그러나 이런 기술들이 주어진다면, 지역 자체에서 동력을 생산하는 것은 가능하다. 지역적 원천을 지닌 동력은 과거에서 또는/그리고 신기술에서 얻어올 수 있다.

이런 여러 방식을 이용해서 농장이 건강한 수준에 이르면 해충과 병해로부터 피해를 당하는 일은 급감할 것이고, 결과적으로 화학제에 대한 의존도도 마찬가지로 줄어들 것이다. 건강한 사람은 값비싼

* 콩은 공기 중의 질소를 포집해 땅속의 뿌리를 통해 땅을 비옥하게 한다—옮긴이.

약이 필요 없듯이 건강한 농장도 비용이 많이 드는 치료책은 필요 없다.

그렇다면, 건강은 독립성에서 '오는 것'이 아니라 독립성을 '이끌어 내는 것'이다. 건강성이 곧 독립성이다. 건강한 농장이 자립하는 방식은 건강한 나무의 방식과 같다. 스스로 자리하고 있는 곳에 속하는 것, 즉 땅과 적절한 관계를 유지하는 것이 그것이다. 건강이나 독립의 이런 기준으로 볼 때 기업 집단에 절대적으로 의존하고 있는 농장이 얼마나 터무니없는 상황에 처해 있는 것인지 깨달을 수 있다. 농장은 기업체 집단에 의존해 있고, 기업들은 다시 외국 정부나 정치인들의 조치에 의존해 있는데, 농부들은 이들에 대해 투표권도 없고 영향력을 행사할 수도 없지 않은가? 농장의 건강성이나 독립성이라는 관점에서 보면, 농장이 처해 있는 이런 부조리한 상황을 인식할 수 있게 된다.

농장의 궁극적인 건강성은, 주식시장의 부침과 정치의 변덕으로부터 독립적으로 생산할 수 있는 능력에 달려 있다. (농장을 방문하면 나는 언제나 상표와 상표명이 몇 개나 눈에 띄는지 살펴본다. 다른 무엇보다 정통산업농업은 수많은 기업체의 홍보장이다.) '과학'이 농업을 산업으로 만들었다는 점에 자부심을 느끼는 사람들은 이런 종류의 독립성에 대해 일고의 가치도 없다고 생각한다. 그러나 나는 이탈리아의 중부에 위치한 토스카나 주에서 한 농부가 한 무리의 흰 소들을 몰아 나무쟁기를 끄는 장면을 바라본 적이 있다. 그 순간 나는 깨달았다. 내가 보고 있는 것은 로마 시대 이전부터 있어 왔던 '어떤 움직임', '인류가 걸어온 길', '열중하고 있는 어떤 일'이라는 것을. 지금 나는 향수나 감상, 또는 부질없는 소망을 말하고 있는 것이 아니다. 올리브나무 아래 손으로 일군 다랭이밭에 있는 저기 저 사람과 쟁기와 소무리는 어떤 가치, 아마도 헤아릴 수 없을 만큼 소중한 가치를 대변한다는 것, 현대농업이 그 가치를 쓸모없는 것으로 만들었지만 결코 그것을 대신할 수 없다는 점을 말하고 있는 것이다.

한계 지역

그러나 여행의 시작은 집에서부터 시작되어야 한다. 다른 장소에 있는 한계 지역 여행에 대해 말하기 전에 내 주변의 한계 지역에 대해 말하고 싶다. 그렇게 해서 내 마음속에 있는 기본적인 생각과 내가 찾고 있는 의미와 가능성들의 윤곽을 그려 보려고 한다.

우리 집에서 멀지 않은 곳에 언덕이 있는데, 그곳의 토양·경사·역사를 보면 내가 사는 지역의 언덕 비탈길의 전형이라고 볼 수 있을 것 같다. 한때 이 언덕길은 훌륭한 활엽수림 지역이었지만, 백인들이 토지보유권을 갖게 된 직후 숲은 확실히 베어져 없어졌다. 벌채된 통나무들은 톱으로 베어져 목재가 되었을 수도 있지만, 이 지역에서 나무를 제거하기 위해 그냥 불태워졌을 가능성이 더 크다. 이 땅은 농사용으로 사용되어 줄뿌림 경작이 이뤄지기도 하고 초지로 조성되기도 했다. 토지가 사용되었던 기간보다 여러 세대 더 오랫동안 그 흔적들이 남아 있을 것이다. 제2차 세계대전 무렵, 기계가 사람은 물론 말과 노새들을 대체하기 시작하자, 언덕 비탈길은 '수풀로 돌아가기' 시작했다. 농사가 끝난 후 덤불숲이 언덕을 덮기 시작했다.

언덕 비탈길은 여전히 '덤불숲'을 이루고 있다. 어떤 곳에서는 더 나은 활엽수들이 잡목들 사이에서 자리를 잡기 시작했다. 다른 곳에서는 여전히 들장미, 개잎갈나무, 가시나무, 옻나무, 네군도단풍, 느릅나무가 뒤엉켜 있다. 이 나무들 아래에는 오래전 침식으로 생긴 파인 골들이 천천히 메워지고 있는 중이다. 현재의 이 상처들은 장소에 맞지 않는 농사에 투자를 한 대가로, 그것은 한 세대 동안 벌어들인 소득을 다 합쳐도 만회할 수 없는 큰 상처였다.

비탈길을 따라 걸어 내려오다 이곳저곳 자연스레 생긴 개울들을 건넌다. 이 개울들은 흐르다 바위를 만나 끊기기도 하면서 언덕을 따라 아래로 흘러내렸다. 경작지와 이 숲길 사이의 거리는 말 한 마리 길이보다 조금 더 된다. 이 숲터는 온전하다. 처녀림이라고 생각될 수도 있다. 이곳의 나무들은 덩치가 크고, 휴경지에서는 자라지 않는 종류의 나무들이 자라고 있다. 이 골짜기 인근 언덕배기에는 커다란 튤립나무가 있는데, 이 나무는 비옥한 흙에서나 잘 자라고 고지대에서는 좀처럼 보이지 않는다. 나무 밑동의 지름은 60센티미터 정도이며, 첫 번째 가지가 갈라져 나가는 부분까지의 나무줄기 길이는 9미터에서 12미터 정도 된다. 이 나무는 원래 숲에 서식하던 개체가 아니며 몇 년 되지 않은 비교적 어린 나무다. 그러나 외모의 비율과 훌륭한 건강 상태를 볼 때 원래 숲의 모습을 상기시키기에 충분하다. 이 나무는 골짜기가 끝나는 산마루에 서 있는데, 단순히 베어지지 않았다는 이유 이외에 그곳의 토양이 뛰어나기 때문에 자라고 있는 것이다.

우리는 지금 언덕 비탈길 한 곳을 내려오며, 근본적으로 다른 두 가지 종류의 농업 한계 지대를 건넜다는 사실을 깨닫고 있다. 한 곳은 농사로 인해서 훼손되어 사실상 방기된 한계 지대이며, 다른 한 곳은 농사가 이르지 못한 한계 지대다. 두 번째 한계 지대는 첫 번째 한계 지대를 평가하는 꼭 필요한 잣대로서, 우리의 역사가 얼마나 실패했는지를 알려준다고 말할 수 있다. 그뿐 아니라 우리가 지금 무엇을 열망해야 하는가도 정확히 보여주고 있다. 그것은 꼭 필요한 본보기로서, 혼란과 실패의 끝에서 만나는 건강의 작은 경계선이다.

그러나 덤불숲 아래 상처들과 함께 눈에 띄지 않는 이곳, 이 버려진 밭은 어떻게 해야 하는가? 이 한계지에 대해서는 어떻게 생각해야 하는가? 그에 대해 무슨 생각이 필요하냐고, 지금처럼 덤불숲이나 자라면 되는 곳이라고 말하는 사람들이 많다. 그러나 그런 생각에 동의하지 않는다. 우리에게 훌륭한 농업이 있으려면, 모든 종류의 땅에 대해서, 외견상 쓸모없어 보이는 땅에 대해서까지도 충분하고도 호의적으로 생각해 보아야 할 것이다. 그러나, 사실상 이곳의 언덕길은 겉으로 보아도 쓸모없는 것으로 보이지는 않는다. 토양은 몹시 침식되어 있지만 비옥하며, 관리를 잘 하면 상태가 호전될 수 있는 상태이다. 이런 언덕 비탈길은 훌륭한 초지로 조성될 수 있다. 이곳이 이렇게 된 것은, 지금까지 내가 지켜본 바이지만, 사람들이 관리를 제대로 했기 때문이며 나 역시 그 일에 힘을 보탠 바 있기 때문이다.

그리고 이 비탈길은 초지 이외에도 쓸모가 있다. 잘 돌보면, 일종의 혼작(또는 '이원화'된) 농사가 가능할 수도 있다. 즉, 사료용 작물을 군데군데 재배할 수 있는 초지로 사용할 수도 있고, 수목림을 조성할 수도 있다. 이미 비탈길 여러 곳에서 호두나무 숲이 자연스럽게 조성되어 무럭무럭 자라나고 있다. 이 호두나무 숲은 열매를 수확할 목적으로도 사용할 수 있고 목재용으로도 사용할 수도 있다. 호두와 다른 밤나무와 과실수들의 접붙이기를 통해서 숲의 면적을 넓혀 갈 수도 있다. 과실수들을 언덕 중턱에 계단식으로 식재하고 언덕의 후사면을 사용한다면, 초지 조성과 건초 재배도 얼마든지 가능할 것이다.

이렇게 경사지도 생산력이 좋을 수 있다는 것을 지역의 농민들이 모르는 바는 아니다. 그러나 현재 경사지를 사용하는 방식은 문제가 있다. 요즘은 거의 한결같이, 군데군데 호두나무나 품 넓은 나무 몇 그루만 예외적으로 남겨 놓은 채 경사지의 숲이나 덤불을 불도저로 한꺼번에 밀어 버리고 잡목들을 쌓아 불태워 골짜기 아래로 밀어낸다. 그때 그 나무들과 함께 많은 양의 표토가 떨어져 물에 씻겨 없어지고 만다. 벌채된 땅에는 보통 김의털 씨를 뿌리거나 토끼풀 씨를 함께 뿌린다. 호밀이나 빨리 자라는 다른 작물의 씨를 함께 뿌릴 수 있는 시간과 경제적 여유를 지닌 농부들은 거의 없다. 풀이 자라 떼를 이룰 때까지 경사지는 침식될 가능성이 매우 크다. 벌채와 씨앗 뿌리는 비용 이외에 토양 손실 비용이 추가되는 일이 잦다. 어떤 농부들은 이렇게 개간된 밭을 일 년에 한 번씩 트랙터와 로터리로 풀을 베어 덤불이 다시 생기는 것을 막는다. 경사지가 외견상 초지로 잘 유지되는 것을 볼 수 있는데, 대개 이런 식으로 이루어지는 것이다. 그러나 경사지를 트랙터로 풀 베는 것은 위험하기도 하고 비용도 많이 든다. 평지에서보다 시간도 훨씬 많이 든다. 그리고 트랙터를 사용하면, 농부들이면 누구나 나무에 대해서 느끼는 환대의 감정을 거스르게 되는 경향이 있다. 가파른 경사지에서 트랙터를 모는 기사가 나무를 장애물로 보면 그것은 최선이고, 최악의 경우 나무를 위험 요인으로 볼 것이다.

시간과 비용을 절약하기 위해 일반적으로 사용하는 또 다른 방법은, 나무들과 덤불을 불도저로 밀어 버리고 풀씨를 뿌려 초지로 조성한 뒤 소를 대량으로 방목하는 것이다. 초지의 풀이 많이 벗겨지고 방목하는 소가 너무 많아지면서 소들은 오래된 나무 뿌리에서 올라오는 새싹을 먹기 시작한다. 이런 식으로 한동안 덤불은 통제된다. 그러나 이런 방식은 비용이 많이 드는 일이다. 왜냐하면 방목이 늘고 비라도 와서 젖은 땅을 소들이 짓밟게 되면 언덕 비탈길은 심각하게 침식되어 신음하게 되기 때문이다. 그리고 시간이 흘러 언덕길에 마침내 가시나무와 다른 거친 나무들이 자라게 되면 소들은 더 이상 먹으려 하지 않는다.

그와 같은 땅을 잘 사용하려면 (즉, 완전히, 효과적으로, 주의 깊게 사용하려면) 전혀 다른 방법이 요청되는데, 지금과 같은 농업경제와 문화적 가치의 관점에서는 생각해 볼 수 없는 문제다. 토지를 잘 사용하려면, 첫째, 땅을 개간할 때 주의를 기울여 땅 파기를 최소화해야 하고 불도저 사용을 최소화해야 한다. 벌채는 몇 년간에 걸쳐 등고선을 따라 경사지의 위에서 아래로 좁은 폭으로 이루어져야 할 것이다. 가능한 장소에서라면 계단식 농법을 고려해야 한다. 단지段地 안에서 빗물의 흐름을 늦추고 빗물을 담아둘 수 있으며, 여기에 유실수 식재가 합쳐지면 매우 괜찮은 생각으로 보인다. 시간적 여유가 있고 침식된 곳에 흙을 퍼 나를 필요가 없을 경우, 우거진 나무들은 톱질로 제거해도 무방하다. 최선을 다해 벌채를 아끼면, 전면적인 벌채로 인해서 사라질 울타리 기둥과 땔감을 구할 수 있을 것이다. 경사도가 심한 곳에서는 물론 벌채를 하면 안 된다. 이런 곳은 그늘을 만들어 주는 나무들과 후에 울타리 기둥, 땔감, 목재용으로 쓸 나무들을 구별하여 선택적으로 벌채할 수 있도록 그대로 두어야 한다. 안전하게 벌채할 수 있는 것만 벌채하는 것이 규칙이다.

둘째, 벌채가 끝나면 가급적 빨리 씨를 뿌려야 한다. 토끼풀을 비롯하여 장소에 맞는 다양한 풀씨를 뿌리는 것이 좋다. 최근 나는 붉은토끼풀, 라디노토끼풀(몸체가 크다—옮긴이), 전동싸리(단맛이 나서 영어명은 스위트 클로버이며 차로 끓여 먹기도 한다—옮긴이), 한국산 여러 싸리나무 종 등은 물론이고, 새포아풀과 김의털(둘 다 볏과식물이다—옮긴이)을 사용하였다. 풀과 토끼풀이 자리 잡기 전 흙을 붙잡을 수 있도록 빨리 자라는 '덮개작물'*들을 풀씨와 함께 뿌려야 한다. 덮개작물의 씨앗은 황폐해진 땅 지면 위에 뿌린 뒤 흙을 살짝 덮어 주고 지표를 부드럽게 만들 수 있도록 가볍게 써래질을 하여 그대로 둔다.

셋째, 이렇게 황폐해진 땅은 작은 면적으로 나누어 집중적으로 관리해야 한다. 가파른 경사지는 땅에 대한 철저한 이해를 바탕으로 주의 깊게 관심을 기울여야 하고, 단기적 이해관계를 넘어서 돌봐야 한다. 잡초와 관목을 통제하고 새로운 성장을 자극하며 한결같은 방목을 도모하기 위해서는 적어도 일 년에 한 번은 풀을 베어 주어야 한다. 땅을 보호하도록 풀이 자라게 하고 소가 다니는 길을 망가뜨리지 않기 위해서는 초지를 옮겨 다녀야 한다. 방목하는 가축 수가 너무 많으면 땅이 크게 훼손된다. 가축들이 언덕을 따라 오르락내리락 하다 보면, 다니는 길이 훼손되어 큰 사고를 불러올 수 있다. 그래서 가축 수가 많으면 언덕 비탈길을 선용하는 것과는 양립할 수 없다. 그 많은 가축들이 모두 물과 먹이를 먹고 축사 문과 착유실을 드나들기 위해 같은 곳에 모여들어야 할 것이고, 그러다 보면 비탈길을 심각하게 훼손시킬 수밖에 없다. 기후나 토양 상태 덕분에 농장을 집중적으로 사용할 수 있는 지역에 위치하고 있다면, 경사 지역의 좋은 농장이란 당연히 규모가 작은 농장이다. 오래된 지식과 헌신적인 돌봄의 혜택을 누리는 농장이라면 그 농장은 가족농일 것

* 메밀이나 호밀풀처럼 빠른 속도로 자라나 황폐해진 땅을 덮어 주어 토양의 침식을 우선적으로 막아주고, 엉겅퀴 · 다닥냉이 등 원치 않는 '잡초'들을 억제해 준 뒤 땅에서 빨리 분해되어 토양 비옥도를 높여 주는 작물을 일컫는다—옮긴이.

이라는 점은 자명하다. 실소유주가 농장에서 살지도 않고 언덕 경사면에 이윤을 추구하는 대형 농장이 있다면 무엇보다도 건강한 농업과는 거리가 멀다. 그런 상황에서는 사용과 돌봄 사이의 균형은 완전히 깨진다. 축산 폐기물은 그 결과다. 작은 차이가 가장 중요한 차이다. 예를 들면, 가족농을 하는 농부는 이익과는 관계없이 그의 밭을 거닐지만, 산업농에 종사하는 농부나 관리인은 오로지 필요 때문에 농장을 돌아본다.

끝으로, 언덕 경사면을 선용하려면 규모와 비용면에서 지형에 적합한 기술이 필요하다. 이제 대부분의 농업전문가들과 모든 '농기업인'들이 향수라느니 백일몽이라느니 말도 안 된다느니 하면서 망설임 없이 비판하는 기술들에 대해 자세히 살펴보고자 한다. 이들이 이렇게 나오는 것은 자기 자신과 가정을 방어하고 잘못된 점들을 호도하기 위한 것이다. 왜냐하면 농업의 진짜 기준은 장비의 세련됨, 소득 규모, 또는 생산성에 대한 통계가 아니라, 토지의 건강성이기 때문이다. 그래서 우리는 지금 미국 농업이 지금껏 실패해 온 지점인, 심각하게 훼손되었지만 잠재적으로 유용한 땅에 대해서 말하고 있는 것이다. 값비싸고 '현대적인' 큰 기술을 동원해서 언덕 경사면 농사를 잘 해 보려고 했는데 안 됐으면 **앞으로도** 안 될 거라고 가정해야 한다. 큰 기술로 농사가 제대로 안 된다는 것은 두 가지를 시사한다. 첫째, 테크놀로지는 경사면 농사에 적합하지 않다는 점이고, 둘째, 그 비용을 감당할 수 없다는 점이다.

그런 땅에는 어떤 종류의 기술이 합당한가? 여기서 켄터키 주립대학 농과대학 학장이자 영농교육부 디렉터였던 토머스 P. 쿠퍼의 말을 인용해 보면 강력한 시사점을 얻을 수 있을 것이다.

> 켄터키와 많은 다른 주들에는 가축들을 부려 농사를 짓는 것이 꼭 필요한 지역이 있다. 작은 농장들, 언덕 경사면의 밭들, 구릉지, 배수가 잘 안 되는 지대에서는 말과 노새를 사용해야만 성공적이고 경제적인 농사를 지을 수 있다. 동력 기계 대신 가축들을 사용해 농사를 짓는 장점은, 말과 노새는 농장 자체에서 생산되는 풀과 곡식으로 기를 수 있고 작업 때도 연료비가 따로 들지 않는다는 것이다. 구릉지나 불모지에 농장을 소유하고 있거나 자급을 위해 농사를 짓는 농부들은 트랙터나 다른 동력 기계를 구입할 수 없다. 그와 같은 농부들은 말과 노새를 길러 현금을 거의 지출하지 않으면서 농사를 지을 수 있다. (…)
> 작은 농장뿐 아니라 큰 농장에서도 말과 노새를 이용해 성공적으로, 경제적으로 할 수 있는 일은 많다.

이 회람 문서의 날짜는 1937년 11월로 되어 있다. 1937년으로 '돌아가자'는 주장을 하는 것이 아니다. 돌아가자는 것이라면 그것은 향수에 젖어 있는 것이며 백일몽을 꾸는 것이고 말도 안 되는 일일 것이라고 확신한다. 그러나 나는 여기서 그런 가정적인 이야기를 하는 것이 아니다. 단지, 1937년에는 '필수불가결한' 일로 간주되던 것이 1977년에는 '시대에 뒤떨어진' 일로 그대로 일축될 수 있는지에 대해서는 그렇게 수긍이 되지 않는다는 것이다. 그 사이 40년간 수천 에이커에 달하는 한계지에서 쿠퍼 학자의 후예들은 더 나은 농업을, 아니 어떤 다른 방식의 농업을 일구어 낸 것도 아니다. 그들은 아무것도 생산하지 못했다. 이런 사실 때문에 내 의구심은 더욱 강해진 것이다. 그들은 토지의 종류에 맞춰 농사 방식도 달라져야 한다는 점을 고려에서 아예 배제해 버리고, 대신 땅에 대한 무신경을 택했고, 그 결과 황무지만 그들 곁에 남아 있을 뿐이다. 쿠퍼 학장의 접근 방식은 땅과 농부 모두를 잘 살핀 다음 그에 적절한 기술을 제시하는 것인 반면에, 그의 후예들은 가장 '최신식'의 테크놀로지에 초점을 맞춰 땅과 농부가 그 테크놀로지에 순응할 것을 기대했다는 점에 주목해야 한다. 쿠퍼 학장은 말과 노새가 어떤 종류의 땅에서 일하는 어떤 농부들에게 꼭 필요하다고 주장했는데, 그의 후예들은 바로 그 농부들과 땅은 없어도 된다고 대답한 것으로 보인다. 1937년 이래 농부들과 땅은 엄청나게 사라졌고, 1977년에는 사회 문제들과 함께 식량 부족 현상이 일어나고 있다. 이런 관점에서 볼 때 쿠퍼 학장의 후예들이 갖고 있는 생각은 지금까지 한결같아 보이지만, 그 생각은 대단히 심각한 판단 실수라고 나는 생각한다.

한계 상황 속의 인간

지금까지 묘사한 언덕 경사면은 한계 지역과 한계 상황 속에서의 가능성을 나타낸다. 그렇다면 언덕 경사면은 그 자체로 지역 농업의 역사에 대한 평가 기준이자, 현재 지배적인 농업 테크놀로지와 관행에 대한 평가 기준이 된다. 그러나 한계 상황 속의 인간에 대해 말하기 전까지는 정통농업에 대해 어떤 판단이 필요한지 확실히 느껴지지 않을 것이다.

몇 해 전 나는 종종 골짜기에 위치하고 있는 농장을 말을 몰아 지나치곤 했다. 그 골짜기는 저지대 쪽으로 폭도 좁고 기름지지도 않은 땅이며, 경사면 쪽도 앞서 이야기한 곳보다 더 거칠고 덜 비옥한 땅이다. 농장은 작았고 대부분 경사면에 자리 잡고 있었으며, 위로 있는 산등성이는 협소하고 아래로 있는 저지대의 면적도 1.5에이커보다 크지 않았을 것이다. 거의 방치된 상태로 있는 지역에 위치한 이 농장은 눈에 두드러졌는데, 그것은 '개량된 시설물들'이 있었기 때문이 아니라(농장의 시설물은 오래되었고 별로 많지도 않았다), 농장이 잘 관리되고 돌보아진 것이 분명했기 때문이다. 그 농장에서는 나이 든 부부와 짐수레용으로 키우는 페르슈롱종 말 몇 마리가 농사를 짓고 있었다.

그곳 주변에 있는 것들은 모두 단정히 정리되어 있었다. 집과 마당과 외양간 모습을 보면 늘 거주자의 자긍심 같은 것이 느껴졌다. 가옥 옆에는 잘 정돈된 채 채소가 풍성히 자라는 텃밭이 있었다. 초지는 여름마다 풀베기 작업이 이루어졌다. 노인이 담배를 재배하는 크지 않은 저지대는 수로에 의해 세 군데 또는 네 군데로 나뉘었고, 이 밭들은 목초풀이 자라고 있었으며 다리로 연결되어 있었다. 다른 무엇보다도 나무로 만들어진 작은 교량들은 그 노인이 그곳을 얼마나 잘 돌보았는지를 말해 주었다. 내버려 두었더라면 사람들이 아무 생각 없이 말을 몰아 수심이 깊지 않은 개울을 건너 다녀서 모래톱을 없애 버렸을 것이다. 초지에는 말 이외에 약간의 육우를 방목해서 길렀다.

이 농장이 내 관심을 끄는 이유가 있다. 이곳은 한계 상황 속에서 운영되는 **훌륭한** 농장이기 때문이며, 30~35년 전만 해도 일반적이었던 수백 평방마일 규모의 농장들 중 살아남은 고독한 생존자이기 때문이다. 그리고 한 가지 이유를 더 대자면, 이 농장은 사라져 간 소농들의 방식을 고수하고 있기 때문이다.

노인의 농장을 이따금씩 지나치면서 지켜보니, 이 농장에 갑작스레 변화가 일기 시작했다는 것을 알아차렸다. 마당이 관리되지 않기 시작하였다. 집 주변이 어지러워지기 시작했다. 말들도 보이지 않았다. 무슨 일이 있었는지 조금 알게 되었다. 노인이 죽었던 것이다. 부인은 자녀들과 살기 위해 도시로 갔다. 누군가 그 집에 세를 얻어 와서 기술적으로 말하자면 그곳의 거주자가 되었지만, 정말로 그곳에서 **사는 것**이 아니었다. 농장 역시 외부인이 사용하기 시작했다.

한번은 멈춰 서서 노인과 잠시 말을 나눈 적이 있다. 그는 그때 울타리를 손보느라 바빴다. 그는 예를 갖춰 맞아 주었지만 많이 방해받길 원치 않았다. 농장이 대단하다고 나는 말했고, 그는 고맙다고 대답했지만 큰 관심이 없다는 말투였다. 낯선 이한테 칭찬받고 싶다는 생각을 해 본 일이 거의 없는 게 분명했다. 나는 그의 말들이 멋지다는 말도 했고, 말들이 일을 잘 한다고 그는 대답했다.

그의 죽음을 알게 된 후 어느 날 아침, 그 농장에 다시 들렀다. 그를 기리거나, 아니면 내 상실감을 달래기 위해서였으리라. 그날은 겨울의 황량한 느낌을 주는, 짙게 흐린 날이었다. 그곳은 잊혀진 장소로 보였다. 그런 느낌이었다. 누구도 신경 쓰지 않는 곳이었다. 누구도 살지 않는 것 같은 느낌이 강하게 다가왔다. 외양간은 텅 빈 채 폐쇄되었고, 축사의 문은 누군가 금방 돌아오지 않으려는 듯 묶어 놓았다. 집 어딘가 갈라진 틈으로 안을 들여다보니 그곳은 착유실이었다. 손으로 만든 나무 칸막이 기둥들이 보였다. 여러 해 동안 쓰지 않은 것으로 보였다. 그 이유를 나는 알았다. 작은 규모로 축산 농가를 꾸리는 것은 불가능해졌기 때문이다. 노인의 말들이 끌었던 장비들을 보느라 잠시 시간을 보냈다. 어떤 기구들은 쇠로 된 좌석이 없어져 있었는데, 앤티크 수집상이 떼어 갔을 것이다. 아마 도시 교외의 목장 주인집 스탠드바 걸상으로 쓰이고 있을 것이다. 착유실의 다른 기구들도 쓰이고 있는 흔적이 없었다. 장비들을 살펴보니 울타리와 그 집처럼 거의 완전히 낡은 것들이지만 쓸 수 있도록 여기저기 수리한 흔적이 있었고 철사로 묶여 있었다. 노인의 버림받은 기구들이었다. 노인에게 법적 상속인은 있었지만, 그를 정말로 계승해 줄 사람은 없었던 것이다.

현재의 경제·문화적 기준으로는 물론, 정통농업의 기준으로 보아도, 노인과 그의 농장은 단지 시대착오적인 존재이자 유물들일 뿐이다. 이런 존재들이 남아 있을 수 있다는 사실 자체가 대다수의 농업 전문가들뿐 아니라 다른 종류의 대다수의 유력 인사들에게는 한심한 일로 보일 것이다. 그러나 **왜** 그게 그렇게 한심한 일인지를 묻지 않을 수 없다. 뻔한 대답을 성급히 내놓아서는 안 될 것이다. 경제학이나 테크놀로지, 또는 문화적 풍조의 기준에서 이 노인의 삶에 대해 무슨 말이든 할 수 있겠지만, 그와는 관계없이 이 노인에 대한 존중을 보류하는 것이 정당하지 않기 때문이다. 지금 우리 시대는 매우 유능하고 비싼 교육을 받은 이들을 포함해서 수백만 명이 복지에 의존하거나 실업 상태에 있다. 또 다른 수백만 명이 사회보험이나 다른 공적 부조에 의존하고 있다. 이런 시대에 여기 자기 자신과 지구의 일부분을 돌보며 죽는 순간까지 일을 한 노인이 있다.

흥미로운 것은 많은 농업전문가들과 '농기업인들'은 자신을 보수주의자로 본다는 점이다. 공적 기금에서 '구호금'만 받고 '도덕적 기질'은 없는 사람들에 대한 정부의 '관대함'을 이들은 경멸한다. 그러나 마찬가지로 이들은 가장 전통적이고 적절한 독립 수단에 대해서도 경멸한다. 그와 같은 보수주의자들이 보존하고 싶어하는 것은 무엇인가? 명백히 그것은 바로 대기업 집단이 보유하고 있는 부와 권력이다. 이들의 이해관계 속에는 인민의 도덕적 퇴행과 경제적 의존 상태가 함축되어 있다. 이들은 영세 자영업자들과 같은 독립 계급이 번성할 가능성을 존중하지 않는다. 왜냐하면 세칭 보수주의자들은 사실은 전혀 보수주의자가 아니라 교조주의자들이며, 혁명론자들을 분쇄시키는 자들이다.

그럼에도 불구하고, 그 노인과 그의 농장은 식민 시대부터 가치를 인정받아 왔던, 말하자면 문화적 단위였다. 그리고 그것은 여전히 더할 나위 없이 훌륭한 인간적 가능성이다. 노인과 농장이 대변하는 문화적 가치가 요구하는 것은 인간 본연의 모습이다.

전통과 경험

내가 지금까지 묘사한 대로 한계 상황 속에서의 가능성, 한계 지역, 역시 한계 상황 속에서의 인간은 한계적인 사유 방식에 의해 강화된다는 것을 이해하는 것은 매우 중요하다. 이런 사고 방식은 우리의 역사에서 일종의 대항적 주제를 제시한다. 지금까지 이런 주제는 언제나 개발과 착취의 주제에 대해서 하위 개념이었지만 여전히 생명력을 면면이 이어오는 주제다. 그것은 바로 정착, 즉 땅에 대한 친절과 돌봄의 주제다.

이 주제를 일반인들의 관점에서 분명하게 보여주기 위해서 켄터키 주 루이스빌에서 발행되었던 지역 농업 잡지, 『농가저널』*Farmers Home Journal*에서 몇 구절 인용하겠다. 인용문은 1892년 1월호에서 발췌하였다.

한 투고자의 글은 "켄터키 주에 사는 사람들은 모두 견과류 나무를 심을 것을 권유하기" 위해서였다. 글쓴이에게 이 목적이 중요했던 것은 땅에 **정착**해서 사는 것의 필요성을 의식했기 때문이다. "젊은이가 해야 할 첫 번째 일은 집을 장만하는 것이고, 둘째는 부인을 얻는 것이고, 그 다음이 과수원을 마련하는 것인데, 견과류 나무를 심을 때까지는 과수원이 완성되었다고 생각하면 안 된다."

또 다른 투고자는 이렇게 쓴다. "최고의 텃밭을 일구지 못할 만큼 그렇게 넓은 땅에 수고와 시간을 들이는 일은 (…) 하지 말아야 한다." (정통농업 주창자들은 농가 세대 가구들이 수퍼마켓 후원자가 되었다는 것을 자랑한다는 사실을 기억해야 한다.)

일찍이 1892년 이미 기세가 등등한 산업론자들의 오만을 만나게 된다. "농부들이 텃밭에 상업 비료를 더 많이 쓰지 않는 것은 그들에게 생각이 없기 때문이다."

그러나 지금은 지도상에서 사라진 장소인 켄터키 주의 루럴 넥에 사는 W. C.라는 사람의 편지에서 그와 같은 생각 없음의 예를 발견하게 된다. W. C.의 서신은 토양경제에 대해 생각이 깊은 에세이다. 그는 토양경제와 화폐경제를 직접적으로 연결시킨다. 그는 외양간에서 막 나온 짐승 배설물, 작년에 탈곡하면서 나온 삭힌 지푸라기, 나뭇조각 부스러기와 잿더미, 그 외에 썩는 것은 무엇이든 비료로 쓸 것을 추천한다. "그렇다. 썩는다는 말이 맞다. 썩는 것은 죽음을 의미한다. 그리고 죽음과 썩는 것이 없으면 어떤 새 생명도 있을 수 없다." 그는 골분이나 과인산석회까지 사용할 수 있다고 말한다.

> 그러나 일반적으로, 농부가 특별한 상업 비료를 사기 위해 빚을 내면 일을 그르치게 된다. 외양간에서 나온 좋은 거름을 사기 위해 빚을 내는 것은 더 안전하다. (…) 자연은 어떤 것도 잃어버리지 않는다. 자연은 자신을 보존하고 보호한다. 자산을 탕진해서 가난해지고 주변 사람들과 살

고 있는 땅을 잃어버리는 것은 오로지 바보들이나 하는 짓이다.

W. C.는 이어서 토양침식에 대해 비판하고, 거름·성실함·지성에 대해 칭찬한다. 그의 결론은 다음과 같다.

사람들이 신이 주신 땅의 풍요로움과 노동의 과실을 즐길 수 있는 권리를 보존하는 법을 배워 알게 되면, 그때가 바로 모든 이들이 훈제소의 고기를 먹고 곡식 창고의 곡식을 먹을 수 있는 때이며, 그때가 바로 선거하러 갈 시간이다.

이 편지는 범상하지 않다. W. C.의 주장은 바로 앨버트 하워드 경의 주장과 같다(물론 하워드 경의 주장이 훨씬 더 과학적 권위에 의해 뒷받침되기는 하지만). 하워드 경의 책이 출판되기 50년 전에 W. C.는 같은 주장을 평이하게 풀어내고 있는 것이다. "썩는 것은 죽음을 의미한다. 그리고 죽음과 썩는 것이 없으면 어떤 새 생명도 있을 수 없다." 이 말은 생물학만큼 새롭고 상식적인 원리이며, 성서만큼 오래되고 고귀한 원리다. "한 알의 밀알이 떨어져 죽지 아니하면 한 알 그대로 있고, 죽으면 많은 열매를 맺느니라." W. C.의 목소리는 가정, 가족, 과수원, 정원의 중요성을 강조하는 다른 투고자들의 목소리와 완전하게 결합한다.

외딴 곳에 사는 이 평범한 사람들이 양식과 신념에 찬 우렁찬 목소리로 자신들의 대의를 주장하는 것을 들으며 우리는 무엇을 배울 것인가? 제퍼슨은 이들을 정치적으로 대변해 주었다. 앨버트 하워드는 훗날 과학적으로 이들의 음성을 대변해 준 셈이다. 그러나 이 보통 사람들은 제퍼슨보다 훨씬 더 특정한 농경 생활 경험에서 비롯된 발언을 하고 있다. 그리고 하워드는 이들보다 반세기 뒤의 사람이다. 농민들의 음성은 전통과 경험으로부터 나오는 목소리라고 결론 내려야 한다고 생각한다. (여기서 전통은 독립자작농 요먼yeoman 계급, 또는 그보다 훨씬 더 오래된 농민들의 전통에서 비롯된 농업주의 사상을 가리키는 말이다.) 말하자면, 이들의 목소리는 경험에 의해 입증되고 지지되는 전통으로부터 나오는 것이다. 생활인의 지성 속에 스며 있는 전통과 경험의 세계는 인간에게 있어 넓고도 깊다. 생활인의 지성은 생물학적으로, 농업적으로, 경제적으로, 정치적으로, 그리고 문화적으로 건강하다. 그 지성은 문명을 건설할 정도로 깊이 뿌리 내려 있고 견고하다. 반면에 정통농업은 약간 확장된 회계 장부 기록원의 경제를 지탱해 줄 뿐이다.

유기농 농장

전통 농업traditional agriculture의 태도와 가치는 우리 시대에도 여전히 살아남아 있으며, 우리 시대의 경험에 의해 지지되고 있다. 이런 태도와 가치의 생존은 한계 상황에 부딪혀 있으며, 농과대학들과 농업 관련 언론에 의해 대부분 무시되고 있다. 이들이 조금이라도 인정할지 모르겠지만, 이들의 무시 속에는 경멸이 담겨 있다.

그러나 전통 농업의 생존자들은 분명히 존재한다. 생존자들에 대한 소문을 확인하고 우정을 나누는 교류를 통해 형성된 일종의 네트워크로 생존자들은 서로 연결되어 있다. 지금까지 나는 많은 생존자들을 만나 보고 그들의 뛰어난 덕성과 훌륭한 농장에 깊은 감명을 받았다. 그들은 원칙주의자들로서 완고하면서도 모험정신에 투철하며, 자신들만의 경험을 믿을 정도로 충분히 독립적이고, 상당히 고립되어 있는 상태에서도 공식적으로 또는 대중적으로 지지받지 못하는 진리를 고수할 정도로 충분히 강한 자들이다. 그들의 농장은 그들의 원칙을 표상하며 그 원칙을 입증해 준다. 그들이 보여주는 모범 사례와 실례들을 살펴보기만 하면, 정통농업이 얼마나 피상적인 토대 위에 '과학적 증거들'을 세워 놓았는지를 이해하게 된다.

지난 일이 년 새 대중들의 주목을 어느 정도 받기는 했지만, 화학비료나 제초제를 사용하지 않는 고도로 기계화된 대형 농장들이 많이 있다는 사실은 아직 일반적으로 알려져 있지는 않다. 내가 처음 건강한 농업의 예들을 조사하기 시작할 때에는 유기적 토양 관리와 대형 농업이 어떻게 양립할 수 있는지 알지 못했다. 1974년 봄, 아이오와에 있는 900에이커 넓이의 유기농 농장을 방문했다. 이 농장은 광범위하게 상업 유기질 비료를 사용하고 있었다. 그러나 내가 보기에 유기질 비료 사용은 그 농장에서 가장 덜 중요한 요소로 보였다. 더 중요한 것은 작물 돌려짓기 계획이 주의 깊게 수립되어 있는 점이라고 생각했다. (1~2년 간격으로 옥수수, 귀리, 콩을 재배한 뒤 그 다음 2년간은 초지로 놔두었다.) 그리고 매년 옥수수밭에 동물 배설물을 사용하고 경작지 마련을 위해서 회전쟁기 대신 끌쟁기를 사용했다는 점이 더 중요해 보였다.

이런 시스템은 다음과 같은 장점들을 가지고 있다고 알려졌다. 유기질 비료를 쓴 첫 일이 년 안에 지렁이를 비롯한 여러 생명체가 토양에 풍성해졌다. 매년 흙은 점점 검어지고 푸석해져 작업하기 쉬워졌다. 작물을 심는 시기가 더 빨라질 수 있었는데, 그 이유는 흙의 부식 상태가 좋아져서 흙이 더 빨리 말랐기 때문이다.* 가축 사료를 구할 수 있는 면적은 더 넓어졌다. 왜냐하면 사료 맛이 더 좋아졌고 영양분이 더 많아지면서 가축들을 만족시키기 위해 별 노력을 기울일 필요가 없었기 때문이다. 이 농장에는 작물이나 가축들을 위한 살충제 살포 프로그램을 갖고 있지 않았다.

이 농장에서 사용하는 기계들이나 건물들은 비슷한 크기의 어떤 농장에 비해 뒤지지 않을 만큼 '현대적'이다. 오늘날의 대부분의 대형 농장들보다 훨씬 다양한 작물들을 생산하고 화학비료라는 손쉬운 방법들을 사용하지 않는데도, 이 농장에 필요한 정규 인력은 네 명뿐이었다. 1975년 말, 고도로 기계화된 또 다른 유기농 농장을 방

---

* 부식(腐植)은 흙 속에서 분해 단계에 있는 여러 유기물이 혼합(주로 탄소와 질소로 구성)된 상태를 가리키는 말이다. 흙의 부식 상태가 좋으면 단순히 토양의 영양 상태가 좋아질 뿐 아니라, 부식토 자체 무게의 4~6배의 수분을 흡수·배출하는 수분 조절 기능이 향상된다. 그만큼 토양 유실 가능성도 줄어들고 토양의 환기성도 좋아져 흙에 푸석한 느낌이 더해지면서, 토양이 작물 재배에 매우 유리한 상태가 된다—옮긴이.

문했다. 이 농장은 700에이커 규모의 농장으로, 또 하나의 인상적인 대형 유기농 농장의 예였다. 작물, 동물, 농부들이 모두 잘 살고 있는 것이 분명한 이런 유기농 농장들의 존재는 정통농업주의자들의 경멸이 얼마나 근거 없는 것인지를 바로 보여준다. 또한 이런 예들은 이들의 경멸이 무지나 공포에 기초하고 있음을 시사해 준다.

이 나라의 모든 농장들이 유기농법으로 관리된다면, 사람들과 우리 땅은 의심할 바 없이 더 건강해질 것이고 상당히 여러 영역에 이익이 파급될 것이다. 그러나 최첨단의 테크놀로지를 사용하는 700~900에이커 규모의 유기농 농장들이 우리의 농업 문제와 거기에서 파생되는 다른 문제들을 전부 해결해 줄 수 있을 것으로 생각되지 않는다. 우리가 대규모 유기농 농장을 해결책으로 받아들인다면, 우선 소규모 토지 소유자들의 문화적·정치적 중요성에 대한 심도 있는 토론은 필요 없게 된다.

이런 관점에서 보면 내가 방문했던 아이오와 주의 또 다른 농장(가족농 규모인 175에이커 농장)은 시사하는 바가 더 크다. 50에이커에 달하는 경사면은 상시적으로 초지로 쓰였는데, 여기서 28두의 샤로레종 육우를 길렀다. 나머지 125에이커의 땅에서는 옥수수, 귀리, 밀, 콩, 목초를 재배했다. 저 크림빛 도는 소떼들(샤로레) 외에 번식용 암퇘지 열두 마리와 씨암탉 이백 마리를 길렀다.

내가 들렀던 1974년, 이 농장은 십일 년 동안 완전히 유기농 시스템으로 토양을 관리해 오고 있었다. 이곳에서도 세심한 토양 관리 계획의 일환으로 상업 유기 비료를 어느 정도 사용하였다. 귀리

(또는 밀, 혹은 둘 다), 사료용 콩, 대두, 옥수수를 돌려 가며 재배했다. 에이커당 2톤 분량의 동물 배설물을 사용하는 것으로 평가되었다. (보수적으로 계산했을 경우에 그 정도 분량이었다.) 그리고 콩을 옥수수 사이에 심기 전에 콩밭에도 동물 배설물을 주었다. 상업 비료의 경우, 옥수수밭에만 들어가는 비용이 에이커당 12달러에 달했다. 3년 정도에 한 번씩 에이커당 300파운드의 천연 미네랄 비료를 초지에 뿌렸다.

이곳의 농부는 독자적 지성과 판단력을 갖춘 인상적인 인물이었다. 그는 장소와 필요에 맞춰 그때그때 다른 조치를 처방했다. 농무성 장관은 그해 생산량을 최대치까지 끌어올릴 것을 요청했다. 그리고 많은 농장의 밭이 조금씩 수로와 초지로 위험천만하게 허물어져 내리기 시작했다. 농무성 장관의 권고가 농사 계획에 영향을 주었는지 그 농부에게 물어보았다. 전혀 영향받은 바 없다는 대답이 돌아왔다.

나는 이 농장에서 처음으로 끌쟁기를 사용하는 모습과 끌쟁기로 일궈진 땅을 관찰할 기회를 가졌다. 끌쟁기는 기계를 사용하는 유기농 농부들에게 애용되며 열정적인 찬사를 받는 도구다. 그 이유를 알 수 있었다. 우선, 끌쟁기는 못자리 준비에 필요한 모든 일을 할 수 있다 보니, 회전쟁기와 써레를 대체한다. 그러나 끌쟁기의 큰 장점은 표토층의 흙을 원래 속해 있던 표토층에 그대로 둘 수 있다는 것이다. 동물 배설물과 식물 잔해가 표토층에 살짝 뒤집혀져 그대로 남아 있게 되니, 흙 속에서 유기물들의 호기성 분해가 가능해진다. 결과적으로 흙 속에 유기 내용물이 많이 들어 있게 되어서, 밭의 표면은 스폰지 역할을 하게 되고, 물을 흡수하여 머금고 있는 능력이 좋아지며, 물이 지표 아래층까지 스며들 수 있게 된다. 끌쟁기의 또 다른 장점은 단단하게 굳어 있는 경질지층을 만들지 않는다는 점이다. 왜냐하면 끌쟁기는 하층토 깊숙한 곳에 오래된 뿌리가 만들어 놓은 통로나 토양 속 흡수공, 벌레 구멍을 통해 물이 흘러 내려가는 것을 방해하지 않는다. 결과적으로 토양은 덜 건조해지고 덜 침식된다. 토양은 또한 더 푸석해져 작업하기가 쉬워지고 비용도 덜 들게 된다. 따라서 운영 자금도 덜 들며, 기계는 더 오랫동안 사용할 수 있다. 이 농장에서는 잡풀이 우거진 곳을 일구기 위해 가을에 한 차례 수직으로 서 있는 끌로 쟁기질을 하며, 다음해 봄이 되면 작물을 심기 전 16인치 삼각날이 달린 쟁기로 땅을 다시 한 번 갈아엎는다. 삼각날은 뿌리를 깊이 내린 잡초를 제거하는 데에 매우 좋다.

이 농부는 제초제를 사용하지 않았다. 이유는 개울을 오염시키고 싶지 않다는 것이다. 그러나 실제로 농약을 써야 할 큰 이유가 있어 보이지도 않았다. 그는 작물을 최대한 늦게 심으려 했다. 그렇게 하면 더 많은 풀씨가 발아를 해서, 밭을 일구는 과정에서 그만큼 더 많은 잡초가 제거되기 때문이다. 줄뿌림 경작을 하면 큰 잡초들은 제거된다. 목초 밭에서 일 년에 세 차례 풀을 베어 주면, 나중에 작물들과 경쟁하는 풀들을 관리하는 데에 상당히 도움이 된다.

이 농장의 작물 산출량에 대해서는, 내가 방문한 몇 달 후 농부가 내게 쓴 편지를 조금 인용해 보겠다.

우리 농장의 대두 평균 산출량은 거의 매년 에이커당 40부셸이나 그 이상이다. 우리 주의 평균은 30에서 33부셸이다. 옥수수는 지난 5년간 90에서 100부셸 생산되었다. 이웃 농가의 산출량은 같은 토양 유형과 같은 지형으로 칠 때 거의 같다. 에이커당 25부셸 이상 되는 우리 농장 산출량은 이 지역에서는 아주 좋은 편이다. (…) 귀리는 평균 60부셸이다.

이 농장의 소들은 보충제로 미네랄 혼합제를 먹었으며 곡물 없이 건초로만 겨울을 났다. 가축들한테 살충제는 쓰지 않았다. 여름이 되면 가축들에게 파리가 달려들지만, 유행성 결막염을 비롯해서 파리로 인한 다른 눈 문제는 일어나지 않는다고 농부의 편지에 쓰여 있었다. 1974년 12월에 쓴 그의 편지에 따르면, 이 소들 중 3월과 4월 태생인 스물세 마리의 송아지들은 두당 400에서 700파운드 무게가 나갔다. 이 송아지들은 튼튼해서 유행성 결막염이나 다른 어떤 질병도 없었다.

기계화된 또 다른 유기농 농장은, 유기농 원예농업 잡지 『유기농 텃밭 가꾸기와 농사』의 발행사인 로데일 출판사*에 소속된 새로운 실험농장이다. 1972년, 290에이커 넓이의 이 농장을 뛰어난 농부인 어느 메노파 교도에게 세를 주었다. 그는 철저히 유기농 원칙에 따

* 로데일 출판사는 미국 유기농 농업계의 권위자이자 대부격인 제롬 어빙 로데일의 이름을 딴 출판사다. 미국의 언론은 그를 가리켜 'Mr. 유기농', '유기농 종교의 구루'(『뉴욕타임스』)라고 불렀다. 로데일 출판사에서 나온 잡지 『유기농 텃밭 가꾸기와 농사』는 무려 70만 부가 팔려 나갔다—옮긴이.

라 농장을 운영하겠다고 동의한 바 있다. 5년 단위의 윤작이 시행되었다. 옥수수, 호밀, 보리, 밀, 큰조아재비와 토끼풀의 순서로 돌려짓기를 했다. 옥수수밭에 에이커당 12톤의 거름을 주었다. 작물들은 등고선을 따라 대상帶狀재배를 했다.* 1972년 이전에는 이 농장의 작물들은 화학비료와 농약에 의존하는 관행농 방식으로 재배되었기 때문에 다음의 옥수수 생산량 수치는 특히 재미있다. (옥수수에 대해서만 통계가 나와 있다.) 첫 해 산출량은 에이커당 40부셸, 둘째 해에는 60부셸, 셋째 해에는 80부셸, 넷째 해에는 140부셸이었다. 같은 해 같은 카운티에서 최고치는 에이커당 157부셸이었는데, 그나마도 질소 비료 190파운드, 인 비료 230파운드, 칼륨 비료 673파운드를 쏟아 붓고 얻은 수치였다.

커머너 박사의 주장

그렇다면, 보통 '유기농'이라고 일컬어지는 방법을 통해서 작물재배와 동물 사육이 훌륭하게 이뤄질 수 있다는 것을 부정할 방법은 없다. 이런 방법들은 대형 농장과 소형 농장 모두에서 잘 통한다. 개별 농장 경제 내에서 이런 방법은 관행농 방식보다 못할 것이 없

* 대상재배는 경사지 농사에서 등고선별로 뿌리가 얕게 내리는 목초와 뿌리가 튼튼한 작물을 띠 모양으로 교차해서 재배하는 것을 가리키는 말이다. 경사면의 토양 유실을 막는 것이 대상재배의 주요 목적이다—옮긴이.

다는 증거다. 석유값이 오르면서 화학비료, 살충제, 제초제 비용이 상승하는 것을 감안하면, 유기농 방식이 유효하다는 것은 의심의 여지가 없을 것이다. 그러나 유기농식 토양 관리법을 택하면 최대 수혜자들은 일반 대중들이 될 것이다. 토양 오염과 수질 오염이 크게 감소할 것이고, 오염 관리에 들어가는 사회 비용이 크게 줄어들며, 건강이 좋아지고, 적어도 궁극적으로 식료품 가격이 내려간다는 점에서 그렇다.

지금까지 묘사한 농장들이 아주 건강하다는 것은 경험이 많은 관찰자에게 매우 분명하게 드러난다. 몇 시간 들여 자세히 관찰하고 비교해 본 게 다인 경험 없는 관찰자들에게도 그 점은 마찬가지로 명백할 것이라고 믿는다. 그러나 이런 외형적 관찰로부터 얻은 시각적 인상에 더해서 워싱턴 대학교Washington University의 자연생물학센터가 내놓은 증거가 몇 가지 있다. 1975년 출간된 보고서로서 제목은 '비유기물 비료와 살충제를 사용할 경우와 사용하지 않을 경우, 미국 옥수수 벨트 지역 농장들의 생산, 경제적 수입, 에너지 집약의 비교'다. 『동력의 빈곤』에서 배리 커머너Barry Commoner는 유기농식 토양 관리를 강력히 주장하는데, 위 연구는 거기서 지렛대 역할을 한다. 이제 나는 커머너의 논의를 상세히 참조하려고 한다. 그 이유는 그 연구가 내 주장을 뒷받침하고 완성시켜 주기 때문이기도 하고, 거기서 한 걸음 더 나아가, 그가 가정하고 있는 사항 중 하나에 대해 이의를 제기하려 하기 때문이다.

커머너 박사는 정통농업 전문가들과 옹호론자들이 많이 논의하는 몇 가지 사항을 점검하는 것으로부터 논의를 시작한다. 그러나 그는 거기서 더 나아가 훨씬 더 명쾌한 통찰력을 보여준다. 그는 미국 농업이 1950년부터 1970년까지 인상적인 생산성 증가를 보여주었다는 점을 인정한다. 에이커당 옥수수 생산량은 세 배가 되었다. "구이용 치킨은 사료를 통해 몸무게가 50퍼센트 증가했다." 계란 생산은 25퍼센트 늘었다. 농장 전체 생산량은 "40퍼센트 향상되었다". **그러나** 같은 기간 중 실질 농가 소득은 "1950년 180억 달러에서 1971년 130억 달러로 **감소되었다**. (…) 농장 수도 50퍼센트 줄었기 때문에 농가당 소득은 46퍼센트 늘었다. (…) 그러나 (…) 그 기간 중 미국 전체 세대 소득은 평균 76퍼센트 늘었다. 한편, 미국 농가의 전체 모기지 빚은 1950년 약 80억 달러에서 1971년 240억 달러로 증가했다". 이 기간 중 농가들이 복합 영농에서 단작으로 대거 이동해 가다 보니, 농지에 식물이 자라고 있는 기간이 줄어들었고, 그렇다 보니 다시 농장에서 사용되는 태양에너지 총량도 줄어들었다. 단작으로 작물을 재배하는 농사에서 동물들이 사라지니 유기물질이 농토로 돌아오는 양도 줄어들었다. 그리고 질소를 고정시키는 콩 작물을 사용하지 않고, 상업 질소비료를 사용하였다. 1959년부터 1973년까지 콩 종자 생산이 60퍼센트 줄어들었다. 이런저런 변화들로 인해서 "농장과 태양 사이의 연결고리는 약해졌고 산업계와의 위험천만한 (…) 새 연결고리로 대체되었다". 이렇게 농장으로부터 분리된 에너지원에 의존하게 된 것이 왜 농가 소득이 줄었는가를 설명해 준다. 순농가소득은 1950년에서 1970년에 이르기까지 감소했는데, 그것은 새로운 기계 테크놀로지가 도입되었음에도 불구하고 그런 일이 발생한 것이 아니라, 바로 그 테크놀로지의 도입 때문에 생긴 일이다. 커머너 박사는 다음과 같은 고발로 테크놀로지의 효과에 대한 분석을 마친다.

> 우리는 석유화학 산업계의 사업가 정신과 교묘한 영업 수완을 높이 살 수도 있다. 산업계는, 자연순환을 가능하게 해 주는 무료 태양에너지를 포기하고 필요한 에너지를 비료와 연료의 형태로 석유화학 업계에서 구입해야 한다고 어떻든 농부들을 설득시켰다. 산업계의 거인들은 이런 상업적 쿠데타로 만족하지 않고, 농장에서 생산되는 것들과 경쟁에 뛰어듦으로써 농부들에 대한 정복 사업을 완수하였다. 이들은 일련의 인조 합성물들을 시장 내놓아 경쟁을 시켰다. 인조 섬유는 목면과 울과 경쟁하고, 합성 세제는 천연 오일과 지방으로 만들어진 비누와 경쟁하며, 플라스틱은 목재와, 살충제는 새와 무당벌레와 경쟁한다. 자연에서 나오는 것들은 물론 무료였다.
>
> 거대 기업체들은 미국의 농촌을 식민지로 만들었다.

이제 커머너 박사는 자신이 일원으로 있는 워싱턴 대학교 연구진이 연구한 유기농 농부들로 눈길을 돌린다. 그는 유기농 농부들의 농법에서 문제의 확실한 해결책을 찾는다.

> 연구진은 1974년 한 해 농사 기간 중의 농장 생산을 분석했다. 관행농

농장에서 생산된 작물들의 시장 가치는 에이커당 평균 179달러였다. 거기에 비해 유기농 농장의 평균 가치는 에이커당 165달러였다. 그러나 관행농 농장의 운영 비용은 에이커당 평균 47달러였고 유기농 농장의 비용은 에이커당 31달러였다. (차이는 대부분 관행농 농장에서 사용하는 질소 비료와 살충제 비용에서 기인했다.) 결과적으로, 두 가지 유형의 농장에서 생산되는 작물의 에이커당 순소득은 사실상 같다. (…) 관행농 농장의 옥수수 생산량이 유기농 농장과 비교해 볼 때 약간(12퍼센트) 많다는 것 말고는 두 농장이 획득하는 각 작물별 소출은 거의 같다.

유기농 농장들은 1달러치 산출을 하기 위해서 단지 6,800BTU의 에너지를 사용했을 뿐이다. 거기에 비해, 관행농은 18,400BTU를 사용했다. 여기서 확인되는 것은, 유기농 농장은 약 삼 분의 일 정도의 에너지밖에는 안 쓰면서도 관행농과 거의 같은 경제적 수입을 낳는 것으로 보인다는 점이다.

짐수레 동물들의 사용

"미국 농업이 현재 사용하는 에너지는 국가 전체 에너지 예산의 약 4퍼센트밖에는 차지하지 않"기 때문에 커머너 박사는 에너지 보존이나 농장에서 사용되는 화석연료로 인한 오염 같은 문제가 여기서 가장 중요한 쟁점은 아니라는 점을 잘 인식하고 있다. 중요한 문제는 경제적인 것이다. 석유화학 산업이 농지를 식민지로 만든 문제가 그것이다. 그러나 내게는 이런 인식은 충분하지 않은 것으로 보인다. 커머너 박사는 관행농의 에너지경제는 적자경제라는 점을 이야기하면서 다음과 같이 말한다.

> 한 농부가 상업 질소 비료를 사용할 경우, 비료를 생산하는 데 들어가는 열동력 작업은 살갈퀴를 심어서 같은 효과를 얻는 데* 들어가는 최소 작업의 일곱 배이다. 그러나 살갈퀴를 기르는 데 필요한 외부 에너지는 결국 근본적으로 제로가 되고 말 것이다. (예를 들면, 말을 이용해 살갈퀴를 재배할 수도 있지만, 말에게 먹이는 여물은 농장 자체에서 자라는 옥수수를 사용하여 만들기 때문이다.) 비록 현실적이지는 않지만 이런 기준으로 보면, 화학비료의 효율성은 제로다.

여기서 내 관심을 끄는 것은 마지막 문장의 수식구이다.("비록 현실적이지는 않지만"이라는 구절을 가리킨다. 저자는 말을 이용해 살갈퀴를 재배하는 것이 비현실적이라는 커머너 박사의 전제를 지적하고 있다—옮긴이) 커머너 박사는 자신이 지지하는 치유책을 반만 옹호하려 한다고 말하고 있는 것이다. 즉, 그는 석유에서 추출되는 비료, 살충제, 제초제에 대해 농업이 의존하고 있는 상태를 타파하고 싶어하지만, 석유연료에 대한 의존을 줄여야겠다는 생각은 하지 않을 것이다. 예리한

---

* 살갈퀴는 콩과의 초본이기 때문에 공기 중의 질소를 고정시켜 땅을 비옥하게 하는 성질을 가지고 있다—옮긴이.

지성을 보여주던 커머너의 논의가 '농기업'이 숭배하는 금송아지(석유—옮긴이) 앞에서는 갑자기 이렇듯 성급하게 머리를 조아리는 태도를 보인다. (이 '실용성'에 대한 가짜 기준을 내세우는 사람들은 오만한 태도로 다른 어떤 비정통적 기술도 퇴짜를 놓아 버린다.) 농장에서 트랙터 이외에 다른 어떤 것이 동력을 위해 사용될 수 있다고 제안하는 것은 교회에 불을 지르는 일과 같다. 바른 생활을 하는 사람들은 그런 일을 **하지** 않을뿐더러 그런 일에 대해 **생각**도 하지 않는다.

성역을 더럽히지 않겠다는 커머너 박사의 자세는 일상적으로 흔히 발견되는 태도이긴 하지만, 대안에 대한 정부의 반응에 비하면 부드러운 것이다. 1975년 8월 미 농무성 간행물인 『농장 지표』에는 「현상수배: 61,000,000마리의 말과 노새, 31,000,000명 농장 노동자」라는 제목의 글이 실렸다. 이제는 꽤 널리 읽힌 이 글은 농무성의 국가자원경제부(현재는 '자연자원경제부'로 부서 명칭이 변경되었다—옮긴이) 소속 농경제학자인 얼 E. 개버트가 행한 연설에 '기초해' 쓰였다.

개버트 씨의 목적은 '오늘날의 농업 관행'에 대한 비판자들을 논박하는 것이다. 이 문서에 따르면, 이런 비판자들은 미국의 농장에 말과 노새들을 복귀시키는——그것도 바로 그리고 완벽하게 복귀시키는——'반反테크놀로지 혁명'을 주창하는 자들이다. 개버트 씨는 이런 주장에 "극복 못 할 건 없지만 심각한 결점들"이 있다면서 안도하는 듯하다. 그가 지적하는 결점들이란 이런 것이다. 주장대로 되려면 육천백만 마리의 말과 노새가 필요하지만 1975년 현재 미국에는 삼백만 마리밖에는 없다는 것, 삼천백만 명의 농장 노동자가 필요하지만 겨우 4백만 명밖에 없다는 것, 이런 것들이 그가 지적한 결점들이다. 이 수치들은 다음과 같은 방식으로 산출된 것이다.

> 1967년 작물 지표가 기준이다. 1918년 작물 지표는 48이다. 이 숫자는 1967년 작물 생산량의 48퍼센트라는 의미다. 1974년의 104와 비교해 보라. 1974년의 생산량이 약 2.25배 더 많다.
> 비기계식 농사의 최고 생산치를 기록한 1918년은 비교하기에 가장 좋은 해다.
> 1918년의 가용자원을 토대로 1974년 생산에 맞춰 산술적으로 추정해 보려면, 1918년 농사를 수행하던 2,670만 마리의 노새와 말, 그리고 1,350만 명의 농장 노동자들에다가 1974년의 생산증가량인 2.4배를 곱하면 된다.

이것은 "단지 가이드라인을 위한 추정치에 불과하다. 1918년 이래 (…) 교배종자 같은 비기계적·비화학적 기술 향상 덕분에 더 적은 노동으로 더 많은 산출량을 얻을 수 있게 되어서 필요한 인력과 동물들의 노동력도 줄어들 것"이라는 점을 개버트 씨는 인정한다.

> 그러나 농경제학자들은 추정치의 핵심 취지는 유효하다는 점을 서둘러 강조한다. 즉, 기계화된 테크놀로지의 완전 포기는 생물학적으로 불가능하며 사회학적으로 현실적이지 않다는 것이다.

개버트 씨를 더 따라가 보자. 1992년이나 1993년이 되기 전에는 필요한 동물들을 다 생산할 수 없을 것이다. 이 동물들을 먹일 사료를 재배하려면 "1,800백만 에이커의 최상급 농지"가 필요할 것이다. "여러 나라 사람들이 굶주리는데 이 나라의 그 많은 말들을 먹여 살린다는 문제에 의문이 따를 것이다."* 게다가, 일할 사람들의 공급도 부족하다. 그런데 "2,600만 명의 노동자들이 도시에서 농장으로 옮겨 가야 하는 것, 그것은 난감한mind-boggling 문제다".

이상이 논의의 주요 얼개다. 이 글의 상세한 내용은 여기 요약된 것보다 더 정교하게 다듬어져 있지만 더 이상의 지성을 필요로 하는 부분은 없다.

이 문서는, 이런 종류의 다른 많은 글들이 그러하듯, 영향력 있는 사람이 작성한 것이 아니었다면 존중할 만한 가치가 없었던 만큼, 애초 주목을 받을 만한 글이 아니었다. 그러나 이 문서에 담겨 있는 주장은 다름 아닌 버츠 전 장관의 한 연설에서 미 농무성의 공식 정책이라는 지위를 부여받았다. 존경할 수 없는 것을 심각하게 받아들이는 태도, 그것은 우리 시대를 특징 짓는 정치적 필연성이다. 그 한 예를 지금 우리는 목격하고 있는 중이다.

이런 주장에 대한 주요 반대 의견은, 그런 일이 벌어지지도 않을 일이라거나 발생할 이유도 없다는 것이다. 실제로 관행농을 신랄하

---

* 배고픈 자들은 가엾이 여겨 주는 것만 고분고분 받아 먹든 아니면 굶주리든 해야 할 것이라는 농업전문가들의 주장을 평소 들어 오던 터에, 이들이 배고픈 사람들까지 배려해 주는 모습을 바라보는 것은 몹시 흥미로운 일이다.

게 비판하는 사람들 중에서도 '기계 테크놀로지의 전면적 포기'를 주장하는 사람은 없다. 『수레 끄는 말』*Draft Horse Journal*지 사설에서 밝혔듯, "대부분의 현대농업 비판자들은 그와 같이 전면적인 어떤 것을 이야기하는 것이 아니라, 가능한 한 최대로 에너지를 절약해서 작업할 수 있도록 기술과 도구를 선택할 것을 주장하는 것이다". 여기서 핵심적인 어휘는 '선택'이다. 이런 주장을 하는 비판자들은 기술 선택 범위가 훨씬 넓어져야 하고 대안이 존재해야 한다고 믿는다. 그들은 다양한 선택지와 대안이 생길 때까지는 건강한 농업과 신뢰할 만한 식량 공급도 없을 것이라고 믿는다. 간단히 말해서, 다른 것들도 그러하듯 기술이 다양해야 농업이 강해진다는 것이며, 현재의 농업 정통파들은 다양성의 원리를 완전히 무시하고 있다는 것이다. 『유기농 텃밭 가꾸기와 농사』, 『어머니 대지 뉴스』, 『수레 끄는 말』 같은 지면을 통해 비판자들은 현재 농업과 임업 분야에서 소와 노새가 능숙하고 경제적으로 유용하게 일할 수 있는 공간이 있다는 점을 지적해 왔다. 어떤 논자는 현재 에너지경제와 화폐경제 모두 어렵다는 점을 감안할 때 앞으로 짐수레 동물들을 훨씬 더 광범위하게 사용하는 것이 합당할지 모른다고 말했다. 내가 아는 한, 누구도 그와 같은 변화가 전면적 또는 극단적일 것이라거나 그래야 한다고 말한 바 없다.

이렇게 약간의 다양성을 옹호하는 소박한 주장에 대해 농무성이 전면적인 공격을 가했다는 사실은 '농기업'의 정신 상태가 전체주의적이고 편집증적이라는 점을 말해 준다. 이런 과잉 공격을 수행할 수 있는 구실은 무엇일까? 만일 비판자들이 맞다면, 농업전문가들은 과학자로서 그냥 동의할 것으로 기대해 볼 수도 있는 노릇이다. 비판자들이 틀리다면 그대로 무시될 것이다. 왜냐하면 정통농업은 너무나 광범위하게 받아들여지고 있기 때문에 잘못된 생각 때문에 심각하게 위협받는다는 것은 생각해 볼 수 없다. 진실을 말하자면, 비판자들이 맞았는지 틀렸는지가 중요한 것이 아니라, 이들이 **다르다**는 점 때문에 불쾌해진 것이다.

백번 양보해서, 설혹 정말로 '반反테크놀로지 혁명'으로 위협받고 있다고 인정한다 하더라도 개버트 씨 주장의 타당성은 의심스럽다. 『수레 끄는 말』지가 지적했듯이, 개버트 씨의 추정치 산출 방식은 너무 단순하다. 그는 "에이커당 40에서 60부셸의 옥수수 생산을 위해 경작할 때와 120에서 150부셸의 옥수수 생산을 위해 경작할 때를 비교하면, 말과 노새도 세 배가 더 필요할 것"이라고 가정한다. 그리고 말 한 마리 사육하는 데 3에이커의 "최고급 농지"가 필요할 것이라는 단언에 이르게 되면, 자신의 말이 무슨 뜻인지조차 알지 못하며 말한다는 생각이 들 뿐이다. 프랭크 B. 모리슨의 『사료와 사육하기』*Feeds and Feeding* 스무 번째 에디션에서 추천하는 사료배급량을 사용해서 내 식으로 계산해 보면, 일 년 내내 힘든 일을 하는 몸무게 1톤짜리 말 한 마리에 104부셸의 옥수수 자루와 7,300파운드의 건초(약 209개의 35파운드짜리 건초더미)가 들어간다. 건초가 풀과 알팔파로 이루어진다고 볼 때, 이 정도 사료는 오늘날 산출되는 양을 기준으로 2에이커도 안 되는 면적이면 충분하다. 게다가 짐수레 말들 모두 1톤이 되는 것은 아니다. 현실적으로, 대개 1,300파운드에서 1,800파운드 정도 범위 안에 들어갈 것이다. 그리고 일 년 내내 일하는 말은 정말로 거의 없다. 위에 제시된 수치들은 말이 일하지 않을 때 초지에 방목되어 혼자 풀을 뜯는 시간이나 관리를 위해 주로 건초만 먹일 때의 시간은 고려하지 않은 것이다. 또한, 이제는 사료로 거의 쓰이지 않는 곡물류 줄기 같은 거친 여물을 먹을 수 있는 능력이 가축들에게 있다는 점 또한 고려하지 않았다. 말에게 필요한 것은 "70부셸의 옥수수에 해당하는 에너지"라고 말하는 『수레 끄는 말』지의 계산이 더 현실적일 수 있다.

개버트 씨의 안이한 가정에 따르면, 필요한 삼천백만 명 **모두**가 노동자들이다. 그는 농부가 필요하다는 점을 인식하지 못하고 있다는 점에 또한 주목한다. 그리고 또 한 가지, "이천육백만 명의 노동자가 도시에서 농장으로 이동"하는 문제 때문에 난감해진 개버트 씨의 마음mind boggled은, 농장에서 도시로 최근 더 많은 사람들이 이동하는 문제로는 전혀 난감해지지 않는 게 분명하다는 점에 주목한다. 이 문제는 지속적으로 일어나고 있는 끔찍한 일인데도 말이다. 이렇게 도시에서 농장으로의 이주가 '농기업'에 이익이 되는 일일지 모른다는 의심이 조금이라도 들었더라면 개버트 씨 같은 사람들은 그 일을 촉진시키려 적극적으로 노력했을 것이라는 점에는 의심의 여지가 없다. 이런 사람들의 마음은 오로지 편의적으로 난감해질 뿐이다.

"여러 나라 사람들이 굶주리는데 이 나라의 그 많은 말들을 먹여 살린다는 문제에 대한 의문"도 마찬가지다. 곡물 추출 알코올을 자동차 연료로 쓸 수 있는 가능성에 대한 연구가 현재 네브래스카 주립대학에서 진행 중이지만, 편의적으로 자비로워지는 마음은 이런 연구 때문에 전혀 어려움을 느끼지 않는다. 곡식을 일하는 가축들의 먹이로 주는 것은 도덕적으로 의문의 여지가 있다고 치자. 그런데 곡식을 자동차 엔진이 먹어 치워서 에너지 기업과 기계 및 자동차 제조업체의 이익을 남겨 주면 배고픈 사람들은 잊혀진다. 그리고 농장 일에 말을 사용하는 것을 공격하는 사람들도 있지만, 이들 역시 말을 사용해 경주를 하고 쇼 경연대회를 열고 다른 하찮은 일을 벌이는 것을 반대하는 말은 한마디도 하지 않는다.

『수레 끄는 말』지에는 이런 말이 실린 바 있다. "말들은 (…) 인간의 발이 아닌 것처럼 반反기술을 표상하지 않는다." 말들은 그저 우리가 방기해 버린 가능성일 뿐이다. 우리는 그 가능성을 다시 생각해야 한다. 그래야 커머너 박사의 주장을 논리적으로 완성할 수 있기 때문이다. 그래야 앞서 묘사한 '한계' 토지의 존재와 '한계' 토지의 잠재적 필요가 제기하는 문제들에 답할 수 있기 때문이다. 어떤 문제들은 말을 사용하는 것 말고는 지금껏 그 이상의 적절한 해결책을 발견하지 못했다. 그런 문제들이 있는 것이다. 말을 이용한 오래된 농업 기술의 부활이 우리의 농업적 지성과 판단력을 완성시키는 데에 또한 꼭 필요할 수 있다. 왜냐하면 지성과 판단력의 생존에 요청되는 것이 선택지의 다양성인데, 오래된 기술들이 그런 것을 우리에게 주기 때문이다.

경제적 문제들은 결국 창조질서의 건강이라고 하는 훨씬 넓은 맥락의 문제와 합쳐진다. 이 맥락에서 보면, 커머너 박사가 거의 완벽한 열동력적 효율성의 "비현실적 기준"이라고 본, 바로 그 기준은 생각해 볼 수 없는 어떤 것이 아니라, 필수불가결한 어떤 것이 된다. 커머너 박사의 "비현실적 기준"은 비현실적이 아니다. 그것은 마치 우리 모두가 우리의 몸에 적용하는 완벽한 건강의 기준이 비현실적인 어떤 것이 아닌 것과 마찬가지다. 우리는 완전한 건강체이길 욕망한다. 아니, 우리의 몸이 욕망한다. 완전한 건강, 우리는 그것을 희망하고 그것을 위해 노력한다. 건강을 위한 우리의 노력을 그렇게 이해해야 비로소 그 노력이 이해된다. 완전한 건강에 대한 이상理想이 없다면 우리가 얼마나 건강한지 알 수 없다. 사 분의 삼만큼 건강하자, 팔 분의 칠만큼 건강하자, 이런 것이 우리 마음속에 일어나는 야심은 아니다.

다른 모든 것과 마찬가지로 건강의 완전성은 인간의 힘으로는 얻을 수 있는 것이 아니라고 말하면 아무 의미 없는 말이 된다. 내 말의 요점은 이런 것이다. 우리는 완전성에 대한 비전이 있어야 된다는 것이다. 그래서 그를 위해 노력해야 하고, 완전함에 접근하고 있다는 가능성을 감지해야 한다. 그런 게 없으면 우리는 살 수 없다. 예수는 따르는 이들에게 완전해지라고 명령했다. 내 생각에, 완전함을 희망할 수 있어서라기보다는 완전함은 필요한 기준이기 때문이었을 것이다. 사람들은 완전함에 대한 기준 없이는 자신을 이해할 수도 없고 충실히, 인간적으로 살 수 없다. 불완전함과 화해하는 것,

우리가 가는 길에 거대한 현실적 장벽을 세우는 것, 그것은 야만스러운 일이다. 우리는 바로 영혼의 고통 속에 휘말려들 것이며, 틀림없이 결국에는 육체의 고통 속에 빠져들 것이다. 상식常識에 의거할 때만 완전한 건강에 대한 비전에 도달할 수 있는 기술을 생각할 수 있을 것이다. 기술이 '구식'이라는 이유로 그런 기술을 거부하는 것은 미친 짓이다.

농사일에 대한 올바른 기준 적용의 중요성은 아무리 강조해도 지나치지 않는다. 인간 개체와 지역사회의 완전한 건강, 그리고 자연 속에 있는 지역사회의 원천들과 토대의 완전한 건강—이런 것에 미치지 못하는 협소한 기준에 따라 안정적이고 풍요롭고 장기적 비전을 갖춘 농업을 어떻게 일구고 유지할 수 있는지 나로서는 알 수 없다. 그에 비해 정통농업의 기준은 지나치게 단순하고 배타적인 경향이 있다. 정통농업의 기준이란 생산성과 '농기업'의 재정 번영이다. (여기서 생산성은 먹는 입의 숫자와 식량 총량 사이의 등식과 '기록'에 의해 결정된다.)

실체도 없는 "반테크놀로지 혁명"에 대해 공격을 퍼부으면서 버츠 전 장관이 말했던 것처럼, "좋았던 그 옛 시절로 돌아가"거나 그냥 오늘 하는 식대로 농사를 완고히 고수하면 수백만 명이 앞으로 수년 내 영양실조와 기아로 계속 죽게 될 것이라고 말하는 것은 쉬운 일이다. 그러나 그런 비판은 가장 오래되고 최고의 이윤추구형 비판이다. 오로지 '진보'에 대한 맹목적인 복종심 때문에 가능했던 산업혁명 시절의 상투적인 언사를 버츠 전 장관은 지금도 계속하고 있는 것이다. 이제는 거기서 한 걸음 더 나아가 버츠 식 공격이 가정하고 있는 사항들을 살펴봐야 한다. 두 가지 사항이 가정되어 있다. 첫째, 인간의 건강은 다른 피조물들의 건강과 구분해도 무방하다는 것. 둘째, 물질적 풍요와 생존 사이의 구분을 두지 않는다는 것.

생태적으로 건강한 농법을 주장하는 사람들은 "다른 피조물들의 욕구 다음에 인간의 욕구를 생각한다"고 버츠 씨는 말한다. 그는 이어서 인간은 다른 피조물들과 마찬가지로 "자연의 일부"라고 말한다. 그러나 비버 댐과 수력발전용이나 관개용 댐을 같은 것으로 보는 데서 드러나듯, 그의 진심은 인간의 욕구가 다른 모든 피조물들의 욕구보다 우선되어야 한다는 데에 있다. 그래서 배고픔의 문제에 대한 그의 해결책은 도덕적·문화적·생태적 고려 때문에 방해를 받는 법이 전혀 없다. "해답을 구하기 위해서는 과학과 테크놀로지에 의지해야 한다. 우리는 자연을 개조해야 한다." 그는 아무렇지도 않게 생태에 대한 부담을 털어버린 채 농업을 이야기한다. 그러나 우리에게는 두려운 생태적 질문이 남았다. 다른 피조물들이 소멸된 세계에서, 마찬가지로 피조물인 우리 인간들은 어떻게 생존을 희망할 수 있을까? 환경을 '개조'하려다가 우리가 먼저 치명적으로 '개조'되지 않을까? 버츠 씨의 대답은 이렇다. "농업과 과학에 주어진 도전은, 인간과 자연의 다른 존재들이 모두에게 이익이 되는 방식으로 환경을 개조할 수 있도록 테크놀로지를 올바로 적용하는 것이다." 동의할 수 있는 말이지만, 이런 점들이 지적되어야 한다. 버츠 씨가 지금까지 옹호하고 변호해 온 테크놀로지의 적용은, 알려진 대로, 그가 원하는 대로 되지 않았다는 것, 마찬가지로 잘 알려져 비판 받는 바이지만, '농기업'계의 구성원들과 그의 동료들은 과학기술의 적용이 인간과 자연 모두에게 이익이 되어야 한다는 생각 자체를 하지 않는다는 것, 이 두 가지 사항을 지적하지 않을 수 없다.

그 다음으로 가정된 사항은 물론, 인간의 욕구와 자연의 욕구는 구분되어야 한다는 가정과 밀접하게 연결되어 있다. 버츠 씨의 논의는 '생존'이라는 용어에서부터 시작한다. 그리고 생존 문제로부터 매우 극적인 쟁점을 이끌어낸다. "일자리도 소득도 없어 방 구석에서 고픈 배를 움켜쥔 채 웅크리고 있게 되면, 열혈 환경론자도 갈매기나 바다코끼리를 위한 싸움을 잊어버릴 것이다. 그는 자세를 낮추고 다른 피조물들처럼 생존을 위해 싸울 것이다……." 물론 환경론자라고 해서 다른 방법이 없을 것이다. 그러나 그때조차도 그는 자신과 갈매기와 바다코끼리 모두 같은 세계에서 같은 폭력에 맞서 생존을 위해 투쟁하고 있다는 사실을 기억할 것이다. 그런데 버츠 씨의 연설 끝 부분에 가면 중간의 변화 과정이나 예고도 없이 용어가 바뀌어 버린다.

> … 우리가 인구 조절의 필요와 관련한 도덕적 질문을 마주하지 않는다면 인간의 계속되는 **풍요**를 희망할 수 없다(강조는 인용자). 과학과 농업은 그때까지 해결책에 도달할 수 있도록 시간을 벌어야 할 것이다.

용어를 '생존'에서 '풍요'로 바꾸면서, 버츠 씨는 문화의 복합적 변화를 이뤄야만 적절하고 안전하게 달성할 수 있는 일을 과학과 농업이 수행하도록 지명하였다. 생존과 직결되는 소비 억제와 땅 돌보는 일을 버츠 씨가 생각하는 과학과 농업이 수행할 수 있을까? 우리의 생존을 의심스럽게 만든 것은 생존을 '풍요의 영속' 이외의 다른 어떤 것으로도 생각하기를 거부하는, 바로 이런 거부의 태도다. 풍요와 생존 사이에는 비현실적인 연계성이 있을 뿐이다. 생존하기 위해서 지금처럼 안락하고 사치스러워야 할 필요가 있는 것은 아니다. 우리가 알고 있는 식의 풍요와 문명 사이에는 어떤 연계성도 없다. 문명이 필요로 하는 것은 충분함이다. 문명은 사치를 요구하지 않는다. 이런 구분을 할 수 있을 때까지 기아의 문제에 대해 제대로 된 논의는 시작도 못 할 것이다.

분명한 사실은 버츠 씨와 기업과 대학에 있는 그의 동료들은 비정통 기술과 방법들이 식량을 더 많이 생산할지 적게 생산할지 모른다는 사실이다. 이들이 갖고 있고 인정하는 유일한 정보는 '농기업' 테크놀로지의 효율성을 '입증'하는 정보뿐이다. 토양 관리를 위한 다양한 유기농적 시스템을 시험하는 표준구標準區는 어디 있는가? 짐수레 동물, 작은 기계 기술, 대안 에너지를 사용하는 소농장들의 성능 계수는 어디 있는가? 농약을 치지 않는 시험 부지는 어디 있는가? 이런 것들이 존재한다면 우리 시대 최고의 비밀일 것이다. 이런 것들이 존재하지 않는다면 정통농학의 과학적 권위는 어디에서 오는가? 적절히 대조해 볼 대상(표준)이 없으면 입증도 불가능하다. 표준이 없으면 훌륭한 실험도 없다.

말의 동력을 사용하는 농장들

개버트 씨, 그 뒤를 이어 버츠 씨와 여러 사람들은 '추정'에 근거해서, 말을 사용하는 것에 대해 놀랄 만큼 신랄한 공격을 했다. 그런데 그렇게 사변적인 책략을 동원할 필요도 없는 일이었다. 왜냐하면 말의 동력을 사용하는 농장들이 현재 많이 존재하기 때문이다. 실험이니 표준 대상이니 이런 것이 아니라, 살아 있는 예들이 있으니 그냥 주의 깊게 관찰만 하면 될 일이었다. 나는 짐수레 말의 동력을 부분적으로 또는 전적으로 사용하는 많은 농장들을 방문한 바 있다. 이런 농장들과 관련 있는 숫자 몇 개를 제시할 수 있을 뿐이다. 그래서 내가 제시하고자 하는 것은 그저 가능성에 대한 증거일 뿐이다. 그러나 여기서 제시되는 가능성들은 어떻게 하면 생태적으로, 경제적으로 실현될 수 있을 것인지에 대해 철저한 연구가 이루어져야 한다는 것을 강력히 시사한다.

1975년 이른 봄 아이오와의 훌륭한 농장 세 군데를 방문했다. 모두 여러 용도로 말을 사용하고 있었다. 세 농장 모두 대부분 혼자 일하는 노인들이 농사를 지었다. 노인들은 이렇게 농사짓는 것에 확신이 있었다. 생각이 깊고 정말로 열정적인 노인들이었다. 그들은 이웃들이 자본을 집중적으로 투입하여 고도로 기계화된 농사를 짓는 것에 저항감을 갖고 있다 보니 '다른' 의견을 지닌 자의 고독 속에서 살고 있었다. 재정 상황에 대해 말하자면, 정확하게 말할 수는 없지만, 겉으로 볼 때 이웃 농부들이 근근이 사는 것보다는 여유 있어 보였다. 그들의 집은 안락했고, 농장 건물들은 잘 관리되어 보였다.

세 사람 중 첫 번째 농부는 120에이커 넓이의 농장에서 농사를 지었다. 그는 두 무리의 말들을 갖고 있었는데, 그 중 한 쌍은 다른 마부가 몰 수 있도록 길들이고 있었다. 그는 30년 된 파몰 H 트랙터(줄뿌림 작물용—옮긴이) 두 대를 갖고 있었다. 주로 쟁기질과 원판써레질* 같은 힘든 일을 할 때 쓰는 도구다. 나머지 일은 말을 사용했다. 외양간에서 나오는 거름 이외에는 다른 비료를 사용하지 않았다. 살충제도 사용하지 않았다. 엉겅퀴를 조절하는 데에만 선택적으로 제초제를 썼다. 이렇게 농사를 지으면 연료를 상당히 아낄 수 있는 것 말고 다른 두 개의 장점이 있다고 말했다. 첫째, 이웃보다 토양침식이 덜하며 둘째, 토양이 작업하기 쉬운 상태가 된다고 그는 믿었다. 옥수수는 에이커당 평균 70부셸 정도 산출되었다.

두 번째 농부는 300에이커의 훌륭한 땅을 갖고 있었다. 그의 밭은 기업농이 운영하는 환금성 곡물 농장에 둘러싸여 있었다. 그는 대부분의 농사를 말을 이용해 짓지만, 오래된 파몰 트랙터를 이용해 가장 힘든 밭일을 했다. 트랙터는 고정식 발전기로도 사용했다(농약 분무를 위해 트랙터의 동력을 이용한다—옮긴이). '약간의' 비료를 주는 것 이외에 그는 어떤 화학비료도 쓰지 않았다. 그의 밭에는 거름을 비료로 주었고, 옥수수·콩, 다시 옥수수·귀리·건초의 순서로 윤작을

* 기계농의 관행에 따르면, 원판 경운을 통해 쇄토 작업을 하지만 충분치 않아 로터리와 치간용 기계들을 이용해 미세한 쇄토 작업을 마무리한다—옮긴이.

했다. 옥수수는 에이커당 약 75부셸이 생산되었다. 또 다른 사업으로는 낙농용 젖소 여섯 마리가 있는데, 착유는 손으로 했다.

세 번째 농부는 밭 크기와 말과 오래된 트랙터(1946년형 WD 앨리스 찰머) 사용 비율에서 두 번째 농부와 비슷했다. 이 경우도 트랙터는 동력을 이용한 작업과 가장 힘든 밭일을 위해 사용되었다. 이 농부는 "1파운드의 농약"도 사용하지 않았다고 말했다. 그는 열두 마리의 말을 갖고 있었는데, 그 중 한 마리는 페르슈롱종이다. 말 사육 사업을 통해서 버는 소득으로 농장 운영비용 전액을 충당하고 있었다. 이 농부에게는 옥수수 소출이 어느 정도인가 묻는 것을 깜빡 잊었다. 그러나 이웃과 비교할 때 그의 경제 상황이 어떤지는 물었다. 대답할 수 없다고는 했지만, 종종 자기를 불러서 "이웃들이 필요한 것을 그에게 사달라"고 요청한다고 말했다.

이 농장들을 방문할 때마다 장거리를 이동해서 머무는 시간은 짧았기 때문에 서두를 수밖에 없었다. 그리고 농장 상태를 제대로 살피기에는 너무 이른 계절이었다. 이런 이유들 때문에 내가 가지고 있는 정보는 원하는 만큼 완전한 것이 아니다. 그러나 앞서 말한 두 번째 농장을 방문해서 나보다 훨씬 많은 시간을 보냈던 아이오와의 한 농학도로부터 받은 편지를 인용해서 놓쳤던 부분을 채워 넣을 수 있을 것 같다. 그도 나처럼 작물 성장기보다 이른 계절에 방문해서 사실에 대한 기록은 부족한 편이다. 그러나 그가 기술한 내용은 나보다 훨씬 상세하다. 그리고 그의 편지에는 그 농장의 의미가 분명히 드러나는 맥락이 들어 있다.

일 년 중 이맘때면 농장 땅 95퍼센트는 대두 심을 자리를 위해 줄지어 파헤쳐져 있거나 옥수수 심을 자리를 마련하려 쟁기질되어 있다. 어떻든 가축을 기르는 사람들은 소수지만, 이들은 대규모 사육을 하기 때문에 울타리를 그대로 유지하고 있는 소수이기도 하다. 대부분의 농부들은 울타리 삼아 줄지어 키우는 식물들이 있는 곳까지 쟁기질을 하지는 않는다. 농부들은 수로 도랑까지만 땅을 갈아 놓는다. 줄뿌림 작물 재배는 대규모로 이루어지기 때문에 가을갈이를 해야 한다. 그래야 다음해 봄, 시기를 놓치지 않고 넓은 지역에 작물을 심을 수 있기 때문이다. 그러나 도랑이 있는 밭 남쪽과 서쪽에서 내가 본 것은, 검거나 짙은 회색의 눈발이 땅에 쌓여 날려 다니는 모습이었다. 지표면의 표토층과 쌓인 눈이 뒤섞여 있었다. 가을갈이를 한 밭은 예외 없이 밭 가장자리에서 이런 모습을 볼 수 있다. 평평한 지형이다 보니 바람으로부터 밭을 보호해 주는 것도 없다. 만일 눈이 많이 온 후 일찌감치 결빙이 이뤄지지 않는다면 땅은 취약한 상태로 남아 있게 된다. 버려진 농장 건물들이 많이 있으며, 건물 몇 피트 이내의 땅이 경작된다. 나는 훌륭한 축사를 본 일이 여러 번 있지만, 이 농장의 동남쪽으로는 그 비슷한 건물도 없고 그나마 있는 축사의 동쪽이나 남쪽 끝을 헐어서 큰 트랙터와 도구들을 갖고 드나들 수 있도록 하고 있다. 농가나 부속 건물은 한 채도 없고 남쪽에서 북쪽 끝까지, 동쪽에서 서쪽 끝까지, 물이 흐르는 도랑 앞까지 흙을 갈아 놓은 그런 모습을 보기 위해 수 마일에 걸친 그 일대 전체를 다 돌아봐야 하는 것은 아니다. 이 일대의 농부들은 바깥 날씨 못지않게 셸 석유회사와 존디어 농기계회사에 의존하고 있다.

그 한가운데에 아무개의 터전이 버티고 서 있다. 이곳이 눈에 들어오자 사막의 한가운데에 있는 오아시스를 발견한 것 같았다. 1.5마일 떨어진 길가에서 그의 장소를 알아봤다. 유乳용 쇼트혼 소들이 축사 밖에서 옥수수 낟알을 주워 먹고 있었다. 밭 울타리가 잘 둘러쳐져 있었고, 건물들은 의도된 목적대로 사용되고 있었다. 그의 윤작 방식은 아이오와 주의 오랜 표준을 따르고 있었다. 옥수수(일부는 수수) 60에이커, 귀리 30에이커, 건초(토끼풀) 30에이커, 대두 30에이커가 모두 그의 집터에서 재배되고 있었다. 이웃 지역에 120에이커의 밭이 또 있었다. 그는 쇼트혼 마흔 마리를 길렀는데 그 중 다섯 마리*는 손으로 착유했다. 그는 돼지 스무 마리와 닭 이백 마리를 길렀다. 그 덕에 이웃 사람들에게 계란 판매도 할 수 있었다.

이 농가에서 말을 사용하는 것은 단순히 농장 밖에서 유입되어 들어온 동력을 사용하는, 그런 의미의 단순 작업 수단이 아니라는 것을 알 수 있다. 석유나 전기가 이 농장에 들어오는 것과 말을 사용하는 것은 다른 의미를 지니고 있다. 말의 사용은 농장에 **귀속**되어 있는 수단이다. 그것은 농사의 양식이다. 모리스 텔린의 지적대로, 말을 사용하면 서로 어울리는 일련의 관행들이 반드시 뒤따라온다. 말을 양식에 따라 잘 돌봐줌으로써 말이 땅과 어울리게 되면 말은 보통 땅을 보호해 준다. 말이 있으면 먹어야 하니 초지와 건초

* 방문 후 한 마리는 분명히 더 이상 젖이 나오지 않게 되었다.

밭이 따라오기 마련이다. 말을 먹일 사료용 작물을 키우면 다른 동물을 위한 작물도 키우는 것이 자연스럽고 경제적이라는 것을 알게 된다. 사료용 작물 재배와 가축 종의 다양화에서 밭작물의 다양화와 돌려짓기라는 원칙이 자연스럽게 따라온다. 동물들을 길러야 축분을 얻게 되고, 그리 되면 화학비료 대신 축분을 사용하게 된다. 축분 사용, 부식 상태 보존, 윤작과 작물 다양화 등의 관행이 정착되면 병충해와 잡초를 통제할 수 있고, 그렇게 되면 살충제를 거의 쓰지 않게 된다. 농사를 짓는다는 것은 이처럼 일 년 내내 동물, 식물, 농부들이 다 함께 땅을 사용하는 것이다. 곡식을 팔아 자본을 모으는 정통파 농부들의 이른바 '옥수수, 콩, 플로리다 휴양지' 식의 돌려짓기와는 얼마나 대조를 이루는가. 게다가, 말을 이용해 농사짓는 농부들은 농사를 확장하려 하지 않을 것이다. 그의 농사짓는 방식 자체가 집 근처의 한정된 땅을 넘어 그 이상의 농사를 어렵게 한다. 그는 더 많은 것을 얻는 대신, 주의를 집중하여 가지고 있는 것을 잘 돌본다. 그래서 그는 간작間作 작물의 씨를 뿌리고 침식을 방지하는 일을 하는 것이다.

지금 우리가 보고 있는 것이 정착자의 지속가능하고 주의 깊은 독립적 농사다. 적어도 이런 식의 농사는 정통농업보다 일 년 중 더 여러 달을 좀더 전통적인 방식으로 땅을 사용한다는 의미에서 그렇다. 정통농업을 변호하는 이들은 즉각 다음과 같은 점을 지적한다. 즉, 내가 방금 인용한 옥수수 산출량은 아주 낮은 수치이며 모든 산출량이 그 정도 수준까지 감소된다면 큰 위험 부담을 안아야 할 것이라는 점이다. 이런 지적 사항은 나에게 동조하는 사람들뿐 아니라 모든 농학도들과 학자들이 진지하게 받아들여야 할 점이다. 왜냐하면 우리는 명백하고 과학적으로 합당한 대답이 필요하기 때문이다. 충분한 답변을 지금 줄 수는 없지만, 여전히 한두 가지 논점에 대해서는 생각해 봐야 할 필요가 있다.

첫째, 위에서 언급한 세 명의 농부들은 모두 자녀들이 농장을 떠나 홀로 일하는 노인들이라는 점을 강조해야겠다. 그렇기 때문에 이들은 기운을 내서 최대한의 생산을 하기에는 힘도 부족하고 도움과 의욕도 없는 사람들이라는 점을 고려해야 한다. 둘째, 이들의 농장들은 오래된 방식이 살아남은 예들이다. 잘 따를 경우 훌륭한 방식일 것이지만, 그것이 반드시 최선의 방식일 필요는 없다. 점차 낯설어지는 분위기 속에서 살아남아야 한다는 압력과 물려받은 가치를 그대로 유지하려는 압력 때문에 이런 농부들이 혁신적인 존재가 되는 것을 가로막은 것이 틀림없다. 우호적인 상황이었더라면 이들도 다른 모습이었을 것이다. 특히, 유기농 농부들의 진보된 토양 관리법과 말을 사용하는 농사의 전통적인 구조와 기술을 접목시킬 수 있는 가능성은 시사하는 바가 크다.

그러나 정치·경제적 조건으로부터 생산이 상대적으로 독립적이라는 점은 소량 생산의 문제를 상쇄하고도 남는다. 대출을 얼마나 받을 수 있는가, 혹은 석유 제품을 얼마나 구입할 수 있는가, 이런 문제와는 **관계없이** 농장에서 해마다 나오는 생산량은 언제나 비슷하다. 정통 농장의 소출량은 훨씬 클지 모르지만, 석유기업으로부터

'구입한 투입물'과 신용에 절대적으로 의지하고 있다는 점에서 정통 농업 종사자들로서는 기대하기 어려운 부분이다. 짐수레를 끄는 말 무리들은 월스트리트와 중동 국가들의 수도에서 무슨 일이 벌어지든 밭을 향할 것이다. 에이커당 70부셸 정도의 옥수수 산출량은 140 부셸의 반밖에는 되지 않는다. 충분히 사실이다. 그러나 단 1부셸도 생산하지 못하는 경우보다는 무한히 좋은 일이다.

아미쉬 사람들

모범적인 한계 농업의 마지막 사례가 아미쉬 사람들이다. 아미쉬 사람들을 현재 있는 그대로의 모습으로 보지 못하는 것보다 정통농업—미국 사회 전반이 다 마찬가지지만—의 독특한 특징을 더 잘 보여주는 것은 없다. 아미쉬 사람들을 바라보는 주류의 방식은 이렇다. 별스럽다, 그림 같다, 구식이다, 시대에 뒤떨어진다, 진보적이지 않다, 낯설다, 극단적이다, 다르다, 어쩌면 조금은 위험해 보인다 등등. 그러나 이런 '시선'은 완전히 눈먼 상태이다. 보지 못하고 있는 것은 아미쉬 사람들이 그야말로 문자 그대로 지역 공동체라는 점이다. 아미쉬 사람들이 이 나라에 남아 있는 상당한 규모의 마지막 백인 공동체라고 말해도 무리가 아니다. 우리가 아미쉬 사람들을 제대로 보지 못하는 데에는 이유가 있다. 우리는 유난히 그 이유를 알고 싶어하지 않는다. 왜냐하면 그 이유를 알게 되면 우리 자신을

'근대적'이라고 보는 자부심의 근거와 야심이 상당히 흔들리기 때문이다.

조금 전에 살펴본 농부들의 경우와 마찬가지로 아미쉬에 대한 내 지식은 엄격한 학문 기준을 충족시킬 만큼 철저하고 상세한 것은 결코 아니다. 그리고 아미쉬에 대해 '객관적'인 자세를 표방하는 척도 하지 않겠다. 거의 주저함 없이 나는 정말로 아미쉬를 깊이 존경한다. 많은 면에서 그들이 부럽다. 나는 아미쉬 문화와 농업에 대해 설명한 출간물들을 읽은 것 이외에 어느 정도는 경험을 통해 말할 수 있는 정도다. 아이오와, 펜실베이니아, 인디애나, 오하이오 주에서 이루어지는 아미쉬의 농사를 주의 깊게 살펴본 바 있다. 이 여행을 통해서 아미쉬 사람들을 개인적으로 접촉해 본 바도 있다.

아미쉬 사람들이 하나의 공동체—여러 공동체들이 밀접하게 묶여 있는 연대체라고 말하는 것이 더 정확할지 모른다—로 살아남을 수 있었던 이유는 무엇인가? 중요한 이유가 세 가지 있다고 생각한다. 그리고 거기서 다른 많은 이유들이 파생되어 나온다.

첫째, 아미쉬 공동체는 본질적으로 종교적이다. 아미쉬 사람들은 단순히 여러 가지 세속적 필요성뿐 아니라 정신적인 권위에 의해 함께 묶여 있다. 게다가, 이들의 종교는 세속 세계에 대한 영향과 의무에 이례적으로 주의를 기울이는, 그런 종교다. 대부분의 기독교 종파는 이 세계를 어떻게 사용할 것인가에 대한 문제는 제쳐 놓고 영혼의 문제에 집중하는 경향이 있지만, 아미쉬 사람들은 세속적 삶을 종교와 분리시켜 생각하지 않는다. 그들은 자신들의 종교적 원리에 비추어 공동체적·농업적 문제가 어떤 함축성을 지니는지 살펴보기를 주저하지 않는다. 그리고 그에 따라 아미쉬 사람들의 행동은 영향을 받는다. 아미쉬 문화의 '목적'은 단순히 영혼이 행복해지는 것이 아니라 '신, 자연, 가족, 공동체' 사이에 큰 조화를 이루는 것이다.*

둘째, 아미쉬 사람들은 제도나 기관의 성장을 엄격하게 제약한다. 그렇게 함으로써, 겉으로는 자신들에게 '봉사'하기 위해 설립된 조직에 의해 우리처럼 피해를 입지 않도록 한다. 아미쉬 사람들은 요구되는 만큼 우리의 제도를 존중하지만, 제도가 주는 혜택은 받아들이는 것이 거의 없다. 그리하여 가장 중요한 면에서 제도로부터 자유롭다. 그들은 제도에 기대지 않음으로써 그들의 본연의 모습을 그대로 유지하고 있는 것이다. 내가 아는 한, 아미쉬 사람들이 시작한 우리 식의 유일한 제도는 학교다. 그나마 우리 기준으로 보면 이상한 이유로 학교가 세워졌다. 이유인즉, 자기들 아이들을 교육시켜야 한다는 **책임을 다하고**keep the responsibility 그 결과 자기 아이들을 지키겠다는keep their children 것이었다. 아미쉬의 목사와 주교는, 마티아가 그랬듯** 금식과 기도 후 제비뽑기로 뽑힌다. 그래서 아미쉬들에게는

---

* 아미쉬 부족은 이 조화라고 하는 이상을 흐리게 하는 두 개의 큰 문제를 가지고 있다. 그들은 현재의 경제적 조건에 그들의 식량 자급 능력 이상의 자녀를 가지고 있다. 그래서 아미쉬 젊은이들 중 일부는 도시에 일자리를 갖고 있다. 그리고 아미쉬 사람들이 살고 있는 땅 중에서 석탄이 매장되어 있는 곳의 일부 아미쉬 사람들은 노천탄광 채굴업자들에게 채굴을 허용하고 있다. 채굴로 벗겨진 아미쉬 농장 땅의 개량 사업은 이례적으로 훌륭해서 다시 초지로 회복되고 있는 중이다. 그럼에도 불구하고, 일부 아미쉬 사람들은 토지 개량 사업이 틀렸다고 느끼고 있다.

** 유다의 배신과 자살 후, 유다의 빈자리에 마티아가 선택될 때, 열한 사도들은 기도 후 요셉과 마티아 중 제비뽑기로 마티아를 선택했다(「사도행전」 1장 12~26절 참조)—옮긴이.

급료를 받아 경제적으로 예속되어 있거나 야망이 있는 직업 성직자는 없다. 아미쉬들은 예배를 외양간이나 집에서 올린다. 그들의 자선 행위는 조직되거나 관념적인 것이 아니라, 어려운 사정이 눈에 띌 때 그에 대한 직접적인 반응의 형태로 이뤄진다. 그래서 교회 건물도 없고, 건축 기금이나 교회 직원 또는 사무처 요원 같은 것도 없다. 교회와 회중 사이의 구분도 거의 없다.

이렇게 말하는 것이 더 좋겠다. 단 두 개의 아미쉬 기관이 있다. 하나는 가족이고, 다른 하나는 지역 공동체다. 우리의 기관은 눈에 거슬리고, 비인간적이며, 무심하며, 서툴고, 비용이 많이 든다. 우리가 이런 기관에 위임한 거의 모든 기능들을 아미쉬의 가족과 공동체들은 직접적으로, 그리고 인간적으로 간단하고 조용히 수행한다. 가족과 공동체는 보험, 복지, 사회보장, 공공안녕의 역할을 담당한다. 가족과 공동체는 정말로 정부의 서비스 업무를 수행하여 정부를 대체한다. 친척들과 이웃들이 그냥 함께 삶으로써 '보안'에 대한 우리의 강박을 불필요한 것으로 만든다.

셋째, 아미쉬 사람들은 기술의 진정한 천재들이다. 그들은 테크놀로지를 제한할 필요성을 이해하고 어떻게 제한해야 하는지를 알고 있다. 그들은 '기술 혁신을 목적 자체로 받아들이기'를 거부했다. "어떤 기술적 변화가 공동체 전체에 이익보다는 해가 되는 것으로 평가되었을 경우, 종교적으로 강제되는 가족과 공동체의 가치들을 보호하는 것을 우선으로 하여 기술 변화에 따른 사회적 비용을 치르지 않는다." 우리에게 공동체는 서로 경쟁하는 생산자들, 공급자들, 소비자들의 느슨한 정치·경제적 장치이지만, 아미쉬 사람들은 "공동체를 하나의 전체"로 생각한다. 즉, 그들에게는 사람들 전체가 곧 공동체다. 또는 그들의 이웃에 대한 사랑과 마을의 자원 관리 같은 면을 생각해 보면, 공동체는 그들에게 사람과 땅 전체다. 공동체가 전체라면, 그것은 건강한 공동체다. 즉, 세속적이며 동시에 경건한 공동체다. 공동체의 건강성이 그들의 기준이다. 이런 기준에 따라 아미쉬 사람들은 테크놀로지를 제약하도록 요구받는 것이다.

자동차, 트랙터, 전기, 전화와 같은 '필수품들' 없이도 잘 삶으로써 아미쉬 사람들은 그런 것들이 불필요하다는 것을 입증하고 우리의 '경제'가 거짓된 것임을 증명한다. 그리고 이런 제약을 통해서 그들은 자신들과 상당수의 자녀들이 가정을 돌보도록 하고 있으니, 그런 제약들이야말로 아미쉬인들의 건강성을 지키는 주요 수단이다. 아미쉬 사람들은 전문가들의 지식을 가지고 있지 않다. 그러나 전문가들의 지식은 처음부터 집을 잃은 지식이고 뿌리 없는 지식이다. 앨버트 하워드 경의 말을 빌자면, "남들에게 조언을 해 주기 전 자기 자신의 조언을 스스로 믿을 수 없"는 자들의 지식이다. 그런 지식은 그 자체로 위험하다. 아미쉬인들은 지식을 서로를 희생시키는 데 사용하지 않는다.

이런 제약이 얼마나 건강한 결과를 낳았는지는, 그저 자동차를 몰고 아미쉬 공동체를 통과해 보면 누구나 그 결과를 쉽게 볼 수 있다. 최고의 농지라 하더라도 농업적 불모지가 되는 경우가 많지만 그와는 달리 아미쉬의 풍경은 사람과 동물들로 넘쳐나는 활기찬 모습이다. 사람들은 바빠 보이고 주택마다 예외 없이 사람들이 살고 있다. 건물은 모두 사용 중이다. 울타리와 건물들은 잘 관리되어 있다. 채소밭, 화단, 과실수, 포도덩굴 아래 그늘, 베리 덩굴, 벌통, 새장 등, 가정 생활이 알뜰하게 번창하고 있는 흔적들이 보인다. 사람들은 근대적인 가치 기준으로 볼 때 '고되고 힘든 일'이라고 불리는 필수적인 작업들을 주의 깊게, 예쁘게, 위엄 있게 하고 있다. 아미쉬 사람들은 언제나 모든 이들의 안녕과 행복을 생각하기 때문에 바쁘게 움직인다. 그들은 일의 결과를 모든 사람들을 위해 사용한다. 우리가 "고되고 힘든 일로부터 해방시켜줬다"고 하는 버려진 아이들과 노인들, 범죄자들, 극빈자들, 떠돌이들 같은 사람들이 아미쉬에는 없다.

아미쉬 사람들이 사용하는 농법은 땅을 정교하게 돌볼 수 있게 해준다. 1976년 가을 어느 날, 나는 세 세대에 걸친 농부들이 사용하고 돌본 언덕길에 서 있었다. 구식 미국 농법으로 고갈되기도 했고 신식 농업으로는 어떻게 해볼 수 없는 그런 종류의 경사길이었다. 아미쉬 사람들은 이 언덕 경사면에 옥수수와 건초를 교차로 대상재배하였다. 잘 자란 옥수수 줄기를 잘라 가리로 묶어 놓는다. 농부와 아들들이 옥수수 재배지에서 옥수수 묶음들을 꺼내 건초지에서 가리로 묶어 세워 놓는 것이다(언덕 위쪽에 여덟 열, 아래쪽에 여덟 열). 이런 작업을 해야 토양보호용 간작 작물 씨를 가능한 한 뿌릴 수 있다. 정통농업의 기준에서 보면, 이런 일은 품위를 손상시키는 고된 일이다. 밭의 건강성이라는 기준에서 보면 이 일은 꼭 필요한 일이고, 그래서 아미쉬의 농부들은 그 일을 수행한 것이다. 내가 방문했던 시기에 간작 작물들이 올라오고 있었다. 이 작물들은 겨우내 땅을 보호해 줄 것이었다. 토양침식의 흔적을 찾아봤지만 전혀 없었다. 사람들이 직접 만들지 않은 것을 오용하거나 파괴하는 것은 죄라는 이해를 바탕으로 형성된 기독교 농업이 바로 이런 것이라고 말할 수 있다고 생각한다. 창조된 이 세계는 유일무이한 선물이다. 다른 것으로 대체할 수도 없다. 그러므로 겸손하게, 존경심을 갖고, 기술적으로 사용되어야 한다.

아미쉬 농업은 현대적이거나 진보적이지 않다. 그러나 결코 무지하거나 비지성적인 것이 아니다. 올바른 기준으로 볼 때, 그것은 정통농업보다 정교하다. 아미쉬인들은 윤작, 거름, 콩작물의 사용법을 이해한 첫 번째 사람들 중의 하나였다. 그들은 가축과 작물 사이의 균형을 지킨다. 그들은 노동 나눔과 다른 형태의 이웃 사랑을 통해서 이익을 본다. 화석연료와 전기를 대량 소비하는 대신, 바람, 짐수레 동물들, 그리고 자기 자신의 몸처럼 농장 자체에서 조달할 수 있는 에너지를 가능한 대로 최대한 사용한다. 자연스런 일이지만, 테크놀로지를 제한하는 태도는 풍부한 창의력을 통해서 균형을 잡는다. 아미쉬 사람들은 훌륭한 기계공들이다. 무엇보다도, 트랙터 장치를 개조해서 두 마리에서 여덟 마리, 또는 그 이상의 말과 함께 사용할 수 있도록 만든 것은 아미쉬인들의 천재성을 보여준 예다.

아미쉬인들이 농사짓는 모습을 관찰해 온 사람이 『수레 끄는 말』의 편집자에게 서신을 보냈는데, 편집자는 1976년 가을호에 발췌문을 실었다. "이 편지를 쓴 사람은 말을 소유하지 않았으며, 내가 아는 한 말 산업에 어떤 기득권도 갖고 있지 않다"는 점을 편집자는 지적했다. 다음은 서신에서 인용한 것이다.

> 내 농장은 백 에이커가 좀 안 되며, 저지대의 중점토 성질을 지닌 땅이다. 한때 우리 가족이 이런저런 일을 벌였던 농장 세 군데 중 한 곳은 완전히 주택가가 되었고, 또 다른 농장은 구舊암만파 아미쉬인*에게 팔렸다. 세 번째 농장은 여전히 우리 가족들이 집이라고 부른다.
>
> 아미쉬 사람에게 농장을 팔았을 때, 나는 그 농장 토질이 너무 찐득이고 너무 저지대라서 알팔파를 재배하기 어려울 것이라고 말하는 것을 잊었다. 경험상 그 농사는 되지 않으리라는 것을 알고 있었다. 두세 해 그는 다른 작물을 하다가 알팔파 재배에 들어갔다. 알팔파는 안될 거라는 말을 하지 않았기 때문에 나는 당황했다. 그러나 그는 믿을 수 없는 태도를 견지했고, 매우 훌륭한 수확을 거뒀다. 그것은 이해하기 힘든 상황이었다. 여러 해 동안 그 수수께끼를 풀 수 없다가 이제는 그 이유를 알 것 같다.
>
> 우리는 트랙터를 썼기 때문에 지표의 수분 조건이 허락하면 곧바로 트랙터가 밭 위로 올라가야 하는 상황이어서 토양을 계속해서 단단하게 만들었다. 트랙터가 반복해서 다닌 길에는 타이어 문양이 선명히 찍혀

---

* 구암만파 아미쉬(the Old Order Amish)는 17세기 말 스위스의 메노파 장로였던 야코프 암만의 계율을 따르는 아미쉬 최대 종파다. 아미쉬라는 이름도 창시자인 암만에서 따왔다. 외부인들이 흔히 아미쉬라고 지칭하는 종파가 바로 구암만파 아미쉬들이다—옮긴이.

있었다. 그런데 그는 말을 사용했기 때문에 그런 일이 발생하지 않았다. 두 해 겨울 동안 쌓인 서리 덕분에 트랙터로 다져진 땅은 호전되었다. 토양 구조가 개선되었다. 작물의 착근이 용이해졌다. 물 빠짐은 물론이고 담수 능력도 좋아졌다. 알팔파는 잘 컸다.

아미쉬 사람들은 누구도 귀 기울이지 않을 거라고 생각하기 때문에 자기 주장을 내세우려 하지 않을 것이다. 그러나 말 농사를 이삼 년간 한 후 밭이 더 쉽게 '된다'고 말할 것이다. 땅 다져짐 문제가 모든 문제의 핵심이다. 말 농사의 결과로 토양 구조의 향상이 이루어졌는데, 더 나은 착근을 감안할 때 이 토양 구조의 개선이 바로 기계를 사용하는 이웃보다 화학비료는 덜 쓰면서 산출이 더 좋아진 이유일 것이다.

잠시 조금 전의 찐득한 토질에 심은 알팔파 이야기로 돌아가자. 작물은 보기 싫게 우거져 이리저리 쓰러졌다. 풀을 베는 것이 문제였을 것이다. 그래서 다시 방문해 보았다. (…) 농부가 느긋하게 풀을 완전히 다 벤 것을 보고는 정말로 놀랐다. (…) 매우 멋진 무엇인가가 있다는 것을 깨달았다. 여기서 사용되는 풀 베는 기계는 말이 끌지만 풀 베는 날의 구동장치는 별개로 있었다. 그러다 보니 이 '말 농부'는 날의 회전 속도에 따라 말이 앞으로 나아가는 속도를 통제할 수 있었다. 유압식으로 구동되는 트랙터를 갖고 있지 않는 한, 어떤 트랙터 농부도 이런 식으로 일을 할 수는 없다. 이 기계 덕분에 아미쉬 농부는 유연하게 속도를 제어할 수 있었다. 내가 경험해 보지 못한 것이었고, 일종의 열등감 같은 것이 느껴졌다. 우리 중 누가 더 나은 기술을 사용하는 것인지를 속으로 물으며 그곳을 떠나왔다. (…) 그리고 아직도 잘 모르겠다.

글쓴이는 짐수레 말들을 먹이다가 사람을 굶긴다는 예의 정통파들의 주장을 언급한다.

> 물론 짐수레 동물들을 먹여야 한다. 그러나 그렇다고 해서 반드시 에이커당 판매 작물이 줄어든다는 것을 의미하는 것은 아니다. 내가 관찰해 본 바로는, 훌륭한 말 사용 농부들은 우리 못지않게 에이커당 시장 판매 작물이 많다. 그들은 분명히 동물들의 영양 상태도 잘 관리하고 있다. 잘 살펴보면, 기계 농사로는 그냥 버리는 것들로 동물들을 거둬 먹이는 일도 있다는 것을 알 수 있다. 나는 여기서 지금 옥수수 사료만 이야기하는 것이 아니다. 요즘 누가 수확 기계가 놓친 옥수수 이삭을 손으로 주울까? (…) 4조식 콤바인 기계로 일하는 사람이 그 일을 할까? 옥수숫대에서 떨어져 나간 이삭을 원한다고 해서 주워 모을 수 있을까? 그럴 일은 없다.
>
> 나는 동물 힘의 도움을 받아 농사를 지으면 우리가 굶주리게 될 것이라는 것을 증명하는 통계 수치들에 별 관심이 없다. 현재 이 나라의 여러 지역에서 농장(들)이 아미쉬인들의 수중에 들어갈 때 실제로 일어나는 일들을 나는 기술하고 있는 것이다. 내가 사는 지역만 해도 수백 개의 농장에서 트랙터 농사가 말 농사로 전환됐지만, 농산물 생산 감소는 눈에 띄지 않는다. 우리 카운티의 생산량이 20년 전보다 적다는 이야기가 어떤 식으로라도 나온다면, 내가 아는 누구든 모욕적으로 생각할 것이다.

아미쉬 농업의 건강성이 일반적으로 좋다는 인상을 뒷받침해 줄

더 구체적인 정보가 몇 가지 있다. 그 중 하나가 자연생물학센터가 발행하는 『CBNS 노트』 1972년 3-4월호에 실린 「대안 농업」이라는 글이다. 그 글에서 몇 구절 인용해 보겠다.

> 아미쉬인들의 토양 비옥도 관리법은 놀라울 정도로 다양하다. (…) 기초 자료 분석에 따르면 세 가지 패턴이 있다. 전통적인 패턴은, 질소고정을 위한 콩을 포함시키는 윤작 실시, 작물 성장기에 적어도 밭의 5분의 1 정도 면적에 거름을 듬뿍 주기, 매년 한 군데 밭에는 석회와 인광석 뿌리기 같은 작업 등으로 구성된다. 옥수수 교배종을 보조적으로 사용하면 에이커당 90~100부셸을 생산하는 것으로 농부들은 평가한다. 다른 평가에 따르면 70부셸까지 내려가기도 한다.
>
> 두 번째로는 아미쉬인들이 변화를 주어 사용하는 관습적인 패턴이 있다. 먼저 토양의 산도 테스트와 인산과 칼리 균형도 테스트를 실시한다. 그 결과에 따라 카운티 담당 직원이나 비료상이 작물별 맞춤형으로 석회와 비료를 추천한다. 이때 옥수수에 좋은 값싼 질소원으로 무수암모니아 사용이 추천될 수 있다. 아미쉬 농장 경영자들은 윤작과 거름의 효과를 높이는 데 이런 패턴 '처방'을 따름으로써 에이커당 비료 사용량을 줄인다. (…)
>
> 세 번째 패턴은 유기농 비료 사용이다. (…) 어떤 것은 에이커당 추가 산출 증가량에 비해 비용이 너무 많이 들어갈 수 있다. 그러나 아미쉬 농장 경영자들 중 소수는 유기농 비료를 매우 열정적으로 사용하고 있다. 유기농 비료 옹호자들은 사료로 쓰이는 곡물의 영양가가 더 좋다는 것을

근거로 유기농 비료를 지지한다. 비료의 영양가가 좋으면 가축, 토양, 궁극적으로 인간의 건강이 더 좋아진다. 흥미로운 것은 인터뷰한 농장 경영자들 중 상당수가 여러 해 동안 관행적으로 상업 비료를 사용하다가 유기농 비료로 돌아섰다는 점이다.

아미쉬 농업의 효과에 대해 언급하는 대목에 이르러 이 글은 생태적으로, 경제적으로 아미쉬의 방법이 정통농법보다 더 건강하다는 증거를 제시한다. 아미쉬 농장에서 발생하는 수질오염은 훨씬 적다. "1971년 3월 취합된 비교 샘플은 더글러스 카운티(일리노이)의 관행 농장 배수구의 질산염성 질소 농도가 12.1피피엠과 8.9피피엠이라는 것을 보여주었다. 아미쉬 배수구는 4.6피피엠(옥수수)이었다. 5월 비교에서는 관행 농장은 26.6피피엠(옥수수)과 10.9피피엠(콩)이었고, 아미쉬 배수관에서 4.6피피엠으로 드러났다."

1965년 아미쉬인들의 농장 평균 넓이는 76.55에이커에 불과했지만, 그보다 더 넓은 땅을 소유했던 많은 관행농민들이 '퇴출'되고 있던 시절에도 번성하고 있었다. (퇴출된 농민들은 관행농 기준으로는 소농들이었다.) "경제적 생존 능력을 가장 잘 보여주는 지표는, 88개의 아미쉬인들의 은행계좌 1964년 것과 1971년 것을 비교하는 은행 데이터이다. 이 시기에 아미쉬인들의 계좌는 2,379,000달러에서 4,045,000달러로 순증가를 보여주었다."

아미쉬인들은 명백히 뛰어난 농부들이고, 여러 가지 의미에서 성공했는데도 정부 관리들과 농업학자들로부터 외면받은 이유는 무엇일까? 특히 아미쉬인들의 기술과 방법은 정통적인 방식으로는 경작할 수조차 없는 땅에도 적합했고, 정통 경제에서는 살아남을 수 없는 농부들에게도 어울리는 것인데도 말이다. 작은 것이면 무조건 경멸하는 관행을 차치하고라도 두 가지 답변이 가능하다. 첫째, 아미쉬인들은 검소한 사람들로서 '농기업' 산업계로부터 '투입물 구입'이 거의 없는 빈약한 소비자들이라는 점과 둘째, 그들은 정통농업의 근본 가정들을 반증反證하는 예라는 점이 그것이다.

생산과 재생산

이런 비정통농업의 전형적인 형식 이외에 도시정주운동*, 수경재배, 태양열 온실, 대안 에너지, 작은 기술, 유기적 방법에 의한 해충 구제 등을 덧붙일 수 있을 것이다. 이런 대안적 사업들을 벌이는 주체는, 지난 몇 년간 건강 전략이면서 동시에 '농기업'이라는 괴물에 대한 저항으로서 시작된 여러 형태의 농민협동조합과 소비자협동조합들 이외에, 적정기술을 연구하는 신연금술 연구소와 패럴론 연구소, 유기농과 건강 전문 출판사인 로데일 출판사 등을 꼽을 수 있다. 이런 실천들과 주체들이 합쳐져, 농업전문가들과 사업가들의

---

* 1970년대 대도시 주민들의 안정된 삶을 도모하기 위해 시작된 도시농업, 빈 건물 점거 운동, 예술가들에 의한 젠트리피케이션 등을 지칭하는 말—옮긴이.

야망에 거의 절멸 상태에 있던 문화적·농업적 가능성이 부활되었다. 또한, 정통농업보다 몇 배는 더 유능하고 다양한 농업의 비전이 가능해졌다. 아울러, 좋은 농업이 이루어지기 위해 요구되는 사항들, 지역의 조건들, 인간의 필요에 반응하는 농업을 꿈꿀 수 있게 되었다.

생산, 이윤, 확장에 대한 정통농업의 강박관념을 이 건강농업은 더 복합적인 의식으로 대체했다. 건강농업이 의식하는 것 중에는 생태적으로 훼손되지 않은 본래의 모습, 영양, 기술적 적합성, 사회적 안정성, 질, 검소함, 다양성, 탈중심화, 독립성, 공유지 사용권 등이 있다. 또는, 더 간단히 말하자면, 건강농업은 생산에 대한 관심을 재생산에 대한 관심으로 대체하였다. 생산은 여성적 원리로부터 유리된 남성적 원리라고 말할 수도 있다. 이렇게 고립된 남성적 원리는 절대적으로 온 힘을 쏟아 붓기를 원한다. 남성적 원리는, 말하자면, 세상이 끝날 것처럼 '한꺼번에 모든 것을 다 하기'를 원한다. 그러나 재생산은 남성적 원리와 여성적 원리가 합쳐져야 가능한 일로서, 보살피고 인내하며 계절과 생명의 속도를 받아들이고 사물의 성질을 존중하는 것이 재생산의 일이다. 생산은 '전력'을 다하여 늘 새로운 기록을 낳는 것이 목표다. 재생산은 더 보수적이며 더 소박하다. 재생산의 목표는 한 번에 끝내는 것이 아니라, 반복하고 반복하고 또 반복하는 것이다. 그래서 재생산은 절약과 소비의 균형을 모색한다. 농부들은 언제나 이 오래된 재생산의 목적을 가지고 있다. 그것이 농부들의 최선이다. 그것이 없으면, 농부들의 기술은 광산 채굴만큼이나 불모의 기술이 된다.

우리의 농업 비전이 장기적으로 민중과 땅의 이익에 명백히 부합되는 것이라면, 적어도 그렇다고 일반적으로 믿겨지기만 한다면, 다른 농업 비전을 모색할 필요가 없을 것이다. 그런데 현재의 농업이 보여주는 비전이 그런 것이라고 믿지 않는 사람들이 매우 많으며 그 숫자가 늘고 있는 것이 사실이다. 그래서 이제 마지막으로 주목해야 할 농업의 한계 상황은 정치적인 것이다. 정통농업에 의해 희생당하고 있는데도 자신들의 불만이 무시되거나 경멸된다고 느끼는 사람들이 바로 새로운 정치의 주체들이다.

첫째, 농사를 짓고 싶지만 비싼 땅값, 상속세를 비롯한 각종 세금, 이자율 때문에 실행에 어려움을 겪는 사람들이 있다. 이런 경제 장벽들은 소농들은 배제시키지만, 대형 농장 경영자들에게는 생존뿐 아니라 나아가 이들의 사업 확장에 유리한 환경을 조성해 준다. 이런 상황은 "세상 돌아가는 이치가 원래 그래서" 그렇게 된 것이 아니라, 소농들의 희생을 대가로 대농장 자본가들을 더욱 키워 주려는 의도적으로 계산된 정책의 결과일 뿐이다. 덧붙여 말하자면, 현재 농사를 짓고 있지만 같은 이유로 생존이 의심스러운 같은 형편의 농부들이 많다.

둘째, 영양적으로 온전하고 살충제나 다른 잔류하는 독성 화학물질로 오염되지 않은 식품을 구입하고 싶어하는 소비자들이 빠르게 늘고 있다. 이런 소비자들은 장거리 수송, 가공, 포장, 광고로 인한 지나친 식료품 가격——결국 이 모든 것이 '농기업'의 식품 통제의 결과다──을 지불하고 싶어하지 않는다.

공적 치유책들

이제 공공의 차원, 또는 정부의 차원에서 무엇을 해야 하는지의 질문에 이른다. 기존의 방식에 대한 비판이 타당성을 가지려면 무엇이 필요한가뿐 아니라 더 나은 방식은 무엇인가를 비판의 기준으로 제시할 수 있어야 한다. 어떤 방식이 더 바람직한지도 제시되어야 하고, 그 방식이 가능하다는 것을 보여주는 실례도 제시해야 한다. 지금까지 내가 제시한 주장과 실례들이 앞으로 필요한 작업을 위한 의제로서 얼마나 명료했는지는 모르겠지만 충분했을 것이라고 생각한다.

더 나은 방식을 실현시키는 데 필요한 공적인 변화들은 어떤 것이 있는지를 제안하는 문제가 남아 있다. 이것은 수행하기 가장 두려운 임무다. 왜냐하면 여기에 지금까지 기술한 문제들은 모두 큰 문제들이기 때문이다. 큰 문제를 해결하기 위해서는 해결책도 거창해야 한다고 생각하는 것이 우리 시대의 지배적인 경향이다. 나는 거창한 해결책의 효율성을 믿지 않는다. 큰 해결책을 통해서 해결하려던 문제들은 오히려 그것 때문에 연장되거나 더 복잡해질 뿐 아니라, 새로운 문제들이 야기되기도 한다. 반면에 해결책이 작고 분명하며 단순하고 값싸면, 당면한 문제를 바로 해결해 준다. 이렇게 작은 해결책이 근본적인 해답이 되는 문제들은 많이 있다. 예를 들면, 도시 거주자들이 걷거나 자전거를 타면 교통 문제에 대한 가장 간단한 해답을 찾은 것이다. 동시에 오염, 자연 자원의 낭비, 교통 통제를 위한 공공 지출을 줄이고, 돈을 절약할 수 있으며, 건강을 증진시킬 수 있다. 이렇게 여러 갈래로 문제가 동시에 해결되는 양상은 경제적 독립을 표방하는 텃밭 가꾸기, 요리하기, 가정 관리 등과 같은 기술과 전략에 수반되는 현상이다. 농업 문제를 산업기술 개발자, 옹호자, 판매자들에게 넘기는 것은 해결책을 요청하는 게 아니다. 이렇게 산업계에 해결책을 요청하는 것은, 산업기술 사용으로 인한 다른 문제들, 예컨대 사회적 혼란, 실업, 건강 훼손, 도시의 무분별한 확장, 인구 밀집 현상 같은 문제들을 해결하기 위한 또 다른 산업기술과 더 큰 관료조직을 요청하는 것이다. 아무리 '객관성'을 표방한다 하더라도, 산업계 사람들은 문제를 자세히 검토해서 가장 어울리는 해결책을 적용하는 것이 아니다. 그들은 절차를 거꾸로 밟는다. 그들은 자신들의 야망과 생계가 걸려 있는 해결책을 설정한 뒤 그 해결책에 맞춰서 문제를 규정한다. 그들은 문제 때문에 번영을 누린다. 그렇기 때문에 그들은 문제를 해결하는 데 관심이 없다.

그래서 첫 번째로 필요한 공적 변화는 일단 전문가-관리-기업경영자 동맹에 대한 신뢰를 거두어들이는 일이다. 이들은 적어도 한 세대 동안 농업 문제를 전적으로 책임지면서 문제를 악화시킴으로써 거대한 부와 권력을 쌓아온 자들이다.

둘째, 미국인들은 인간 에너지, 즉 **우리들**의 에너지가 아껴야 되는 어떤 것이 아니라 기쁜 마음으로 사용해야 할 어떤 것이라는 점을 다시 생각해 보는 법을 배워야 한다. 우리의 힘은 무엇보다 우리 몸의 힘이며, 이 힘을 키우는 것은 유용하고 멋지고 근사하며 만족스런 일이다. 육체적 힘을 비축해 놓는 저장소 같은 것은 따로 없다. 노동 절약과 호사를 향한 이상에 따라 신체적 힘을 아껴 두었다가 우리는 그저 그 힘을 낭비할 뿐이다. 힘만 탕진하는 것이 아니라, 그와 더불어 많은 것을 허비한다.

셋째, 우리 정부의 설립자들과 마찬가지로 우리는 다시 한 번 다음과 같은 점을 명심해야 한다. 정부의 권력은 금지하거나 저항하는 권력이라는 점이다. 다시 말해, 정부의 권력은 강자와 힘 있는 자들로부터 작고 약한 자를 보호하는 권력이다. 크고 강한 자들이 작고 약한 자들을 무력하게 만든 뒤 강한 자들의 부도덕하고 무능한 후견인 역할을 하는 권력이어서는 안 된다. 재산의 공정한 분배만으로도 일반 시민들이 어느 정도의 힘과 독립을 얻을 수 있는데, 세금을 부과할 수 있는 권력을 사용하면 바로 이런 공정한 재산 분배를 가장 효과적으로 보증해 준다. 오늘날의 경제가 명백히 보여 주듯, 규모가 큰 경제 주체에 제약을 가하지 않으면 작은 주체는 살아남을 수 없다. 이런 식의 제약은 비민주적인 것도 아니고 반자유주의적인 것도 아니다. 지금 우리 정부처럼, 일반 시민들이 부자나 기업과 훌륭히 경쟁할 수 있다는 듯이 하는 것은 일반 시민들을 그냥 버리는 것이다. 세금 부과를 통해서 제약을 가하는 것은 가장 작지만 가장 분명하고 간단하고 비용이 안 드는 해답이다. 이것은 내 생각이 아니라 토머스 제퍼슨의 생각이다. 1785년 10월 28일 제임스 매디슨 주교(미국 제4대 대통령 제임스 매디슨 Jr.의 사촌으로, 미국 독립 후 성공회 최초 주교를 지냈다—옮긴이)에게 쓴 서신에서 토머스 제퍼슨은 토지 자유보유권이 바람직하다*는 의견을 피력한 후 다음과 같이 말했다.

> 재산의 불평등함을 조용히 줄이는 또 다른 수단은, 일정 수준 이하의 재산 보유자들은 모두 면세해 주고 재산이 많을수록 누진적으로 과세하는 것입니다. 땅은 인간이 노동하며 살도록 주어진 공동 자산입니다. 근면함을 장려하기 위해[여기서 근면함은 주로 농업 일에서의 근면함을 의미한다] 땅의 점유를 허용한다면, 땅을 점유하지 못한 사람들이 고용될 수 있도록 주의를 기울여야 합니다. 그게 안 되면 땅을 경작할 수 있는 기본권을 돌려주어야 합니다. (…) 모든 수단을 강구하여 누구나 약간의 땅을 소유할 수 있도록 법을 만드는 것은 시급한 일입니다. 소토지 보유자들은 나라의 보배입니다…….

* 토머스 제퍼슨이 서신에서 '토지 자유보유권'을 묘사한 대목은 이렇다. "상당수의 인류에게 이처럼 많은 고통과 비참함을 가져다준 이 거대한 불평등의 결과 앞에서, 입법자들은 토지 재분배를 위한 수단을 가능한 한 많이 고안해낼 수밖에 없을 것입니다. 입법자의 이런 활동은 인간 마음의 자연스런 감정을 거스르지 않도록 주의를 기울이기만 하면 됩니다. 각종 재산을 자녀들과 형제자매들, 그리고 다른 사람들에게 고르게 상속하는 것은 현명하고 실행 가능한 처사입니다." 이 인용문에서 확인할 수 있는 것은 두 가지다. 인간의 고통을 줄일 수 있는 첫 번째 요건이 토지 정의이며, 둘째, 토머스 제퍼슨이 주장한 토지 자유보유권의 핵심적인 원리는 토지 분배의 형평과 평등의 원칙이라는 점이다. 실제로 토머스 제퍼슨 식 공화주의의 근간은 요먼이라고 불리는 독립자영농 계급인데, 이들은 플랜테이션 농장보다 훨씬 작은 50~200에이커 정도의 땅에 대한 자유 보유권을 지닌 계층을 지칭한다—옮긴이.

어떤 지역에서 얼마만큼의 땅이 있어야 한 가족의 생계를 이어갈 수 있을지에 대해 생각해 봐야 함은 물론이다.

넷째, 도시의 압력과 투기로 인해 농민들이 감당할 수 없을 만큼 농지 가격이 상승했음을 감안할 때 가족농 규모의 농장을 구입하고 싶어하는 사람들에게는 낮은 이자로 대출이 이뤄져야 한다. 이것은 한시적이거나 과도기적인 조치이어야 할 것이다.

다섯째, 농장 자체의 필요와 생산 능력에 맞춰 생산을 조절할 수 있게 해 주는 생산 시스템과 가격통제 시스템을 갖춰야 한다. 이렇게 하는 목적은 극단적인 공급의 불안정성을 통제하는 것이다. 왜냐하면 공급을 시장에 내버려 두면 결국 소생산자에 불리하기 때문이다. 이렇게 하는 데에는 목적이 하나 더 있다. '잘못된 사람들'(저장 시설을 가동할 여유가 없는 소농들)이 주도할 때 곡물가가 낮고 '올바른 사람들'(대농들과 농기업체들)에 의해 주도될 때 곡물가가 높다는 것을 의미하는 '추수기의 우울한 가격' 현상이라는 것이 있다. 이런 현상을 제거하는 것이 그 목적이다.

여섯째, 지역의 식량 자급성을 촉진시키는 프로그램이 있어야 한다. 가장 값싸고 가장 신선한 음식은 집에서 가장 가까운 곳에서 생산된 음식이고, 가공처리 때문에 소비자에게 늦게 전달되지 않는 음식이다. 농부와 상인, 농부와 소비자 사이에 직거래가 활성화되어야 한다. 생산자와 소비자 협동조합의 활성화를 통해서 이룰 수 있는 일이 많이 있을 것이다.

일곱째, 모든 도시는 유기물 쓰레기 집적소를 운영하여 거기서 유기물 쓰레기를 퇴비화해서 농부들에게 공급하거나 원가로 판매해야 한다. 농생산물을 도시로 실어 나르는 트럭은 시골로 돌아갈 때 퇴비를 실어 날라야 한다. 이렇게 하면 강과 밭의 건강을 크게 향상시킬 것이다. 또한 식품 가격도 낮출 것이다.

여덟째, 식량 생산을 관장하는 위생법을 모두 치밀하게 점검해서 불필요한 법들은 없애야 한다. 위생법은 거의 예외 없이 소생산자에게 불리하게 작용했고, 소생산자의 시장을 파괴했으며, 생산 비용을 터무니없이 올려 놓았다. 우리가 주장하는 만큼 기술적으로 유능하다면, 예컨대 작은 축산 농가들이 사용할 수 있는 값싼 기술을 갖고 있지 않은 것은 변명의 여지가 없다. 식품 집하장이 여러 군데 필요하다는 점을 감안할 때 작은 양의 식품이 거래되는 시장이 없어야 될 이유도 없다. 우리가 식품 생산 증가에 정말로 진지하다면 소생산자를 위한 공간을 만들어야 한다. 게다가, 진심으로 품위와 상식을 생각하는 사람이라면 청결함이 곧 값비쌈을 뜻하는지에 대해 연구해 보아야 한다.

아홉째, 지역의 필요를 충족시키려면 기술적으로나 유전학적으로 획일성을 향해 치닫는 현 세태와는 반대로 최대한의 기술적·유전학적 다양성이 장려되어야 한다. 이런 다양성이 국유지 교부 학교들의 주목표가 되어야 한다. 해치 법안이 요구하는 것처럼, 국유지 교부 학교들은 "연구에서 농업도 산업과 똑같은 지위를 보장"**해야 한다**. 국유지 교부 대학과 소속 교수들은 연구 결과를 상품화하고 싶어하는 기업체와 다른 이익단체들로부터 연구 수주를 받아서는 안 된다. (물론, 이것은 대학 밖에서 근무 시간 이외에 연구하는 교수들에게는 적용되지 않는다.)

열 번째, 농과대학의 관심사가 점점 전문화되는 현상을 되돌려 놓기 위해서는, 즉 농과대학의 충성심을 '농기업'과 산업으로부터 농민들 쪽으로 다시 옮겨 놓기 위해서는, 두 가지의 다른 조치가 유용할 것이다. (1) 농민들이 시간제로 농과대학 교수진이 될 수 있어야 한다. 그것은 마치 약학대학과 법학대학 교수진이 의사와 변호사들에게 개방되어 있는 것과 마찬가지 이치이다. (2) 농과대학의 교수들은 급료의 반만 현금으로 지급받는다. 나머지 반은 대학 농지를 할당받아 거기서 나오는 일 년치 수입으로 충당한다. 이렇게 하면 농과대학의 교수들은 이제 "다른 사람들에게 조언을 하기에 앞서 스스로 자신의 조언을 직접 실행해 볼 수 있는" 위치에 서게 되는 것이다. 좋은 결과가 나올 것으로 기대된다. 교수들은 자신들의 지식을 일반인의 작은 문제들에 적용해 볼 기회를 가질 수 있으며, '상업용 투입물' 생산자들에게 이윤을 남겨 주는 방법이 아닌, 다른 수단과 방법을 추천할 수 있게 될 것이다.

열한 번째, 인간적 규모로 살아가는 문제에 대해 진지하게 논의해야 한다. 그러나 너무 두려워할 필요는 없다. 인간적 규모로 산다는 것은 무엇인가? 어떻게 인간적 규모 내에 머물 것인가? 어떤 종류의 기술이 인간성을 향상시킬 것인가? 또 어떤 종류의 기술이 인간성을 끌어내릴 것인가? 이런 논의를 해야 하는 이유는 제약을 두지 않고는 살 수 없기 때문이다. 제약에는 공간적·물질적·도덕적·

정신적 한계 등 여러 종류의 제약이 있다. 이 세계는 인간으로 사는 것에 만족하는 수많은 사람들에게는 여유 있는 공간이지만, 거인이나 신처럼 살고자 하면 상대적으로 소수에게만 여유 있을 뿐이다.

열두 번째, '상대주의'에 지나치게 경도되어 온 결과, 이제 우리 미국인들은 무슨 일을 하든 그 일을 하는 신념과 이유를 갖고 있지 않다. 지금 이 시점에서 우리는 우리 자신에게 물어야 한다. 우리를 되돌아보는 기준이 되고 노력의 지향점이 되어야 할 절대선은 없는 것일까? 나는 그 절대선이 바로 건강이라고 생각한다. 여기서 건강이라는 말은 단순히 위생적인 의미에서 개인의 건강만을 의미하는 것이 아니라, 창조질서의 건강함, 전일성, 마침내 그 신성함을 의미한다. 개개인의 건강은 그 일부일 뿐이다.

한계 영역의 필요성

1975년 가을 미시간 주에서 PBB로 알려진 방화용 화학물질이 미량광물질인 줄 잘못 알고 대량 주문된 가축 사료에 섞여 들어갔다. 이 사료는 미국농사개량동맹*이 운영하는 미시간 주의 네 군데 사료합성공장으로 보내져, 거기서 개별 농장의 가축 구유 속으로 들

* American Farm Bureau Federation, 간단히 줄여서 Farm Bureau라고도 부른다. 농민의 삶의 질을 향상시키고 농촌 지역 공동체를 살리자는 목적으로 설립되어, 전 미국과 푸에르토리코에 지부를 갖고 있다—옮긴이.

어갔다. 그 결과 고기·우유·계란이 오염되었고, 재앙은 3년 반이 지난 후에도 계속되었으며, 앞으로 언제까지 영향을 받을지 아직 알 수 없다. 이 사건의 직접적인 결과로서, 오염된 동물들을 살처분하고 식료품을 폐기처분한 주 정부의 프로그램이 발표되었다. "약 150만 마리의 닭, 소 29,000두, 돼지 5,920마리, 양 1,470마리가 살처분되었고, 2,600파운드의 버터, 18,000파운드의 치즈, 34,000파운드의 유제품, 계란 5백만 개가 폐기되었다." 그러나 영향을 받은 사람들 역시 많다. 그 중 심각한 사람들도 꽤 되며, 장기적으로 건강에 어떤 영향을 미칠지는 알 수 없다.

이 사건은 개인적인 비극이자 경제적인 비극이다. 다시 말해, 이것은 사적이면서 동시에 공적인 비극이다. 그런데 이 비극은 "틀린 레버를 잡아당기는 것만큼 간단한" 실수로 인해 벌어진 사건이다. 순간적 부주의와 재앙 규모 면에서 미네소타에서의 이 비극은 한계 영역이 없는 농업 분야, 아니 한계 영역이 없는 문화 전 분야에서 일어날 수 있는 전형적인 사건이다. 고도로 중앙집중화되고 산업화된 식품공급 시스템에서는 작은 재앙은 있을 수 없다. 생산에서 발생한 '에러' 때문이든, 옥수수 마름병이든, 재앙이 실제 벌어질 때까지 예측은 불가능하다. 재앙이 광범위하게 확산될 때까지 재앙은 좀처럼 인지되지 않는다. 그와는 대조적으로 고도로 다양화된 소농은 지역 시장과 결합되어 있기 때문에 문자 그대로 한계지에서의 작물 재배가 소농의 중요한 일부를 구성한다. 한계지에서의 작물 재배는 주의 깊게 땅을 돌보는 것을 가능하게 하며, 또한 피해가 확산되는 것을 막는다.

그러나 한계 토지를 활용한 소농은 피해를 막는 보호적 기능 그 이상의 역할을 할 것이다. 산업적 획일성을 줄임으로써 그와 같은 농사는 진정한 통일성에 대한 우리의 감각을 새롭게 일깨워 줄 것이다. 그것은 건강이라는 절대선을 공유할 때 획득할 수 있는 통일성에 대한 감성이다. 분리되어 있는 것들은 서로 경쟁할 수밖에 없다는 것이 만고의 법칙이다. 우리는 경쟁하면 언제나 최고가 승리하는 결과를 낳는다고 잘못 믿어 왔다. 몸과 영혼, 남성과 여성, 생산자와 소비자, 자연과 기술, 도시와 시골은 분리되어 서로 경쟁하는 처지가 되었다. 이 경쟁은 승자가 없는 경쟁이다. 경쟁자 모두가 소진될 뿐이다.

우리를 치유해 줄 위대한 힘이 우리에게 있다. 잘 돌보고 적절히 사용하면 스스로 치유하는 창조질서의 권능이 그것이다.

3판 후기

이 책에서 내가 주장하는 바는 산업농과 그 근거가 되는 가정들은 머리부터 발끝까지 완전히 틀렸다는 것이다. 이런 종류의 농업은 인간 본성과 역사의 가장 어두운 곳에서 자란 것이라고 주장하고자 한다. 공들여 쓴 이 책이 틀렸다는 것이 입증되었다면, 내 관점에서 볼 때, 그것이 이 책의 가장 행복한 운명이었을 것이다. 누군가 내가 틀렸음을 입증해 주어 나의 걱정이 기우였음이 드러났다면 많은 위안이 되었을 것이다. 왜냐하면 이 책은 걱정 때문에 썼기 때문이다. 내가 이 책을 쓴 것은 우리가 땅, 지역사회, 문화를 파괴하는 이데올로기의 지배 아래 살고 있다는 믿음 때문이다. 그리고 우리는 여전히 그런 파괴 행위를 자행하고 있다.

20년 전 논의를 처음 할 때 나는 학교, 정부, 그리고 기타 다른 곳의 지도자들을 겨냥했다. 이런 사람들은 보통 모종의 진실에 접근하기 위한 방법으로서 논증에 관심이 있을 것으로 추정한다. 이 책이 출판되고 여러 해가 흐르는 동안, 다른 무엇보다도 내가 얼마나 순진했었는지를 알게 되었다. 이 책에서 제시된 논증들은 대개 동의를 얻기 어려웠고 어떤 때에는 격렬히 반박되기도 했지만, 제대로 된 논박은 말할 것도 없고 응대를 해 오지도 않았다. 그렇게 된 가장 큰 이유는 실제 현실이 매순간 계속해서 내 주장을 확인해 주었기 때문이다. 산업농의 거대한 생산성에 대해서는 부정할 수 없지만, 궁극적으로 그 생산성을 훼손시킬 수밖에 없는 거대한 생태적·경제적·인간적 비용 또한 부정할 수는 없다. 이 책의 비극은 이 책이 옳다는 점이다.

더욱이, 내 글에 동의하지 않는 사람들은 주로 내가 글을 통해서 비판의 대상으로 삼았던 사람들이다. 이들은 산업체제의 신봉자들로서 단지 누군가 무엇인가를 논증했다고 해서 노선을 바꾸기에는 너무나 많은 권력과 자본을 지니고 있으며 정복에 심취한 자들이다. 이런 사람들은 자신이 틀렸는지의 여부에 개의치 않을 수밖에 없다.

내 책에 대한 활발한 논박이 없었던 또 다른 이유는 교육과 권력기관에서 논증 자체가 사실상 쓸모없어진, 일종의 잃어버린 기술이 되었기 때문이다. 나는 이 점이 두렵다. 오늘날 모든 종류의 공적 담론이 광고나 프로파간다 기술—논증이 뒷받침되지 않는 이런 식의 설득 기술은 무분별하고 심지어는 무의식적인 추종을 낳는다—또는 이른바 객관적이고 가치중립적인 과학적 증명에 기대어서 구축되는 경향이 있다.

예를 들면, 이 책을 쓸 때만 해도 나는 국유지 교부 대학들의 지배적인 생각을 반박하는 논증에 부딪히면 대학들이 더 강력한 반론을 개발하거나 생각 자체를 전환해야 할 것이라고 생각했다. 순진한 생각이었지만 그런 생각을 할 권리가 내게는 있었다. 왜냐하면 논증과 반론에 의한 진리 탐구는 복음서와 플라톤의 대화에서부터 오늘날의 모든 지방법원에서의 변론에 이르기까지 우리의 문화 전통의 주요 부분이기 때문이다.

이 책에 대한 반응은 대학이 더 이상 논증에 의한 진리 탐구에 관심이 없다는 것을 보여주었다. 대학들은 대체로 아무런 거리낌 없이 구식 주장을 고수해야겠다는 결론에 더 흥미를 보여주었다. 대학들의 주장은 세계와 모든 피조물들은 기계라는 것이다. 현대의 대학과 지적 삶의 조직은 이 주장에 기초하고 있다. 아마도 이런 생각의 방향은 은유로부터 시작되었겠지만, 이제 그 비유성은 정체성이 되어 버렸다. 내 친구인 진 록스돈의 말처럼, 다른 무엇보다 생물학과 기계학이 같다는 그 점이 중요한 것으로 간주된다. 산업농의 세부적인 공리들을 나열해 보겠다. 이것들은 좀 더 큰 맥락의 사유에서 파생되어 나온 것들이지만, 이 작은 공리들이 없으면 그보다 더 큰 사유는 유지될 수 없다.

1. 세계와 피조물들이 기계라면, 인간들에 의해 완전히 이해될 수 있고 조작 가능하며 통제될 수 있다.

2. 이런 권능을 갖고 있는 사람들이 전문가들이다.

3. 전문가들은 교육을 통해 만들어진다.

4. 교육은 단지 학교에서 이루어질 뿐이다.

5. 전문가들은 다른 사람들보다 총명하다.

6. 사무실과 실험실의 전문가들의 생각이 최고의 생각이다.

7. 작업을 **수행하는** 사람들에게 자기가 하는 일에 대해 생각하는 일을 맡길 수는 없다.

8. 근로자는 일하지 않는 것을 좋아한다.

9. 인간 근로자들은 작업과는 관계없는 필요와 욕망으로 인해 장애가 발생하는 비효율적 기계들이다. 그러므로 근로자들은 더 효과적인 기계나 화학물질로 대체되어야 한다.

10. 일반적으로 볼 때, 인간 기계들은 생산할 때보다는 소비할 때 더 낫다.

11. 농장은 동식물 기계들을 운영하여 가장 효율적인 방식으로 경제 기계에 복무시키는 공장이다. 적어도 그것이 농장의 당위적 조건이다.

12. 효율성이라는 것은 인간적 · 생물학적 필요와 욕망과 아무런 관련을 갖지 못한다.

13. 농장의 파산 현상이 이어지면 농업 효율성은 증가한다.

14. 모든 농부들은 사실은 농사일을 싫어한다. 그래서 그들은 파산을 은근히 환영한다. 왜냐하면 그래야 궁벽한 곳에서 벗어나 대처로 나가 전문가가 될 수 있는 기회가 생기기 때문이다.

15. 기존의 다른 모든 과학과 마찬가지로 농학은 공평무사하고 객관적

이어서 인간 지식의 발전 이외에 다른 어떤 이해관계에도 기여하지 않는다.

이와 같은 것들이 산업농의 세부적인 공리들이다.

결국 이런 식의 기계론적 생각 때문에 어떤 일이 벌어지든 불가피하다는 교리에 빠지게 된다. 실제로, 이렇게 강경한 결정론이 현실에서는 훨씬 더 경멸스런 교리로 변질한다. 발생하는 모든 나쁜 일은 어쩔 수 없다는 것이다. 발생하는 모든 좋은 일에 대해서는 자신의 덕이라고 주장하는 한 무리의 권리 주장자들이 있다. 모든 멋지고 완전한 선물은 정치인, 과학자, 연구자, 정부, 기업에게서 나온다. 그러나 불행한 일들은 불가피하다. 피하려고 시도해 봐도 소용없는 일이다. 이처럼 모든 산업적 편익과 노동절약 장치들은 단지 인간 재능과 결단의 결과일 뿐이다. (지난 두 세기 동안 산업사회의 두드러진 또 하나의 속성인 자비와 이타주의 역시 빼놓을 수 없다.) 그러나 뒤따라오는 오염, 토지 파괴, 사회적 소요는 '불가피했다'.

1995년 6월 1일 몬타나 주의 빌링스에서 '농민들과 농민단체 지도자들'에게 행한 연설에서 빌 클린턴 대통령—나는 그에게 투표했다—이 미국 농업 인구가 한 세대 전에 비해 "극적으로 줄었다"고 말한 것은 바로 그런 의미에서였다. "농업 인구 감소는 농업 생산성 향상으로 불가피"하다는 것이다(위에 나열한 공리 9~13 참조).

클린턴 대통령의 연설은 일어난 일은 일어나야 했기 때문에 일어났다는 것이다. 농토, 농업경제, 농촌 사회의 쇠락에 대해 해명하려는 사람들은 늘 그렇게 말해 왔다. 사태를 막기 위해 아무 일도 하지 않은 것은 할 수 있는 일이 없었기 때문이라는 것이 그들의 변명이다. ("진보는 그런 것이다. 당신의 자녀들이 더 이상 고된 일과 농지 소유권 훼손으로 고통받지 않게 된 것을 기뻐하라.") 대통령은 또한 몬타나 주의 "생기있고 훌륭한" 가족 농장을 살리고 싶다고 말했다. 그는 "농업 부문의 위축이 이제 바닥을 친" 것으로 믿는다고 말했다. 젊은 농부를 돕고 싶다고도 말했다. 대통령은 미국 농업을 "세계인들에 대해 경쟁력을 지니"도록 만들 필요에 대해 연설했다. 그는 우리의 엄청난 농업 수출량에 대해 칭찬했다. 이런 말들은 전에도 수없이 들어본 바 있다. 이 모든 말들을 압도하는 중량감 있는 형용사가 바로 '**불가피하다**'는 것이다. 완전히 파괴적이었던 개념 없는 농업경제가 반세기 동안 불가피했었다면, 지금 와서 갑자기 불가피해지지 않는 무슨 이유라도 있을까?

몬타나 주에서의 대통령의 연설은 정책과 연구를 주도하는 우리나라 '상층부'에서의 농업 담론이 얼음처럼 경직되어 있다는 점을 확실히 보여주었다. 두 세대 동안 저 높은 곳에 계신 분들은 새롭고 다양한 생각을 갖지 못했다. 기존의 생각들은 직업적 경력을 이어가고 돈지갑을 채우는 데 매우 적합했다. 위협적인 생각, 심지어는 위협적인 통계 수치, 또는 실험 증거들이 제출되면 상층부의 전문가들은 그것들을 이용해서 빙판을 조성해 그 위에서 스케이트를 즐겼다.

『소농, 문명의 뿌리: 미국의 뿌리는 어떻게 뽑혔는가』가 출간되고 그 뒤에 일어난 사태의 추이는, 얼어버린 강물 위에 돌멩이를 하나

던진다고 물결은 일지 않는다는 것을 보여주었다. 그러나 얼음 아래에서는 물살이 강하게 흘러 활기와 건강이 넘치고 있다는 것도 알 수 있었다. 공식적인 연구기관과 정부 정책의 상투적인 자세와는 달리, 미국인들의 농업에 대한 이야기는 1930년대보다 활발하고 흥미로워졌다.

현재로서는 이 책이 틀렸다는 것이 증명되는, 행복한 운명을 맞이하지 못했다. 그러나 미국에서 올바른 토지 사용에 대해 생각해보고 필요한 변화를 촉발시키고자 하는 노력이 커가고 있다. 이 책이 그런 미국인들의 노력의 일부라는 사실은, 이 책이 행복한 운명을 맞을 시간이 가까이 오고 있다는 것을 의미하기도 한다.

내 책은 외롭지 않다. 내 책은 책 속에 등장하는 일련의 작품과 영향력 있는 선례들과 함께 한다. 이 책 이후 여러 글들을 통해 좀 더 적극적으로 그 가치를 인정해 온 다른 모범적인 예들 역시 이 책의 우군이다. 공동의 참여와 목표 의식 아래 이 책은 여러 작품과 조직들과 연대한다. 농촌교육 활동가 마르티 스트레인지, 문명비판가 진 록스돈, 토지와 농업 문제 저술가 웨스 잭슨이 저술한 작품들; 자연농법연구소인 토지연구소Land Institute(캔자스 주 위치—옮긴이), 토지관리 프로젝트Land Stewardship Project(미네소타 주 위치—옮긴이), 농촌문제센터Center for Rural Affairs(농촌 빈곤 퇴치가 설립 목적으로 네브래스카 위치—옮긴이), 경작협회Tilth(각 지역별 토질 맞춤형 소생산을 주창하는 농민단체. 웬델 베리 자신이 이 협회 창설을 주도—옮긴이), 슈마허협회

Schumacher Society(슈마허가 주창한, 작고 지속가능한 경제와 사회를 건설하기 위해 슈마허 강좌 프로그램을 운영—옮긴이)와 같은 단체와 조직들; 여러 환경보호 단체들; 빠른 속도로 그 숫자가 늘고 있는, 지역 농산물 직거래에 관심을 갖는 단체와 수천 명의 농민과 텃밭 농부들이 모두 협력자들이다.* 이 책(과 또 다른 책들)이 갑자기 절판되어 기억에서 사라지더라도 지지와 희망이 약해지지 않고 계속될 것이라는 것을 알기에 나는 용기를 잃지 않는다.

이 책과 함께하는 사람들은 정책 입안과 연구를 수행하는 상류층 인사들과는 농업에 대해 달리 생각하고 있다. 이렇게 생각이 다른 이유는 동기가 다르기 때문이라고 믿는다. 미리 정해져 있는 이론적 틀에서부터 생각하지 않고, 구체적인 장소, 사람들, 필요와 욕망이 무엇인지 살피는 데서부터 생각을 시작한다. 이 책의 친구들과 동지들의 생각과 일의 출발점은 추구해야 할 경력과 섬겨야 할 이데올로기가 아니다. 우리들은 어떤 터전, 사람들, 가능성들, 그리고 파괴되는 것들을 그냥 무심히 바라만 볼 수 없는 삶의 양식들을 사랑하기 때문에 생각과 일을 시작한다.

우리가 일을 하는 이유는 이 나라에 제대로 뿌리내려 정착하고 거주하기 위해서라고 나는 생각한다. 인간이 하는 모든 일이 그 일이 이루어지는 장소의 자연적 특성에 멋지게 적응되기를 바란다. 또

---

* 이와 같은 단체와 조직들에 관심을 갖는 독자들은 다음과 같은 주소로 연락하면 도움을 받을 수 있을 것이다. the Land Institute, 2440 E. Water Well Road, Salina, KS 67401.

한 그 일을 수행하는 사람들과 그 일의 목적이 되는 사람들의 진정한 필요에 인간의 일이 순응되어야 한다. 우리는 장소와 주민들과 다른 피조물들에 대해 행해지는 어떤 폭력도 '불가피하다'고 믿지 않는다. 우리는 산업 이데올로기가 지역 적응이나 고향 만들기같이 꼭 필요한 일을 혼란에 빠뜨리기 때문에 옳지 않다고 믿는다.

나는 이런 노력들로 우리가 완전한 상태에 이르게 될 거라고 보지 않는다. 상상할 수 있는 최선의 농업과 경제학이라 하더라도 우리를 에덴동산으로 다시 데려다 놓지는 않을 것이다. 우리의 본성 속에 내재되어 있는 약점과 한계는 계속 남아 있을 것이다. 그러나 완전한 상태에 대한 희망보다는 우리의 불완전함 때문에 오히려 현 경제체제를 통해 제도화되어 있는 이기심 너머의 삶의 방식과 목표를 옹호하게 된다. 장소와 공동체의 건강성이 경제 행위의 필수불가결한 기준이 될 수 있다고 제안하는 것은, 결국 한평생의 세월이 저녁이면 베어질 풀잎과 같은 그저 인간일 뿐인 존재가 무엇이든 영구히 못쓰게 만드는 파괴 행위를 어떻게 스스로 정당화할 수 있는지를 묻는 일이다.

이 지구별에서의 우리의 삶을 아름답게 만들고 지속되게 하려는 노력은 우리의 종種이 존재하는 한 계속될 것이라고 확신한다. 그것은 어쨌든 오랫동안 계속되어 온 노력이다. 현재 이곳 미국에서 우리가 기울이는 노력은 정책과 연구를 주도하는 상류층의 도움 없이도 성장하여 많은 것을 성취할 수 있다고 확신한다. 그러나, 장소와 공동체와 삶의 방식들을 지키기 위해 여러 가지 방식으로 노력하는 사람들의 숫자는 상당하지만, 이들이 정치적으로 대표되지 않고 있다는 사실은 걱정거리다. 이런 상황이 위험하다는 것은 조금만 살펴보면 분명해진다. 우리 정부는 국제 기업의 이익을 위해 "운동장을 고르는 일"에 큰 열정을 보여 왔다. 정부가 지역 경제와 생태계를 위해서 운동장을 조정하는 일에 열정을 보일지는 더 두고 봐야 한다.

1995년 8월

웬델 베리

우리는 웬델 베리로부터 무엇을 배울 것인가

번역 후기는 사실 번역서의 사족인 경우가 대부분이다. 어떤 후기도 원저자의 주옥 같은 본문 내용보다 더 좋을 수는 없다. 편집자의 강력한 요청으로 쓰고 있는 이 후기는 이 책이 적어도 내게는 어떤 쓰임이 있는지를 말할 뿐이다. 이 책을 읽을 수많은 독자들이 그저 참고 삼아 읽어 보시라는 뜻에서이다. 언제 어떤 처지에 있는 독자가 이 책을 어떻게 만날지, 이 책의 운명에 대해서 아는 사람은 아무도 없다. 이 책이 내게 어떤 소용이 있는지를 말함으로써 다른 독자들이 저마다 이 책의 유용성을 어떻게 평가하든, 서로 비교해 볼 수 있는 기회를 갖게 해 보고 싶을 뿐이다. 누구에게는 이 책이 세계의 건강을 위하여, 다른 누구에게는 유기농법의 보급을 위하여 유용하다고 생각할 수도 있다. 또 어떤 독자들은 이 책이 문학평론이라는 글쓰기를 새롭게 생각해 보는 데에 도움이 된다고 생각해 볼 수도 있을 것이다. 독자들이 그런 비교의 과정을 통해서 세계의 병든 질서를 혁신하여 변화시키는 도구로 이 책을 사용하는 데 조금이라도 도움이 될까 싶어 역자 후기를 써 본다.

한때 대학 교수였다가 농부이자 철학자이자 시인이자 소설가가 된 미국 보수 사상의 은사. 웬델 베리를 가리킬 때 따라다니는 호칭들이다. 여기서 보수라는 말은 물론 정치적 보수라는 뜻이 아니라 사상적·문화적 보수를 의미한다. 웬델 베리가 보수적으로 보존하고 싶어하는 것은, 한마디로 요약하자면, 인류 문명의 기저에 면면히 흘러 내려오는 '농적 가치'agrarianism다. 농적 가치란 무엇인가? 두 마디로 요약할 수 있다. 문명 세계로의 야생성(또는 자연성)의 귀환과 문명 세계에서 훼손된 야생성의 회복을 위한 인간 기술의 성장. 이 두 가지 문명의 조건은 인간 문명사에서 반복되는 야생과 문명, 자연의 훼손과 치유라는 순환 패턴을 가리킨다. 문명의 조건으로서의 순환 패턴이 만족되지 않는 한, 문명은 건강성을 잃고 종국에는 소멸될 것이다. 이것이 바로 웬델 베리가 평생의 저작과 고향 땅에서의 농촌공동체 운동을 통해 미국 사회에 전달하고자 했던 핵심 메시지다.

『소농, 문명의 뿌리: 미국의 뿌리는 어떻게 뽑혔는가』(원제, The Unsettling of America: Culture and Agriculture)는 웬델 베리의 첫 저서다. 책 출간 이후 미국 문단과 출판계가 보여준 찬사와 이후에 미국의 환경운동계와 시민사회에 끼친 영향력에 비추어, 이 책이 아직도 우리말로 번역되지 않아서 필자에게 번역 기회가 주어진 것은 필자로서는 행운이라고 말할 수밖에 없다. 필자가 이 책의 번역 작업을 통해 확인할 수 있었던 것은 웬델 베리에게 농적 가치와 그 구현자인 소농의 존재는 단순히 지나가 버린 과거의 것이 아니라 지금 이곳에서 실현되어야 할 가치와 역사적 주체를 표상한다는 점이다.

물론 콜럼버스의 미 대륙 침탈 이후 미국의 주류 역사는 농적 가치와 소농의 존재를 적극적으로 억압하는 방향으로 흘러온 것이 사실이다. 얼마 전 우리말로 번역되어 소개된 문화사가 모리스 버먼은 이 점에서 웬델 베리보다 미국의 역사와 현실에 더 회의적이다. 버먼의 눈에 비친 미국은 정치 이념과는 별도로 사회의 지배적인 운영 원리가 근본적으로 사리사욕에 의해 지배되어 왔기 때문에 미국인들의 문화적 유전인자에 자연·공동체·절제와 같은 자질은 애초부터 존재하지 않았다는 것이다. 어쩌면 미국과 그에 지대한 영향을 받는 세계에 웬델 베리의 소용은 '멸망' 이후 그 너머에서나 찾아볼 수 있을지도 모른다.*

사실, 버먼의 회의주의는 미국의 농적 가치를 구현하는 소농의 존재가 어떻게 제도·정치·경제의 모든 면에서 쇠퇴했는가를 추적하는 웬델 베리의 작업과 인식을 같이 하고 있다. 그러나 웬델 베리는 절망적인 역사 인식의 나락에서 희망의 근거를 길어올리는 일을 게을리하지 않는 것도 사실이다. 예를 들면, 웬델 베리는 흑인 노예

* 모리스 버먼, 『미국은 왜 실패했는가』, 김태언 · 김형수 옮김, 녹색평론사, 2015, 208쪽.

해방의 물적 토대 마련을 위해 1862년 발효된 자영농지법을 독립 자영농(요먼) 중심의 자립경제를 꿈꿨던 미국 건국의 아버지 토머스 제퍼슨의 오랜 공화주의적 소망이 실현된 역사적 사례로 꼽는다. 그러나 우리는 자영농지법의 실제 적용에 있어서 법의 취지가 어떻게 배반되었는지에 대해서 알고 있다. 자영농지법은 해방된 흑인 노예들에게 '헐값'에 국유지를 불하하여 그들의 생존과 자립을 목표로 한 법이었지만, 실제 그 땅을 불하받은 다수가 백인 유지들이었으며 그 땅은 '생존과 자립'과는 관계없는 축산업용으로 사용되는 예가 비일비재했고, 몇 년 되지 않아 불하된 땅의 자유 판매가 허용되면서 결국 '자영농지'는 산업자본의 먹잇감으로 전락하고 말았던 것이 역사적 사실이기도 하다. 그렇다면 이념과 실제 사이의 차이에 웬델 베리는 단순히 무감각한 것일까? 그의 저작과 공동체 운동은 현실 감각 없는 몽상가의 헛된 꿈에 지나지 않는 것일까? '생태 근본주의'라는 단순명료한 학문적 분류가 그의 저작과 실천을 대하는 자세의 전부일까?

세상이 복잡해질수록 근본으로 돌아간다는 것은 우리와 세계의 관계를 바꾸기 위한 최선의 방책을 모색하는 일이다. 웬델 베리 저작의 의미가 바로 거기에 있다. 자본주의 근대에 저항하는 가장 급진적인 방식은 문명의 기초이자 맹아를 돌아보고 문화적 유전자의 훼손을 치유하여 다시금 생성–성장–쇠퇴–부활의 순환 패턴을 보존할 수 있는 방법을 찾는 것이다. 웬델 베리는 이러한 순환적 치유의 잣대를 기준으로 농기업, 대학, 환경운동단체, 에너지, 테크놀로지

등 다방면의 제도적 관행 또는 절차에 근원적인 의문을 제기한다.

웬델 베리가 대학을 떠난 이유는 대학이 세계의 실패와 상처를 치유하는 지식과 실천을 보여주기는커녕 오히려 세상의 상처를 덧나게 하는 원인이라고 판단하였기 때문이다. 대학이 오늘날 무슨 일을 하는가는 웬델 베리가 기술한 미국 국유지 교부 대학(주립대학)의 역사에 잘 드러나 있다. 국가가 국유지를 교부하여 대학을 설립한 원래 목적은 농촌 지역의 발전과 농민의 필요 충족이었지만, 오히려 대학은 농촌 공동체와 소농의 파괴에 동원되었음을 미국 대학의 역사는 보여준다. 역사적으로 미국 주립대학 형성 과정은 이처럼 자본 확장과 권력 집중을 제도화하는 과정이었다. 자본 확장과 권력 집중은 세계의 실패다. 학생들에게 전문가적 기술을 교육하는 것으로 그치는 대학은 문명 세계의 실패와 상처를 더욱 심화시킬 뿐이다.

그러나 다시 생각하면 대학은 테크놀로지와 세계에 대한 가치 판단의 능력을 지닌 사람들을 만들어내는 곳이다. 현대의 대학은 테크놀로지의 압도적 우위 속에서 실용과 교양이 서로 충돌하는 장소라고 흔히 생각하지만, 웬델 베리는 실용과 교양 어느 한쪽에 문제가 있는 것이 아니라 이 양자를 분리하고자 하는 생각 자체에 문제가 있다고 본다. 따라서 실용과 교양의 분리라고 하는 병리적 현상에 대한 처방은 양자의 통합이다(본서 318~319쪽 참조). 양자가 분리되어 있기 때문에 실용 학문은 가치에 대한 질문을 유보한 채 자본과 권력이 걸어 놓은 판돈을 거머쥐기 위한 지적인 도박으로 전락하여 자본과 권력의 세력 확장에 복무할 수 있게 된다. 교양과 인문학도 마찬가지로 문학·역사·철학의 분과학문의 틀 속에 문화적 유산을 가둔 채 문화유산의 보호자 행세를 하지만, 기실은 문화유산 보호산업 종사자들만의 직업적 언어로 인류의 유산을 포장하여 난해한 인문 지식의 생산과 유포를 담당하고 있을 뿐이다. 그런 점에서 이들 역시 대학이 세계에 대해 어떤 관계를 맺어야 하는지, 세계에 어떻게 개입해 들어가야 하는지, 또는 세계의 실패에 대해 어떤 책임 있는 자세를 견지해야 하는지와 같은 가치 지향적인 질문을 던지지 못한다. 결국, 웬델 베리의 말대로 오늘날 분과학문의 틀 속에 머무는 인문학자들은 인류의 문화 유산에 대해 공부하지만, 그 유산으로부터 무엇을 배워야 하는지에 대한 깨달음이라는 관점에서는 철저히 실패하고 있다.

웬델 베리는 다른 글에서 대학의 지식 생산이 세계에 대해 책임지기 위해서는 물건과 지식을 생산하는 기술을 습득한 인간을 만들어내는 것에 만족해서는 안 된다고 주장한다. 생산에 대해 판단할 수 있는 인간, 그리하여 생산과 소비, 나아가 재생산에 이르는 전체 순환 과정에 대한 판단력과 책임의식을 지닌 인간을 만들어내는 것이 대학 교육의 목표여야 한다는 것이다.* 여기서 판단력과 책임의식에 대한 소양이 바로 대학 교육의 본령인 진실에 대한 신념과 관련되는 부분이다. 가령 문학작품 속에 재현된 진실에 대한 신념과 문학 교육이 아무런 관련을 지니지 못한다면, 그 작품에 대한 지식

* 웬델 베리, 『생활의 조건』, 정경옥 옮김, 산해, 2004, 111쪽.

은 완전하지 못한 것이다. 나아가 문학작품의 진실이 남들이 알아듣기 어려운 직업적 언어로 기술된다면, 그 자체로 사기 행위라고 웬델 베리는 주장한다.

웬델 베리의 이런 진술들을 읽으며 현재 한국 사회의 대학 풍경을 잠시 들여다보자. 지난 50여 년간 한국 대학의 인문학은 어떤 역할을 해 왔는가? 한편으로 서양 대학의 학제를 차용한 채 문학·역사·철학의 칸막이 체제 속에서 개별 분과학문 체제의 몸집을 불려온 것이 사실이기도 하지만, 다른 한편으로 인문학은 한국 사회가 나아가야 할 방향을 지시하는 방향타 역할과 경제 성장과 함께 원자화되어 가는 한국 사회 해체 현상을 거스르는 저항 기제의 원동력이었던 것 또한 사실이다. 한국 사회를 생명체로 본다면 인문학은 한국 사회에 생명의 기운을 불어넣어 주는 수액 같은 것이었다. 말하자면 대학에서의 인문학은 산업화·근대화를 뒷받침하던 칸막이 속의 분과학문 체제와 그 불구적인 한계 상황 속에서나마 좀더 인간적인 사회의 복원을 위한 자연성을 불어넣어 주는 원동력이었던 것이다.

웬델 베리에 따르면, 한계 상황에 몰려 있는 자연농법, 문화유산, 종족, 생물 개체들의 보존과 활용이야말로 문명과 역사의 생명(=순환적 흐름)을 이어주는 관건이다. 그리고 한계적 개체들의 보존과 활용을 위해 필요한 적절한 인간 기술의 성장이야말로 문명의 도덕적 수준을 한 단계 높이기 위한 필요조건이다. 웬델 베리의 한계 영역에 대한 이런 관점에 비추어 이제 오늘 우리 대학 현실을 살펴보자.

번역을 마무리하는 시점에서, 우리 대학가는 인문학 관련 학과의 정원을 감축해서 소위 실용 학과로 정원을 이동하는 대학들의 신청을 받아 정부가 몇백억 원의 지원금을 교부한다는, 이른바 프라임 사업으로 크게 동요하고 있다. 과거 참여정부 시절 본격적으로 신자유주의 교육 정책이 도입된 이후 교양과 인문학은 지속적으로 학생 정원과 교과 내용에서 구조 조정의 압력을 받으면서 크게 위축되었고 사회적 영향력도 미미해졌다.

금번 프라임 사업은 정부가 준비한 이천 수백억 원의 자금으로 인문학의 마지막 숨통마저 끊으려는 전경련(자본)의 비책이다. 인문학 관련 교수들이나 일부 학생들이 반발하는 것은 당연하다. 그러나 잊지 말아야 할 것은 인문학이 그동안 처해 있었던 주변부적 지위마저 잃어버릴, 그야말로 이제 더 이상 갈 곳 없는 한계적 상황까지 몰려 있는 상황이다. 이대로라면 인문학은 더 이상 대학의 주변부에서도 존립할 수 없는 상황이다. 이제는 이런 상황을 누구나 감지하고 있다. 그것이 2020년이 될지, 2025년이 될지 시간이 문제일 뿐이다. 대학 내에서의 소멸을 앞두고 있는 상황 속에서, 교양과 실용의 대결 구도라는 기존의 대학 교육의 구조 속에서 단순히 힘 겨루기를 해보려 하는 것은 그 자체로 우스꽝스런 일일 뿐 아니라 의미 없는 일이기도 하다.

대학 교육의 구조 자체를 바꾸어야 한다. 인문학이 대학의 한계 영역으로서 다시 한번 학문의 생태계를 되살리기 위해서는 무엇을 해야 하는가? 정치학자 김윤철 교수는 이렇게 말한다. "대학은 진리의 상아탑도, 취업의 전초기지일 수도 없다. 하지만 시대 흐름에 맞춰 획일성이 아닌 다양성에 바탕해 진리와 취업의 새로운 개념과 의미를 만들어낼 수 있다."* 대학은 세계에 새로운 의미를 제공해 주는 곳이다. 대학은 세계의 변화에 대응하여 "새로운 개념과 의미를 만들어내"는 곳이다. 그런 의미에서 대학에서의 연구와 교육의 의미는, 웬델 베리의 말대로 "교양과 실용의 통합"에서 찾을 수 있다.

거대 자본과 국가 권력의 지원을 받는 실용학문에 밀려 대학에서 사라질 처지에 몰린 인문학이 자신의 몫을 찾아 정당하게 세계에 대응할 수 있는 길은, 근대 분과학문 체계로 나뉘어진 불구의 모습에서 벗어나 그 이전의 인문학적 생명력을 되찾는 것이다. 말하자면, 인문학의 야생성을 되찾아야 한다. 문학·역사·철학 사이의 칸막이를 들어내서 인문학의 온전함을 되찾아, 자본과 권력의 집중화로 야기되는 사회문화적 실패와 분열과 상처를 봉합하고 치유하는 인문학 본연의 기능을 회복해야 한다.

자본과 권력의 집중화는 학문의 분과학문화와 같은 문화적 분열 현상으로만 나타나는 것이 아니다. 자본과 권력의 집중화는 대학의 양적 팽창을 불러왔고, 그 과정에서 사람의 분열을 가져왔다. 이것은 더 무서운 일이다. 설혹 같은 대학 안에서 학문의 즐거움을 공유하려는 사람들이라 하더라도 대학의 구조 내에서 노예와 주인의 신분, 또는 계급의 서열이라는 하부 구조가 형성된다면 그들이 나누는

* 김윤철, 「대학, 너 자신을 알라」, 『한겨레』 2015년 12월 19일자.

배움과 가르침은 더 이상 즐겁지 않다. 노예와 주인이라는 분열 구조를 그대로 인정하는 한, 우리들의 배움과 가르침은 경전과 제단 아래에서의 위선적 경배 행위가 될 수 있을지 모르지만 그것은 더 이상 즐거움도 인간적 행위도 아니다. 강사법이 발효 직전까지 갔지만 인문학을 가르친다는 정규 교수들은 그들을 외면하였다. 실용학문에 밀려 한계적 상황까지 몰린 인문학의 처지에 억울해 하고 분을 삭이지 못하는 인문학 교수들은 마찬가지로 자본의 확장을 위해 그 소모적 효용을 다한 시간 강사들의 처지에 대해서는 아무 말이 없다. 대학과 세계 사이의 경계선에서 대학의 비대한 몸통을 온몸으로 떠받치고 있는 시간 강사들은 송전탑 건설 부지의 늙은 주민들, 산업재해 판정조차 받아내지 못하는 반도체 회사의 병든 여직공들, 인수합병된 자동차 공장의 해고 노동자들, 취업 기회조차 가져 보지 못한 100만이 훌쩍 넘어간 청년 실업자들의 다른 얼굴이다.

이제 웬델 베리의 번역서 후기를 마치려 한다. 대학의 보편 정신을 대변한다는 인문학은 변방으로 변방으로 밀려나 이제는 대학의 제도권에서 소멸 단계에 이르렀다. 종합대학으로서의 면모를 위하여 교양의 분칠 작업을 맡았던 시간 강사들은 대학의 노예로 남아 있다. 나는 웬델 베리로부터 무엇을 배웠는가? 인문학과 인문학을 가르치는 시간 강사들을 제도권 안으로 적극적으로 끌어들여 통합의 원리에 의해 대학을 재건해야 한다. 주변부로 밀려나 있는 인문학과 시간 강사들의 존재는 웬델 베리의 농적 가치를 구현시킬 수 있는 원천이기 때문이다. 대학이 그렇게 할 수 있을 때 대학은 자본의 동맥경화를 치유하는 역할을 할 수 있을 것이다. 그런데 그렇게 할 수 있을까? 대학 안의 인문학자들은 분과학문의 영주로서 자신들의 성벽을 너무 높이 쌓아 올렸다. 그들 스스로 자신의 지위와 안위를 보장해 줄 것으로 믿는 안전판을 허물 수 있을까? 주인과 노예의 신분적 관계를 유지해 온 정규직 교수들과 시간 강사들의 분열은 치유될 수 있을까? 우리는 너무 먼 곳까지 와 버렸는지 모른다.

인문학이 사라지고 실용지식 기술자들에게 점령된 대학은 실용의 폭주를 거듭하면서 무한대의 자본을 필요로 할 것이다. 피터 드러커의 예언처럼 국가와 사회는 대학의 비용을 결국 충당하지 못할 것이다. 전적으로 자본의 힘으로 유지되던 대학은 그 순간 사라질 것이다. 모리스 버먼이 미국의 소멸 이후에나 소로, 루이스 멈포드, 웬델 베리 같은 이들의 사상은 소용이 있을 것이라고 한 것처럼, 웬델 베리의 농적 가치는 대학 소멸 이후 더욱 빛을 발할 것이다. 지금 웬델 베리를 읽는다는 것은, 슈마허의 표현처럼, 바람이 불고 물이 들어올 때 띄울 수 있는 배와 돛을 준비하는 일인지 모른다.

2015년 12월

이승렬

소농, 문명의 뿌리

미국의 뿌리는 어떻게 뽑혔는가

초판 1쇄 발행 2016년 1월 25일
초판 2쇄 발행 2017년 5월 15일

지은이 웬델 베리
옮긴이 이승렬

펴낸이 오은지
책임편집 변홍철
표지 디자인 박대성
펴낸곳 도서출판 한티재 등록 2010년 4월 12일 제2010-000010호
주소 42087 대구시 수성구 달구벌대로 492길 15 전화 053-743-8368 팩스 053-743-8367
전자우편 hantibooks@gmail.com 블로그 www.hantibooks.com

ISBN 978-89-97090-54-9 03840
책값은 뒤표지에 표시되어 있습니다.

이 도서의 국립중앙도서관 출판예정도서목록(CIP)은 서지정보유통지원시스템 홈페이지
(http://seoji.nl.go.kr)와 국가자료공동목록시스템(http://www.nl.go.kr/kolisnet)에서
이용하실 수 있습니다. (CIP제어번호: CIP2016000155)